汪曾祺全集

主编／季红真

汪曾祺全集

3 小说卷

小说卷主编／李光荣 李建新

人民文学出版社

1990 年 2 月　摄于家中

1991 年　在家乡高邮的运河上

汪曾祺部分作品书影

画作

目　录

1984 年

拟故事两篇^①

仓老鼠和老鹰借粮

> "仓老鼠和老鹰借粮，——守着的没有，飞着的倒有？"
>
> ——《红楼梦》

天长啦，夜短啦，耗子大爷起晚啦！

耗子大爷干嘛哪？耗子大爷穿套裤哪。

来了一个喜鹊，来跟仓老鼠借粮。

喜鹊和在门口玩耍的小老鼠说：

"小胖墩，回去告诉老胖墩：'有粮借两担，转过年来就归还。'"

小老鼠回去跟仓老鼠说："有人借粮。"

"什么人？"

"花喜鹊，尾巴长，娶了媳妇忘了娘。"

"哦！喜鹊。他说什么？"

"小胖墩，回去告诉老胖墩：'有粮借两担，转过年来就归还。'"

"借给他两担！"

天长啦，夜短啦，耗子大爷起晚啦。

耗子大爷干嘛哪？耗子大爷梳胡子哪。

来了个乌鸦，来跟仓老鼠借粮。

乌鸦和在门口玩耍的小老鼠说：

"小尖嘴，回去告诉老尖嘴：'有粮借两担，转过年来就归还。'"

小老鼠回去跟仓老鼠说："有人借粮。"

"什么人？"

"从南来个黑大汉，腰里别着两把扇。走一走，扇一扇，'阿弥陀佛好热的天！'"

"这是什么时候，扇扇？！"

"是乌鸦。"

"他说什么？"

"小尖嘴，回去告诉老尖嘴：'有粮借两担，转过年来就归还。'"

"借给他两担！"

天长啦，夜短啦，耗子大爷起晚啦！

耗子大爷干嘛哪？耗子大爷咕嘟咕嘟抽水烟哪。

来了个老鹰，来跟仓老鼠借粮。

老鹰和在门口玩耍的小老鼠说：

"小猫菜，回去告诉老猫菜：'有粮借两担，转过年来不定归还不归还！'"

小老鼠回去跟仓老鼠说："有人借粮。"

"什么人？"

"钩鼻子，黄眼珠，看人斜着眼，说话尖声尖气。"

"是老鹰！——他说什么？"

"他说：'小猫菜回去告诉老猫菜——'"

"什么'小猫菜'、'老猫菜'！"

"——'有粮借两担'——"

"转过年来？"

"——'不定归还不归还！'"

"不借给他！——转来！"

"……"

"就说我没在家!"

小老鼠出去对老鹰说:

"我爸说:他没在家!"

仓老鼠一想:这事完不了,老鹰还会来的。我得想个办法。有了!我跟他哭穷,我去跟他借粮去。

仓老鼠找到了老鹰,说:

"鹰大爷,鹰大爷! 天长啦,夜短啦,盆光啦,瓮浅啦。有粮借两担,转过年来两担还四担!"

老鹰一想,气不打一处来:这可真是:"仓老鼠跟老鹰借粮,守着的没有,飞着的倒有!"——"好,我借给你,你来! 你来!"

仓老鼠往前走了两步。

老鹰一嘴就把仓老鼠叼住,一翅飞到树上,两口就把仓老鼠吞进了肚里。

老鹰问:"你还跟我借粮不?"

仓老鼠在鹰肚子里连忙回答:"不借了! 不借了! 不借了!"

一九八四年二月

螺 蛳 姑 娘

有种田人,家境贫寒。上无父母,终鲜兄弟。薄田一丘,茅屋数椽。孤身一人,艰难度日。日出而作,春耕夏锄。日落回家,自任炊煮。身为男子,不善烧饭。冷灶湿柴,烟熏火燎。往往弄得满脸乌黑,如同灶王。有时怠惰,不愿举火,便以剩饭锅巴,用冷水泡泡,摘取野葱一把,辣椒五颗,稍蘸盐水,大口吞食。顷刻之间,便已果腹。虽然饭食粗粝,但是田野之中,不乏柔软和风,温暖阳光,风吹日晒,体魄健壮,精神充溢,如同牛犊马驹。竹床棉被,倒头便睡。无忧无虑,自得其乐。

忽一日,作田既毕,临溪洗脚,见溪底石上,有一螺蛳,螺体硕大,异于常螺,壳有五色,晶莹可爱,怦然心动,如有所遇。便即携归,养于水缸之中。临睡之前,敲石取火,燃点松明,时往照视。心中欢喜,如得宝贝。

次日天明,青年男子,仍往田间作务。日之夕矣,牛羊下来。余霞散绮,落日熔金。此种田人,心念螺蛳,急忙回家。到家之后,俯视水缸:螺蛳犹在,五色晶莹。方拟升火煮饭,揭开锅盖,则见饭菜都已端整。米饭半锅,青菜一碗。此种田人,腹中饥饿,不暇细问,取箸便吃。热饭热菜,甘美异常。食毕之后,心生疑念:此等饭菜,何人所做?或是邻居媪婶,怜我孤苦,代为炊煮,便往称谢。邻居皆曰:"我们不曾为你煮饭,何用谢为!"此种田人,疑惑不解。

又次日,青年男子,仍往作田。归家之后,又见饭菜端整。油煎豆腐,细嫩焦黄;酱姜一碟,香辣开胃。

又又次日,此种田人,日暮归来,启锁开门,即闻香气。揭锅觑视:米饭之外,兼有腊肉一碗,烧酒一壶。此种田人,饮酒吃肉,陶然醉饱。

心念:果是何人,为我做饭?以何缘由,作此善举?

复后一日,此种田人,提早收工,村中炊烟未起,即已抵达家门。轻手蹑足,于门缝外,向内窥视。见一姑娘,从螺壳中,冉冉而出。肤色微黑,眉目如画。草屋之中,顿生光辉。行动婀娜,柔若无骨。取水濯手,便欲做饭。此种田人,破门而入,三步两步,抢过螺壳;扑向姑娘,长跪不起。螺蛳姑娘,挣逃不脱,含羞弄带,允与成婚。种田人惧姑娘复入螺壳,乃将螺壳藏过。严封密裹,不令人知。

一年之后,螺蛳姑娘,产生一子,眉目酷肖母亲,聪慧异常。一家和美,幸福温馨,如同蜜罐。

唯此男人,初得温饱,不免骄惰。对待螺蛳姑娘,无复曩时敬重,稍生侮慢之心。有时入门放锄,大声喝唤:"打水洗脚!"凡百家务,垂手不管。唯知戏弄孩儿,打火吸烟。衣来伸手,饭来张口,俨然是一大爷。螺蛳姑娘,性情温淑,并不介意。

一日,此种田人,忽然想起,昔年螺壳,今尚在否?探身取视,晶莹如昔。遂以逗弄婴儿,以箸击壳而歌:

"丁丁丁,你妈是个螺蛳精!

橐橐橐,这是你妈的螺蛳壳!"

彼时螺蛳姑娘,方在炝锅炒菜,闻此歌声,怫然不悦,抢步入房,夺过螺壳,纵身跳入。倏忽之间,已无踪影。此种田人,悔恨无极。抱儿出门,四面呼喊。山风忽忽,流水潺潺,茫茫大野,迄无应声。

此种田人,既失娇妻,无心作务,田园荒芜,日渐穷困。神情呆滞,面色苍黑。人失所爱,易于速老。

一九八五年四月四日

注　释

① 本篇原载《中国作家》1985 年第四期;初收《汪曾祺自选集》,漓江出版社,1987 年 10 月。

日　规^①

　　西南联大新校舍对面是"北院"。北院是理学院区。一个狭长的大院,四面有夯土版筑的围墙。当中是一片长方形的空场。南北各有一溜房屋,土墙,铁皮房顶,是物理系、化学和生物系的办公室、教室和实验室。房前有一条土路,路边种着一排不高的尤加利树。一览无余,安静而不免枯燥。这里不像新校舍一样有大图书馆、大食堂、学生宿舍。教室里没有风度不同的教授讲授各种引人入胜的课程,墙上,也没有五花八门互相论战的壁报,也没有寻找失物或出让衣物的启事。没有操场,没有球赛。因此,除了理学院的学生,文法学院的学生很少在北院停留。不过他们每天要经过北院。由正门进,出东面的侧门,上一个斜坡,进城墙缺口。或到"昆中"、"南院"听课,或到文林街坐茶馆,到市里闲逛,看电影……理学院的学生读书多是比较扎实的,不像文法学院的学生放浪不羁,多少带点才子气。记定理、抄公式、画细胞,都要很专心。因此文法学院的学生走过北院时都不大声讲话,而且走得很快,免得打扰人家。但是他们在走尽南边的土路,将出侧门时,往往都要停一下:路边开着一大片剑兰!

　　这片剑兰开得真好!是美国种。别处没有见过。花很大,比普通剑兰要大出一倍。什么颜色的都有。白的、粉的、桃红的、大红的、浅黄的、淡绿的、蓝的,紫得像是黑色的。开得那样旺盛,那样水灵!可是,许看不许摸!这些花谁也不能碰一碰。这是化学系主任高崇礼种的。

　　高教授是个出名的严格方正、不讲情面的人。他当了多年系主任,教普通化学和有机化学。他的为人就像分子式一样,丝毫通融不得。学生考试,不及格就是不及格。哪怕是考了59分,照样得重新补修他教的那门课程。而且常常会像训小学生一样,把一个高年级的学生骂得面红耳赤。这人整天没有什么笑容,老是板着脸。化学系的学生都有点怕他,背地里叫他高阎王。他除了科学,没有任何娱乐嗜好。不抽烟。不喝酒。教授们有时凑在一起打打小麻将,打打桥牌,他绝不参加。他不爱串门拜客闲聊天。可是他爱种花,只种一种:剑兰。

这还是在美国留学时养成的爱好。他在麻省理工学院读化学。每年暑假,都到一家专门培植剑兰的花农的园圃里去做工,挣取一学年的生活费用,因此精通剑兰的种植技术。回国时带回了一些花种,每年还种一些。在北京时就种。学校迁到昆明,他又带了一些花种到昆明来,接着种。没想到昆明的气候土壤对剑兰特别相宜,花开得像美国那家花农的园圃里的一般大。逐年发展,越种越多,长了那样大一片!

可是没有谁会向他要一穗花,因为都知道高阎王的脾气:他的花绝不送人。而且大家知道,现在他的花更碰不得,他的花是要卖钱的!

昆明近日楼有个花市。近日楼外边,有一个水泥砌的圆池子。池子里没有水,是干的。卖花的就带了一张小板凳坐在池子里,把各种鲜花摊放在池沿上卖。晚香玉、缅桂花、康乃馨,也有剑兰。池沿上摆得满满的,色彩缤纷,老远地就闻到了花香。昆明的中产之家,有买花插瓶的习惯。主妇上街买菜,菜篮里常常一头放着鱼肉蔬菜,一头斜放着一束鲜花。花菜一篮,使人感到一片盎然的生意。高教授有一天走过近日楼,看看花市,忽然心中一动。

于是他每天一清早,就从家里走到北院,走进花圃,选择几十穗半开的各色剑兰,剪下来,交给他的夫人,拿到近日楼去卖。他的剑兰花大,颜色好,价钱也不太贵,很快就卖掉了。高太太就喜吟吟地走向菜市场。来时一篮花,归时一篮菜。这样,高教授的生活就提高了不少。他家的饭桌上常见荤腥。星期六还能炖一只母鸡。云南的玉溪鸡非常肥嫩,肉细而汤清。高太太把刚到昆明时买下的,已经弃置墙角多年的汽锅也洗出来了。剑兰是多年生草本,全年开花;昆明的气候又是四季如春,不缺雨水,于是高教授家汽锅鸡的香味时常飘入教授宿舍的左邻右舍。他的两个在读中学的儿女也有了比较整齐的鞋袜。

哪位说:教授卖花,未免欠雅。先生,您可真是站着说话不腰疼!

您不知道抗日战争期间,大后方的教授,穷苦到什么程度。您不知道,一位国际知名的化学专家,同时又是对社会学、人类学具有广博知识的才华横溢而性格(在有些人看来)不免古怪的教授,穿的是一双"空前绝后"的布鞋——脚趾和脚跟部位都磨通了。中文系主任,当代散文大师的大衣破得不能再穿,他就买了一件云南赶马人穿的粗毛氆氇一口钟穿在身上御寒,样子有一点像传奇影片里的侠客,只是身材略嫌矮小。原来抽筒立克、35牌香烟的教授多改成抽烟斗,抽本地出的鹿头牌的极其辛辣的烟丝。他们的3B烟斗的接口处多是破裂的、缠着白线。有些著作等身的教授,因为家累过重,无暇治学,只能到中学去兼课。有的治古字的学者在南纸店挂笔单为人治印。有的教授开书法展览会卖钱。教授夫人也多想法挣钱,贴补家用。有的制作童装,代织毛衣毛裤,有几位哈佛和耶鲁毕业的教授夫人,集资制作西点,在街头设摊出售。因此,高崇礼卖花,全校师生,皆无非议。

大家对这一片剑兰增加了一层新的看法,更加不敢碰这些花了。走过时只是远远地看看,不敢走近,更不敢停留。有的女同学想多看两眼,另一个就会说:"快走,快走!高阎王在办公室里坐着呢!"没有谁会想起干这种恶作剧的事,半夜里去偷掐高教授的一穗花。真要是有人掐一穗,第二天早晨,高教授立刻就会发现。这花圃里有多少穗花,他都是有数的。

只有一个人可以走进高教授的花圃,蔡德惠。蔡德惠是生物系助教,坐办公室。生物系办公室和化学系办公室紧挨着、门对门。蔡德惠和高教授朝夕见面,关系很好。

蔡德惠是一个非常用功的学生。从小学到大学,各门功课都很好。他生活上很刻苦,联大四年,没有在外面兼过一天差。

联大学生的家大都在沦陷区。自从日本人占了越南,滇越铁路断了,昆明和平津沪杭不通邮汇,这些大学生就断绝了经济来源。教育部每月给大学生发一点生活费,叫做"贷金"。"贷金"名义上是"贷"给学生的,但是谁都知道这是永远不会归还的。这实际上是救济金,不知是哪位聪明的官员想出了这样一个新颖别致的名目,大概是觉得救济金听起来有伤大学生的尊严。"贷金"数目很少,每月十四元。货币贬值,物价飞涨,这十四元一直未动。这点"贷金"只够交伙食费,所以联大大部分学生都在外面找一个职业。半工半读,对付着过日子。五花八门,干什么的都有。有的在中学兼课,有的当家庭教师。昆明有个冠生园,是卖广东饭菜点心的。这个冠生园不知道为什么要办一个职工夜校,而且办了几年,联大不少同学都去教过那些广东名厨和糕点师傅。有的到西药房或拍卖行去当会计。上午听课,下午坐在柜台里算账,见熟同学走过,就起身招呼谈话。有的租一间门面,修理钟表。有一位坐在邮局门前为人代写家信。昆明有一个古老的习惯,每到正午时要放一炮,叫做"放午炮"。据说每天放这一炮的,也是联大的一位贵同学! 这大概是哪位富于想象力的联大同学造出来的谣言。不过联大学生遍布昆明的各行各业,什么都干,却是事实。像蔡德惠这样没有兼过一天差的,极少。

联大学生兼差的收入,差不多全是吃掉了。大学生的胃口都极好,都很馋。照一个出生在南洋的女同学的说法:这些人的胃口都"像刀子一样",见什么都想吃。也难怪这些大学生那么馋,因为大食堂的伙食实在太坏了! 早晨是稀饭,一碟炒蚕豆或豆腐乳。中午和晚上都是大米干饭,米极糙,颜色紫红,中杂不少沙粒石子和耗子屎,装在一个很大的木桶里。盛饭的杓子也是木制的。因此饭粒入口,总带着很重的松木和杨木的气味。四个菜,分装在浅浅的酱色的大碗里。经常吃的是煮芸豆;还有一种不知是什么原料做成的紫灰色像是鼻涕一样的东西,叫做"蘑芋豆腐"。难得有一碗炒猪血(昆明叫"旺子"),几片炒回锅肉(半生不熟,极多猪毛)。这种淡而无味的东西,怎么能满足大学生们的刀子一样的食欲呢? 二十多岁的人,单靠一点淀粉和碳水化合物是活不成的,他们要高蛋白,还要适量的动物脂肪! 于是联大附近的小饭馆无不生意兴隆。新校舍的围墙外面出现了很多小食摊。这些食摊上的食品真是南北并陈,风味各别。最受欢迎的是一个广东老太太卖的鸡蛋饼:鸡蛋和面,入盐,加大量葱花,于平底锅上煎熟。广东老太太很舍得放猪油,饼在锅里煎得嗞嗞地响,实在是很大的诱惑。煎得之后,两面焦黄,径可一尺,卷而食之,极可解馋。有一家做一种饼,其实也没有什么稀奇,不过就是加了一点白糖的发面饼,但是是用松毛(马尾松的针叶)烤熟的,带一点清香,故有特点。联大的女同学最爱吃这种饼。昆明人把女大学生叫做"摩登",于是这种饼就被叫成"摩登粑粑"。这些"摩登"们常把一个粑粑切开,中夹叉烧肉四两,一边走,一边吃,丝毫不觉得有什么不文雅。有一位贵州人每天挑一副担子来卖馄饨面。他卖馄饨是一边包一边下的。有时馄饨皮包完了,他就把馄饨馅一小疙瘩一小疙瘩拨在汤里下面。有人问他:"你这叫什么面?"这位贵州老乡毫不犹豫地答曰:"桃花面!"……

蔡德惠偶尔也被人拉到米线铺里去吃一碗焖鸡米线,但这样的时候很少。他每天只是吃食堂,吃煮芸豆和"蘑芋豆腐"。四年都是这样。

蔡德惠的衣服倒是一直比较干净整齐的。

联大的学生都有点像是阴沟里的鹅——顾嘴不顾身。女同学一般都还注意外表。男同学里西服革履,每天把裤子脱下来压在枕头下以保持裤线的,也有,但是不多。大多数男大学生都是不衫不履,邋里邋遢。有人裤子破了,找一根白线,把破洞处系成一个疙瘩,只要不露肉就行。蔡德惠可不是这样。

蔡德惠四五年来没有添置过什么衣服,——除了鞋袜。他的衣服都还是来报考联大时从家里带来的。不过他穿得很仔细。他的衣服都是自己洗,而且换洗得很勤。联大新校舍有一个文嫂,专给大学生洗衣服。蔡德惠从来没有麻烦过她。不但是衣服,他连被窝都是自己拆洗,自己做。这在男同学里是很少有的。因此,后来一些同学在回忆起蔡德惠时,首先总是想到蔡德惠在新校舍一口很大的井边洗衣裳,见熟同学走过,就抬起头来微微一笑。他还会做针线活,会裁会剪。一件衬衫的肩头穿破了,他能拆下来,把下摆移到肩头,倒个个儿,缝好了依然是一件完整的衬衫,还能再穿几年。这样的活计,大概多数女同学也干不了。

也许是性格所决定,蔡德惠在中学时就立志学生物。他对植物学尤其感兴趣。到了大学三年级,就对植物分类学着了迷。植物分类学在许多人看来是一门很枯燥的学问,单是背那么多拉丁文的学名,就是一件叫人头疼的事。可是蔡德惠觉得乐在其中。有人问他:"你干嘛搞这么一门干巴巴的学问?"蔡德惠说:"干巴巴的?——不,这是一门很美的科学!"他是生物系的高材生。四年级的时候,系里就决定让他留校。一毕业,他就当了助教,坐办公室。

高崇礼教授对蔡德惠很有好感。蔡德惠算是高崇礼的学生,他选读过高教授的普通化学。蔡德惠的成绩很好,高教授还记得。但是真正使高教授对蔡德惠产生较深印象,是在蔡德惠当了助教以后。蔡德惠很文静。隔着两道办公室的门,一天几乎听不到他的声音。他很少大声说话。干什么事情都是轻手轻脚的,绝不会把桌椅抽屉搞得乒乓乱响。他很勤奋。每天高教授来剪花时候(这时大部分学生都还在高卧),发现蔡德惠已经坐在窗前低头看书,做卡片。虽然在学问上隔着行,高教授无从了解蔡德惠在植物学方面的造诣,但是他相信这个年轻人是会有出息的,这是一个真正做学问的人。高教授也听生物系主任和几位生物系的教授谈起过蔡德惠,都认为他有才能,有见解,将来可望在植物分类学方面取得很高的成就。高教授对这点深信不疑。因此每天高教授和蔡德惠点头招呼,眼睛里所流露的,就不只是亲切,甚至可以说是:敬佩。

高教授破例地邀请蔡德惠去看看他的剑兰。当有人发现高阎王和蔡德惠并肩站在这一片华丽斑斓的花圃里时,不禁失声说了一句:"这真是黄河清了!"蔡德惠当然很喜欢这些异国名花。他时常担一担水来,帮高教授浇浇花;用一个小薅锄松松土;用烟叶泡了水除治剑兰的腻虫。高教授很高兴。

蔡德惠简直是钉在办公室里了,他很少出去走走。他交游不广,但是并不孤僻。有时他的杭高老同学会到他的办公室里来坐坐,——他是杭州人,杭高(杭州高中)毕业,说话一直带着杭州口音。他在新校舍同住一屋的外系同学,也有时来。他们来,除了说说话,附带来看蔡德惠采集的稀有植物标本。蔡德惠每年暑假都要到滇西、滇南去采集标本。像木蝴蝶那样的植物种子，是很好玩的。一片一片，薄薄的，完全像一个蝴蝶，而且一个荚子里密密的挤了那么多。看看这种种子，你会觉得：大自然真是神奇！有人问他要两片木蝴蝶夹在书里当书签，他会欣然奉送。这东西滇西多的是，并不难得。

在蔡德惠那里坐了一会的同学，出门时总要看一眼门外朝南院墙上的一个奇怪东西。这是一个日规。蔡德惠自己做的。所谓"做"，其实很简单，找一点石灰，跟瓦匠师傅借一个抿子，在墙上抹出一个规整的长方形，长方形的正中，垂直着钉进一根竹筷子，——院墙是土墙，是很容易钉进去的。筷子的影子落在雪白的石灰块上，随着太阳的移动而移动。这是蔡德惠的钟表。蔡德惠原来是有一只怀表的，后来坏了，他就一直没有再买，——也买不起。他只要看看筷子的影子，就知道现在是几点几分，不会差错。蔡德惠做了这样一个古朴的日规，一半是为了看时间，一半也是为了好玩，增加一点生活上的情趣。至于这是不是也表示了一种意思：寸阴必惜，那就不知道了。大概没有。蔡德惠不是那种把自己的决心公开表现给人看的人。不过凡熟悉蔡德惠的人，总不免引起一点感想，觉得这个现代古物和一个心如古井的青年学者，倒是十分相称的。人们在想起蔡德惠时，总会很自然地想起这个日规。

蔡德惠病了。不久，死了。死于肺结核。他的身体原来就比较孱弱。

生物系的教授和同学都非常惋惜。

高崇礼教授听说蔡德惠死了，心里很难受。这天是星期六。吃晚饭了，高教授一点胃口都没有。高太太把汽锅鸡端上桌，汽锅盖噗噗地响，汽锅鸡里加了宣威火腿，喷香！高崇礼忽然想起：蔡德惠要是每天喝一碗鸡汤，他也许不会死！这一天晚上的汽锅鸡他一块也没有吃。

蔡德惠死了，生物系暂时还没有新的助教追补上来，生物系主任难得到系里来看看，生物系办公室的门窗常常关锁着。

蔡德惠手制的日规上的竹筷的影子每天仍旧在慢慢地移动着。

一九八四年六月五日初稿,六月七日重写

注　释

① 　本篇原载《雨花》1984 年第九期;初收《汪曾祺自选集》,漓江出版社,1987
年 10 月。

1985 年

故 人 往 事[①]

戴 车 匠

戴车匠是东街一景。

车匠是一种很古老的行业了。中国什么时候开始有车匠，无可考。想来这是很久远的事了。所谓车匠，就是在木制的车床子上用镟刀车镟小件圆形木器的那种人。从我记事的时候，全城似只有这一个车匠，一家车匠店。

车匠店离草巷口不远，坐南朝北。左邻是侯家银匠店，右邻是杨家香店。侯银匠成天用一根吹管吹火打银簪子、银镯子，或用小錾子錾银器上的花纹。侯家还出租花轿。花轿就停放在店堂的后面。大红缎子的轿帏，上绣丹凤朝阳和八仙，——中国的八仙是一组很奇怪的仙人，什么场合都有他们的份。结婚和八仙有什么关系呢？谁家姑娘要出阁，就事前到侯银匠家把花轿订下来。这顶花轿不知抬过多少新娘子了。附近几条街巷的人家，大家小户，都用这顶花轿。杨家香店柜前立着一块竖匾，上面不是写的字，却是用金漆堆塑出一幅"鹤鹿同春"的画。弯着脖子吃草的金鹿和拳一只腿的金鹤留给过往行人很深的印象，因为一天要看见好多次。而且这是一幅画，凡是画，只要画得不太难看，人们还是愿意看一眼的。这在劳碌的生活中也是一种享受。我们那里不知道为什么有这样一种规矩，香店里每天都要打一盆稀稀的浆糊，免费供应街邻。人家要用少量的浆糊，就拿一块小纸，到香店里去"寻"。——大量的当然不行，比如糊窗户、打袼褙，那得自己家里拿

14

面粉冲。我小时糊风筝,就常到杨家香店寻浆糊(一个"三尾"的风筝是用不了多少浆糊的)……

戴家车匠店夹在两家之间。门面很小,只有一间。地势却颇高。跨进门坎,得上五层台阶。因此车匠店有点像个小戏台(戴车匠就好像在台上演戏)。店里正面是一堵板壁。板壁上有一副一尺多长,四寸来宽的小小的朱红对子,写的是:

> 室雅何须大
> 花香不在多

不知这是哪位读书人的手笔。但是看来戴车匠很喜欢这副对子。板壁后面,是住家。前面,是作坊。作坊靠西墙,放着两张车床。这所谓车床和现代的铁制车床是完全不同的。就像一张狭长的小床,木制的,有一个四框,当中有一个车轴,轴上安镟刀,轴下有皮条,皮条钉在踏板上,双脚上下踏动踏板,皮条牵动车轴,镟刀来回转动,车匠坐在坐板上,两手执定小块木料,就镟刀上车镟成器,这就是中国的古式的车床,——其原理倒是和铁制车床是一样的。这东西用语言是说不清楚的。《天工开物》之类的书上也许有车床的图,我没有查过。

靠里的车床是一张大的,那还是戴车匠的父亲留下的。老一辈人打东西不怕费料,总是超过需要的粗壮。这张老车床用了两代人,坐板已经磨得很光润,所有的榫头都还是牢牢实实的,没有一点活动。戴车匠嫌它过于笨重,就自己另打了一张新的。除了做特别沉重的东西,一般都使外边较小的这一张。

戴车匠起得很早。在别家店铺才卸下铺板的时候,戴车匠已经吃了早饭,选好了材料,看看图样,坐到车床的坐板上了。一个人走进他的工作,是叫人感动的。他这就和这张床子成了一体,一刻不停地做起活来了。看到戴车匠坐在床子上,让人想起古人说的:"百工居于肆,以成其器"。中国的工匠,都是很勤快的。好吃懒做的工匠,大概没有,——很少。

车匠做的活都是圆的。常言说:"砍的没有镟的圆"。较粗的活是量米的升子,烧饼槌子。——我们那里擀烧饼不用擀杖,用一种特制的烧饼槌子,一段圆木头,车光了,状如一个小碌碡,当中掏出圆洞,插进一个木杆。较细的活是布掸子的把,——末端车成一个滴溜圆的小球或甘露形状;擀烧麦皮用的细擀杖,——我们那里擀烧麦皮用两根小擀杖同时擀,擀杖长五寸,粗如指,极光滑,两根擀杖须分量相等。最细致的活是装围棋子的槟榔木的小圆罐,——罐盖须严丝合缝,木理花纹不错分毫。戴车匠做的最多的是大小不等的滑车。这是三桅大帆船上用的。布帆升降,离不开滑车。做得了的东西,都悬挂在西边墙上,真是琳琅满目,细巧玲珑。

车匠用的木料都是坚实细致的,檀木——白檀,紫檀,红木,黄杨,枣木,梨木,最次的也是榆木的。戴车匠踩动踏板,执料就刀,镟刀轻轻地吟叫着,吐出细细的木花。木花如书带草,如韭菜叶,如番瓜瓤,有白的、浅黄的、粉红的、淡紫的,落在地面上,落在戴车匠的脚上,很好看。住在这条街上的孩子多爱上戴车匠家看戴车匠做活,一个一个,小傻子似的,聚精会神,一看看半天。

孩子们愿意上戴车匠家来,还因为他养着一窝洋老鼠——白耗子,装在一个一面有玻璃的长方木箱里,挂在东面的墙上。洋老鼠在里面踩车、推磨、上楼、下楼,整天不闲着,——无事忙。戴车匠这么大的人了,对洋老鼠并无多大兴趣,养来是给他的独儿子玩的。

一到快过清明节了,大街小巷的孩子就都惦记起戴车匠来。

这里的风俗,清明那天吃螺蛳,家家如此,说是清明吃螺蛳,可以明目。买几斤螺蛳,入盐,少放一点五香大料,煮出一大盆,可供孩子吃一天。孩子们除了吃,还可以玩,——用螺蛳弓把螺蛳壳射出去。螺蛳弓是竹制的小弓,有一支小弓箭,附在双股麻线拧成的弓弦上。竹箭从竹片窝成的弓背当中的一个窟窿里穿过去。孩子们用竹箭的尖端把螺蛳掏出来吃了,用螺蛳壳套在竹箭上,一拉弓弦,弓背弯成满月,一撒手,哒的一声,螺蛳壳便射了出去。射得相当高,相当远。在平地上,射上屋顶是没有问题的。——竹箭被弓背挡住,是射不出去的。家家孩子吃螺蛳,放螺蛳弓,因此每年夏天瓦匠捡漏时,总要从瓦楞里扫下好些螺蛳壳来。不知道为什么,这种螺蛳弓都是车匠做,——其实这东西不用上床子镟,只要用破竹的作刀即能做成,应该由竹器店供应才对。清明前半个月,戴车匠就把别的活都停下来,整天地做螺蛳弓。孩子们从戴车匠门前过,就都兴奋起来。到了接近清明,戴车匠家就都是孩子。螺蛳弓分大、中、小三号,弹力有差,射程远近不同,价钱也不一样。孩子们眼睛发亮,挑选着,比较着,挨挨挤挤,叽叽喳喳,好不热闹。到清明那天,听吧,到处是拉弓放箭的声音:"哒——哒!"

戴车匠每年照例要给他的儿子做一张特号的大弓。所有的孩子看了都羡慕。

戴车匠眯缝着眼睛看着他的儿子坐在门坎上吃螺蛳,把螺蛳壳用力地射到对面一家倒闭了的钱庄的屋顶上,若有所思。

他在想什么呢?

他的儿子已经八岁了。他该不会是想:这孩子将来干什么?是让他也学车匠,还是另外学一门手艺?世事变化很快,他隐隐约约觉得,车匠这一行恐怕不能永远延续下去。

一九八一年,我回乡了一次(我去乡已四十余年)。东街已经完全变样,戴家车匠店已经没有痕迹了。——侯家银匠店,杨家香店,也都没有了。

也许这是最后一个车匠了。

收字纸的老人

中国人对于字有一种特殊的崇拜心理,认为字是神圣的。有字的纸是不能随便抛掷的。亵渎了字纸,会遭到天谴。因此,家家都有一个字纸篓。这是一个小口、宽肩的扁篓子,竹篾为胎,外糊白纸,正面竖贴着一条二寸来宽的红纸,写着四个正楷的黑字:"敬惜字纸"。字纸篓都挂在一个尊贵的地方,一般都在堂屋里家神菩萨的神案的一侧。隔十天半月,字纸篓快满了,就由收字纸的收去。这个收字纸的姓白,大人小孩都叫他老白。他上岁数了,身体却很好。满腮的白胡子茬,衬得他的脸色异常红润。眼不花,耳不聋。走起路来,腿脚还很轻快。他背着一个大竹筐,推门走进相熟的人家,到堂屋里把字纸倒在竹筐里,转身就走,并不惊动主人。有时遇见主人正在堂屋里,也说说话,问问老太爷的病好些了没有,小少爷快该上学了吧……

他把这些字纸背到文昌阁去,烧掉。

文昌阁的地点很偏僻,在东郊,一条小河的旁边,一座比较大的灰黑色的四合院。叫做阁,其实并没有什么阁。正面三间朝北的平房,砖墙瓦顶,北墙上挂了一幅大立轴,上书"文昌帝君之神位",纸色已经发黑。香案上有一副锡制的香炉烛台。除此之外,一无所有,显得空荡荡的。这文昌帝君不知算是什么神,只知道他原先也是人,读书人,曾经连续做过十七世士大夫,不知道怎么又变成了"帝君"。他是司文运的。更具体地说,是掌握读书人的功名的。谁该有什么功名,都由他决定。因此,读书人对他很崇敬。过去,每逢初一、十五,总有一些秀才或候补秀才到阁里来磕头。要是得了较高的功名,中了举,中了进士,就更得到文昌阁来拈香上供,感谢帝君恩德。科举时期,文昌阁在一县的士人心目中是占据很主要的位置的,后来,就冷落下来了。

正房两侧,各有两间厢房。西厢房是老白住的。他是看文昌阁的,也可以说是一个庙祝。东厢房存着一副《文昌帝君阴骘文》的书板。当中是一个颇大的院子,种着两棵柿子树。夏天一地浓阴,秋天满株黄柿。柿树之前,有一座一人多高的砖砌的方亭子,亭子的四壁各有一个脸盆大的圆洞。这便是烧化字纸的化纸炉。化纸炉设在文昌阁,顺理成章。老白收了字纸,便投在化纸炉里,点火焚烧。化纸炉四面通风,不大一会,就烧尽了。

老白孤身一人,日子好过。早先有人拈香上供,他可以得到赏钱。有时有人家拿几刀纸让老白代印《阴骘文》(印了送人,是一种积德的善举),也会送老白一点工钱。老白印了多次《阴骘文》,几乎能背下来了(他是识字的),开头是:"帝君曰:吾一十七世为士大夫,身未尝虐民酷吏……"后来,也没有人来印《阴骘文》了,这副板子就闲在那里,落满了灰尘。不过老白还是饿不着的。他挨家收字纸,逢年过节,大家小户都会送他一点钱。端午节,有人家送他几个粽子;八月节,几个月饼;

年下，给他二升米，一方咸肉。老白粗茶淡饭，怡然自得。化纸之后，关门独坐。门外长流水，日长如小年。

他有时也会想想县里的几个举人、进士到阁里来上供谢神的盛况。往事历历，如在目前。有一天夜里，他做了一个梦，李三老爷点了翰林，要到文昌阁拈香。旗锣伞扇，摆了二里长。他听见有人叫他："老白！老白！李三老爷来进香了，轿子已经到了螺蛳坝，你还不起来把正门开了！"老白一骨碌坐起来，愣怔了半天，才想起来三老爷已经死了好几年了。这李三老爷虽说点了翰林，人缘很不好，一县人背后都叫他李三麻子。

老白收了字纸，有时要抹平了看看（他怕万一有人家把房地契当字纸扔了，这种事曾经发生过）。近几年他收了一些字纸，却一个字都不认得。字横行如蚯蚓，还有些三角、圆圈、四方块。那是中学生的英文和几何的习题。他摇摇头，把这些练习本和别的字纸一同填进化纸炉烧了。孔夫子和欧几米德、纳斯菲尔于是同归于尽。

老白活到九十七岁，无疾而终。

花　　瓶

这张汉是对门万顺酱园连家的一个亲戚兼食客，全名是张汉轩，大家都叫他张汉，大概觉得已经沦为食客，就不必"轩"了。此人有七十岁了，长得活脱像一个伏尔泰，一张尖脸，一个尖尖的鼻子。他年轻时在外地做过幕，走过很多地方，见多识广，什么都知道，是个百事通。比如说抽烟，他就告诉你烟有五种：水、旱、鼻、雅、潮。"雅"是鸦片。"潮"是潮烟，这地方谁也没见过。说喝酒，他就能说出山东黄、状元红、莲花白……说喝茶，他就告诉你狮峰龙井、苏州的碧螺春，云南的"烤茶"是怎样在一个罐里烤的，福建的功夫茶的茶杯比酒盅还小，就是吃了一只炖肘子，也只能喝三杯，这茶太酽了。他熟读《子不语》、《夜雨秋灯录》，能讲许多鬼狐故事。他还知道云南怎样放蛊，湘西怎样赶尸。他还亲眼见到过旱魃、僵尸、狐狸精，有时间，有地点，有鼻子有眼。三教九流,医卜星相,他全知道。他读过《麻衣神相》《柳庄神相》,会算"奇门遁甲"、"六壬课"、"灵棋经"。他总要快要到九点钟时才出现(白天不知道他干什么),他一来,大家精神为之一振,这一晚上就全听他一个人白话。

(旧作《异秉》)

张汉在保全堂药店讲过许多故事。有些故事平平淡淡,意思不大(尽管他说得神乎其神)。有些过于不经,使人难信。有一些却能使人留下强烈印象,日后还会时常想起。

下面就是他讲过的一个故事。

死生由命,富贵在天。不但是人,就是猫狗,也都有它的命。就是一件器物,什么时候毁坏,在它造出来的那一天,就已经注定了。

江西景德镇,有一个瓷器工人,专能制造各种精美瓷器。他造的瓷器,都很名贵。他同时又是个会算命的人。每回造出一件得意的瓷器,他就给这件瓷器算一个命。有一回,他造了一只花瓶。出窑之后,他都呆了:这是一件窑变,颜色极美,釉彩好像在不停地流动,光华夺目,变幻不定。这是他入窑之前完全没有想到的。他给这只花瓶也算了一个命。花瓶脱手之后,他就一直设法追踪这只宝器的下落。

过了若干年,这件花瓶数易其主,落到一家人家。当然是大户人家,而且是爱好古玩的收藏家。小户人家是收不起这样价值连城的花瓶的。

这位瓷器工人,访到了这家,等到了日子,敲门求见。主人出来,知是远道来客,问道:"何事?"——"久闻府上收了一只窑变花瓶,我特意来看看。——我是造这只花瓶的工人。"主人见这人的行动有点离奇,但既是造花瓶的人,不便拒绝,便迎进客厅待茶。

瓷器工人抬眼一看,花瓶摆在条案上,别来无恙。

主人好客,虽是富家,却不倨傲。他向瓷器工人讨教了一些有关烧窑挂釉的学问,并拿出几件宋元瓷器,请工人鉴赏。宾主二人,谈得很投机。

忽然听到啪嘟一声,条案上的花瓶破了!主人大惊失色,跑过去捧起花瓶,跌着脚连声叫道:"可惜!可惜!——好端端地,怎么会破了呢?"

瓷器工人不慌不忙,走了过去,接过花瓶,对主人说:"不必惋惜。"他从瓶里摸出一根方头铁钉,并让主人向花瓶胎里看一看。只见瓶腹内用蓝釉烧着一行字:

某年月日时鼠斗落钉毁此瓶

这是一个迷信故事。这个故事当然是编出来的。不过编得很有情致。这比许多荒唐恐怖的迷信故事更能打动人,并且使人获得美感。一件瓷器的毁损,也都是前定的,这种宿命观念不可谓不深刻。这故事是谁编的?为什么要编出这样的故事?迷信当然不能提倡,但是宿命观念是久远而且牢固的,它将会在相当长的时间内,在中国人的思想里潜伏。人类只要还不能完全掌握自己的命运,迷信总还会存在。许多迷信故事应当收集起来,这对我们了解这个民族长期形成的心理素质是有帮助的。从某一方面说,这也是一宗文化遗产。

如意楼和得意楼

扬州人早上皮包水(上茶馆),晚上水包皮(上澡堂子)。扬八属(扬州所属八县)莫不如此,我们那个小县城就有不少茶楼。竺家巷是一条不很长,也不宽的巷子,巷口就有两家茶馆。一家叫如意楼,一家叫得意楼。两家茶馆斜对门。如意楼坐西朝东,得意楼坐东朝西。两家离得很近。下雨天,从这家到那家,三步就能跳过去。两家的楼上的茶客可以凭窗说话,不用大声,便能听得清清楚楚。如要隔楼敬烟,把烟盒轻轻一丢,对面便能接住。如意楼的老板姓胡,人称胡老板或胡老二。得意楼的老板姓吴,人称吴老板或吴老二。

上茶馆并不是专为喝茶。茶当然是要喝的。但主要是去吃点心。所以"上茶馆"又称"吃早茶"。"明天我请你吃早茶。"——"我的东,我的东!"——"我先说的,我先说的!"茶馆又是人们交际应酬的场所。摆酒请客,过于隆重。吃早茶则较为简便,所费不多。朋友小聚,店铺与行客洽谈生意,大都是上茶馆。间或也有为了房地纠纷到茶馆来"说事"的。有人居中调停,两下拉拢;有人仗义执言,明辨是非,有点类似江南的"吃讲茶"。上茶馆是我们那一带人生活里的重要项目,一个月里总要上几次茶馆。有人甚至是每天上茶馆的,熟识的茶馆里有他的常座和单独给他预备的茶壶。

扬州一带的点心是很讲究的,世称"川菜扬点"。我们那个县里茶馆的点心不如扬州富春那样的齐全,但是品目也不少。计有:

包子。这是主要的。包子是肉馅的(不像北方的包子往往掺了白菜或韭菜)。到了秋天,螃蟹下来的时候,则在包子嘴上加一撮蟹肉,谓之"加蟹"。我们那里的包子是不收口的。捏了摺子,留一个小圆洞,可以看到里面的馅。"加蟹"包子每一个的口上都可以看到一块通红的蟹黄,油汪汪的,逗引人们的食欲。野鸭肥壮时,有几家大茶馆卖野鸭馅的包子,一般茶馆没有。如意楼和得意楼都未卖过。

蒸饺。皮极薄,皮里一包汤汁。吃蒸饺须先咬破一小口,将汤汁吸去。吸时要小心,否则烫嘴。蒸饺也是肉馅,也可以加笋,——加切成米粒大的冬笋细末,则须于正价之外,另加笋钱。

烧麦。烧麦通常是糯米肉末为馅。别有一种"清糖菜"烧麦,乃以青菜煮至稀烂,菜叶菜梗,都已溶化,略无渣滓,少加一点盐,加大量的白糖、猪油,搅成糊状,用为馅。这种烧麦蒸熟后皮子是透明的,从外面可以看到里面碧绿的馅,故又谓之翡翠烧麦。

千层油糕。

糖油蝴蝶花卷。

蜂糖糕。

开花馒头。

在点心没有上桌之前,先喝茶,吃干丝,我们那里茶馆里吃点心都是现要，现包，现蒸，现吃。笼是小笼，一笼蒸十六只。不像北方用大笼蒸出一屉，拾在盘子里。因此要了点心，得等一会。喝茶、吃干丝的时候，也是聊天的时候，干丝是扬州镇江一带特有的东西。压得很紧的方块豆腐干，用快刀劈成薄片，再切为细丝，即为干丝。干丝有两种。一种是烫干丝，干丝在开水里烫后，加上好秋油、小磨麻油、金钩虾米、姜丝、青蒜末。上桌一拌，香气四溢。一种是煮干丝，乃以鸡汤煮成，加虾米、火腿。煮干丝较俗，不如烫干丝清爽。吃干丝必须喝浓茶。吃一筷干丝，呷一口茶，这样才能各有余味，相得益彰。有爱喝酒的，也能就干丝喝酒。早晨喝酒易醉。常言说："莫饮卯时酒，昏昏直至酉。"但是我们那里爱喝"卯酒"的人不少。这样喝茶、吃干丝，吃点心，一顿早茶要吃两个来小时。我们那里的人，过去的生活真是够悠闲的。——一九八一年我回乡一次，吃早茶的风气还有，但大家吃起来都是匆匆忙忙的了。恐怕原来的生活节奏也是需要变一变。

如意楼的生意很好。一大清早，小徒弟就把铺板卸了，把两口炉灶生起来，——一口烧开水，一口蒸包子，巷口就弥漫了带硫磺味道的煤烟。一个师傅剁馅。茶馆里剁馅都是在一个高齐人胸的粗大的木墩上剁。师傅站在一个方木块上，两手各执一把厚背的大刀，抡起胳膊，乒乒乓乓地剁。一个师傅就一张方桌边切干丝。另外三个师傅揉面。"打到的媳妇揉到的面"，包子皮有没有咬劲，全在揉。他们都很紧张，很专注，很卖力气。一天就这样开始了。

如意楼的胡二老板有三十五六了。他是个矮胖子，生得五短，但是很精神。双眼皮，大眼睛，满面红光，一头乌黑的短头发。他是个很勤勉的人。每天早起，店门才开，他即到店。各处巡视，尝尝肉馅咸淡，切开揉好的面，看看蜂窝眼的大小。我们那里包包子的面不能发得太大，不像北方的包子，过于喧腾，得发得只起小孔，谓之"小酵面"。这样才筋道，而且不会把汤汁渗进包子皮。然后，切下一小块面，在烧红的火叉上烙一烙，闻闻面香，看兑碱兑的合适不合适。其实师傅们调馅兑碱都已很有经验，准保咸淡适中，酸碱合度，不会有差。但是胡老二还是每天要视验一下，方才放心。然后，就坐下来和师傅们一同擀皮子、刮馅儿、包包子、烧麦、蒸饺……（他是学过这行手艺的，是城里最大的茶馆小蓬莱出身）茶馆的案子都是比较矮的，他一坐下，就好像短了半截。如意楼做点心的有三个人，连胡老二自己，四个。胡二老板坐在靠外的一张矮板凳上，为的是有熟客来时，好欠起屁股来打个招呼："您来啦！您请楼上坐！"客人点点头，就一步一步登上了楼梯。

胡老二在东街不算是财主，他自己总是很谦虚地说他的买卖本小利微，经不起风雨。他和开布店的、开药店的、开酱园的、开南货店的、开棉席店的……自然不能相比。他既是财东，又是耍手艺的。他穿短衣时多，很少有穿了长衫，摇着扇子从街上走的时候。但是大家都知道他手里很足实，这些年正走旺字。屋里有金银，外面有戥秤。他一天卖了多少笼包子，下多少本，看多少利，本街的人是算得出来的。"如意楼"这块招牌不大，但是很亮堂。招牌下面缀着一个红布条，迎风飘摆。

相形之下，对面的得意楼就显得颇为暗淡。如意楼高朋满座，得意楼茶客不多。上得意楼的多是上城完粮的小乡绅、住在五湖居客栈外地人，本街的茶客少。有些是上了如意楼楼上一看，没有空座，才改主意上对面的。其实两家卖的东西差不多，但是大家都爱上如意楼，不爱上得意楼。这真是没有办法的事。

得意楼的老板吴老二有四十多了，是个细高条儿，疏眉细眼。他自己不会做点心的手艺，整天只是坐在账桌边写账，——其实茶馆是没有多少账好写的。见有人来，必起身为礼："楼上请！"然后扬声吆喝："上来×位！"这是招呼楼上的跑堂的。他倒是穿长衫的。账桌上放着一包哈德门香烟，不时点火抽一根，蹙着眉头想心事。

得意楼年年亏本，混不下去了。吴老二只好改弦更张，另辟蹊径。他把原来做包点的师傅辞了，请了一个厨子，茶馆改酒馆。旧店新开，不换招牌，还叫做得意楼。开张三天，半卖半送。鸡鸭鱼肉，煎炒烹炸，面饭两便，气象一新。同街店铺送了大红对子，道喜兼来尝新的络绎不绝，颇为热闹。过了不到二十天，就又冷落下来了。门前的桌案上摆了几盘煎熟了的鱼，看样子都不怎么新鲜。灶上的铁钩上挂了两只鸡，颜色灰白。纱橱里的猪肝、腰子,全都瘪塌塌地摊在盘子里。吴老二脱去了长衫,穿了短袄,系了一条白布围裙,从老板降格成了跑堂的了。他肩上搭了一条抹布,围裙的腰里别了一把筷子。——这不知是一种什么规矩,酒馆的跑堂的要把筷子别在腰里。这种规矩,别处似少见。他脚上有脚垫,又是"踒趾"——脚趾头擦着,走路不利索。他就这样一拐一拧地招呼座客。面色黄白,两眼无神,好像害了一种什么不易治疗的慢性病。

得意楼酒馆看来又要开不下去。一街的人都预言,用不了多久,就会关张的。

吴老二蹙着眉头想:我怎么就这么不走运呢?

他不知道,他的买卖开不好,原因就是他的精神萎靡。他老是这么拖拖沓沓,没精打采,吃茶吃饭的顾客,一看见他的呆滞的目光,就倒了胃口了。

一个人要兴旺发达,得有那么一点精气神。

一九八五年七月上旬作

注 释

① 本篇原载《新苑》1986 年第一期,其中《戴车匠》为旧作同题重写;初收《汪曾祺自选集》,漓江出版社,1987 年 10 月。

郝有才趣事①

郝有才一辈子没有什么露脸的事。也没有多少现眼的事。他是个极其普通的人，没有什么特点。要说特点，那就是他过日子特别仔细，爱打个小算盘。话说回来了，一个人过日子仔细一点，爱打个小算盘，这碍着别人什么了？为什么有些人总爱拿他的一些小事当笑话说呢？

他是三分队的。三分队是舞台工作队。一分队是演员队，二分队是乐队。管箱的，——大衣箱、二衣箱、旗包箱，梳头的，检场的……这都归三分队。郝有才没有坐过科，拜过师，是个"外行"，什么都不会，他只会装车、卸车、搬布景、挂吊杆，干一点杂活。这些活，看看就会，没有三天力巴。三分队的都是"苦哈哈"，他们的工资都比较低。不像演员里的"好角"，一月能拿二百多、三百。也不像乐队里的名琴师、打鼓佬，一月也能拿一百八九。他们每月都只有几十块钱。"开支"的时候，工资袋里薄薄的一叠，数起来很省事。他们的家累也都比较重，孩子多。因此，三分队的过日子都比较简省，郝有才是其尤甚者。

他们家的饭食很简单。不过能够吃饱。一年难得吃几次鱼，都是带鱼，熬一大盆，一家子吃一顿。他们家的孩子没有吃过虾。至于螃蟹，更不知道是什么滋味了。中午饭有什么吃什么，窝头、贴饼子、烙饼、馒头、米饭。有时也蒸几屉包子，菠菜馅的、韭菜馅的、茴香馅的，肉少菜多。这样可以变变花样，也省粮食。晚饭一般是吃面。炸酱面、麻酱面。茄子便宜的时候，茄子打卤。扁豆老了的时候，焖扁豆面，——扁豆焖熟了，把面往锅里一下，一翻个儿，得！吃面浇什么，不论，但是必须得有蒜。"吃面不就蒜，好比杀人不见血！"他吃的蒜也都是紫皮大瓣。"青皮萝卜紫皮蒜，抬头的老婆低头的汉，这是上讲的！"他的蒜都是很磁棒，很鼓立的，一头是一头，上得了画，能拿到展览会上去展览。每一头都是他精心挑选过,挨着个儿用手捏过的。

不但是蒜,他们家吃的菜也都是经他精心挑选的。他每天中午、晚晌下班,顺便买菜。从剧团到他们家共有七家菜摊,经过每一个菜摊,他都要下车——他骑车,问问价,看看菜的成色。七家都考察完了,然后决定买哪一家的,再骑车翻回去选购。卖菜的约完了,他都要再复一次秤,——他的自行车后架上随时带着一杆小秤。他买菜回来,邻居见了他买的菜都羡慕:"你瞧有才买的这菜,又水灵,又便宜!"郝有才翻腿下车,说:"货买三家不吃亏,——您得挑!"

郝有才干了一件稀罕事。他对他们家附近的烧饼、焦圈作了一次周密的调查研究。他早点爱吃个芝麻烧饼夹焦圈。他家在西河沿。他曾骑车西至牛街,东至珠市口,把这段路上每家卖烧饼焦圈的铺子都走遍,每一家买两个烧饼、两个焦圈,回家用戥子一一约过。经过细品,得出结论:以陕西巷口大庆和的质量最高。烧饼分量足,焦圈炸得透。他把这结论公诸于众,并买了几套大庆和的烧饼焦圈,请大家品尝。大家嚼食之后,一致同意他的结论。于是纷纷托他代买。他也乐于跑这个小腿。好在西河沿离陕西巷不远,骑车十分钟就到了。他的这一番调查给大家留下深刻印象,因为别人都没有想到。

剧团外出,他不吃团里的食堂。每次都是烙了几十张烙饼,用包袱皮一包,带着。另外带了好些卤虾酱、韭菜花、臭豆腐、秦椒糊、豆儿酱、芥菜疙瘩、小酱萝卜,瓶瓶罐罐,丁令当啷。他就用这些小菜就干烙饼。一到烙饼吃完,他就想家了,想北京,想北京的"吃儿"。他说,在北京,哪怕就是虾米皮熬白菜,也比外地的香。"为什么呢?因为,——五味神在北京!""五味神"是什么神?至今尚未有人考证过,不见于载籍。

他抽烟,抽烟袋,关东。他对于烟叶,要算个行家。什么黑龙江的亚布利、吉林的交河烟、易县小叶乃至云南烤烟,他只要看看,捏一撮闻闻,准能说出个子午卯酉。不过他一般不上烟铺买烟,他遛烟摊。这摊上的烟叶子厚不厚,口劲强不强,是不是"灰白火亮",他老远地一眼就能瞧出来。卖烟的耍的"手彩"别想瞒过他。什么"插翎儿"、"洒药",全都逃不过他的眼睛。"几捆烟摆在地下,你一瞧,色气好,叶儿挺厚实,拐子不多,不赖！卖烟的打一捆里,噌——抽出了一根:'尝尝！尝尝！'你揉一揉往烟袋里一摁,点火,抽！真不赖,'满口烟',喷香！其实他这几捆里就这一根是好的,是插进去的,——卖烟的知道。你再抽抽别的叶子,不是这个味儿了！——这为'插翎'。要说,这个'侃儿'②起得挺有个意思,烟叶可不有点像鸟的翎毛么？还有一种,归'洒药'。地下一堆碎烟叶。你来了,卖烟的抢过你的烟袋:'来一袋,尝尝！试试！'给你装了一袋,一抽:真好！其实这一袋,是他一转身的那工夫,从怀里掏出来给你装上的,——这是好烟。你就买吧！买了一包,地下的,一抽,咳！——屁烟！——'洒药'！"

他爱喝一口酒。不多,最多二两。他在家不喝。家里不预备酒,免得老想喝。在小铺里喝。不就菜,抽关东烟就酒。这有个名目,叫做"云彩酒"。

他爱逛寄卖行。他家大人孩子们的鞋、袜、手套、帽子,都是处理品。剧团外出,他爱逛商店,遛地摊,买"俏货"。他买的俏货都不是什么贵重东西。凉席、雨伞、马莲根的炊帚、铁丝笊篱……他买俏货,也有吃亏上当的时候。有一次,他从汉口买了一套套盆,——绿釉的陶盆,一个套着一个,一套五个,外面最大的可以洗被窝,里面最小的可以和面。他就像收藏家买了一张唐伯虎的画似的,高兴得不得了。费了半天劲,才把这套宝贝弄上车。不想到了北京,出了前门火车站,对面一家山货店里就有,东西和他买的一样,价钱比汉口便宜。他一气之下,恨不能把这套套盆摔碎了。——当然没有,他还是咬着嘴唇把这几十斤重的东西背回去了。"郝有才千里买套盆"落下一个"哏",供剧团的很多人说笑了个把月。

说话,到了"文化大革命"。"文化大革命"乍一起来的时候,郝有才也矇了。这是怎么回事呢？昨天还是书记、团长,三叔、二大爷,一宵的工夫,都成了走资派、"三名三高"。大字报铺天盖地。小伙子们都像"上了法",一个个杀气腾腾,瞧着都瘆得慌。大家都学会了嚷嚷。平日言迟语拙的人忽然都长了口才,说起话一套一套的。郝有才心想:这算哪一出呢？渐渐地他心里踏实了。他知道"革命"革不到他头上。

他头一回知道：三分队的都是红五类——工人阶级。各战斗组都拉他们。三分队的队员顿时身价十倍。有的人趾高气扬，走进走出都把头抬得很高。他们原来是人下人，现在翻身了！也有老实巴交的，还跟原来一样，每天上班，抽烟喝水，低头听会。郝有才基本上属于后一类。他也参加大批判，大辩论，跟着喊口号，叫"打倒"，但是他没有动手打过人，往谁脸上啐过唾沫，给谁嘴里抹过浆糊。他心里想：干嘛呀，有朝一日，还要见面。只有一件事少不了他。造反派上谁家抄家时总得叫上他，让他蹬平板三轮，去拉抄出来的"四旧"。他翻翻抄出来的东西，不免生一点感慨：真有好东西呀！

没多久，派来了军、工宣队，搞大联合，成立了革命委员会。

又没多久，这个团被指定为样板团。

样板团有什么好处？——好处多了！

样板团吃样板饭。炊事班每天变着样给大伙做好吃的。番茄焖牛肉、香酥鸡、糖醋鱼、包饺子、炸油饼……郝有才觉得天天过年。肚子里油水足，他胖了。

样板团发样板服。每年两套的确良制服，一套深灰，一套浅灰。穿得仔细一点，一年可以不用添置衣裳。——三分队还有工作服。到了冬天，还发一件棉军大衣。领大衣时，郝有才闹了一点小笑话。

棉大衣共有三个号：一号、二号、三号——大、中、小。一般身材，穿二号。矮小一点的，三号就行了。能穿一号的，全团没有几个。三分队的队长拿了一张表格，叫大家报自己的大衣号，好汇总了报上去。到了郝有才，他要求登记一件一号的。队长愣了："你多高？"——"一米六二。"——"那你要一号的？你穿三号的！——你穿上一号的像什么样子，那不成了道袍啦？"——"一号的，一号的！您给我登一件一号的！劳您驾！劳您驾！"队长纳了闷了，问他："你这是什么意思？"他说了实话："我拿回去，改改。下摆铰下来，能缝一副手套。"——"哑！什么人呐！全团有你这样的吗？领一件大衣，还饶一副手套！亏你想得出来！"队长把这事汇报了上去，军代表把他叫去训了一通。到底还是给他登记了一件三号的。

郝有才干了一件不大露脸的事,拿了人家五个羊蹄。他到一家回民食堂挑了五个羊蹄,趁着人多,售货员没注意,拿了就走,——没给钱。不想售货员早注意上他了,一把拽住:"你给钱了吗?"——"给啦!"——"给了多少?我还没约呐,你就给了钱啦?"——"我现在给!"——"现在给?——晚啦!"旁边围了一圈人,都说:"真不像话!""还是样板团的哪!"(他穿着样板服哪)。售货员非把他拉到公安局去不可。公安局的人一看,就五个羊蹄,事不大,就说:"你写个检查吧!"——"写不了!我不认字。"公安局给剧团打了个电话,让剧团把他领回去。

军、工宣队研究了一下,觉得问题不大,影响不好,决定开一个小会,在队里批评批评他。

会上发言很热烈,每个人都说了。有人念了好几段毛主席语录。有一位能看"三列国"③的管箱的师傅掏出一本《雷锋日记》,念了好几篇,说:"你瞧人家雷锋,风格多高。你瞧你,什么风格!——你简直的没有格!你好好找找差距吧!拿人家五个羊蹄。五个羊蹄,能值多少钱!你这么大的人了!小孩子也干不出这种事来!哎哟哎哟,你叫我说你什么好噢!我都替你寒碜。"军代表参加了这次会,看大家发言差不多了,就说:"郝有才,你也说说。"

"说说。我这叫'爱小',贪小便宜。贪小便宜吃大亏呀!我怎么会贪小便宜?我打小就穷。我爸死得早,我妈是换取灯的④……"

军代表不知道什么是"换取灯的",旁边有人给他解释半天,军代表明白了,"哦。"

"我打小什么都干过。拣煤核,打执事⑤……"

什么是打执事,军代表也不懂,又得给他解释半天。

"哦。"

"后来,我拉排子车,——拉小绊,我力气小,驾不了辕,只能拉小绊。

"有一回,大夏天,我发了痧,死过去了。也不知是哪位好心的,把我搭在前门门洞里。我醒过来了,瞅着甕券上的城砖:'我这是在哪儿呐？'……"

三分队的出身都比较苦，类似的经历，他们也都有过，听了心里都有点难受，有人眼圈都红了。

"后来，我拉了两年洋车。

"后来，给陈××拉包月。"陈××是个名演员，唱老生的。

"拉包月，倒不累。除了拉大爷上馆子——"

"上馆子？陈××爱吃馆子？"军代表不明白。

又得给他解释："上馆子就是上剧场。"

"除了拉大爷上馆子，就是拉大奶奶上东安市场买买东西。"

军代表听到"大爷"、"大奶奶"，觉得很不舒服，就打断了他："不要说'大爷'、'大奶奶'。"

"对！他是老板，我是拉车的。我跟他是两路人。除了，……咳，陈××爱吃红菜汤，他老让我到大地餐厅去给他端红菜汤。放在车上给他拉回来。我拉车、拉人、还拉红菜汤，你说这叫什么事！"

军代表听着，不知道他要说到哪里去，就又打断了他："不要扯得太远，不要离题，说说你对自己的错误的认识。"

"对，说认识。我这就要回到本题上来了。好容易，解放了，我参加了剧团。剧团改国营，我每月有了准收入，冻不着，饿不死了。这都亏了共产党呀！——中国共产党万岁！"

他抽不冷子来了这么一句，大伙不能不举起手来跟着他喊：

"中国共产党万岁！"

"这以后，剧团归为样板团，咱们是一步登天哪！'板儿饭'，'板儿服'，真是没的说！可我居然干出这种丢人现眼的事，我给样板团抹了黑。我对得起谁？你们说：我对得起谁？嗯？……"

他问得理直气壮，简直有点咄咄逼人。

军代表觉得他再也说不出什么了，就做了简短的结论：

"郝有才同志的检查不够深刻。不过态度还是好的，也有沉痛感，一个人犯了错误，不要紧，只要改正了就好。对于犯错误的同志，我们不应该歧视他，轻视他，而是要热情地帮助他。"接着又说："对于任何人,都要一分为二。比如郝有才同志,他有缺点,爱打个小算盘。他也有优点嘛!比如,他每天给大家打开水,这就是优点。这也是为人民服务嘛!希望他今后能发扬优点,克服缺点,做一名无愧于样板团称号的文艺战士!"

会就开到了这里。

过了没多久,郝有才可干了一件十分露脸的事。他早起上班打开水,上楼梯的时候绊了一下,暖壶碰在栏干上,"砰!"把一个暖壶胆瓶⑥了。暖壶胆瓶了,照例是可以拿到总务科去领一个的。郝有才不知怎么一想,他没去总务科去领,自己掏钱,到菜市口配了一个。——而且没有告诉任何人。不过人们还是知道了,大家传开了:"有才这回干了一件漂亮事!"——"他这样的人,干出这样的事,尤其难得!"见了他,都说:"有才!好样儿的!"——"有才!你这进步可是不小哇!——我简直都不敢相信。"郝有才觉得美不滋儿的。

军、工宣队知道了,也都认为这是他们的思想工作的成果。事情不大,意义不小,于是决定让他在全团大会上作一次讲用。

要他讲用,可是有点困难。他不认字,不能写讲稿。让别人替他写讲稿也不成,他念不下来。只好凭他用口讲。军代表把他叫去,启发了半天,让他讲讲自己的活思想,——当时是怎么想的,怎样让公字占领了自己的思想,克服了私心,最好能引用两段毛主席语录。军代表心想,他虽不识字,可是大家整天念语录,他听也应该听会几段了。

那天讲用一共三个人。前面两个,都讲得不错,博得全场掌声。第三个是郝有才。郝有才上了台,向毛主席像行了一个礼,然后转过身来,大声地说:

"毛主席教导我们说:瓶了就瓶了!"

大家先是一愣,接着都忍不住哈哈大笑起来。主持会议的军代表原来还绷着,终于憋不住,随着大家一同哈哈大笑。他一边大笑,一边挥手:"散会!"

注 释

① 本篇原载《大西南文学》1985 年第九期;初收《汪曾祺自选集》,改题《讲用》,漓江出版社,1987 年 10 月。

② 侃儿即行话,甚至可说是"黑话"。

③ 《三国演义》及《东周列国志》,合称《三列国》。凡能读《三列国》的,在戏班里即为有学问的圣人。

④ 取灯即早先的火柴。换取灯的即收破烂的。收得破烂,或以取灯偿值,也有给钱的。

⑤ 执事是出殡和迎亲的仪仗,金瓜斧钺朝天凳,旗锣伞扇……出殡有幡、雪柳。打执事的都是穷人家的孩子。打一回执事,所得够一顿饭钱。

⑥ 瓪,北京土话,打碎了的意思。

桥边小说三篇①

詹 大 胖 子

詹大胖子是五小的斋夫。五小是县立第五小学的简称。斋夫就是后来的校工、工友。詹大胖子那会，还叫做斋夫。这是一个很古的称呼。后来就没有人叫了。"斋夫"废除于何时，谁也不知道。

詹大胖子是个大胖子。很胖，而且很白，是个大白胖子。尤其是夏天，他穿了白夏布的背心，露出胸脯和肚子，浑身的肉一走一哆嗦，就显得更白，更胖。他偶尔喝一点酒，生一点气，脸色就变成粉红的，成了一个粉红脸的大白胖子。

五小的校长张蕴之、学校的教员——先生，叫他詹大。五小的学生叫他的时候必用全称：詹大胖子。其实叫他詹胖子也就可以了，但是学生都愿意叫他詹大胖子，并不省略。

一个斋夫怎么可以是一个大胖子呢？然而五小的学生不奇怪。他们都觉得詹大胖子就应该像他那样。他们想象不出一个瘦斋夫是什么样子。詹大胖子如果不胖，五小就会变样子了。詹大胖子是五小的一部分。他当斋夫已经好多年了。似乎他生下来就是一个斋夫。

詹大胖子的主要职务是摇上课铃、下课铃。他在屋里坐着。他有一间小屋，在学校一进大门的拐角，也就是学校最南端。这间小屋原来盖了是为了当门房即传达室用的，但五小没有什么事可传达，来了人，大摇大摆就进来了，詹大胖子连问也不问。这间小屋就成了詹大胖子的宿舍。他在屋里坐着，看看钟。他屋里有一架挂钟。这学校有两架挂钟，一架在教务处。詹大胖子一早起来第一件事便是上这两架钟。

喀拉喀拉,上得很足,然后才去开大门。他看看钟,到时候了,就提了一只铃铛,走出来,一边走,一边摇:叮当、叮当、叮当……从南头摇到北头。上课了。学生奔到教室里,规规矩矩坐下来。下课了!詹大胖子的铃声摇得小学生的心里一亮。呼——都从教室里窜出来了。打秋千、踢毽子、拍皮球、抓子儿……

詹大胖子摇坏了好多铃铛。

后来,有一班毕业生凑钱买了一口小铜钟,送给母校留纪念,詹大胖子就从摇铃改为打钟。

一口很好看的钟,黄铜的,亮晶晶的。

铜钟用一条小铁链吊在小操场路边两棵梧桐树之间。铜钟有一个锤子,悬在当中,锤子下端垂下一条麻绳。詹大胖子扯动麻绳,钟就响了:嗵、嗵、嗵、嗵……钟不打的时候,麻绳绕在梧桐树干上,打一个活结。

梧桐树一年一年长高了。钟也随着高了。

五小的孩子也高了。

詹大胖子还有一件常做的事,是剪冬青树。这个学校有几个地方都栽着冬青树的树墙子。大礼堂门前左右两边各有一道,校园外边一道,幼稚园门外两边各有一道。冬青树长得很快,过些时,树头就长出来了,参差不齐,乱蓬蓬的。詹大胖子就拿了一把很大的剪子,两手执着剪子把,叭嗒叭嗒地剪,剪得一地冬青叶子。冬青树墙子的头平了,整整齐齐的。学校里于是到处都是冬青树嫩叶子的清香清香的气味。

詹大胖子老是剪冬青树。一个学期得剪几回。似乎詹大胖子所做的主要的事便是摇铃——打钟,剪冬青树。

詹大胖子很胖,但是剪起冬青树来很卖力。他好像跟冬青树有仇,又好像很爱这些树。

詹大胖子还给校园里的花浇水。

这个校园没有多大点。冬青树墙子里种着羊胡子草。有两棵桃树,两棵李树,一棵柳树,有一架十姊妹,一架紫藤。当中圆形的花池子里却有<u>一</u>丛不大容易见到的铁树。这丛铁树有一年还开过花,学校外面很多人都跑来看过。另外就是一些草花,剪秋罗、虞美人……还有一棵鱼儿牡丹。詹大胖子就给这些花浇水。用一个很大的喷壶。

秋天,詹大胖子扫梧桐叶。学校有几棵梧桐。刮了大风,刮得一地的梧桐叶。梧桐叶子干了,踩在上面沙沙地响。詹大胖子用一把大竹扫帚扫,把枯叶子堆在一起,烧掉。黑的烟,红的火。

詹大胖子还做什么事呢?他给老师烧水。烧开水,烧洗脸水。教务处有一口煤球炉子。詹大胖子每天生炉子,用一把芭蕉扇忽哒忽哒地扇。煤球炉子上坐一把白铁壶。

他还帮先生印考试卷子。詹大胖子推油印机滚子,先生翻页儿。考试卷子印好了,就把蜡纸点火烧掉。烧油墨味儿飘出来,坐在教室里都闻得见。

每年寒假、暑假,詹大胖子要做一件事,到学生家去送成绩单。全校学生有二百人,詹大胖子一家一家去送。成绩单装在一个信封里,信封左边写着学生的住址、姓名,当中朱红的长方框里印了三个字:"贵家长"。右侧下方盖了一个长方图章:"县立第五小学"。学生的家长是很重视成绩单的,他们拆开信封看:国语98,算术86……看完了就给詹大胖子酒钱。

詹大胖子和学生生活最最直接有关的,除了摇上课铃、下课铃,——打上课钟、下课钟之外,是他卖花生糖、芝麻糖。他在他那间小屋里卖。他那小屋里有一个一面装了玻璃的长方匣子,里面放着花生糖、芝麻糖。詹大胖子摇了下课铃,或是打了上课钟,有的学生就趁先生不注意的时候,溜到詹大胖子屋里买花生糖、芝麻糖。

詹大胖子很坏。他的糖比外面摊子上的卖得贵。贵好多!但是五小的学生只好跟他去买,因为学校有规定,不许"私出校门"。

校长张蕴之不许詹大胖子卖糖,把他叫到校长室训了一顿。说:学生在校不许吃零食;他的糖不卫生;他赚学生的钱,不道德。

但是詹大胖子还是卖,偷偷地卖。他摇下课铃或打上课钟的时候,左手捏着花生糖、芝麻糖,藏在袖筒里。有学生要买糖,走近来,他就做一个眼色,叫学生随他到校长、教员看不到的地方,接钱,给糖。

五小的学生差不多全跟詹大胖子买过糖。他们长大了,想起五小,一定会想起詹大胖子,想起詹大胖子卖花生糖、芝麻糖。

詹大胖子就是这样,一年又一年,过得很平静。除了放寒假,放暑假,他回家,其余的时候,都住在学校里。——放寒假,学校里没有人。下了几场雪,一个学校都是白的。暑假里,学生有时还到学校里玩玩。学校里到处长了很高的草。

每天放了学,先生、学生都走了,学校空了。五小就剩下两个人,有时三个。除了詹大胖子,还有一个女教员王文蕙。有时,校长张蕴之也在学校里住。

王文蕙家在湖西,家里没有人。她有时回湖西看看亲戚,平时住在学校里。住在幼稚园里头一间朝南的小房间里。她教一年级、二年级算术。她长得不难看,脸上有几颗麻子,走起路来步子很轻。她有一点奇怪,眼睛里老是含着微笑。一边走,一边微笑。一个人笑。笑什么呢?有的男教员背后议论:有点神经病。但是除了老是微笑,看不出她有什么病,挺正常的。她上课,跟别人没有什么不同。她教加法,减法,领着学生念乘法表:

一一得一,
一二得二,
二二得四……

下了课,走回她的小屋,改学生的练习。有时停下笔来,听幼稚园的小朋友唱歌:

小羊儿乖乖,
把门儿开开,
快点儿开开,
我要进来……

晚上,她点了煤油灯看书。看《红楼梦》、《花月痕》、张恨水的《金粉世家》、李清照的词。有时轻轻地哼《木兰辞》。"唧唧复唧唧,木兰当户织……"有时给她在女子师范的老同学写信。写这个小学,写十姊妹和紫藤,写班上的学生都很可爱,她跟学生在一起很快乐,还回忆她们在学校时某一次春游,感叹光阴如流水。这些信都写得很长。

校长张蕴之并不特别的凶,但是学生都怕他。因为他可以开除学生。学生犯了大错,就在教务处外面的布告栏里贴出一张布告:学生某某某,犯了什么过错,着即开除学籍,"以维校规,而警效尤,此布",下面盖着校长很大的签名戳子:"张蕴之"。"张蕴之"三个字有一种看不见的力量。

他也教一班课,教五年级或六年级国文。他念课文的时候摇晃脑袋,抑扬顿挫,有声有色,腔调像戏台上老生的道白。"晋太原中,武陵人,捕鱼为业……""一路秋山红叶,老圃黄花,不觉到了济南地界。到了济南,只见家家泉水,户户垂杨……"

他爱写挽联。写好了,就用按钉钉在教务处的墙上,让同事们欣赏。教员们就都围过来,指手划脚,称赞哪一句写得好,哪几个字很有笔力。张蕴之于是非常得意,但又不太忘形。他简直希望他的亲友家多死几个人,好使他能写一副挽联送去,挂起来。

他有家。他有时在家里住,有时住在学校里,说家里孩子吵,学校里清静,他要读书,写文章。

有时候,放了学,除了詹大胖子,学校里就剩下张蕴之和王文蕙。

王文蕙常常一个人在校园里走走,散散步。王文蕙散完步,常常看见张蕴之站在教务处门口的台阶上。王文蕙向张蕴之笑笑,点点头。张蕴之也笑笑,点点头。王文蕙回去了,张蕴之看着她的背影,一直看到王文蕙走进幼雅园的前门。

张蕴之晚上读书。读《聊斋志异》、《池北偶谈》、《两般秋雨盦随笔》、《曾文正公家书》、《板桥道情》、《绿野仙踪》、《海上花列传》……

校长室的北窗正对着王文蕙的南窗,当中隔一个幼雅园的游戏场。游戏场上有秋千架、压板、滑梯。张蕴之和王文蕙的煤油灯遥遥相对。

一天晚上,张蕴之到王文蕙屋里去,说是来借字典。王文蕙把字典交给他。他不走,东拉西扯地聊开了。聊《葬花词》,聊"寻寻觅觅冷冷清清凄凄惨惨戚戚"。王文蕙不知道他要干什么,心里怦怦地跳。忽然,"噗!"张蕴之把煤油灯吹熄了。

张蕴之常常在夜里偷偷地到王文蕙屋里去。

这事瞒不过詹大胖子。詹大胖子有时夜里要起来各处看看。怕小偷进来偷了油印机、偷了铜钟、偷了烧开水的白铁壶。

詹大胖子很生气。他一个人在屋里悄悄地骂:"张蕴之!你不是个东西!你有老婆,有孩子,你干这种缺德的事!人家还是个姑娘,孤苦伶仃的,你叫她以后怎么办,怎么嫁人!"

这事也瞒不了五小的教员。因为王文蕙常常脉脉含情地看张蕴之,而且她身上洒了香水。她在路上走,眼睛里含笑,笑得更加明亮了。

有一天,放学时,有一个姓谢的教员路过詹大胖子的小屋时,走进去,对他说:"詹大,你今天晚上到我家里来一趟。"詹大胖子不知道有什么事。

姓谢的教员是个纨袴子弟,外号谢大少。学生给他编了一首顺口溜:

> 谢大少,
> 捉屹蚤。
> 屹蚤蹦,
> 他也蹦,
> 他妈说他是个大无用!

谢大少家离五小很近,几步就到了。

谢大少问了詹大胖子几句闲话,然后,问:

"张蕴之夜里是不是常常到王文蕙屋里去?"

詹大胖子一听,知道了:谢大少要抓住张蕴之的把柄,好把张蕴之轰走,他来当五小校长。詹大胖子连忙说:

"没有!没有的事!没有的事不能瞎说!"

詹大胖子不是维护张蕴之,他是维护王文蕙。

从此詹大胖子卖花生糖、芝麻糖就不太避着张蕴之了。

詹大胖子还是当他的斋夫,打钟、剪冬青树、卖花生糖、芝麻糖。

后来,张蕴之到四小当校长去了,王文蕙到远远的一个镇上教书去了。

后来,张蕴之死了,王文蕙也死了(她一直没有嫁人)。詹大胖子也死了。

这城里很多人都死了。

一九八五年十一月二十日

幽 冥 钟

"姑苏城外寒山寺,夜半钟声到客船"。很早很早以前(大概从宋朝开始)就有人提出过怀疑,认为夜半不是撞钟的时候。我从小就觉得很奇怪:为什么夜半不是撞钟的时候呢?我的家乡就是夜半撞钟的。而且只有夜半撞。半夜,子时,十二点。别的时候,白天,还听不到撞钟。"暮鼓晨钟"。我们那里没有晨钟,只有夜半钟。这种钟,叫做"幽冥钟"。撞钟的是承天寺。

关于承天寺,有一个传说。传说张士诚是在这里登基的。张士诚是泰州人。泰州是我们的邻县。史称他是盐贩出身。盐贩,即贩私盐的。中国的盐,秦汉以来,就是官卖。卖盐的店,称为"官盐店"。官盐税重,价昂。于是有人贩卖私盐。卖私盐是犯法的事。这种人都是亡命之徒,要钱不要命。遇到缉私的官兵,便要动武。这种人在官方的文书里被称为"盐匪"。瓦岗寨的程咬金就贩过私盐。在苏北里下河一带,一提起"私盐贩子"或"贩私盐的",大家便知道这是什么角色。张士诚就是这样一个角色。元至正十三年,他从泰州起事,打到我的家乡高邮。次年,称"诚王",国号"周"。我的家乡还出过一位皇帝(他不是我们县的人,但称王确是在我们县),这实在应该算是我们县历史上的第一号大人物。我们县的有名人物最古的是秦王子婴。现在还有一条河,叫子婴河。以后隔了很多年,出了一个秦少游。再以后,出了王念孙、王引之父子。但是真正叱咤风云的英雄,应该是张士诚(后来打到江南苏州、无锡一带,把大画家倪云林捆起来打了一顿的就是这位老兄）。可是我前几年回乡，翻看县志，关于张士诚，竟无一字记载，真是怪事！

但是民间有一些关于张士诚的传说。

张士诚在承天寺登基，找人来写承天寺的匾。来了很多读书人。他们提起笔来，刚刚写了两笔，就叫张士诚拉出去杀了。接连杀了好几个。旁边的人问他："为什么杀他们？"张士诚说："你看看他们写的是什么？'了'，是个了字！老子才当皇帝就'了'了，日他妈妈的！"后来来了个读书人。他先写了一个"王"字，再写了左边的"ㄱ"，右边的"ㄑ"，再写上边的"一"，然后一竖到底。张士诚一看大喜，连说："这就对了！——先称王，左有文臣，右有武将，戴上平天冠，皇基永固，一贯到底！——赏！"

我小时读的小学就在承天寺的旁边，每天都要经过承天寺，曾经细看过承天寺山门的石刻的匾额，发现上面的"承"字仍是一般笔顺，合乎八法的"承"字，没有先称王、左文右武、戴了皇冠、一贯到底的痕迹。

我也怀疑张士诚是不是在承天寺登的基，因为承天寺一点也看不出曾经是一座皇宫的格局。

承天寺在城北西边，挨近运河。城北的大寺共有三座。一座善因寺，庙产甚多，最为鲜明华丽，就是小说《受戒》里写的明海受戒的那座寺。一座是天王寺，就是陈小手被打死的寺。天王寺佛事较盛。寺西门外有一片空地，时常有人家来"烧房子"。烧房子似是我乡特有的风俗。"房子"是纸扎店扎的，和真房子一样，只是小一些。也有几层几进，有堂屋卧室，房间里还有座钟、水烟袋，日常所需，一应俱全。照例还有一个后花园，里面"种"着花（纸花）。房子立在空地上，小孩子可以走进去参观。房子下面铺了一层稻草。天王寺的和尚敲着鼓磬铙钹在房子旁边念一通经（不知道是什么经），这一家的一个男丁举火把房子烧了，于是这座房子便归该宅的先人冥中收用了。天王寺气象远不如善因寺，但房屋还整齐，——因此常常驻兵。独有承天寺，却相当残破了。寺是古寺。张士诚在这里登基，虽不可靠，但说不定元朝就已经有这座寺。

一进山门，哼哈二将和四大天王的颜色都暗淡了。大雄宝殿的房顶上长了好些枯草和瓦松。大殿里很昏暗，神龛佛案都无光泽，触鼻是陈年的香灰和尘土的气息。一点声音都没有，整座寺好像是空的。偶尔有一两个和尚走动，衣履敝旧，神色凄凉。——不像善因寺的和尚，一个一个，都是红光满面的。

大殿西侧，有一座罗汉堂。罗汉也多年没有装金了。长眉罗汉的眉毛只剩了一只，那一只不知哪一年脱落了，他就只好捻着一只单独的眉毛坐在那里。罗汉堂外面，有两棵很大的白果树，有几百年了。夏天，一地浓荫。冬天，满阶黄叶。

罗汉堂东南角有一口钟，相当高大。钟用铁链吊在很粗壮的木架上。旁边是从房梁挂下来的撞钟的木杵。钟前是一尊地藏菩萨的一尺多高的金身佛像。地藏菩萨戴着毗卢帽，跏趺而坐，低眉闭目，神色慈祥。地藏菩萨前面点着一盏小油灯，灯光幽微。

在佛教的菩萨里，老百姓最有好感的是两位。一位是观世音菩萨，因为他（她）救苦救难。另一位便是地藏菩萨。他是释迦灭后至弥勒出现之间的救度天上以至地狱一切众生的菩萨。他像大地一样，含藏无量善根种子。他是地之神，是一位好心的菩萨。

为什么在钟前供着一尊地藏菩萨呢？因为这钟在半夜里撞，叫"幽冥钟"，是专门为难产血崩而死的妇人而撞的。不知道为什么，人们以为血崩而死的女鬼是居处在最黑最黑的地狱里的，——大概以为这样的死是不洁的，罪过最深。钟声，会给她们光明。而地藏菩萨是地之神，好心的菩萨，他对死于血崩的女鬼也会格外慈悲的，所以钟前供地藏菩萨，极其自然。

撞钟的是一个老和尚。相貌清癯，高长瘦削。他已经几十年不出山门了。他就住在罗汉堂里。大钟东侧靠墙，有一张矮矮的禅榻，上面有一床薄薄的蓝布棉被，这就是他的住处。白天，他随堂粥饭，洒扫庭除。半夜，起来，剔亮地藏菩萨前的油灯，就开始撞钟。

钟声是柔和的、悠远的。

"东——嗡……嗡……嗡……"

钟声的振幅是圆的。"东——嗡……嗡……嗡……"一圈一圈地扩散开。就像投石于水，水的圆纹一圈一圈地扩散。

"东——嗡……嗡……嗡……"

钟声撞出一个圆环，一个淡金色的光圈。地狱里受难的女鬼看见光了。她们的脸上现出了欢喜。"嗡……嗡……嗡……"金色的光环暗了，暗了，暗了……又一声，"东——嗡……嗡……嗡……"又一个金色的光环。光环扩散着，一圈，又一圈……

夜半，子时，幽冥钟的钟声飞出承天寺。

"东——嗡……嗡……嗡……"

幽冥钟的钟声扩散到了千家万户。

正在酣睡的孩子醒来了，他听到了钟声。孩子向母亲的身边依偎得更紧了。

承天寺的钟，幽冥钟。

女性的钟，母亲的钟……

一九八五年十二月四日中午，飘雪

茶　干

家家户户离不开酱园。开门七件事，柴米油盐酱醋茶，倒有三件和酱园有关：油、酱、醋。

连万顺是东街一家酱园。

他家的门面很好认，是个石库门。麻石门框，两扇大门包着铁皮，用奶头铁钉钉出如意云头。本地的店铺一般都是"铺闼子门"，十二块、十六块门板，晚上上在门坎的槽里，白天卸开。这样的石库门的门面不多。城北只有那么几家。一家恒泰当，一家豫丰南货店。恒泰当倒闭了，豫丰失火烧掉了。现在只剩下北市口老正大棉席店和东街连万顺酱园了。这样的店面是很神气的。尤其显眼的是两边白粉墙的两个大字。黑漆漆出来的。字高一丈，顶天立地，笔划很粗。一边是"酱"，一边是"醋"。这样人的两个字！全城再也找不出来了。白墙黑字,非常干净。没有人往墙上贴一张红纸条,上写:"出卖重伤风,一看就成功";小孩子也不在墙上写:"小三子,吃狗屎"。

店堂也异常宽大。西边是柜台。东边靠墙摆了一溜豆绿色的大酒缸。酒缸高四尺,莹润光洁。这些酒缸都是密封着的。有时打开一缸,由一个徒弟用白铁唧筒把酒汲在酒坛里,酒香四溢,飘得很远。

往后是一个很大的院子,青砖铺地,整整齐齐排列着百十口大酱缸。酱缸都有个帽子一样的白铁盖子。下雨天盖上。好太阳时揭下盖子晒酱。有的酱缸当中掏出一个深洞,如一小井。原汁的酱油从井壁渗出,这就是所谓"抽油"。西边有一溜走廊,走廊尽头是一个小磨坊。一头驴子在里面磨芝麻或豆腐。靠北是三间瓦屋,是做酱菜、切萝卜干的作坊。有一台锅灶,是煮茶干用的。

从外往里,到处一看,就知道这家酱园的底子是很厚实的。——单是那百十缸酱就值不少钱!

连万顺的东家姓连。人们当面叫他连老板,背后叫他连老大。都说他善于经营,会做生意。

连老大做生意,无非是那么几条:

第一,信用好。连万顺除了做本街的生意,主要是做乡下生意。东乡和北乡的种田人上城,把船停在大淖,拴好了船绳,就直奔连万顺,打油、买酱。乡下人打油,都用一种特制的油壶,广口,高身,外面挂了酱黄色的釉,壶肩有四个"耳",耳里拴了两条麻绳作为拎手,不多不少,一壶能装十斤豆油。他们把油壶往柜台上一放,就去办别的事情去了。等他们办完事回来,油已经打好了。油壶口用厚厚的桑皮纸封得严严的。桑皮纸上盖了一个墨印的圆印:"连万顺记"。乡下人从不怀疑油的分量足不足,成色对不对。多年的老主顾了,还能有错?他们要的十斤干黄酱也都装好了。装在一个元宝形的粗篾浅筐里,筐里衬着荷叶,豆酱拍得实实的,酱面盖了几个红曲印的印记,也是圆形的。乡下人付了钱,提了油壶酱筐,道一声"得罪",就走了。

第二,连老板为人和气。乡下的熟主顾来了,连老板必要起身招呼,小徒弟立刻倒了一杯热茶递了过来。他家柜台上随时点了一架盘香,供人就火吸烟。乡下人寄存一点东西,雨伞、扁担、箩筐、犁铧、坛坛罐罐,连老板必亲自看着小徒弟放好。有时竟把准备变卖或送人的老母鸡也寄放在这里。连老板也要看着小徒弟把鸡拎到后面廊子上,还撒了一把酒糟喂喂。这些鸡的脚爪虽被捆着,还是卧在地上高高兴兴地啄食,一直吃到有点醉醺醺的,就闭起眼睛来睡觉。

连老板对孩子也很和气。酱园和孩子是有缘的。很多人家要打一点酱油,打一点醋,往往派一个半大孩子去。妈妈盼望孩子快些长大,就说:"你快长吧,长大了好给我打酱油去!"买酱菜,这是孩子乐意做的事。连万顺家的酱菜样式很齐全:萝卜头、十香菜、酱红根、糖醋蒜……什么都有。最好吃的是甜酱甘露和麒麟菜。甘露,本地叫做"螺螺菜",极细嫩。麒麟菜是海菜,分很多叉,样子有点像画上的麒麟的角,半透明,嚼起来脆脆的。孩子买了甘露和麒麟菜,常常一边走,一边吃。

一到过年,孩子们就惦记上连万顺了。连万顺每年预备一套锣鼓家伙,供本街的孩子来敲打。家伙很齐全,大锣、小锣、鼓、水镲、碰钟,一样不缺。初一到初五,家家店铺都关着门。几个孩子敲敲石库门,小徒弟开开门,一看,都认识,就说:"玩去吧!"孩子们就一窝蜂奔到后面的作坊里,操起案子上的锣鼓,乒乒乓乓敲打起来。有的孩子敲打了几年,能敲出几套十番,有板有眼,像那么回事。这条街上,只有连万顺家有锣鼓。锣鼓声使东街增添了过年的气氛。敲够了,又一窝蜂走出去,各自回家吃饭。

到了元宵节,家家店铺都上灯。连万顺家除了把四张玻璃宫灯都点亮了,还有四张雕镂得很讲究的走马灯。孩子们都来看。本地有一句歇后语:"乡下人不识走马灯,——又来了!"这四张灯里周而复始,往来不绝的人马车炮的灯影,使孩子百看不厌。孩子们都不是空着手来的,他们牵着兔子灯,推着绣球灯,系着马灯,灯也都是点着了的。灯里的蜡烛快点完了,连老板就会捧出一把新的蜡烛来,让孩子们点了,换上。孩子们于是各人带着换了新蜡烛的纸灯,呼啸而去。

预备锣鼓,点走马灯,给孩子们换蜡烛,这些,连老大都是当一回事的。年年如此，从无疏忽忘记的时候。这成了制度，而且简直有点宗教仪式的味道。连老大为什么要这样郑重地对待这些事呢？这为了什么目的，出于什么心理？实在令人捉摸不透。

第三，连老板很勤快。他是东家，但是不当"甩手掌柜的"。大小事他都要过过目，有时还动手。切萝卜干、盖酱缸、打油、打醋，都有他一份。每天上午，他都坐在门口晃麻油。炒熟的芝麻磨了，是芝麻酱，得盛在一个浅缸盆里晃。所谓"晃"，是用一个紫铜锤出来的中空的圆球，圆球上接一个长长的木把，一手执把，把圆球在麻酱上轻轻的压，压着压着，油就渗出来了。酱渣子沉于盆底，麻油浮在上面。这个活很轻松，但是费时间。连老大在门口晃麻油，是因为一边晃，一边可以看看过往行人。有时有熟人进来跟他聊天，他就一边聊，一边晃，手里嘴里都不闲着，两不耽误。到了下午出茶干的时候，酱园上上下下一齐动手，连老大也算一个。

茶干是连万顺特制的一种豆腐干。豆腐出净渣，装在一个一个小蒲包里，包口扎紧，入锅，码好，投料，加上好抽油，上面用石头压实，文火煨煮。要煮很长时间。煮得了，再一块一块从麻包里倒出来。这种茶干是圆形的，周围较厚，中心较薄，周身有蒲包压出来的细纹，每一块当中还带着三个字："连万顺"，——在扎包时每一包里都放进一个小小的长方形的木牌，木牌上刻着字，木牌压在豆腐干上，字就出来了。这种茶干外皮是深紫黑色的，掰开了，里面是浅褐色的。很结实，嚼起来很有咬劲，越嚼越香，是佐茶的妙品，所以叫做"茶干"。连老大监制茶干，是很认真的。每一道工序都不许马虎。连万顺茶干的牌子闯出来了。车站、码头、茶馆、酒店都有卖的。后来竟有人专门买了到外地送人的。双黄鸭蛋、醉蟹、董糖、连万顺的茶干，凑成四色礼品，馈赠亲友，极为相宜。

连老大就是这样一个人，一个开酱园的老板，一个普普通通、正正派派的生意人，没有什么特别处。这样的人是很难写成小说的。

要说他的特别处，也有。有两点。

一是他的酒量奇大。他以酒代茶。他极少喝茶。他坐在账桌上算账的时候,面前总放一个豆绿茶碗。碗里不是茶,是酒——一般的白酒,不是什么好酒。他算几笔,喝一口,什么也不"就"。一天老这么喝着,喝完了,就自己去打一碗。他从来没有醉的时候。

二是他说话有个口头语:"的时候"。什么话都要加一个"的时候"。"我的时候"、"他的时候"、"麦子的时候"、"豆子的时候"、"猫的时候"、"狗的时候"……他说话本来就慢,加了许多"的时候",就更慢了。如果把他说的"的时候"都删去,他每天至少要少说四分之一的字。

连万顺已经没有了。连老板也故去多年了。五六十岁的人还记得连万顺的样子,记得门口的两个大字,记得酱园内外的气味,记得连老大的声音笑貌,自然也记得连万顺的茶干。

连老大的儿子也四十多了。他在县里的副食品总店工作。有人问他:"你们家的茶干,为什么不恢复起来?"他说:"这得下十几种药料,现在,谁做这个!"

一个人监制的一种食品,成了一地方具有代表性的土产,真也不容易。不过,这种东西没有了,也就没有了。

一九八五年十二月十二日

〔后记〕

我现在住的地方叫做蒲黄榆。曹禺同志有一次为一点事打电话给我,顺便问起:"你住的地方的地名怎么那么怪?"我搬来之前也觉得这地名很怪:"捕黄鱼?——北京怎么能捕得到黄鱼呢?"后来经过考证,才知道这是一个三角地带,"蒲黄榆"是三个旧地名的缩称。"蒲"是东蒲桥,"黄"是黄土坑,"榆"是榆树村。这犹之"陕甘宁"、"晋察冀",不知来历的,会觉得莫名其妙。我的住处在东蒲桥畔,因此把这三篇小说题为《桥边小说》,别无深意。

这三篇写的也还是旧题材。近来有人写文章,说我的小说开始了对传统文化的怀恋,我看后哑然。当代小说寻觅旧文化的根源,我以为这不是坏事。但我当初这样做,不是有意识的。我写旧题材,只是因为

47

我对旧社会的生活比较熟悉,对我旧时邻里有较真切的了解和较深的感情。我也愿意写写新的生活,新的人物。但我以为小说是回忆。必须把热腾腾的生活熟悉得像童年往事一样,生活和作者的感情都经过反复沉淀,除净火气,特别是除净感伤主义,这样才能形成小说。但是我现在还不能。对于现实生活,我的感情是相当浮躁的。

这三篇也是短小说。《詹大胖子》和《茶干》有人物无故事,《幽冥钟》则几乎连人物也没有,只有一点感情。这样的小说打破了小说和散文的界限,简直近似随笔。结构尤其随便,想到什么写什么,想怎么写就怎么写。我这样做是有意的(也是经过苦心经营的)。我要对"小说"这个概念进行一次冲决:小说是谈生活,不是编故事;小说要真诚,不要耍花招。小说当然要讲技巧,但是:修辞立其诚。

一九八五年十二月十二日夜

注　释

① 本篇原载《收获》1986 年第二期;初收《汪曾祺自选集》,漓江出版社,1987
年 10 月。小说后记又收入《晚翠文谈》,浙江文艺出版社,1988 年 3 月。

1986 年

虐　猫^①

李小斌、顾小勤、张小涌、徐小进都住在九号楼七门。他们从小一块长大，在一个幼儿园，又读一个小学，都是三年级。李小斌的爸爸是走资派。顾小勤、张小涌、徐小进家里大人都是造反派。顾小勤、张小涌、徐小进不管这些，还是跟李小斌一块玩。

没有人管他们了，他们就瞎玩。捞蛤蟆骨朵，粘知了。砸学校的窗户玻璃，用弹弓打老师的后脑勺。看大辩论，看武斗，看斗走资派，看走资派戴高帽子游街。李小斌的爸爸游街，他们也跟着看了好长一段路。

后来，他们玩猫。他们玩过很多猫：黑猫、白猫、狸猫、狮子玳瑁猫（身上有黄白黑三种颜色）、乌云盖雪（黑背白肚）、铁棒打三桃（白身子，黑尾巴，脑袋顶上有三块黑）……李小斌的姥姥从前爱养猫。这些猫的名堂是姥姥告诉他的。

他们捉住一只猫，玩死了拉倒。

李小斌起初不同意他们把猫弄死。他说：一只猫，七条命，姥姥告诉他的。

"去你一边去！什么'一只猫七条命'！一个人才一条命！"

后来李小斌也不反对了，跟他们一块到处逮猫，一块玩。

他们把猫的胡子剪了，猫就不停地打喷嚏。

他们给猫尾巴上拴一挂鞭炮，点着了。猫就没命地乱跑。

他们想出了一种很新鲜的玩法：找了四个药瓶子的盖，用乳胶把猫爪子粘在瓶盖子里。猫一走，一滑；一走，一滑。猫难受，他们高兴极了。

后来,他们想出了一种很简单的玩法:把猫从六楼的阳台上扔下来。猫在空中惨叫。他们拍手,大笑。猫摔到地下,死了。

他们又抓住一只大花猫,用绳子拴着往家里拖。他们又要从六楼扔猫了。

出了什么事?九楼七门前面围了一圈人:李小斌的爸爸从六楼上跳下来了。

来了一辆救护车,把李小斌的爸爸拉走了。

李小斌、顾小勤、张小涌、徐小进没有把大花猫从六楼上往下扔,他们把猫放了。

注　释

① 本篇原载 1986 年 6 月 10 日《北京晚报》;初收《汪曾祺自选集》,漓江出版社,1987 年 10 月。

八 月 骄 阳 ①

张百顺年轻时拉过洋车,后来卖了多年烤白薯。德胜门豁口内外没有吃过张百顺的烤白薯的人不多。后来取缔了小商小贩,许多做小买卖的都改了行,张百顺托人谋了个事由儿,到太平湖公园来看门。一晃,十来年了。

太平湖公园应名儿也叫做公园,实在什么都没有。既没有亭台楼阁,也没有游船茶座,就是一片野水,好些大柳树。前湖有几张长椅子,后湖都是荒草。灰菜、马苋菜都长得很肥。牵牛花,野茉莉。飞着好些粉蝶儿,还有北京人叫做"老道"的黄蝴蝶。一到晚不晌,往后湖一走,都瘆得慌。平常是不大有人去的。孩子们来掏蛐蛐。遛鸟的爱来,给画眉抓点活食:油葫芦、蚂蚱,还有一种叫做"马蜥儿"的小四脚蛇。看门,看什么呢?这个公园不卖门票。谁来、啥时候来,都行。除非怕有人把柳树锯倒了扛回去。不过这种事还从来没有发生过。因此张百顺非常闲在。他没事时就到湖里捞点鱼虫、苲草,卖给养鱼的主。进项不大。但是够他抽关东烟的。"文化大革命"一起来,很多养鱼的都把鱼"处理"了,鱼虫、苲草没人买,他就到湖边摸点螺蛳,淘洗干净了,加点盐,搁两个大料瓣,煮咸螺蛳卖。

后湖边上住着两户打鱼的。他们这打鱼,真是三天打鱼,两天晒网,有一搭无一搭。打得的鱼随时就在湖边卖了。

每天到园子里来遛早的,都是熟人。他们进园子,都有准钟点。

来得最早的是刘宝利。他是个唱戏的。坐科学的是武生。因为个头矬点,扮相也欠英俊,缺少大将风度,来不了"当间儿的"。不过他会的多,给好几位名角打过"下串","傍"得挺严实。他粗通文字,爱抄本儿。他家里有两箱子本子,其中不少是已经失传了的。他还爱收藏剧照,有的很名贵。杨老板《青石山》的关平、尚和玉的《四平山》、路玉珊的《醉酒》、梅兰芳的《红线盗盒》、金少山的《李七长亭》、余叔岩的《盗宗卷》……有人出过高价,想买他的本子和剧照,他回绝了:"对不起,我留着殉葬。"剧团演开了革命现代戏,台上没有他的活儿,领导上动员他提前退休,——他还不到退休年龄。他一想:早退,晚退,早晚得退,退!退了休,他买了两只画眉,每天天一亮就到太平湖遛鸟。他戏瘾还挺大。把鸟笼子挂了,还拉拉山膀,起两个云手,踢踢腿,耗耗腿。有时还念念戏词。他老念的是《挑滑车》的《闹帐》:

"且慢!"

"高王爷为何阻令?"

"末将有一事不明,愿在元帅台前领教。"

"高王爷有话请讲,何言领教二字。"

"岳元帅!想俺高宠,既已将身许国,理当报效皇家。今逢大敌,满营将官,俱有差遣,单单把俺高宠,一字不提,是何理也?"

…………

"吓、吓、吓吓吓吓……岳元帅!大丈夫临阵交锋,不死而带伤,生而何欢,死而何惧!"

跟他差不多时候进园子遛弯的顾止庵曾经劝过他:

"爷们!您这戏词,可不要再念了哇!"

"怎么啦?"

"如今晚儿演了革命现代戏,您念老戏词——韵白!再说,您这不是借题发挥吗?'满营将官,俱有差遣,单单把俺高宠,一字不提,是何理也?'这是什么意思?这不是说台上不用您,把您刷了吗?这要有人听出来,您这是'对党不满'呀!这是什么时候啊,爷们!"

"这么一大早,不是没人听见吗!"

"隔墙有耳!——小心无大错。"

顾止庵,八十岁了。花白胡须,精神很好。他早年在豁口外设帐授徒,——教私塾。后来学生都改了上学堂了,他的私塾停了,他就给人抄书,抄稿子。他的字写得不错,欧底赵面。抄书、抄稿子有点委屈了这笔字。后来找他抄书、抄稿子的也少了,他就在邮局门外树荫底下摆一张小桌子,代写家信。解放后,又添了一项业务:代写检讨。"老爷子,求您代写一份检讨。"——"写检讨?这检讨还能由别人代写呀?"——"劳您驾!我写不了。您写完了,我摁个手印,一样!"——"什么事儿?"因为他的检讨写得清楚,也深刻,比较容易通过,来求的越来越多,业务挺兴旺。后来他的孩子都成家立业,混得不错,就跟老爷子说:"我们几个养活得起您。您一枝笔挣了不少杂和面儿,该清闲几年了。"顾止庵于是搁了笔。每天就是遛遛弯儿,找几个年岁跟他相仿佛的老友一块堆儿坐坐、聊聊、下下棋。他爱瞧报,——站在阅报栏前一句一句地瞧。早晚听"匣子"。因此他知道的事多,成了豁口内外的"伏地圣人"②。

这天他进了太平湖,刘宝利已经练了一遍功,正把一条腿压在树上耗着。

"老爷子今儿早!"

"宝利!今儿好像没听您念《闹帐》?"

"不能再念啦!"

"怎么啦?"

"呆会儿跟您说。"

顾止庵向四边的树上看看:

"您的鸟呢?"

"放啦!"

"放啦?"

"您先慢慢往外溜达着。今儿我带着一包高末。百顺大哥那儿有开水,叶子已经闷上了。我耗耗腿。一会儿就来。咱们爷儿仨喝一壶,聊聊。"

顾止庵遛到门口,张百顺正在湖边淘洗螺蛳。

"顾先生!椅子上坐。茶正好出味儿了,来一碗。"

"来一碗!"

"顾先生，您说这文化大革命，它是怎么回子事？"

"您问我？——有人知道。"

"这红卫兵，又是怎么回子事。呼啦——全起来了。它也不用登记，不用批准，也没有个手续，自己个儿就拉起来了。我真没见过。一戴上红袖箍，就变人性。想怎么着就怎么着，想揪谁就揪谁。他们怎么有这么大的权？谁给他们的权？"

"头几天，八一八，不是刚刚接见了吗？"

"当大官的，原来都是坐小汽车的主，都挺威风，一个一个全都头朝了下了。您说，他们心里是怎么想的？"

"他们怎么想，我哪儿知道。反正这心里不大那么好受。"

"还有个章程没有？我可是当了一辈子安善良民，从来奉公守法。这会儿，全乱了。我这眼面前就跟'下黄土'似的，简直的，分不清东西南北了。"

"您多余操这份儿心。粮店还卖不卖棒子面？"

"卖！"

"还是的。有棒子面就行。咱们都不在单位，都这岁数了。咱们不会去揪谁，斗谁，红卫兵大概也斗不到咱们头上。过一天，算一日。这太平湖眼下不还挺太平不是？"

"那是！那是！"

刘宝利来了。

"宝利，您说要告诉我什么事？"

"昨儿，我可瞧了一场热闹！"

"什么热闹？"

"烧行头。我到交道口一个师哥家串门子，听说成贤街孔庙要烧行头——烧戏装。我跟师哥说：咱们瞧瞧去！嗬！堆成一座小山哪！大红官衣、青褶子，这没什么！'帅盔'、'八面威'、'相貂'、'驸马套'……这也没有什么！大蟒大靠，苏绣平金，都是新的，太可惜了！点翠'头面'，水钻'头面'，这值多少钱哪！一把火，全烧啦！火苗儿蹿起老高。烧糊了的碎绸子片飞得哪儿哪儿都是。"

"唉!"

"火边上还围了一圈人,都是文艺界的头头脑脑。有跪着的,有撅着的。有的挂着牌子,有的脊背贴了一张大纸,写着字。都是满头大汗。您想想:这么热的天,又烤着大火,能不出汗吗?一群红卫兵,攥着宽皮带,挨着个抽他们。劈头盖脸!有的,一皮带下去,登时,脑袋就开了,血就下来了。——皮带上带着大铜头子哪!哎呀,我长这么大,没见过这么打人的。哪能这么打呢?您要我这么打,我还真不会!这帮孩子,从哪儿学来的呢?有的还是小妞儿。他们怎么能下得去这么狠的手呢?"

"唉!"

"回来,我一捉摸,把两箱子剧本、剧照,捆巴捆巴,借了一辆平板三轮,我就都送到街道办事处去了。他们爱怎么处理怎么处理,我不能自己烧。留着,招事!"

"唉!"

"那两只画眉,'口'多全!今儿一早起来,我也放了。——开笼放鸟!'提笼架鸟',这也是个事儿!"

"唉!"

这工夫,园门口进来一个人。六十七八岁,戴着眼镜,一身干干净净的藏青制服,礼服呢千层底布鞋,挂着一根角把棕竹手杖,一看是个有身份的人。这人见了顾止庵,略略点了点头,往后面走去了。这人眼神有点直勾勾的,脸上气色也不大好。不过这年头,两眼发直的人多的是。这人走到靠近后湖的一张长椅旁边,坐下来,望着湖水。

顾止庵说:"茶也喝透了,咱们也该散了。"

张百顺说:"我把这点螺蛳送回去,叫他们煮煮。回见!"

"回见!"

"回见!"

张百顺把螺蛳送回家。回来,那个人还在长椅上坐着,望着湖水。柳树上知了叫得非常欢势。天越热,它们叫得越欢。赛着叫。整个太平湖全归了它们了。

张百顺回家吃了中午饭。回来,那个人还在椅子上坐着,望着湖水。

粉蝶儿、黄蝴蝶乱飞。忽上,忽下。忽起,忽落。黄蝴蝶,白蝴蝶。白蝴蝶,黄蝴蝶……

天黑了。张百顺要回家了。那人还在椅子上坐着,望着湖水。

蛐蛐、油葫芦叫成一片。还有金铃子。野茉莉散发着一阵一阵的清香。一条大鱼跃出了水面,欻的一声,又没到水里。星星出来了。

第二天天一亮,刘宝利到太平湖练功。走到后湖:湖里一团黑乎乎的,什么? 哟,是个人! 这是他的后脑勺! 有人投湖啦!

刘宝利叫了两个打鱼的人,把尸首捞了上来,放在湖边草地上。这工夫,顾止庵也来了。张百顺也赶了过来。

顾止庵对打鱼的说:"您二位到派出所报案。我们仨在这儿看着。"

"您受累!"

顾止庵四下里看看,说:

"这人想死的心是下铁了的。要不,怎么会找到这么个荒凉偏僻的地方来呢? 他投湖的时候,神志很清醒,不是迷迷糊糊一头扎下去的。你们看,他的上衣还整整齐齐地搭在椅背上,手杖也好好地靠在一边。咱们掏掏他的兜儿,看看有什么,好知道死者是谁呀。"

顾止庵从死者的上衣兜里掏出一个工作证,是北京市文联发的:

姓名:舒舍予

职务:主席

顾止庵看看工作证上的相片,又看看死者的脸,拍了拍工作证:

"这人,我认得!"

"您认得?"

"怪不得昨儿他进园子的时候,好像跟我招呼了一下。他原先叫舒庆春。这话有小五十年了!那会儿我教私塾,他是劝学员,正管着德胜门这一片的私塾。他住在华严寺。我还上他那儿聊过几次。人挺好,有学问!他对德胜门这一带挺熟,知道太平湖这么个地方!您怎么走南闯北,又转回来啦?这可真是:树高千丈,叶落归根哪!"

"您等等!他到底是谁呀?"

"他后来出了大名,是个作家,他,就是老舍呀!"

张百顺问:"老舍是谁?"

刘宝利:"老舍您都不知道?瞧过《骆驼祥子》没有?"

"匣子里听过。好!是写拉洋车的。祥子,我认识。——'骆驼祥子'嘛!"

"您认识?不能吧!这是把好些拉洋车的搁一块堆儿,抟巴抟巴,捏出来的。"

"唔!不对!祥子,拉车的谁不知道!他和虎妞结婚,我还随了份子。"

"您八成是做梦了吧?"

"做梦?——许是。岁数大了,真事、梦景,常往一块掺和。——他还写过什么?"

"《龙须沟》哇!"

"《龙须沟》,瞧过,瞧过!电影!程疯子、娘子、二妞……这不是金鱼池,这就是咱这德胜门豁口!太真了!太真了,就叫人掉泪。"

"您还没瞧过《茶馆》哪!太棒了!王利发!'硬硬朗朗的,我硬硬朗朗的干什么?'我心里这酸呀!"

"合着这位老舍他净写卖力气的、耍手艺的、做小买卖的。苦哈哈、命穷人?"

"那没错!"

"那他是个好人!"

"没错!"

刘宝利说:"这么个人,我看他本心是想说共产党好啊!"

"没错!"

刘宝利看看死者:

"我认出来啦! 在孔庙挨打的,就有他! 您瞧,脑袋上还有伤,身上净是血嘎巴! ——我真不明白。这么个人,旧社会能容得他,怎么咱这新社会倒容不得他呢?"

顾止庵说:"'我本将心托明月,谁知明月照沟渠',这大概就是他想不通的地方。"

张百顺撅了两根柳条,在老舍的脸上摇晃着,怕有苍蝇。

"他从昨儿早起就坐在这张椅子上,心里来回来去,不知道想了多少事哪!"

"'千古艰难唯一死'呀!"

张百顺问:"这市文联主席够个什么爵位?"

"要在前清,这相当个翰林院大学士。"

"那干吗要走了这条路呢? 忍过一阵肚子疼! 这秋老虎虽毒,它不也有凉快的时候不?"

顾止庵环顾左右,沉沉地叹了一口气:"'士可杀,而不可辱'啊!"

刘宝利说:"我去找张席,给他盖上点儿!"

一九八六年六月二十二日二稿

注　释

① 本篇原载《人民文学》1986 年第八期;初收《汪曾祺自选集》,漓江出版社,1987 年 10 月。

② 伏地,北京土话。本地生产的叫"伏地",如"伏地小米"、"伏地蒜苗"。

安　乐　居[①]

安乐居是一家小饭馆,挨着安乐林。

安乐林围墙上开了个月亮门,门头砖额上刻着三个经石峪体的大字,像那么回事。走进去,只有巴掌大的一块地方,有几十棵杨树。当中种了两棵丁香花,一棵白丁香,一棵紫丁香,这就是仅有的观赏植物了。这个林是没有什么逛头的,在林子里走一圈,五分钟就够了。附近一带养鸟的爱到这里来挂鸟。他们养的都是小鸟,红子居多,也有黄雀。大个的鸟,画眉、百灵是极少的。他们不像那些以养鸟为生活中第一大事的行家,照他们的说法是"瞎玩儿"。他们不养大鸟,觉得那太费事,"是它玩我,还是我玩它呀?"把鸟一挂,他们就蹲在地下说话儿,——也有自己带个马扎儿来坐着的。

这么一片小树林子,名声却不小,附近几条胡同都是依此命名的。安乐林头条、安乐林二条……这个小饭馆叫做安乐居,挺合适。

安乐居不卖米饭炒菜。主食是包子、花卷。每天卖得不少,一半是附近的居民买回去的。这家饭馆其实叫个小酒铺更合适些。到这儿来的喝酒比吃饭的多。这家的酒只有一毛三分一两的。北京人喝酒,大致可以分为几个层次:喝一毛三的是一个层次,喝二锅头的是一个层次,喝红粮大曲、华灯大曲乃至衡水老白干的是一个层次,喝八大名酒是高层次,喝茅台的是最高层次。安乐居的"酒座"大都是属于一毛三层次,即最低层次的。他们有时也喝二锅头,但对二锅头颇有意见,觉得还不如一毛三的。一毛三,他们喝"服"了,觉得喝起来"顺"。他们有人甚至觉得大曲的味道不能容忍。安乐居天热的时候也卖散啤酒。

酒菜不少。煮花生豆、炸花生豆。暴腌鸡子。拌粉皮。猪头肉,——单要耳朵也成,都是熟人了! 猪蹄,偶有猪尾巴,一忽的工夫就卖完了。也有时卖烧鸡、酱鸭，切块。最受欢迎的是兔头。一个酱兔头，三四毛钱，至大也就是五毛多钱，喝二两酒，够了。——这还是一年多以前的事，现在如果还有兔头，也该涨价了。这些酒客们吃兔头是有一定章法的，先掰哪儿，后掰哪儿，最后磕开脑绷骨，把兔脑掏出来吃掉。没有抓起来乱啃的。吃得非常干净，连一丝肉都不剩。安乐居每年卖出的兔头真不老少。这个小饭馆大可另挂一块招牌："兔头酒家"。

酒客进门，都有准时候。

头一个进来的总是老吕。安乐居十点才开门。一开门，老吕就进来。他总是坐在靠窗户一张桌子的东头的座位。一年三百六十五天，天天如此。这成了他的专座。他不是像一般人似的"垂足而坐"，而是一条腿盘着，一条腿曲着，像老太太坐炕似的踞坐在一张方凳上，——脱了鞋。他不喝安乐居的一毛三，总是自己带了酒来，用一个扁长的瓶子，一瓶子装三两。酒杯也是自备的。他是喝慢酒的，三两酒从十点半一直喝到十二点差一刻："我喝不来急酒。有人结婚，他们闹酒，我就一口也不喝，——回家自己再喝！"一边喝酒，吃兔头，一边不住地抽关东烟。他的烟袋如果丢了，有人捡到，一定会送还给他的。谁都认得：这是老吕的。白铜锅儿，白铜嘴儿，紫铜杆儿。他抽烟也抽得慢条斯理的，从不大口猛吸。这人整个儿是个慢性子。说话也慢。他也爱说话，但是他说一个什么事都只是客观地叙述，不大参加自己的意见，不动感情。一块喝酒的买了兔头，常要发一点感慨："那会儿，兔头，五分钱一个，还带俩耳朵！"老吕说："那是多会儿？——说那个，没用！有兔头，就不错。"西头有一家姓屠的，一家子都很浑愣，爱打架。屠老头儿到永春饭馆去喝酒，和服务员吵起来了，伸手就揪人家脖领子。服务员一胳臂把他搡开了。他憋了一肚子气。回去跟儿子一说。他儿子二话没说，捡了块砖头，到了永春，一砖头就把服务员脑袋开了！结果：儿子抓进去了，屠老头还得负责人家的医药费。这件事老吕亲眼目睹。一块喝酒的问起，他详详细细叙述了全过程。坐在他对面的老聂听了，说：

"该！"

坐在里面犄角的老王说：

"这是什么买卖！"

老吕只是很平静地说："这回大概得老实两天。"

老吕在小红门一家木材厂下夜看门。每天骑车去，路上得走四十分钟。他想往近处挪挪，没有合适的地方，他说："算了！远就远点吧。"

他在木材厂喂了一条狗。他每天来喝酒，都带了一个塑料口袋，安乐居的顾客有吃剩的包子皮，碎骨头，他都捡起来，给狗带去。

头几天，有人要给他说一个后老伴，——他原先的老伴死了有二年多了。这事他的酒友都知道，知道他已经考虑了几天了，问起他："成了吗？"老吕说："——不说了。"他说的时候神情很轻松，好像解决了一个什么难题。他的酒友也替他感到轻松。他们几乎异口同声地说：

"不说了？——不说了好！添乱！"

老吕于是慢慢地喝酒，慢慢地抽烟。

比老吕稍晚进店的是老聂。老聂总是坐在老吕的对面。老聂有个小毛病，说话爱眨巴眼。凡是说话爱眨眼的人，脾气都比较急。他喝酒也快，不像老吕一口一口地抿。老聂每次喝一两半酒，多一口也不喝。有人强往他酒碗里倒一点，他拿起酒碗就倒在地下。他来了，搁下一个小提包，转身骑车就去"奔"酒菜去了。他"奔"来的酒菜大都是羊肝、沙肝。这是为他的猫"奔"的，——他当然也吃点。他喂着一只小猫。"这猫可仁义！我一回去，它就在你身上蹭——蹭！"他爱吃豆制品。熏干、鸡腿、麻辣丝……小葱下来的时候，他常常用铝饭盒装来一些小葱拌豆腐。有一回他装来整整两饭盒腌香椿。"来吧！"他招呼全店酒友。"你哪来这么多香椿？——这得不少钱！"——"没花钱！乡下的亲家带来的。我们家没人爱吃。"于是酒友们一人抓了一撮。剩下的，他都给了老吕。"吃完了，给我把饭盒带来！"一口把余酒喝净，退了杯，"回见！"出门上车，吱溜——没影儿了。

老聂原是做小买卖的。他在天津三不管卖过相当长时期炒肝。现在退休在家。电话局看中他家所在的"点"，想在他家安公用电话。他嫌钱少，麻烦。挨着他家的汽水厂工会愿意每月贴给他三十块钱，把厂里职工的电话包了。他还在犹豫。酒友们给他参谋："行了！电话局每月给钱，汽水厂三十，加上传电话、送电话，不少！坐在家里拿钱，哪儿找这么好的事去！"他一想：也是！

老聂的日子比过去"滋润"了，但是他每顿还是只喝一两半酒，多一口也不喝。

画家来了。画家风度翩翩，梳着长长的背发，永远一丝不乱。衣着入时而且合体。春秋天人造革猎服，冬天羽绒服。——他从来不戴帽子。这样的一表人材，安乐居少见。他在文化馆工作，算个知识分子，但对人很客气，彬彬有礼。他这喝酒真是别具一格：二两酒，一扬脖子，一口气，下去了。这种喝法，叫做"大车酒"，过去赶大车的这么喝。西直门外管这叫"骆驼酒"，赶骆驼的这么喝。文墨人，这样喝法的，少有。他和老王过去是街坊。喝了酒，总要走过去说几句话。"我给您添点儿？"老王摆摆手，画家直起身来，向在座的酒友又都点了点头，走了。

我问过老王和老聂："他的画怎么样？"

"没见过。"

上海老头来了。上海老头久住北京，但是口音未变。他的话很特别，在地道的上海话里往往掺杂一些北京语汇："没门儿！""敢情！"甚至用一些北京的歇后语："那么好！武大郎盘杠子——上下够不着！"他把这些北京语汇、歇后语一律上海话化了，北京字眼，上海语音，挺绝。上海老头家里挺不错，但是他爱在外面逛，在小酒馆喝酒。

"外面吃酒，——香！"

他从提包里摸出一个小饭盒，里面有一双截短了的筷子、多半块熏鱼、几只油爆虾、两块豆腐干。要了一两酒，用手纸擦擦筷子，吸了一口酒。

"您大概又是在别处已经喝了吧？"

"啊！我们吃酒格人，好比天上飞格一只鸟（读如"屌"），格小酒馆，好比地上一棵树。鸟飞在天上，看到树，总要落一落格。"

如此妙喻，我未之前闻，真是长了见识！

这只鸟喝完酒，收好筷子，盖好米饭盒，拎起提包，要飞了：

"晏歇会！——明儿见！"

他走了，老王问我："他说什么？喝酒的都是屌？"

安乐居喝酒的都很有节制，很少有人喝过量的。也喝得很斯文，没有喝了酒胡咧咧的。只有一个人例外。这人是个瘸子，左腿短一截，走路时左脚跟着不了地，一晃一晃的。他自己说他原来是"勤行"——厨子，煎炒烹炸，南甜北咸，东辣西酸。说他能用两个鸡蛋打三碗汤，鸡蛋都得成片儿！但我没有再听到还有什么特别的手艺，好像他的绝技只是两个鸡蛋打三碗汤。以这样的手艺自豪，至多也只能是一个"二荤铺"的"二把刀"。——"二荤铺"不卖鸡鸭鱼，什么菜都只是"肉上找"，——炒肉丝、熘肉片、扒肉条……他现在在汽水厂当杂工，每天蹬平板三轮出去送汽水。这辆平板归他用，他就半公半私地拉一点生意。口袋里一有钱，就喝。外边喝了，回家还喝；家里喝了，外面还喝。有一回喝醉了，摔在黄土坑胡同口，脑袋碰在一块石头上，流了好些血。过两天，又来喝了。我问他："听说你摔了？"他把后脑勺伸过来，挺大一个口子。"唔！唔！"他不觉得这有什么丢脸，好像还挺光彩。他老婆早上在马路上扫街，挺好看的。有两个金牙，白天穿得挺讲究，色儿都是时兴的，走起路来扭腰拧胯，咳，挺是样儿。安乐居的熟人都替她惋惜："怎么嫁了这么个主儿！——她对瘸子还挺好！"有一回瘸子刚要了一两酒，他媳妇赶到安乐居来了，夺过他的酒碗，顺手就泼在了地上："走！"拽住瘸子就往外走，回头向喝酒的熟人解释："他在家里喝了三两了，出来又喝！"瘸子也不生气，也不发作，也不觉有什么难堪，乖乖地一摇一晃地家去了。

瘸子喝酒爱说。老是那一套，没人听他的。他一个人说。前言不搭后语，当中夹杂了很多"唔唔唔"：

"……宝三，宝善廷，唔唔唔，知道吗？宝三摔跤，唔唔唔。宝三的跤场在哪儿？知道吗？唔唔唔。大金牙、小金牙，唔唔唔。侯宝林。侯宝林是云里飞的徒弟，唔唔唔。《逍遥津》，'欺寡人'——'七挂人'，唔唔唔。干嘛老是'七挂人'？'七挂人',唔唔唔。天津人讲话:'嘛事你啦?'唔唔唔。二娃子,你可不咋着！唔唔唔……"

喝酒的对他这一套已经听惯了,他爱说让他说去吧！只有老聂有时给他两句:

"老是那一套,你贫不贫？有新鲜的没有？你对天桥熟,天桥四大名山,你知道吗?"

瘸子爱管闲事。有一回,在李村胡同里,一个市容检查员要罚一个卖花盆的款,他插进去了:"你干嘛罚他？他一个卖花盆的,又不脏,又没有气味,'污染',他'污染'什么啦？罚了款,你们好多拿奖金？你想钱想疯了！卖花盆的,大老远地推一车花盆,不容易!"他对卖花盆的说:"你走！有什么话叫他朝我说!"很奇怪,他跟人辩理的时候话说得很明快,也没有那么多"唔唔唔"。

第二天,有人问起,他又把这档事从头至尾学说了一遍,有声有色。

老聂说:"瘸子,你这回算办了件人事!"

"我净办人事!"

喝了几口酒,又来了他那一套:

"宝三,宝善廷,知道吗？唔唔唔……"

老吕、老聂都说:"又来了！这人,不经夸!"

"四大名山"？我问老王:

"天桥哪儿有个四大名山?"

"咳！四块石头。天桥过去真有那么一座小桥,——后来拆了。桥头一边有两块石头,这就叫'四大名山'。你要问老人们,这永定门一带景致多哩！这会儿都没有人知道了。"

老王养鸟,红子。他每天沿天坛根遛早,一手提一只鸟笼,有时还架着一只。他把架棍插在后脖领里。吃完早点,把鸟挂在安乐林,聊会天,大约十点三刻,到安乐居。他总是坐在把角靠墙的座位。把鸟笼放好,架棍插在老地方,打酒。除了有兔头,他一般不吃荤菜,或带一条黄瓜,或一个西红柿、一个橘子、一个苹果。老王话不多,但是有时打开话匣子,也能聊一气。

我跟他聊了几回,知道:

他原先是扛包的。

"我们这一行,不在三百六十行之内。三百六十行,没这一行!"

"你们这一行没有祖师爷?"

"没有!"

"有没有传授?"

"没有!不像给人搬家的,躺箱、立柜、八仙桌、桌子上还常带着茶壶茶碗自鸣钟,扛起来就走,不带磕着碰着一点的,那叫技术!我们这一行,有力气就行!"

"都扛什么?"

"什么都扛,主要是粮食。顶不好扛的是盐包,——包硬,支支楞楞的,硌。不随体。扛起来不得劲儿。扛包,扛个几天就会了。要说窍门,也有。一包粮食,一百多斤,搁在肩膀上,先得颤两下。一颤,哎,包跟人就合了糟了,合适了!扛熟了的,也能换换样儿。跟递包的一说:'您跟我立一个!'哎,立一个!"

"竖着扛?"

"竖着扛。您给我'搭'一个!"

"斜搭着?"

"斜搭着。"

"你们那会拿工资?计件?"

"不拿工资,也不是计件。有把头——"

"把头?把头不是都是坏人吗?封建把头嘛!"

"也不是!他自己也扛,扛得少点。把头接了一批活:'哥几个!就这一堆活,多会扛完了多会算。'每天晚半晌,先生结账,该多少多少钱。都一样。有临时有点事的,觉得身上不大合适的,半路地儿要走,您走!这一天没您的钱。"

"能混饱了?"

"能!那会吃得多!早晨起来,半斤猪头肉,一斤烙饼。中午,一样。每天每。晚半晌吃得少点。半斤饼,喝点稀的,喝一口酒。齐啦。——就怕下雨。赶上连阴天,惨啰:没活儿。怎么办呢,拿着面口袋,到一家熟粮店去:'掌柜的!''来啦!几斤?'告诉他几斤几斤,'接着!'没的说。赶天好了,拿了钱,赶紧给人家送回去。为人在世,讲信用:家里揭不开锅的时候,少!……

"……三年自然灾害,可把我饿惨了。浑身都膀了。两条腿,棉花条。别说一百多斤,十来多斤,我也扛不动。我们家还有一辆自行车,凤凰牌,九成新。我妈跟我爸说:'卖了吧,给孩子来一顿!'丰泽园!我叫了三个扒肉条,喝了半斤酒,开了十五个馒头,——馒头二两一个,三斤!我妈直害怕:'别把杂种操的撑死了哇!'……"

"您现在每天还能吃……?"

"一斤粮食。"

"退休了?"

"早退了!——后来我们归了集体。干我们这行的,四十五就退休,没有过四十五的。现在扛包的也没有了,都改了传送带。"

老王现在每天夜晚在一个幼儿园看门。

"没事儿!扫扫院子,归置归置,下水道不通了,——通通!活动活动。老呆着干嘛呀,又没病!"

老王走道低着脑袋,上身微微往前倾,两腿叉得很开,步子慢而稳,还看得出有当年扛包的痕迹。

这天,安乐居来了三个小伙子:长头发、小胡子、大花衬衫、苹果牌牛仔裤、尖头高跟大盖鞋,变色眼镜。进门一看:"嗨,有兔头!"——他们是冲着兔头来了。这三位要了十个兔头、三个猪蹄、一只鸭子、三盘包子,自己带来八瓶青岛啤酒,一边抽着"万宝乐",一边吃喝起来。安乐林喝酒的老酒座都瞟了他们一眼。三位吃喝了一阵,把筷子一摔,走了。都骑的是亚马哈。嘟嘟嘟……桌子上一堆碎骨头、咬了一口的包子皮,还有一盘没动过的包子。

老王看着那盘包子,撇了撇嘴:

"这是什么买卖!"

这是老王的口头语。凡是他不以为然的事,就说"这是什么买卖!"

老王有两个鸟友,也是酒友。都是老街坊,原先在一个院里住。这二位现在都够万元户。

一个是佟秀轩,是裱字画的。按时下的价目,裱一个单条:14—16元。他每天总可以裱个五六幅。这二年,家家都又愿意挂两条字画了。尤其是退休老干部。他们收藏"时贤"字画,自己也爱写、爱画。写了、画了,还自己掏钱裱了送人。因此,佟秀轩应接不暇。他收了两个徒弟。托纸、上板、揭画,都是徒弟的事。他就管管配绫子,装轴。他每天早上遛鸟。遛完了,如果活儿忙,就把鸟挂在安乐林,请熟人看着,回家刷两刷子。到了十一点多钟,到安乐林摘了鸟笼子,到安乐居。他来了,往往要带一点家制的酒菜:燉吊子、烩鸭血、拌肚丝儿……佟秀轩穿得很整洁,尤其是脚下的两只鞋。他总是穿礼服呢花旗底的单鞋,圆口的或是双脸皮梁鞁鞋。这种鞋只有右安门一家高台阶的个体户能做。这个个体户原来是内联陞的师傅。

另一个是白薯大爷。他姓白,卖烤白薯。卖白薯的总有些邋遢,煤呀火呀的。白薯大爷出奇的干净。他个头很高大,两只圆圆的大眼睛,顾盼有神。他腰板绷直,甚至微微有点后仰,精神! 蓝上衣,白套袖,腰系一条黑人造革的围裙,往白薯炉子后面一站,嘿! 有个样儿! 就说他的精神劲儿,让人相信他烤出来的白薯必定是栗子味儿的。白薯大爷卖烤白薯只卖一上午。天一亮,把白薯车子推出来,把鸟——红子,往安乐林一挂,自有熟人看着,他去卖他的白薯。到了十二点,收摊。想要吃白薯,明儿见啦您哪! 摘了鸟笼,往安乐居。他喝酒不多。吃菜!他没有一颗牙了,上下牙床子光光的,但是什么都能吃,——除了铁蚕豆,吃什么都香。"烧鸡烂不烂?"——"烂!""来一只!"他买了一只鸡,撕巴撕巴,给老王来一块脯子,给酒友们让让:"您来块?"别人都谢了,他一人把一只烧鸡一会的工夫全开了。"不赖,烂!"把鸡架子包起来,带回去熬白菜。"回见!"

这天,老王来了,坐着,桌上搁一瓶五星牌二锅头,看样子在等人。一会儿,佟秀轩来了,提着一瓶汾酒。

"走啊!"

"走!"

我问他们:"不在这儿喝了?"

"白薯大爷请我们上他家去,来一顿!"

第二天,老王来了,我问:

"昨儿白薯大爷请你们吃什么好的了?"

"荞面条!——自己家里擀的。青椒!蒜!"

老吕、老聂一听:

"嘿!"

安乐居已经没有了。房子翻盖过了。现在那儿是一个什么贸易中心。

一九八六年七月五日晨写完

注　释

① 本篇原载《北京文学》1986 年第九期;初收《汪曾祺自选集》,漓江出版社,
1987 年 10 月。

毋　忘　我①

徐立和吕曼真是一对玉人。徐立长得有点像维吾尔人，黑而长的眉毛，头发有一点鬈。吕曼真像一颗香白杏。他们穿戴得很讲究，随时好像要到照相馆去照相。两人感情极好。每天早晨并肩骑自行车去上班，两辆车好像是一辆，只是有四个轱辘，两个座。居民楼的家属老太太背后叫他们是"天仙配"。这种赞美徐立和吕曼也知道，觉得有点俗，不过也还很喜欢。

吕曼死了，死于肺癌，徐立花了很高的价钱买了一个极其精致的骨灰盒，把吕曼骨灰捧回来。他把骨灰盒放在写字台上。写字台上很干净，东西很少，左侧是一盏台灯，右侧便是吕曼的骨灰盒。骨灰盒旁边是一个白瓷的小花瓶，花瓶里经常插一枝鲜花。马蹄莲、康乃馨、月季……有时他到野地里采来一丛蓝色的小花。有人问："这是什么花？"

"Forget-me-not ."②

过了半年，徐立又认识了一个女朋友，名叫林茜。林茜长得也很好看，像一颗水蜜桃。林茜常上徐立家里来。来的次数越来越多，走得越来越晚。

他们要结婚了。

少不得要置办一些东西。丝绵被、毛毯、新枕套、床单。窗帘也要换换。林茜不喜欢原来窗帘的颜色。

林茜买了一个中号唐三彩骆驼。

"好看不好看？"

"好看！你的审美趣味很高。"

唐三彩放在哪儿呢？哪儿也不合适。林茜几次斜着眼睛看那骨灰盒。

　　第二天,骨灰盒挪开了。原来的地方放了唐三彩骆驼。骨灰盒放到哪里呢? 徐立想了想,放到了阳台的一角。

　　过了半年,徐立搬家了。

　　什么都搬走了,只落下了吕曼的骨灰盒。

　　他忘了。

注　释

① 本篇原载 1986 年 7 月 12 日《北京晚报》;初收《汪曾祺全集》第二卷,北京师范大学出版社,1998 年 8 月。

② 英语,毋忘我。

1987 年

《聊斋》新义^①

瑞　云

瑞云越长越好看了。初一十五,她到灵隐寺烧香,总有一些人盯着她傻看。她长得很白,姑娘媳妇偷偷向她的跟妈打听:"她搽的是什么粉?"——"她不搽粉,天生的白嫩。"平常日子,街坊邻居也不大容易见到她,只听见她在小楼上跟师傅学吹箫,拍曲子,念诗。

瑞云过了十四,进十五了。按照院里的规矩,该接客了。养母蔡妈妈上楼来找瑞云。

"姑娘,你大了。是花,都得开。该找一个人梳拢了。"

瑞云在行院中长大,哪有不明白的。她脸上微红了一阵,倒没有怎么太扭捏,爽爽快快地说:

"妈妈说的是。但求妈妈依我一件:钱,由妈妈定;人,要由我自己选。"

"你要选一个什么样的?"

"要一个有情的。"

"有钱的、有势的,好找。有情的,没有。"

"这是我一辈子头一回。哪怕跟这个人过一夜,也就心满意足了。以后,就顾不了许多了。"

蔡妈妈看看这棵摇钱树,寻思了一会,说:

"好。钱由我定,人由你选。不过得有个期限:　年。　年之内,由你。过了一年，由我！今天是三月十四。"

于是瑞云开门见客。

蔡妈妈定例：上楼小坐，十五两；见面贽礼不限。

王孙公子、达官贵人、富商巨贾，纷纷登门求见。瑞云一一接待。贽礼厚的，陪着下一局棋，或当场画一个小条幅、一把扇面。贽礼薄的，敬一杯香茶而已。这些狎客对瑞云各有品评。有的说是清水芙蓉，有的说是未放梨蕊，有的说是一块羊脂玉。一传十，十传百，瑞云身价渐高，成了杭州红极一时的名妓。

余杭贺生，素负才名。家道中落，二十未娶。偶然到西湖闲步，见一画舫，飘然而来。中有美人，低头吹箫。岸上游人，纷纷指点："瑞云！瑞云！"贺生不觉注目。画舫已经远去，贺生还在痴立。回到寓所，茶饭无心。想了一夜，备了一份薄薄的贽礼，往瑞云院中求见。

原来以为瑞云阅人已多，一定不把他这寒酸当一回事。不想一见之后，瑞云款待得很殷勤。亲自涤器烹茶，问长问短。问余杭有什么山水，问他家里都有什么人，问他二十岁了为什么还不娶妻……语声柔细，眉目含情。有时默坐，若有所思。贺生觉得坐得太久了，应该知趣，起身将欲告辞。瑞云拉住他的手，说："我送你一首诗。"诗曰：

> 何事求浆者，
>
> 蓝桥叩晓关。
>
> 有心寻玉杵，
>
> 端只在人间。

贺生得诗狂喜，还想再说点什么，小丫头来报："客到！"贺生只好仓促别去。

贺生回寓，把诗展读了无数遍。才夹到一本书里，过一会，又抽出来看看。瑞云分明属意于我，可是玉杵向哪里去寻？

过一二日，实在忍不住，备了一份贽礼，又去看瑞云。听见他的声音，瑞云揭开门帘，把他让进去，说：

"我以为你不来了。"

"想不来,还是来了!"

瑞云很高兴。虽然只见了两面,已经好像很熟了。山南海北,琴棋书画,无所不谈。瑞云从来没有和人说过那么多的话,贺生也很少说话说得这样聪明。不知不觉,炉内香灰堆积,帘外落花渐多。瑞云把座位移近贺生,悄悄地说:

"你能不能想一点办法,在我这里住一夜?"

贺生说:"看你两回,于愿已足。肌肤之亲,何敢梦想!"

他知道瑞云和蔡妈妈有成约:人由自选,价由母定。

瑞云说:"娶我,我知道你没这个能力。我只是想把女儿身子交给你。以后你再也不来了,山南海北,我老想着你,这也不行么?"

贺生摇头。

两个再没有话了,眼对眼看着。

楼下蔡妈妈大声喊:

"瑞云!"

瑞云站起来,执着贺生的两只手,一双眼泪滴在贺生手背上。

贺生回去,辗转反侧。想要回去变卖家产,以博一宵之欢;又想到更尽分别,各自东西,两下牵挂,更何以堪。想到这里,热念都消。咬咬牙,再不到瑞云院里去。

蔡妈妈催着瑞云择婿。接连几个月,没有中意的。眼看花朝已过,离三月十四没有几天了。

这天,来了一个秀才,坐了一会,站起身来,用一个指头在瑞云额头上按了一按,说:"可惜,可惜!"说完就走了。瑞云送客回来,发现额头有一个黑黑的指印。越洗越真。

而且这块黑斑逐渐扩大,几天的工夫,左眼的上下眼皮都黑了。

瑞云不能再见客。蔡妈妈拔了她的簪环首饰,剥了上下衣裙,把她推下楼来,和妈子丫头一块干粗活。瑞云娇养惯了,身子又弱,怎么受得了这个!

贺生听说瑞云遭了奇祸,特地去看看。瑞云蓬着头,正在院里拔草。贺生远远喊了一声:"瑞云!"瑞云听出是贺生的声音,急忙躲到边,脸对着墙壁。贺生连喊了几声,瑞云就是不回头。贺生一头去找到蔡妈妈,说是愿意把瑞云赎出来。瑞云已经是这样,蔡妈妈没有多要身价银子。贺生回余杭,变卖了几亩田产,向蔡妈妈交付了身价。一乘花轿把瑞云抬走了。

到了余杭,拜堂成礼。入了洞房后,瑞云乘贺生关房门的工夫,自己揭了盖头,一口气,噗,噗,把两枝花烛吹灭了。贺生知道瑞云的心思,并不嗔怪。轻轻走拢,挨着瑞云在床沿坐下。

瑞云问:"你为什么娶我?"

"以前,我想娶你,不能。现在能把你娶回来了,不好么?"

"我脸上有一块黑。"

"我知道。"

"难看么?"

"难看。"

"你说了实话。"

"看看就会看惯的。"

"你是可怜我么?"

"我疼你。"

"伸开你的手。"

瑞云把手放在贺生的手里。贺生想起那天在院里瑞云和他执手相看,就轻轻抚摸瑞云的手。

瑞云说:"你说的是真话。"接着叹了一口气,"我已经不是我了。"

贺生轻轻咬了一下瑞云的手指:"你还是你。"

"总不那么齐全了!"

"你不是说过,愿意把身子给我吗?"

"你现在还要吗?"

"要!"

两口儿日子过得很甜。不过瑞云每晚临睡,总把所有灯烛吹灭了。好在贺生已经逐渐对她的全身读得很熟,没灯胜似有灯。

花开花落,春去秋来。一窗细雨,半床明月。少年夫妻,如鱼如水。

贺生真的对瑞云脸上那块黑看惯了。他不觉得有什么难看。似乎瑞云脸上本来就有,应该有。

瑞云还是一直觉得歉然。她有时晨妆照镜,会回头对贺生说:

"我对不起你!"

"不许说这样的话!"

贺生因事到苏州,在虎丘吃茶。隔座是一个秀才,自称姓和,彼此攀谈起来。秀才听出贺生是浙江口音,便问:

"你们杭州,有个名妓瑞云,她现在怎么样了?"

"已经嫁人了。"

"嫁了一个什么样的人?"

"一个和我差不多的人。"

"真能类似阁下,可谓得人!——不过,会有人娶她么?"

"为什么没有?"

"她脸上——"

"有一块黑。是一个什么人用指头在她额头一按,留下的。这个人真不知道安的是什么心肠!——你怎么知道的?"

"实不相瞒,你说的这个人,就是在下。"

"你为什么要做这种事?"

"昔在杭州,也曾一觇芳仪,甚惜其以绝世之姿而流落不偶,故以小术晦其光而保其璞,留待一个有情人。"

"你能点上,也能去掉么?"

"怎么不能?"

"我也不瞒你,娶瑞云的,便是小生。"

"好!你别具一双眼睛,能超出世俗媸妍,是个有情人!我这就同你到余杭,还君一个十全佳妇。"

到了余杭,秀才叫贺生用铜盆打一盆水,伸出中指,在水面写写画画,说:"洗一洗就会好的。好了,须亲自出来一谢医人。"

贺生笑说:"那当然!"贺生捧盆入内室,瑞云掬水洗面,面上黑斑随手消失。晶莹洁白,一如当年。瑞云照照镜子,不敢相信。反复照视,大叫一声:"这是我！这是我！"

夫妻二人,出来道谢。一看,秀才没有了。

这天晚上,瑞云高烧红烛,剔亮银灯。

贺生不像瑞云一样欢喜。明晃晃的灯烛,粉扑扑的嫩脸,他觉得不惯。他若有所失。

瑞云觉得他的爱抚不像平日那样温存,那样真挚。她坐起来,轻轻地问:

"你怎么了?"

一九八七年八月一日北京

黄　英

马子才,顺天人。几代都爱菊花。到了子才,更是爱菊如命。听说什么地方有佳种,一定得买到。千里迢迢,不辞辛苦。一天,有金陵客人寄住在马家,看了子才种的菊花,说他有个亲戚,有一二名种,为北方所无。马子才动了心,即刻打点行李,跟这位客人到了金陵。客人想方设法,给他弄到两苗菊花芽。马子才如获至宝,珍重裹藏,捧在手里,骑马北归。半路上,遇见一个少年,赶着一辆精致的轿车。少年眉清目秀,风姿洒落。他好像刚刚喝了酒,酒气中有淡淡的菊花香。一路同行,子才和少年就搭了话。少年听出马子才的北方口音,问他到金陵做什么来了,手里捧着的是什么。子才如实告诉少年,说手里这两苗菊花芽好不容易才弄到,这是难得的名种。少年说:

"种无不佳,培溉在人。人即是花,花即是人。"

马子才似懂非懂,问少年要往哪里去。少年说:"姐姐不喜欢金陵,将到河北找个合适的地方住下。"马子才问:"找了房没有?"——"到了再说吧。"子才说:"我看你们就甭费事了。我家里还有几间闲房,空着也是空着,你们不如就在我那儿住着,我也好请教怎样'培溉'菊花。"少年说:"得跟我姐姐商量商量。"他把车停住,把马子才的意思向姐姐说了。车里的人推开车帘说话。原来是二十来岁的一位美

76

人。说：

"房子不怕窄憋，院子得大一些。"

子才说："我家有两套院子，我住北院，南院归你们。两院之间有个小板门。愿意来坐坐，拍拍门，随时可以请过来。平常尽可落闩下锁，互不相扰。"

"这样很好。"

谈了半日，才互通名姓。少年姓陶，姐姐小字黄英。

两家处得很好。马子才发现，陶家好像不举火，经常是从外面买点烧饼馃子就算一餐，就三天两头请他们过来便饭。这姐弟二人倒也不客气，一请就到。有一天陶对马说："老兄家道也不是怎么富足的，我们老是吃你们，长了，也不是个事。咱们合计合计，我看卖菊花也能谋生。"马子才素来自命清高，听了陶生的话很不以为然，说："这是以东篱为市井，有辱黄花！"陶笑笑，说："自食其力不为贫，贩花为业不为俗。"马子才不再说话。陶生也还常常拍拍板门，过来看看马子才种的菊花。

子才种菊，十分勤苦。风晨雨夜，科头赤足，他又挑剔得很严，残枝劣种，都拔出来丢在地上。他拿了把竹扫帚，打算扫到沟里，让它们顺水漂走。陶生说："别！"他把这些残枝劣种都捡起来，抱到南院。马子才心想：这人并不懂种菊花！

没多久，到了菊花将开的月份，马子才听见南院人声嘈杂，闹闹嚷嚷，简直像是香期庙会：这是咋回事？扒在板门上偷觑：喝，都是来买花的。用车子装的，背着的，抱着的，缕缕不绝。再一看那些花，都是见都没见过的异种。心想：他真的卖起菊花来了。这么多的花，得卖多少钱？此人俗，且贪！交不得！又恨他秘着佳本，不叫自己知道，太不够朋友。于是拍拍板门，想过去说几句不酸不咸的话，叫这小子知道：马子才既不贪财，也不可欺。陶生听见拍门，开开门，拉着子才的手，把他拽了过来。子才一看，荒庭半亩，都已辟为菊畦，除了那几间旧房，没有一块空地，到处都是菊花。多数憋了骨朵，少数已经半开。花头大，颜色好，秆粗，叶壮，比他自己园里种的，强百倍。问："你这些花秧子是哪里淘换来的?"陶生说:"你细看看!"子才弯腰细看:似曾相识。原来都是自己拔弃的残枝劣种。于是想好的讥诮的话都忘了,直想问问:"你把菊种得这样好,有什么诀窍?"陶生转身进了屋,不大会,搬出一张矮桌,就放在菊畦旁边。又进屋,拿出酒菜,说:"我不想富,也不想穷。我不能那样清高。连日卖花,得了一些钱。你来了,今天咱们喝两盅。"陶生酒量大,用大杯。马子才只能小杯陪着。正喝着,听见屋里有人叫:"三郎!"是黄英的声音。"少喝点,小心吓着马先生。"陶生答应:"知道了。"几杯落肚,马子才问:"你说过'种无不佳,培溉在人',你到底有什法子能把花种成这样?"陶生说:

"人即是花,花即是人。花随人意。人之意即花之意。"

马子才还是不明白。

陶生豪饮,从来没见他大醉过。子才有个姓曾的朋友,酒量极大,没有对手。有一天,曾生来,马子才就让他们较量较量。二位放开量喝,喝得非常痛快。从早晨一直喝到半夜。曾生烂醉如泥,靠在椅子上呼呼大睡。陶生站起,要回去睡觉,出门踩了菊花畦,一跤摔倒。马子才说:"小心!"一看人没了,只有一堆衣裳落在地上,陶生就地化成一棵菊花,一人高,开着十几朵花,花都有拳大。马子才吓坏了,赶紧去告诉黄英。黄英赶来,把菊花拔起来,放倒在地上,说:"怎么醉成这样!"拿起陶生衣裳,把菊花盖住,对马子才说:"走,别看!"到了天亮,马子才过去看看,只见陶生卧在菊畦边,睡得正美。

于是子才知道:这姐弟二人都是菊花精。

陶生已经露了行迹,也就不避子才,酒喝得越来越放纵。常常自己下个短帖,约曾生来共饮,二位酒友,成了莫逆。

二月十二,花朝。曾生着两个仆人抬了一坛百花酒,说:"今天咱们俩把这坛酒都喝了!"一坛酒快完了,两人都还不太醉。马子才又偷偷往坛里续了几斤白酒。俩人又都喝了。曾生醉得不省人事,由仆人背回去了。陶生卧在地上,又化为菊花。马见惯不惊,就如法炮制,把菊花拔起来,守在旁边,看他怎么再变过来。等了很久,看见菊花叶子越来越憔悴,坏了!赶紧去告诉黄英,黄英一听:"啊?!——你杀了我弟弟了!”急急奔过来看,菊花根株已枯。黄英大哭,掐了还有点活气的菊花梗,埋在盆里,携入闺中,每天灌溉。

盆里的花渐渐萌发。九月,开了花,短干粉朵,闻闻,有酒香。浇以酒,则茂。

这个菊种,渐渐传开。种菊人给起了个名字,叫“醉陶”。

一年又一年,黄英也没有什么异状,只是她永远像二十来岁,永远不老。

一九八七年九月十一日爱荷华

蛐　蛐

宣德年间,宫里兴起了斗蛐蛐。蛐蛐都是从民间征来的。这玩意陕西本不出。有那么一位华阴县令,想拍拍上官的马屁,进了一只。试斗了一次,不错,贡到宫里。打这儿起,传下旨意,责令华阴县年年往宫里送。县令把这项差事交给里正。里正哪里去弄到蛐蛐?只有花钱买。地方上有一些不务正业的混混,弄到好蛐蛐,养在金丝笼里,价钱抬得很高。有的里正,和衙役勾结在一起,借了这个名目,挨家挨户,按人口摊派。上面要一只蛐蛐,常常害得几户人家倾家荡产。蛐蛐难找,里正难当。

有个叫成名的,是个童生,多年也没有考上秀才。为人很迂,不会讲话。衙役瞧他老实,就把他报充了里正。成名托人情,送蒲包,磕头,作揖,不得脱身。县里接送往来官员,办酒席,敛程仪,要民夫,要马草,都朝里正说话。不到一年的工夫,成名的几亩薄产都赔进去了。一出暑伏,按每年惯例,该征蛐蛐了。成名不敢挨户摊派,自己又实在变卖不出这笔钱。每天烦闷忧愁,唉声叹气,跟老伴说:“我想死的心都有。”老伴说:“死,管用吗?买不起,自己捉!说不定能把这项差事应付过去。”成名说:“是个办法。”于是提了竹筒,拿着蛐蛐罩,破墙根底下,烂砖头堆里,草丛里,石头缝里,到处翻,找。清早出门,半夜回家。鞋磨破了,胈膝盖磨穿了,手上、脸上,叫葛针拉出好些血道道,无济于事。即使捕得三两只，又小又弱，不够分量，不上品。县令限期追比，交不上蛐蛐，二十板子。十多天下来，成名挨了百十板，两条腿脓血淋漓，没有一块好肉了。走都不能走，哪能再捉蛐蛐呢？躺在床上，翻来覆去：除了自尽，别无他法。

迷迷糊糊做了一个梦。梦见一座庙，庙后小山下怪石乱卧，荆棘丛生，有一只"青麻头"伏着。旁边有一只癞蛤蟆，将蹦未蹦。醒来想想：这是什么地方？猛然省悟：这不是村东头的大佛阁么？他小时候逃学，曾到那一带玩过。这梦有准么？那里真会有一只好蛐蛐？管它的！去碰碰运气。于是挣扎起来，拄着拐杖，往村东去。到了大佛阁后，一带都是古坟，顺着古坟走，蹲着伏着一块一块怪石，就跟梦里所见的一样。是这儿？——像！于是在蒿莱草莽之间，轻手轻脚，侧耳细听，凝神细看，听力目力都用尽了，然而听不到蛐蛐叫，看不见蛐蛐影子。忽然，蹦出一只癞蛤蟆。成名一愣，赶紧追！癞蛤蟆钻进了草丛。顺着方向，拨开草丛：一只蛐蛐在荆棘根旁伏着。快扑！蛐蛐跳进了石穴。用尖草撩它，不出来；用随身带着的竹筒里的水灌，这才出来。好模样！蛐蛐蹦，成名追。罩住了！细看看：个头大，尾巴长，青脖子，金翅膀。大叫一声："这可好了！"一阵欢喜，腿上棒伤也似轻松了一些。提着蛐蛐笼，快步回家。举家庆贺，老伴破例给成名打了二两酒。家里有蛐蛐罐，垫上点过了箩的细土，把宝贝养在里面。蛐蛐爱吃什么？栗子、菱角、螃蟹肉。买！净等着到了期限，好见官交差。这可好了：不会再挨板子，剩下的房产田地也能保住了。蛐蛐在罐里叫哩，嘿嘿嘿嘿……

成名有个儿子，小名叫黑子，九岁了，非常淘气。上树掏鸟窝蛋，下河捉水蛇，飞砖打恶狗，爱捅马蜂窝。性子倔，爱打架。比他大几岁的孩子也都怕他，因为他打起架来拼命，拳打脚踢带牙咬。三天两头，有街坊邻居来告"妈妈状"。成名夫妻，就这么一个儿子，只能老给街坊们赔不是，不忍心重棒打他。成名得了这只救命蛐蛐，再三告诫黑子："不许揭开蛐蛐罐，不许看，千万千万！"

不说还好，说了，黑子还非看看不可。他瞅着父亲不在家，偷偷揭开蛐蛐罐。腾！——蛐蛐蹦出罐外，黑子伸手一扑，用力过猛，蛐蛐大腿折了,肚子破了——死了。黑子知道闯了大祸,哭着告诉妈妈。妈妈一听,脸色煞白:"你个孽障!你甭想活了!你爹回来,看他怎么跟你算账!"黑子哭着走了。成名回来,老伴把事情一说,成名掉在冰窟窿里了。半天,说:"他在哪儿?"找。到处找遍了,没有。做妈的忽然心里一震:莫非是跳了井了?扶着井栏一看,有个孩子。请街坊帮忙,把黑子捞上来,已经死了。这时候顾不上生气,只觉得悲痛。夫妻二人,傻了一样。傻坐着,你看看我,我看看你,找不到一句话。这天他们家烟筒没冒烟,哪里还有心思吃饭呢。天黑了,把儿子抱起来,准备用一张草席卷卷埋了。摸摸胸口,还有点温和;探探鼻子,还有气。先放到床上再说吧。半夜里,黑子醒过来了,睁开了眼。夫妻二人稍得安慰。只是眼神发呆。睁眼片刻,又合上眼,昏昏沉沉地睡了。

蛐蛐死了,儿子这样。成名瞪着眼睛到天亮。

天亮了,忽然听到门外蛐蛐叫,成名跳起来,远远一看,是一只蛐蛐。心里高兴,捉它!蛐蛐叫了一声:嚯,跳走了,跳得很快。追。用手掌一捂,好像什么也没有,空的。手才举起,又分明在,跳得老远。急忙追,折进墙角,不见了。四面看看,蛐蛐伏在墙上。细一看,个头不大,黑红黑红的。成名看它小,瞧不上眼。墙上的小蛐蛐,忽然落在他的袖口上。看看:小虽小,形状特别,像一只土狗子,梅花翅,方脑袋,好像不赖。将就吧。右手轻轻捏住蛐蛐,放在左手掌里,两手相合,带回家里。心想拿它交差,又怕县令看不中,心里没底,就想试着斗一斗,看看行不行。村里有个小伙子,是个玩家,走狗斗鸡,提笼架鸟,样样在行。他养着一只蛐蛐,自名"蟹壳青",每天找一些少年子弟斗,百战百胜。他把这只"蟹壳青"居为奇货,索价很高,也没人买得起。有人传出来,说成名得了一只蛐蛐,这小伙子就到成家拜访,要看看蛐蛐。一看,捂着嘴笑了:这也叫蛐蛐!于是打开自己的蛐蛐罐,把蛐蛐赶进"过笼"里,放进斗盆。成名一看,这只蛐蛐大得像一只油葫芦,就含糊了,不敢把自己的拿出来。小伙子存心看个笑话,再三说:"玩玩嘛,咱又不赌输赢。"成名一想,反正养这么只孬玩意也没啥用,逗个乐!于是把黑蛐蛐也放进斗盆。小蛐蛐趴着不动,蔫哩巴唧,小伙了又大笑。使猪鬃撩拨它的须须,还是不动。小伙子又大笑。撩它,再撩它! 黑蛐蛐忽然暴怒,后腿一挺,直窜过来。俩蛐蛐这就斗开了,冲、撞、腾、击,劈里卜碌直响。忽见小蛐蛐跳起来,伸开须须,翘起尾巴,张开大牙,一下子钳住大蛐蛐的脖子。大蛐蛐脖子破了,直流水。小伙子赶紧把自己的蛐蛐装进过笼,说:"这小家伙真玩命呀!"小蛐蛐摆动着须须,"嚯嚯,嚯嚯",扬扬得意。成名也没想到。他和小伙子正在端详这只黑红黑红的小蛐蛐,他们家的一只大公鸡斜着眼睛过来,上去就是一嘴。成名大叫了一声:"啊呀!"幸好,公鸡没啄着,蛐蛐蹦出了一尺多远。公鸡一啄不中,撒腿紧追。眨眼之间,蛐蛐已经在鸡爪子底下了。成名急得不知怎么好,只是跺脚,再一看,公鸡伸长了脖子乱甩。唔? 走近了一看,只见蛐蛐叮在鸡冠上,死死咬住不放。公鸡羽毛扎撒,双脚挣蹦。成名惊喜,把蛐蛐捏起来,放进笼里。

第二天,上堂交差。县太爷一看:这么个小东西,大怒:"这,你不是糊弄我吗!"成名细说这只蛐蛐怎么怎么好。县令不信,叫衙役弄几只蛐蛐来试试。果然,都不是对手。又叫抱一只公鸡来,一斗,公鸡也败了。县令吩咐,专人送到巡抚衙门。巡抚大为高兴,打了一只金笼子,又命师爷连夜写了一通奏折,详详细细表叙了黑蛐蛐的能耐,把蛐蛐献进宫中。宫里的有名有姓的蛐蛐多了,都是各省进贡来的。什么"蝴蝶"、"螳螂"、"油利挞"、"青丝额"……黑蛐蛐跟这些"名将"斗了一圈,没有一只,能经得三个回合,全都不死带伤望风而逃。皇上龙颜大悦,下御诏,赐给巡抚名马衣缎。巡抚饮水思源,到了考核的时候,给华阴县评了一个"卓异",就是说该县令的政绩非比寻常。县令也是个有良心的,想起他的前程都是打成名那儿来的,于是免了成名里正的差役;又嘱咐县学的教谕,让成名进了学,成了秀才,有了功名,不再是童生了;还赏了成名几十两银子,让他把赔累进去的薄产赎回来。成名夫妻,说不尽的欢喜。

只是他们的儿子一直是昏昏沉沉地躺着,不言不语,不吃不喝,不死不活,这可怎么了呢?

树叶黄了,树叶落了,秋深了。

一天夜里,成名夫妻做了一个同样的梦,梦见了他们的儿子黑子。黑子说:

"我是黑子。就是那只黑蛐蛐。蛐蛐是我。我变的。

"我拍死了'青麻头',闯了祸。我就想:不如我变一只蛐蛐吧。我就变成了一只蛐蛐。

"我爱打架。

"我打架总要打赢。谁我也不怕。

"我一定要打赢。打赢了,爹就可以不当里正,不挨板子。我九岁了,懂事了。

"我跟别的蛐蛐打,我想:我一定要打赢,为了我爹,我妈。我拼命。蛐蛐也怕蛐蛐拼命。它们就都怕。

"我打败了所有的蛐蛐!我很厉害!

"我想变回来。变不回来了。

"那也好。我活了一秋。我赢了。

"明天就是霜降,我的时候到了。

"我走了。你们不要想我。——没用。"

第二天一早,黑子死了。

一个消息从宫里传到省里,省里传到县里:那只黑蛐蛐死了。

一九八七年九月二十日爱荷华

石 清 虚

邢云飞,爱石头。书桌上,条几上,书架上,柜橱里,多宝槅里,到处是石头。这些石头有的是他不惜重价买来的,有的是他登山涉水满世界寻觅来的。每天早晚,他把这些石头挨着个儿看一遍。有时对着一块石头能端详半天。一天,在河里打鱼,觉得有什么东西挂了网,挺沉,他脱了衣服,一个猛子扎下去,一摸,是块石头。抱上来一看,石头不小,直径够一尺,高三尺有余。四面玲珑,峰峦叠秀。高兴极了。带回家来,配了一个紫檀木的座,供在客厅的案上。

一天，天要下雨，邢云飞发现：这块石头出云。石头有很多小窟窿，每个窟窿里都有云，白白的，像一团一团新棉花，袅袅飞动，忽淡忽浓。他左看右看，看呆了。侯后，每到天要下雨，都是这样。这块石头是个稀世之宝！

这就传开了。很多人都来看这块石头。一到阴天，来看的人更多。

邢云飞怕惹事，就把石头移到内室，只留一个檀木座在客厅案上。再有人来看，就说石头丢了。

一天，有一个老叟敲门，说想看看那块石头。邢云飞说："石头已经丢失很久了。"老叟说："不是在您的客厅里供着吗？"——"您不信？不信就请到客厅看看。"——"好，请！"一跨进客厅，邢云飞愣了：石头果然好好地嵌在檀木座里。咦！

老叟抚摸着石头，说："这是我家的旧物，丢失了很久了，现在还在这里啊。既然叫我看见了，就请赐还给我。"邢云飞哪肯呀："这是我家传了几代的东西，怎么会是你的！"——"是我的。"——"我的！"两个争了半天。老叟笑道："既是你家的，有什么验证？"邢云飞答不上来。老叟说："你说不上来，我可知道。这石头前后共有九十二个窟窿，最大的窟窿里有五个字：'清虚天石供'。"邢云飞细一看，大窟窿里果然有五个字，才小米粒大，使劲看，才能辨出笔划。又数数窟窿，不多不少，九十二。邢云飞没有话说，但就是不给。老叟说："是谁家的东西，应该归谁，怎么能由得你呢？"说完一拱手，走了。邢云飞送到门外，回来，石头没了。大惊，惊疑是老叟带走了，急忙追出来。老叟慢慢地走着，还没走远。赶紧奔上去，拉住老叟的袖子，哀求道："你把石头还我吧！"老叟说："这可是奇怪了，那么大的一块石头，我能攥在手里，揣在袖子里吗？"邢云飞知道这老叟很神，就强拉硬拽，把老叟拽回来，给老叟下了一跪，不起来，直说："您给我吧，给我吧！"老叟说："石头到底是你家的，是我家的？"——"您家的！您家的！——求您割爱，求您割爱！"老叟说："既是这样，那么，石头还在。"邢云飞一扭头，石头还在座里，没挪窝。老叟说：

"天下之宝，当与爱惜之人。这块石头能自己选择一个主人，我也很喜欢。然而,它太急于自现了。出世早,劫运未除,对主人也不利。我本想带走,等过了三年,再赠送给你。既想留下,那你就得减寿三年,这块石头才能随着你一辈子,你愿意吗?"——"愿意!愿意!"老叟于是用两个指头捏了一个窟窿一下,窟窿软得像泥,闭上了。随手闭了三个窟窿,完了,说:"石上窟窿,就是你的寿数。"说罢,飘然而去。

有一个权豪之家,听说邢家有一块能出云的石头,就惦记上了。一天派了两个家奴闯到邢家,抢了石头便走。邢云飞追出去,拼命拽住。家奴说石头是他们主人的,邢云飞说:"我的!"于是经了官。地方官坐堂问案,说是你们各执一词,都说说,有什么验证。家奴说:"有!这石头有九十二个窟窿。"——原来这权豪之家早就派了清客,到邢家看过几趟,暗记了窟窿数目。问邢云飞:"人家说出验证来了,你还有什么话说!"邢云飞说:"回大人,他们说得不对。石头只有八十九个窟窿。有三个窟窿闭了,还有六个指头印。"——"呈上来!"地方当堂验看,邢云飞所说,一字不差,只好把石头断给邢云飞。

邢云飞得了石头回来,用一方古锦把石头包起来,藏在一只铁梨木匣子里。想看看,一定先焚一炷香,然后才开匣子。也怪,石头很沉,别人搬起来很费劲;邢云飞搬起来却是轻而易举。

邢云飞到了八十九岁,自己置办了装裹棺木,抱着石头往棺材里一躺,死了。

一九八七年九月二十一日爱荷华

〔后记〕

我想做一点试验,改写《聊斋》故事,使它具有现代意识。这是尝试的第一批。

石能择主,人即是花,这种思想原来就是相当现代的。蒲松龄在那样的时候能有这样的思想,令人惊讶。《石清虚》我几乎没有什么改动。我把《黄英》大大简化了,删去了黄英与马子才结为夫妇的情节,我不喜欢马子才,觉得他俗不可耐。这样一来,主题就直露了,但也干净得多了。我把《蛐蛐》(《促织》)和《瑞云》的大团圆式的喜剧结尾改掉了。《促织》本来是一个具有强烈的揭露性的悲剧,原著却使变成蛐蛐的孩子又复活了,他的父亲也有了功名,发了财,这是一大败笔。这和前面一家人被逼得走投无路的情绪是矛盾的,孩子的变形也就失去使人震动的力量。蒲松龄和自己打了架。迫使作者于不自觉中化愤怒为慰安,于此可见封建统治的酷烈。我这样改,相信是符合蒲老先生的初衷的。《瑞云》的主题原来写的是"不以妍媸易念"。这是道德意识,不是审美意识。瑞云之美,美在性情,美在品质,美在神韵,不仅仅在于肌肤。脸上有一块黑,不是损其全体。(《聊斋》写她"丑状类鬼"很恶劣!)歌德说过:爱一个人,如果不爱她的缺点,不是真正的爱。"情人眼里出西施",是很有道理的。昔人评《聊斋》就有指出"和生多事"的。和生的多事不在在瑞云额上点了一指,而在使其颟面光洁。我这样一改,立意与《聊斋》就很不相同了。

前年我改编京剧《一捧雪》,确定了一个原则:"小改而大动",即尽量保存传统作品的情节,而在关键的地方加以变动,注入现代意识。

改写原有的传说故事,参以己意,使成新篇,这样的事早就有人做过,比如歌德的《新美露茜娜》。比起歌德来,我的笔下显然是过于拘谨了。

中国的许多带有魔幻色彩的故事,从六朝志怪到《聊斋》,都值得重新处理,从哲学的高度,从审美的视角。

我这只是试验,但不是闲得无聊的消遣。本来想写一二十篇以后再出来,《人民文学》索稿,即以付之,为的是听听反应。也许这是找挨骂。

一九八八年一月二十日

注　释

① 本篇原载《人民文学》1988 年第三期。其中《瑞云》、《蛐蛐》初收"中国当代作家选集丛书"《汪曾祺》卷,人民文学出版社,1992 年 12 月;《黄英》、《石清虚》初收《汪曾祺全集》第二卷,北京师范大学出版社,1998 年 8 月。

1988 年

陆　判①

——《聊斋》新义

朱尔旦,爱作诗,但是天资钝,写不出好句子。人挺豪放,能喝酒。喝了酒,爱跟人打赌。一天晚上,几个作诗写文章的朋友聚在一处,有个姓但的跟朱尔旦说:"都说你什么事都敢干,咱们打个赌:你要是能到十王殿去,把东廊下的判官背了来,我们大家凑钱请你一顿!"这地方有一座十王殿,神鬼都是木雕的,跟活的一样。东廊下有一个立判,绿脸红胡子,模样尤其狞恶。十王殿阴森森的,走进去叫人汗毛发紧。晚上更没人敢去。因此,这姓但的想难倒朱尔旦。朱尔旦说:"一句话!"站起来就走。不大一会,只听见门外大声喊叫:"我把髯宗师请来了!"姓但的说:"别听他的!"——"开门哪!"门开处,朱尔旦当真把判官背进来了。他把判官搁在桌案上,敬了判官三大杯酒。大家看见判官蠹着,全都坐不住:"你,还把他,请回去!"朱尔旦又把一壶酒泼在地上,说了几句祝告的话:"门生粗率不文,惊动了您老人家,大宗师谅不见怪。舍下离十王殿不远,没事请过来喝一杯,不要见外。"说罢,背起判官就走。

第二天,他的那些文友,果然凑钱请他喝酒。一直喝到晚上,他已经半醉了,回到家里,觉得还不尽兴,又弄了一壶,挑灯独酌。正喝着,忽然有人掀开帘子进来。一看,是判官!朱尔旦腾地站了起来:"噫!我完了!昨天我冒犯了你,你今天来,是不是要给我一斧子?"判官拨开大胡子一笑:"非也!昨蒙高义相订,今天夜里得空,敬践达人之约。"朱尔旦一听,非常高兴,拽住判官衣袖,忙说:"请坐!请坐!"说着点火坐水,要烫酒。判官说:"天道温和,可以冷饮。"——
"那好那好!——我去叫家里的弄两碟菜。你宽坐一会。"朱尔旦进
里屋跟老婆一说,——他老婆娘家姓周,挺贤慧,"炒两个菜,来了
客。"——"半夜里来客?什么客?"——"十王殿的判官。"——"什
么?"——"判官。"——"你千万别出去!"朱尔旦说:"你甭管!炒菜,
炒菜!"——"这会儿,能炒出什么菜?"——"炸花生米!炒鸡蛋!"一
会儿的功夫,两碟酒菜炒得了,朱尔旦端出来,重换杯筷,斟了酒:"久
等了!"——"不妨,我在读你的诗稿。"——"阴间,也兴做诗?"——
"阳间有什么,阴间有什么。"——"你看我这诗?"——"不好。"——
"是不好!喝酒!——你怎么称呼?"——"我姓陆。"——"台
甫?"——"我没名字!"——"没名字?好!——干!"这位陆判官真
是海量,接连喝了十大杯。朱尔旦因为喝了一天的酒,不知不觉,醉
了。趴在桌案上,呼呼大睡。到天亮,醒了,看看半枝残烛,一个空酒
瓶,碟子里还有几颗炸焦了的花生米,两筷子鸡蛋,恍惚了半天:"我
夜来跟谁喝酒来着?判官,陆判?"自此,陆判隔三两天就来一回,炸
花生米,炒鸡蛋下酒。朱尔旦做了诗,都拿给陆判看。陆判看了,都
说不好。"我劝你就别做诗了。诗不是谁都能做的。你的诗,平仄对
仗都不错,就是缺一点东西——诗意。心中无诗意,笔下如何有好
诗?你的诗,还不如炒鸡蛋。"

有一天,朱尔旦醉了,先睡了,陆判还在自斟自饮。朱尔旦醉梦之
中觉得肚脏微微发痛,醒过来,只见陆判坐在床前,豁开他的腔子,把肠
子肚子都掏了出来,一条一条在整理。朱尔旦大为惊愕,说:"咱俩无
仇无怨,你怎么杀了我?"陆判笑笑说:"别怕别怕,我给你换一颗聪明
的心。"说着不紧不慢的,把肠子又塞了回去。问:"有干净白布没
有?"——"白布?有包脚布!"——"包脚布也凑合。"陆判用包脚布缚
紧了朱尔旦的腰杆,说:"完事了!"朱尔旦看看床上,也没有血迹,只觉
得小肚子有点发木。看看陆判,把一疙瘩红肉放在茶几上,问:"这是
啥?"——"这是老兄的旧心。你的诗写不好,是因为心长得不好。你
瞧瞧,什么乱七八糟的,窟窿眼都堵死了。适才在阴间拣到一颗,虽不

是七窍玲珑,比你原来那颗要强些。你那一颗,我还得带走,好在阴间凑足原数。你躺着,我得去交差。"

朱尔旦睡了一觉,天明,解开包脚布看看,创口已经合缝,只有一道红线。从此,他的诗就写得好些了。他的那些诗友都很奇怪。

朱尔旦写了几首传颂一时的诗,就有点不安分了。一天,他请陆判喝酒,喝得有点醺醺然了,朱尔旦说:"湔肠伐胃,受赐已多,尚有一事欲相烦,不知可否?"陆判一听:"什么事?"朱尔旦说:"心肠可换,这脑袋面孔想来也是能换的。"——"换头?"——"你弟妇,我们家里的,结发多年,怎么说呢,下身也还挺不赖,就是头面不怎么样。四方大脸,塌鼻梁。你能不能给来一刀?"——"换一个? 成! 容我缓几天,想想办法。"

过了几天,半夜里,来敲门,朱尔旦开门,拿蜡烛一照,见陆判用衣襟裹着一件东西。"啥?"陆判直喘气:"你托付我的事,真不好办。好不容易,算你有运气,我刚刚得了一个挺不错的美人脑袋,还是热乎的!"一手推开房门,见朱尔旦的老婆侧身睡着,睡得正实在,陆判把美人脑袋交给朱尔旦抱着,自己从靴鞡子里抽出一把锋快的匕首,按着朱尔旦老婆的脑袋,切冬瓜似的一刀切了下来,从朱尔旦手里接过美人脑袋,合在朱尔旦老婆脖颈上,看端正了,然后用手四边挖了挖,动作干净利落,真是好手艺! 然后,移过枕头,塞在肩下,让脑袋腔子都舒舒服服的斜躺着。说:"好了! 你把尊夫人原来的脑袋找个僻静地方,刨个坑埋起来。以后再有什么事,我可就不管了。"

第二天,朱尔旦的老婆起来,梳洗照镜。脑袋看看身子:"这是谁?"双手摸摸脸蛋:"这是我?"

朱尔旦走出来,说了换头的经过,并解开女人的衣领,让女人验看,脖颈上有一圈红线,上下肉色截然不同。红线以上,细皮嫩肉;红线以下,较为粗黑。

吴侍御有个女儿,长得很好看。昨天是上元节,去逛十王殿。有个无赖,看见她长得美,跟梢到了吴家。半夜,越墙到吴家女儿的卧室,想强奸她。吴家女儿抗拒,大声喊叫,无赖一刀把她杀了,把脑袋放在一边,逃了。吴家听见女儿屋里有动静,赶紧去看。一看见女儿尸体,非常惊骇。把女儿尸体用被窝盖住,急忙去备具棺木。这时候,正好陆判下班路过,一看,这个脑袋不错!裹在衣襟里,一顿脚,腾云驾雾,来到了朱尔旦家。

吴家买了棺木,要给女儿成殓。一揭被窝,脑袋没了!

朱尔旦的老婆换了脑袋,也带了一些别扭。朱尔旦的老婆原来食量颇大,爱吃辛辣葱蒜。可是这个脑袋吃得少,又爱吃清淡东西,喝两口鸡丝雪笋汤就够了,因此就下面的肚子老是不饱。

晚上,这下半身非常热情,可是脖颈上这张雪白粉嫩的脸却十分冷淡。

吴家姑娘爱弄乐器,笙箫管笛,无所不晓。有一天,在西厢房找到一管玉屏洞箫,高兴极了,想吹吹。撮细了樱唇,倒是吹出了音,可是下面的十个指头不会捏眼!

朱尔旦老婆换了脑袋,这事渐渐传开了。

朱尔旦的那些诗朋酒友自然也知道了这件事。大家就要求见见换了脑袋的嫂夫人,尤其是那位姓但的。朱尔旦被他们缠得脱不得身,只得略备酒菜,请他们见见新脸旧夫人。

客人来齐了,朱尔旦请夫人出堂。

大家看了半天,姓但的一躬到地:

"是嫂夫人?"

这张挺好看的脸上的挺好看的眼睛看看他,说:"初次见面,您好!"

初次见面?

"你现在贵姓?姓周,还是姓吴?"

"不知道。"

不知道?

"那么你是?"

"我也不知道我是谁。是我,还是不是我。"这张挺好看的面孔上的挺好看的眼睛看看朱尔旦,下面一双挺粗挺黑的手比比划划,问朱尔旦:"我是我？还是她？"

朱尔旦想了一会,说:

"你们。"

"我们?"

一九八八年新春

注　释

① 　本篇原载《滇池》1988 年第五期;初收"中国当代作家选集丛书"《汪曾祺》
　　卷,人民文学出版社,1992 年 12 月。

双　灯[①]

——《聊斋》新义

　　魏家二小,父母双亡,没念过几年书,跟着舅舅卖酒。舅舅开了一座糟坊,就在村口,不大,生意也清淡,顾客不多。糟坊前进,有一些甑子、水桶、酒缸。后面是一个很大的院子,荒荒凉凉,什么也没有,开了一地的野花。后院有一座小楼。楼下是空的,二小住在楼上。每天太阳落了山,关了大门,就剩二小一个人了。他倒不觉得闷。有时反反复复想想小时候的事,背两首还记得的千家诗,或是伏在楼窗口看南山。南山暗蓝暗蓝的,没有一星灯火。南山很深,除了打柴的、采药的,不大有人进去。天边的余光退尽了,南山的影子模糊了,星星一个一个地出齐了,村里有几声狗叫,二小睡了,连灯都不点。一年一年,二小长得像个大人了,模样很清秀。因为家寒,还没有说亲。

　　一天晚上,二小已经躺下了,听见楼下有脚步声,还似不止一个人。不大会,踢踢踏踏,上了楼梯。二小一骨碌坐起来:"谁?"只见两个小丫环挑着双灯,已经到了床跟前。后面是一个少年书生,领着一个女郎。到了床前,微微一笑。二小惊得说不出话来。一想:这是狐狸精!腾地一下,汗毛都立起来了,低着头,不敢斜视一眼。书生又笑了笑说:"你不要猜疑。我妹妹和你有缘,应该让她和你作伴。"二小看看书生,一身貂皮绸缎,华丽耀眼;看看自己,粗布衣裤,自己直觉得寒碜,不知道说什么好。书生领着丫环,丫环留下双灯,他们径自走了。

　　剩下女郎一个人。

　　二小细细地看了女郎,像画上画的仙女,越看越喜欢,只是自己是个卖酒的,浑身酒糟气,怎么配得上这样的仙女呢? 想说两句风流一点的话,一句也说不出,傻了。女郎看看他,说:"你不是念'子曰'的,怎么那么书呆子气！我手冷,给我焐焐!"一步走向前,把二小推倒在床上,把手伸在他怀里。焐了一会,二小问:"还冷吗?"——"不冷了,我现在身上冷。"二小翻身把她搂了起来。二小从来没有干过这种事。不过这种事是不需人教的。

鸡叫了,两个小丫环来,挑起双灯,把女郎引走了。到楼梯口,女郎回头:

"我晚上来。"

"我等你。"

夜长,他们赌猜枚。二小拎了一壶酒,笸箩里装了一堆豆子:"我藏你猜,猜对了,我喝一口酒。"他用右手攥了豆子:"几颗?"

"三颗。"

摊开手:三颗!

又攥了一把:"几颗?"

"十一!"

摊开手,十一颗!

猜了十次,都猜对了,二小喝了好几杯酒。

"这样猜法,你要喝醉了,你没个赢的时候,不如我藏,你猜,这样你还能赢几把。"

这样过了半年。

一天,太阳将落,二小关了大门,到了后院,看见女郎坐在墙头上,这天她打扮得格外标致,水红衫子,百蝶绢裙,鬓边插了一支珍珠偏凤。她招招手:"你过来。"把手伸给二小,墙不高,轻轻一拉,二小就过了墙。

"你今天来得早?"

"我要走了,你送送我。"

"要走? 为什么要走?"

"缘尽了。"

"什么叫'缘'?"

"缘就是爱。"

"……"

"我喜欢你，我来了。我开始觉得我就要不那么喜欢你了，我就得走。"

"你忍心？"

"我舍不得你，但是我得走。我们，和你们人不一样，不能凑合。"

说着已到村外，那两个小丫环挑着双灯等在那里，她们一直走向南山。

到了高处，女郎回头：

"再见了。"

二小呆呆地站着，远远看见双灯一会明，一会灭，越来越远，渐渐看不见了，二小好像掉了魂。

这天夜晚，山上的双灯，村里人都看见了。

一九八八年六月十日

注　释

① 　本篇原载《上海文学》1989 年第一期；初收《汪曾祺全集》第二卷，北京师范大学出版社，1998 年 8 月。

画　　壁[①]

——《聊斋》新义

有一商队,从长安出发,将往大秦。朱守素,排行第三,有货物十驮,亦附队同行。这十个驮子,装的都是上好的丝绸。"象眼""方胜",花样新鲜;"海榴""石竹",颜色美丽。如到大秦,可获巨利。驼队到了酒泉,需要休息。那酒泉水好。要把皮囊灌满,让骆驼也喝足了水。

酒泉有一座佛寺,殿宇虽不甚弘大,但是佛像庄严,两壁的画是高手画师手笔,名传远近。朱守素很想去瞻望。他把骆驼、驮子、水囊托付给同行旅伴,径自往佛寺中来。

寺中长老出门肃客。长老内养丰润,面色微红,眉白如雪,着杏黄褊衫,合十为礼,引导朱守素各处随喜,果然是一座幽雅寺院,画栋雕窗,一尘不到。阶前开两株檐蔔,池边冒几束菖蒲。

进了正殿,朱守素慢慢地去看两边画壁。西壁画鬼子母,不甚动人。东壁画散花天女。花雨缤纷,或飘或落。天女皆衣如出水,带若当风。面目姣好,肌体丰盈。有一垂发少女,拈花微笑,樱唇欲动,眼波将流。朱守素目不转瞬,看了又看,心摇意动,想入非非。忽然觉得自己飘了起来,如同腾云驾雾,落定之后,已在墙上。举目看看,殿阁重重,极其华丽,不似人间。有一老僧在座上说法,围听的人很多。朱守素也杂在人群中听了一会。忽然觉得有人轻轻拉了一下他的衣袖,一回头,正是那个垂发少女。她嫣然一笑,走了。朱守素尾随着她,经过一道曲曲折折的游廊,到了一所精精致致的小屋跟前,朱守素不知这是什么所在,脚下踌躇。少女举起手中花,远远地向他招了招。朱守素紧走了几步,追了上去。一进屋,没有人,上去就把她抱住了。

少女梳理垂发,穿好衣裳,轻轻开门,回头说:"不要咳嗽!"关了门。

晚上,轻轻地开了门,又来了。

这样过了两天。女伴们发觉少女神采变异,喊喊喳喳了一阵,一窝蜂似的闯进拈花女的屋子,七手八脚,到处一搜,把朱守素搜了出来。

"哈!肚子里已经有了娃娃,还头发蓬蓬的学了处女样子呀!不行!"

女伴们捧了簪环首饰,一起说:

"上头!"

少女含羞不语,只好由她们摆布。七手八脚,一会儿就把头给梳上了。一个胖天女说:

"姐姐妹妹们,咱们别老呆着,叫人家不乐意!"——"噢!"天女们一窝蜂又都散了。

朱守素看看女郎,云髻高簇,凤鬟低垂,比垂发时更为艳丽,转目流盼,光采照人。朱守素把她揽在怀里。她浑身兰花香气。

忽然听到外面皮靴踏地,铿铿作响。女郎神色紧张,说:

"这两天金甲神人巡查得很紧,怕有下界人混入天上。我要去就部随班,供养礼佛。你藏在这个壁橱里,不要出来。"

朱守素呆在壁橱里,壁橱狭小,又黑暗无光,十分气闷。他听听外面,没有声息,就偷偷出来,开门眺望。

朱守素的同伴吃了烧肉胡饼,喝了水,一切准备停当,不见朱守素人影,就都往佛寺中走,问寺中长老,可曾见过这样一个人。长老说:"见过见过。"

"他到哪里去了?"

"他去听说法了。"

"在什么地方?"

"不远不远。"

长老用手指弹弹画壁,叫道:

"朱檀越,你怎么去了偌长时间,你的同伴等你很久了!"

大家一看,画上现出朱守素的像,竖起耳朵,好像听见了。

旅伴大声喊道：

"朱三哥！我们要上路了！你的十驮货物如何处置？要不，给你留下？"

朱守素忽然从墙上飘了下来，双眼恍惚，两脚发软。

旅伴齐问：

"你怎么进到画里去了？这是怎么回事？"

朱守素问长老：

"这是怎么回事？"

长老说："幻由心生。心之所想，皆是真实。请看。"

朱守素看看画壁，原来拈花的少女已经高梳云髻，不再是垂发了。

朱守素目瞪口呆。

"走吧走吧。"旅伴们把朱守素推推拥拥，出了山门。

驼队又上路了。骆驼扬着脑袋，眼睛半睁半闭，样子极其温顺，又似极其高傲，仿佛于人世间事皆不屑一顾。骆驼的柔软的大蹄子踩着砂碛，驼队渐行渐远。

一九八八年六月二十日

注　释

① 本篇原载《北京文学》1988 年第八期；初收《汪曾祺全集》第二卷，北京师范大学出版社，1998 年 8 月。

荷兰奶牛肉①

　　中午收工,农业科学研究所的工人都听说,荷兰奶牛叫火车撞死了。大家心里暗暗高兴。

　　农业科学研究所是"农业"科学研究所,不是畜牧业科学研究所。主要研究的是大田作物——谷子、水稻,果树,蔬菜,马铃薯晚疫病防治,土壤改良,植物保护……但是它也兼管牧业。养了一群羊,大概有四百多只。为什么养羊呢?因为有一只纯种高加索种公羊。这只公羊体态雄伟,神情高傲。它的精子被授与了很多母羊,母羊生下的小羊全都变了样子,毛厚,肉多,尾巴从扁不塌塌的变成了垂挂着的一条。这一带的羊都是这头种公羊的第二代或第三代。养羊是为了改良羊种,这有点科学意义。所里还养了不少猪,因为有两只种公猪,一只巴克夏,一只约克夏。这两只公猪相貌狰恶,长着獠牙,雄性十足。它们的后代也很多了,附近的小猪也都变了样子,都是短嘴,大腮,长得很快,只是没有猪鬃。养猪是为了改良猪种,这也有科学价值。为什么要弄来一头荷兰奶牛呢?谁也不明白。是为了改良牛种?它是母牛,没有精子。为了挤奶?挤了奶拿到堡(这里把镇子叫做"堡")里去卖?这里的农民没有喝牛奶的习惯;而且中国农民的生活水平距离喝牛奶还差得很远。为了改善所里职工生活?也不像。领导上再关心所里的职工,也不会特意弄了一条奶牛来让大家每天喝牛奶。这牛是所里从研究经费里拿出钱来买的呢,还是农业局拨到这里喂养的呢?工人们都不清楚,只听说牛是进口的,要花很多钱。花了多少钱呢,不打听。打听这个干啥?没用!

　　大家起初对这头奶牛很稀罕。很多工人还没见过这种白地黑斑粉红肚皮的牲口,上工下工路过牛圈,总爱看两眼。这种兴趣很快就淡了。应名儿叫个"奶牛",可是不出奶!这怪不得它。没生小牛,哪里来的奶呢?它可是吃得很多,很好。除了干草,喂的全是精饲料:加了盐煮熟的黑豆、玉米、高粱。有的工人看见它卧在牛圈里倒嚼,会无缘无故地骂它一声:"毬东西!"

干嘛生它的气呢?因为牛吃得足,人吃不饱。这是什么时候?1960年。农科所本来吃得不错。这个所里的工人,除了固定的长期工,多一半是从各公社调来的合同工。合同工愿意来,一是每月有二十九块六毛四的工资,同时也因为农科所伙食好。过去,出来当长工,对于主家的要求,无非是:一、大工价;二、好饭食。农科所两样都不缺。二十九块六毛四,在当地的农民看起来,是个"可以"的数目。所里有自己的菜地,自己的猪,自己的羊,自己的粉坊,自己的酒厂。不但伙食好,也便宜。主食通常都是白面、莜面。食堂里每天供应两个菜,甲菜和乙菜。甲菜是肉菜。猪肉炖粉条子,山药(即土豆)西葫芦炖羊肉。乙菜是熬大白菜,炒疙瘩白,油不少。五八年大跃进,天天像过年。

五八年折腾了一年,五九年就不行了。

春节吃过一顿包饺子。插秧,锄地吃了两顿莜面压饸饹。照规矩锄地是应该吃油糕(油煎黄米糕)的。"锄地不吃糕,锄了大大留小小"(锄去壮苗,留下弱苗)。不吃油糕,也得给顿莜面吃。除此之外,再没见过个莜面、白面,都是吃红高粱面饼子。到了下半年,连高粱糠一起和在面里,吃得人拉不出屎来。所里一个总务员和食堂的大师傅创制出十好几样粗粮细做的点心:谷糠做的桃酥、苹果树叶子磨碎了加了白面做的"八件"等等。还开了个展览会,请有关单位的负责人来参观、品尝。这些负责人都交口称赞:"好吃!""好吃!"那能不好吃?放了那么多白糖、胡麻油!这个展览会还在报上发了消息,可是这能大量做,天天吃,能推广吗?几位技师、技术员把日常研究工作都停了,集中力量鼓捣小球藻、人造肉。工人们对此不感兴趣,认为是瞎掰。这点灰绿色的稀汤汤,带点味精味儿的凉粉一样的东西就能顶粮食?顶肉?

农科所向例对职工间长不短地有福利照顾。苹果下来的时候,每人卖给二十斤苹果。收萝卜的时候,卖给三十斤心里美。起葱的时候,卖给一捆大葱，五十来斤。苹果，用网兜装了挂在床头墙上，饿了，就摸出一个嚼嚼。三十斤萝卜，值不当窖起来，堆在床底下又容易糠了，工人们大都用一堆砂把萝卜埋起来，隔两三天浇一点水，想吃的时候，掏出一个来，总是脆的。大葱，怎么吃呢？——烧葱。这时候天冷了，已经生了炉子，把葱搁在炉盘上，翻几个个儿，就熟了。一间工人宿舍，两头都有炉子，二十多人一起烧葱，一屋子都是葱香。葱烧熟了，是甜的。苹果、萝卜、葱，都好吃，但是"不解决问题"。怎么才"解决问题"？得吃肉。

五九年一年，很少吃肉。甲菜早就没有了。连乙菜也由"下搭油"（油煸锅）改为"上搭油"（白水熬白菜，菜熟了舀一勺油浇在上面）。七月间吃过一次猪肉。是因为猪场有几个"克郎"实在弱得不行了，用手轻轻一推，就倒了，再不杀，也活不了几天。开开膛一看，连皮带膘加上瘦肉，还不到半寸厚。煮出来没有一点肉香。而且一个人分不到几片。国庆节杀了两只羊。羊倒还好。羊吃百样草，不喂它饲料，单吃一点槐树叶子，它也长肉。这还算是个肉。从吃了那一顿肉到今天，几个月了？工人们都非常想吃肉。想得要命。很多工人夜里做梦吃肉，吃得非常痛快，非常过瘾。

农科所的工人的生活其实比一般社员要好多了。农科所没有饿死一个人，得浮肿的也没有几个。堡里可是死了一些人。多一半是老头老奶奶。堡里原来有个"木业社"（木业生产合作社），是打家具的，改成了做棺材。铁道两边种的都是榆树，榆树皮都叫人剥了，露出雪白雪白的光秃的树干。榆皮磨粉是可以吃的。平常年月，压荞面饸饹，要加一点榆皮面，这才滑溜，好吃。那是为了好吃。现在剥榆皮磨成面，是为了充饥。

农科所的党支部书记老季，季支书，看了铁路两旁雪白雪白的榆树树干，大声说："这成了什么样子！"

铁路两旁的榆树光秃秃的，雪白雪白的。

这成了什么样子！农科所的工人想吃肉，想得要命。他们做梦吃肉。

谁也没料到，荷兰奶牛会叫火车撞死了。

大概的经过是这样：牛不知道怎么把牛圈的栅栏弄开了，自己走了出来。干部在办公室，工人在地里，谁也没发现。它自己蹓蹓跶跶，蹓到火车站（以上是想象）。恰好一列客车进站，已经过了扬旗，牛忽就从月台上跳下了轨道。火车已经拉了闸，还用余力滑行了一段。牛用头去顶火车。火车停了，牛死了。牛身上没流一滴血，连皮都没破（以上是火车站的人目击）。车站的搬运工把牛抬上来，火车又开走了。这次事故是奶牛自找的，谁也没有责任。

火车站通知农科所。所里派了几个工人，用一辆三套大车把牛拉了回来。

所领导开了一个简短的会，研究如何处理荷兰奶牛的遗骸。只有一个办法：皮剥下来，肉吃掉。卖给干部家属一部分，一户三斤；其余的肉，切块，炖了。

下午出工后不久，牛肉已经下了锅。工人们在地里好像已经闻到牛肉香味。这天各组收工特别的早。工人们早早就拿了两个大海碗（工人都有两个海碗，一个装菜，一个装饭），用筷子敲着碗进了食堂，在买饭的窗口排成了两行，等着。到点了，咋还不开窗，等啥？

等季支书。季支书要来对大家进行教育。

季支书来了，讲话。略谓：

"荷兰奶牛被火车撞死了，你们有人很高兴，这是什么思想！这是国家财产多大的损失？你们知道这头奶牛是多少钱买的吗？"

有个叫王全的工人有个毛病，喜欢在领导讲话时插嘴。王全说："知不道。"

"知不道！你就知道个吃！你知道这牛肉按成本，得多少钱一斤？一碗炖牛肉要是按本收费，得多少钱一碗？"

王全本来还想回答一句"知不道"，旁边有个工人拉了他一把，他才不说了。

季支书接着批评了工人的劳动态度：

"下了地，先坐在地头抽烟。等抽够了烟，半个小时过去了，这才拿起铁锹动弹!"

王全又忍不住插嘴:

"不动弹,不好看;一动弹,一身汗!"

季支书不理他,接着说:

"下地比划两下,又该歇息了。一歇又是半个小时。再起来,再比划比划,该收工了!你们这样,对得起党,对得起人民,对得起这碗炖牛肉吗?——王全,你不要瞎插嘴!"

季支书接着把我们的生活和苏联作了比较,说是有一个国际列车的乘务员从苏联带回来一个黑列巴,里面掺了锯末,还有一根钉子,说:"咱们现在吃红高粱饼子,总比黑列巴要好些嘛!不要身在福中不知福。古话说:能忍自安,要知足。"

接着又说到国际形势:"今天,你们吃炖牛肉,要想到世界上还有三分之二的人,还处在水深火热之中。我们要支援他们,解放他们。要放眼世界,胸怀全地球……"

他天上一句,地下一句,讲了半天。牛肉在锅里咕嘟咕嘟冒着泡,香味一阵一阵地往外飘,工人们嘴里的清水一阵一阵往外漾,肚里的馋虫一阵一阵往上拱。好容易,他讲完了,对着窗口喊了一声:"开饭!给大伙盛肉!"

这天,还蒸了白面馒头。半斤一个,像个小枕头似的,一人俩。所里还一人卖给半斤酒。这酒是甜菜疙瘩、高粱糠还有菜帮子一块蒸的,味道不咋的,但是度数不低,很有劲。工人们把牛肉、馒头都拿回宿舍里去吃。他们习惯盘腿坐在炕上吃饭。霎时间,几间宿舍里酒香、肉香、葱香,搅作一团。炉子烧得旺旺的。气氛好极了。他们既不猜拳,也不说笑,只是埋着头,努力地吃着。

季支书离了工人大食堂,直奔干部小食堂。小食堂里气氛也极好。副所长姓黄,精于烹饪。他每隔二十分钟就要到小食堂去转一次,指导大师傅烧水、下肉、撇沫子,下葱姜大料,尝咸淡味儿、压火、收汤。他还吩咐到温室起出五斤蒜黄,到蘑菇房摘五斤鲜蘑菇,分别炒了骨堆堆两大盘。等到技师、技术员、行政干部都就座后,他当场表演,炒了一个生炒牛百叶,脆嫩无比。酒敞开了喝。酒库的钥匙归季支书掌握,随时可以开库取酒。他们喝的是存下的纯粮食酒。季支书是个酒仙。平常每顿都要喝四两。这天,他喝了一斤。

荷兰奶牛肉好吃么?非常好吃。细,嫩,鲜,香。

时 1960 年初春,元旦已过,春节将临。

一九八八年十二月七日

注　释

① 　本篇原载《钟山》1989 年第二期;初收《汪曾祺全集》第二卷,北京师范大学出版社,1998 年 8 月。

小 学 同 学[①]

金 国 相

我时常想起金国相。他很可怜。不知道怎么传出来的,说金国相有尾巴。于是在第二节课下课后,常常有一群同学追他,要脱下他的裤子。金国相拼命逃。大家拼命追。操场、校园、厕所……金国相跑得很快,从来没有被追上、摁倒过。这样追了十分钟,直到第三节课铃响。学校的老师看见,也不管。我没有追过金国相。为什么要欺负人呢?那么多人欺负一个人!

金国相到底有没有尾巴? 可能是有的。不然他为什么拼命逃? 可能是他尾骨长出一节,不会是当真长了一根毛乎乎的尾巴。

金国相的样子有点蠢。头很大,眼睛也很大。两只很圆的眼睛,老是像瞪着。说话声音很粗。

他家很穷。父亲早死了,家里只有一个祖母,靠糊"骨子"(做鞋底用的袼褙)为生。把碎布浸湿,打一盆面糊,在门板上把碎布一层一层的拼起来,糊得实实的,成一个二尺宽、五六尺长的长方块,晒干后,揭下。只要是晴天,都看见老奶奶坐在一个小板凳上糊骨子。金国相家一般是不关门的,因为门板要用来糊骨子,因此从街上一眼可以看到他家的堂屋。堂屋里什么都没有,一张破桌子,几条板凳。

金国相家左邻是一个很小的石灰店,右邻是一个很小的炮仗店。这几家门面都不敞亮,不过金国相家特别的暗淡。

金国相家的对面是一个私塾。也还有人家愿意把孩子送到私塾念书，不上小学。私塾里有十几个学生。我们是读小学的，而且将来还会读中学、大学，对私塾看不起，放学后常常大摇大摆地走进去看看。教私塾的老先生也无可奈何。这位老先生样子很"古"。奇怪的是板壁上却挂了一张老夫妻俩的合影，而且是放大的。老先生用粗拙的字体在照片边廓题了一首诗，有两句我一直不忘：

> 诸君莫怨奁田少，
> 吃饭穿衣全靠他。

我当时就觉得这首诗很可笑。"奁田"的多少是老先生自己的事，与"诸君"有什么关系呢？

金国相为什么不就在对门读私塾，为什么要去读小学呢？

邱 麻 子

邱麻子当然是有个学名的，但是从一年级起，大家都叫他邱麻子。他又黑又麻。他上学上得晚，比我们要大好几岁，人也高出好多。每学期排座位，他总是最后一排，靠墙坐着。大家都不愿跟他一块玩，他也跟这些比他小好几岁的伢子玩不到一起去，他没有"好朋友"。我们那时每人都有一两个特别要好的同学。男生跟男生玩，女生跟女生玩。如果是亲戚或是邻居，男生和女生也可以一起玩。早上互相叫着一起到学校，晚上一同回家。邱麻子总是一个人来，一个人走。

三年级的时候，有一天上算术课，来的不是算术老师，是教务主任顾先生。顾先生阴沉着脸，拿了一把很大的戒尺。级长喊了"一——二——三"之后，顾先生怒喝了一声："邱××！到前面来！"邱麻子走到讲桌前站住。"伸出左手！"顾先生什么都不说，抢起戒尺就打。打得非常重。打得邱麻子嘴角牵动，一咧一咧的。一直打了半节课。同学们鸦雀无声。只见邱麻子的手掌肿得像发面馒头。邱麻子不哭，不叫喊，只是咧嘴。这不是处罚，简直是用刑。

后来知道是因为邱麻子"摸"了女生。

过了好些年,我才知道这叫"猥亵"。

邱麻子当然不知道这是"猥亵"。

连教导主任顾先生也不知道"猥亵"这个词。

邱麻子只是因为早熟,因为过早萌发的性意识,并且因为他的黑和麻,本能地做出这种事,没有谁能教唆过他。

邱麻子被学校开除了。

邱麻子家开了一座铁匠店。他父亲就是打铁的。邱麻子被开除后,学打铁。

他父亲掌小锤,他抡大锤。我们放了学,常常去看打铁。他父亲把一块铁放进炉里,邱麻子拉风箱。呼——哒,呼——哒……铁块烧红了,他父亲用钳子夹出来,搁在砧子上。他父亲用小锤一点,"丁",他就使大锤砸在父亲点的地方,"当"。丁——当,丁——当。铁块颜色发紫了,他父亲把铁块放在炉里再烧。烧红了,夹出来,丁——当,丁——当,到了一件铁活快成形时,就不再需要大锤,只要由他父亲用小锤正面反面轻敲几下,"丁、丁、丁、丁"。"丁丁丁丁……"这是用小锤空击在铁砧上,表示这件铁活已经完成。

丁——当,丁——当,丁——当。

少年棺材匠

徐守廉家是开棺材店的。是北门外唯一的棺材店。

走过棺材店,总有一种很特殊的感觉。别的店铺都与"生"有关,所卖的东西是日用所需,棺材店却是和"死"联系在一起的。多数店铺在店堂里都设有椅凳茶几,熟人走过,可以进去歇歇脚,喝一杯茶,闲谈一阵,没有人会到棺材店去串门。别的店铺里很热闹。酱园从早到晚,买油的、买酱的、打酒的、买萝卜干酱莴苣的,川流不息。布店从早上九点钟到下午五六点钟,总有人靠着柜台挑布(没有人大清早去买布的;灯下买布,看不正颜色了)。米店中饭前、晚饭前有两次高潮。药店的

"先生"照方抓药,顾客坐在椅子上等,因为中药有很多味,一味一味地用戥子戥,包,要费一点时间。绒线店里买丝线的、绦子的、二号针的、品青煮蓝的……络绎不绝。棺材店没法子热闹。北门外一天死不了一个人。一天死几个,更是少有。就是那年闹霍乱,死的人也不太多。棺材店过年是不贴春联的。如果贴,写什么字呢?"生意兴隆通四海,财源茂盛达三江"?

我和徐守廉很要好。他很聪明,功课很好,我常到他家的棺材店去玩。

棺材店没有柜台,当然更没有货橱货架,只有一张帐桌,徐守廉的父亲坐在桌后的椅子里,用一副骨牌"打通关"。棺材店是不需要多少"先生"的,顾客很少,货品单一。有来看材的(这些"材"就靠西墙一具一具的摞着),徐守廉的父亲就放下骨牌接待。棺材是没有什么可挑选的,样子都是一样。价钱也是固定的。上等的、中等的、下等的薄皮材,自几十元、十几元至几块钱不等。也没有人去买棺材讨价还价。看定一种,交了钱,雇人抬了就走。买棺材不兴赊帐,所以帐目也就简单。

我去"玩",是去看棺材匠做棺材。棺材也要做得像个棺材的样子,不能做成一个长方的盒子。棺材板很厚。两边的板要一头大,一头小,要略略有点弧度,两边有相抱的意思;棺材盖尤其重要,棺材盖正面要略略隆起,棺材盖的里面要是一个"膛",稍拱起。做棺材的工具是一个长把,弯头,阔刃的家伙,叫做"锛"。棺材的各部分,是靠"锛"锛出来的(棺材板平放在地下)。老师傅锛起来非常准确。嚓!——嚓,嚓,嚓——锛到底,削掉不必要的部分,略修几下,这块板就完全合尺寸。锛时是不弹墨线的,全凭眼力,凭手底下的功夫。一般木匠是不会做棺材的,这是另一门手艺。

棺材店里随时都喷发出新锛的杉木的香气。

徐守廉小学毕业没有升学,就在他家的棺材店里学做棺材的手艺。

我读完初中,徐守廉也差不多出师了。

我考上了高中,路过徐家棺材店,徐守廉正在熟练地锛板子。我叫他:

"徐守廉！"

"汪曾祺！来！"

我心里想："你为什么要当棺材匠呢？"话到嘴边，没有说出来。我觉得当棺材匠不好。为什么不好呢？我也说不出来。

蒌 蒿 薹 子

> 小说《大淖记事》："春初水暖，沙洲上冒出很多紫红色的芦芽和灰绿色的蒌蒿，很快就是一片翠绿了。"我在书页下方加了一条注："蒌蒿是生于水边的野草，粗如笔管，有节，生狭长的小叶，初生二寸来高，叫做'蒌蒿薹子'，加肉炒食极清香。……"蒌蒿的蒌字，我小时不知怎么写，后来偶然看了一本什么书，才知道的。这个字音"吕"。我小学有一个同班同学，姓吕，我们就给他起了一个外号，叫"蒌蒿薹子"（蒌蒿薹子家开了一爿糖坊，小学毕业后未升学，我们看见他坐在糖坊里当小老板，觉得很滑稽）。
>
> ——《故乡的食物》

真对不起，我把我的这位同学的名字忘了，现在只能称他为蒌蒿薹子。我们小时候给人取外号，常常没有什么意义，"蒌蒿薹子"，只是因为他姓吕，和他的形貌没有关系。"糖坊"是制麦芽糖的。有一口很大的锅，直径差不多有一丈。隔几天就煮一锅大麦芽，整条街上都闻到熬麦芽的气味。麦芽怎么变成了糖，这过程我始终没弄清楚，只知道要费很长时间。制出来的糖就是北京叫做关东糖的那种糖。有的做成直径尺半许的一个圆饼，肩挑的小贩趸去。或用钱买，或用鸭毛破布来换，都可以。用一个刨刀形的铁片楔入糖边，用小铁锤一敲，丁的一声就敲下一块。云南叫这种糖叫"丁丁糖"。蒌蒿薹子家不卖这种糖，门市只卖做成小烧饼状的糖饼。有时还卖把麦芽糖拉出小孔，切成二寸长的一段一段，孔里灌了豆面，外面滚了芝麻的"灌香糖"。吃糖饼的人很少，这东西很硬，咬一口，不小心能把门牙齿扳下来。灌香糖买的人也不多。因此照料门市，只要一个人就够了。

原来看店堂的是他的父亲,蒌蒿薹子小学毕了业,就由他接替了。每年只有进腊月二十边上,糖坊才红火热闹几天。家家都要买糖饼祭灶,叫做"灶糖",不少人家一买买一摞,由大至小,摞成宝塔。全城只有这一家糖坊,买灶饼糖的人挤不动。四乡八镇还有来批趸的。糖坊一年,就靠这几天的生意赚钱。这几天,蒌蒿薹子显得很忙碌,很兴奋。他的已经"退居二线"的父亲也一起出动。过了这几天,糖坊又归于清淡。蒌蒿薹子可以在店堂里"坐"着,或抄了两手在大糖锅前踱来踱去。

蒌蒿薹子是我们的同学里最没有野心,最没有幻想,最安分知足的。虚岁二十,就结了婚。隔一年,得了一个儿子。而且,那么早就发胖了。

王　居

我所以记得王居,一是我觉得王居这个名字很好玩,——有什么好玩呢? 说不出个道理;二是,他有个毛病,上体育的时候,齐步走,一顺边,——左手左脚一齐出,右手右脚一齐出。

王居家是开豆腐店的,豆腐店是不大的买卖。北门外共有三家豆腐店。一家马家豆腐店,一家顾家豆腐店,都穷,房屋残破,用具发黑。顾家豆腐店因为顾老头有一个很风流的女儿而为人所知(关于她,是可以写一篇小说的)。只有王居家的"王记豆腐店"却显得气象兴旺。磨浆的磨子、卖浆的锅、吊浆的布兜,都干干净净。盛豆腐的木格刷洗得露出木丝。什么东西都好像是新置的。王居的父亲精精神神,母亲也是随时都是光梳头,净洗脸,衣履整齐。王家做出来的豆腐比别家的白、细,百叶薄如高丽纸,豆腐皮无一张破损。"王记"豆腐方干齐整紧细,有韧性,切"干丝"最好,北城几家茶馆,五柳园、小蓬莱、胡小楼,常年到"王记"买豆腐干。因此街邻们议论:小买卖发大财。

一个豆腐店,"发"也发不到哪里去。但是王居小学毕业后读了初中。我们同了九年学。王居上了初中，还是改不了他那老毛病，齐步走，一顺边。

王居初中毕业后，是否升学读了高中，我就不清楚了。

注　释

① 本篇原载《北京文学》1989年第一期，又载《联合文学》第五卷第三期，1989年1月出版；初收《汪曾祺全集》第二卷，北京师范大学出版社，1998年8月。

《聊斋》新义两篇①

捕 快 张 三

捕快张三,结婚半年。他好一杯酒,于色上寻常。他经常出外办差,三天五日不回家。媳妇正在年轻,空房难守,就和一个油头光棍勾搭上了。明来暗去,非止一日。街坊邻里,颇有察觉。水井边,大树下,时常有老太太、小媳妇咬耳朵,挤眼睛,点头,戳手,悄悄议论,嚼老婆舌头。闲言碎语,张三也听到了一句半句。心里存着,不露声色。一回,他出外办差,提前回来了一天。天还没有亮,便往家走。没拐进胡同,远远看见一个人影,从自己家门出来。张三紧赶两步,没赶上。张三拍门进屋,媳妇梳头未毕、挽了纂,正在掠鬓,脸上淡淡的。

"回来了?"

"回来了!"

"提早了一天。"

"差事完了。"

"吃什么?"

"先不吃。——我问你,我不在家,你都干什么了?"

"开门,搋火,喂鸡,择菜,坐锅,煮饭,做针线活,和街坊闲磕牙,说会子话,关门,放狗,挡鸡窝……"

"家里没人来过?"

"隔壁李二嫂来替过鞋样子,对门张二婶借过筐箩……"

"没问你这个! 我回来的时候,在胡同口仿佛瞧见一个人打咱们家出去,那是谁?"

"你见了鬼了！——吃什么？"

"给我下一碗热汤面，煮两个咸鸡子，烫四两酒。"

媳妇下厨房整治早饭，张三在屋里到处搜寻，看看有什么破绽。翻开被窝，没有什么。一掀枕头，滚出了一枚韭菜叶赤金戒指。张三攥在手里。

媳妇用托盘托了早饭进来。张三说：

"放下。给你看一样东西。"

张三一张手，媳妇浑身就凉了：这个粗心大意的东西！没有什么说的了，扑通一声，跪倒在地：

"我错了。你打吧。"

"打？你给我去死！"

张三从房梁上抽下一根麻绳，交在媳妇手里。

"要我死？"

"去死！"

"那我死得漂漂亮亮的。"

"行！"

"我得打扮打扮，插花戴朵，擦粉抹胭脂，穿上我娘家带来的绣花裙子袄。"

"行！"

"得会子。"

"行！"

媳妇到里屋去打扮，张三在外屋剥开咸鸡子，慢慢喝着酒。四两酒下去了小三两，鸡子吃了一个半，还不见媳妇出来。心想：真麻烦；又一想：也别说，最后一回了，是得好好捯饬捯饬。他忽然成了一个哲学家，举着酒杯，自言自语："你说这人活一辈子，是为了什么呢？"

一会儿，媳妇出来了：喝！眼如秋水，面若桃花，点翠插头，半珠押鬓，银红裙袄粉缎花鞋。到了外屋，眼泪汪汪，向张三拜了三拜。

"你真的要我死呀？"

"别废话，去死！"

"那我就去死啦!"

媳妇进了里屋,听得见她搬了一张机凳,站上去,拴了绳扣,就要挂上了。张三把最后一杯酒一饮而尽,趴叉一声,摔碎了酒杯,大声叫道:"哈②! 回来! 一顶绿帽子,未必就当真把人压死了!"

这天晚上,张三和他媳妇,琴瑟和谐。夫妻两个,恩恩爱爱,过了一辈子。

> 按:这个故事见于《聊斋》卷九《佟客》后附"异史氏曰"的议论中。故事与《佟客》实无关系。"异史氏"的议论是说古来臣子不能为君父而死,本来是很坚决的,只因为"一转念"误之。议论后引出这故事,实在毫不相干。故事很一般,但在那样的时代,张三能掀掉"绿头巾"的压力,实在是很豁达,非常难得的。蒲松龄述此故事时语气不免调侃,但字里行间,流露同情,于此可窥见聊斋对贞节的看法。聊斋对妇女常持欣赏眼光,多曲谅,少苛求,这一点,是与曹雪芹相近的。

一九八九年七月二十八日

同 梦

凤阳士人,负笈远游。临行时对妻子说:"半年就回来。"年初走的,眼下重阳已经过了。

露零白草,叶下空阶。

妻子日夜盼望。

白日好过,长夜难熬。

一天晚上,卸罢残妆,摊开薄被躺下了。

月光透过窗纱,摇晃不定。

窗外是官河。夜航船的橹声咿咿呀呀。

士人妻无法入睡。迷迷糊糊,不免想起往日和丈夫枕席亲狎,翻来覆去折饼。

忽然门帷掀开,进来了一个美人。头上珠花乱颤,系一袭绛色披

风,笑吟吟地问道:

"姐姐,你是不是想见你家郎君呀?"

士人妻已经站在地上,说:

"想。"

美人说:"走!"

美人拉起士人妻就走。

美人走得很快,像飞一样。

(她的披风飘了起来。)

士人妻也走得很快,像飞一样。

她想:我原来能走得这样轻快!

走了很远很远。

走了好大一会。美人伸手一指。

"来了。"

士人妻一看:丈夫来了,骑了一匹白骡子。

士人见了妻子,大惊,急忙下了坐骑,问:

"上哪儿去?"

美人说:"要去探望你。"

士人问妻子:"这是谁?"

妻子没来得及回答,美人掩口而笑说:"先别忙问这问那,娘子奔波不易,郎君骑了一夜牲口,都累了。骡子也乏了。我家不远,先到我家歇歇,明天一早再走,不晚。"

顺手一指,几步以外,就有个村落。

已经在美人家里了。

有个小丫头,趴在廊子上睡着了。

美人推醒小丫头:"起来起来,来客了。"

美人说:"今夜月亮好,就在外面坐坐。石台、石榻,随便坐。"

士人把骡子在檐前梧桐树上拴好。

大家就座。

不大会,小丫头捧来一壶酒,各色果子。

美人斟了一杯酒,起立致词:

"鸾凤久乖,圆在今夕,浊醪一觞,敬以为贺。"

士人举杯称谢:

"萍水相逢,打扰不当。"

主客谈笑碰杯,喝了不少酒。

饮酒中间,士人老是注视美人,不停地和她说话。说的都是风月场中调笑言语,把妻子冷落在一边,连一句寒暄的话都没有。

美人眉目含情,和士人应对。话中有意,隐隐约约。

士人妻只好装呆,闷坐一旁,一声不言语。

美人海量,嫌小杯不尽兴,叫取大杯来。

这酒味甜,劲足。

士人说:"我不能再喝,不能再喝了。"

"一定要干了这一杯!"

士人乜斜着眼睛,说:"你给我唱一支曲儿,我喝!"

美人取过琵琶,定了定弦,唱道:

> 黄昏卸得残妆罢,
>
> 窗外西风冷透纱。
>
> 听蕉声,一阵一阵细雨下,
>
> 何处与人闲磕牙?
>
> 望穿秋水,
>
> 不见还家。
>
> 潸潸泪似麻。
>
> 又是想他,
>
> 又是恨他,
>
> 手拿着红绣鞋儿占鬼卦。

士人妻心想:这是唱谁呢?唱我?唱她?唱一个不知道的人?

她把这支小曲全记住了。清清楚楚,一字不落。

美人的声音很甜。

放下琵琶,她举起大杯,一饮而尽。

她的酒上来了。脸上红扑扑的,眼睛水汪汪的。

"我喝多了,醉了,少陪了。"

她歪歪倒倒地进了屋。

士人也跟了进去。

士人妻想叫住他,门已经关了,插上了。

"这算怎么回事?"

半天,也不见出来。

小丫头伏在廊子上,又睡着了。

月亮明晃晃的。

"我在这儿呆着干什么? 我走!"

可是她不认识路,又是夜里。

士人妻的心头猫抓的一样。

她想去看看。

走近窗户,听到里面还没有完事。

美人娇声浪气,声音含含糊糊。

丈夫气喘嘘嘘,还不时咳嗽,跟往常和自己在一起时一样。

士人妻气得双手直抖。

心想:我不如跳河死了得了!

正要走,见兄弟三郎骑一匹枣红马来了。

"你怎么在这儿?"

"你快来,你姐夫正和一个女人做坏事哪!"

"在哪儿?"

"屋里。"

三郎一听,里面还在唧唧哝哝说话。

三郎大怒,捡了块石头,用力扔向窗户。

窗棂折了几根。

只听里边女人的声音:"可了不得啦,郎君的脑袋破了!"

士人妻大哭:

"我想不到你把他杀了,怎么办呢?"

三郎瞪着眼睛说:

"你叫我来,才出得一口恶气,又护汉子,怨兄弟,我不能听你支使。我走!"

士人妻拽住三郎衣袖:

"你上哪儿去?你带我走!"

"去你的!"

三郎一甩袖子,走了。

士人妻摔了个大跟头。她惊醒了。

"啊,是个梦!"

第二天,士人果然回来了,骑了一匹白骡子。士人妻很奇怪,问:

"你骑的是白骡子?"

士人说:"这问得才怪,你不是看见了吗?"

士人拴好骡子。

洗脸,喝茶。

士人说:"我昨天晚上做了一个梦。"

"一个什么样的梦?"

士人从头至尾述说了一遍。

士人妻说:"我也做了一个梦,和你的一样,我们俩做了同一个梦!"

正说着,兄弟三郎骑了一匹枣红马来了。

"我昨晚上做梦,姐夫回来了,你果然回来了!——你没事?"

"有人扔了块大石头,正砸在我脑袋上。所幸是在梦里,没事!"

"扔石头的是我!"

三人做了一个梦!

士人妻想:怎么这么巧呀?若说是梦,白骡子、枣红马,又都是实实在在的。这是怎么回事呢?那个披绛色披风的美人又是谁呢?

正在痴呆呆的想,窗外官河里有船扬帆驶过,船上有人弹琵琶唱曲,声声甜甜的,很熟。推开窗户一看,船已过去,一角绛色披风被风吹得搭在舱外飘飘扬扬了：

　　黄昏卸得残妆罢，

　　窗外西风冷透纱……

〔附记〕

　　此据《凤阳士人》改写。说是"新义"，实不新，我只是把结尾改了一下。

一九八九年八月二日

注　释

①　本篇原载《小说家》1989 年第六期；初收《汪曾祺全集》第二卷，北京师范大学出版社，1998 年 8 月。

②　哈音 hāi，读孩第一声。

1990 年

迟开的玫瑰或胡闹^①

邱韵龙是唱二花脸的。考科班的时候,教师看看他的长相,叫他喊两嗓子,说:"学花脸吧。"科班教花脸戏,头几年行当分得没有那样细,一般的花脸戏都教。学花脸的,谁都愿意唱铜锤,——大花脸,大花脸挣钱多。邱韵龙自然也愿学大花脸。铜锤戏,《大(保国)、探(皇陵)、二(进宫)》、《御果园》、《锁五龙》……这些戏他都学过。但是祖师爷没赏他这碗饭,他的条件不够。唱铜锤得有一条好嗓子。他的嗓子只是"半条吭"("吭"字读阴平),一般铜锤戏能勉强唱下来,但是"逢高不起",遇有高音,只是把字报出来,使不了大腔,往往一句腔的后半截就"交给胡琴"。内行所谓"龙音"、"虎音",他没有。不响堂,不打远,不挂味。铜锤要求有个好脑袋。最好的脑袋要数金少山。铜锤要有个锛儿头(大脑门儿),金少山有;大眼睛,他有;高鼻梁、高颧骨,有;方下巴、大嘴叉,有!这样扮出戏来才好看。可是邱韵龙没有。他的脑袋不小,但是圆乎乎的,肌肉松弛,轮廓不清楚,嘴唇挺厚,无威猛之气。唱铜锤也要讲身材,得是高个儿、宽肩膀、细腰,这样穿上蟒、靠,尤其是箭衣,才是样儿。邱韵龙个头不算很矮,但是上下身比例不对,有点五短。而且小时候就是个挺大的肚子,他还不大服气。出科以后,唱了几年,有了点名气,他曾经约了一个唱青衣的坤角贴过一出《霸王别姬》。一出台,就招了一个敞笑。霸王的脸谱属于"无双谱",既不是"三块瓦",也不是"十字门",眼窝朝下耷拉着,是个"愁脸"。这样的脸谱得是个长脸勾出来才好看。杨小楼是个长脸,勾出来好看。可是邱韵龙的脸短,勾出来不是样儿,再加上他的五短身材、大肚子,后台看他扮出戏,早就窃窃地笑开了:活脱像个熊猫。打那以后,他就死了唱大花脸这条心。他学过架子花,《醉打山门》《芦花荡》这些戏也都会,但是出科就没有唱过。架子花要"身上"、要功架、要腰腿、要脆、要媚,他自己知道,以他那样的身材,唱这样的戏讨不了俏。因此,他唱偏重文戏的二花脸。他自有优势。他会"做戏",台上的"尺寸"比较好,"傍""角儿"演戏傍得很"严"。他的最好的戏是《四进士》的顾读,"一公堂"、"二公堂"烘托得很有气氛。他有一出算是主角的戏(二花脸多是配角),是《野猪林》。《野猪林》的鲁智深得祖着肚子,正合适。全国唱花脸的都算上,要找这么个肚子,还真找不出来。他唱戏很认真,不懈场,不"撒儿哄",不撒汤,不漏水。他奉行梨园行的一句格言:"小心干活,大胆拿钱"。因此名角班社都愿用他。他是个很称职的二路。海报上、报纸广告上总有他的名字,在京剧界"有这么一号"。他挣钱不少。比起挑班儿唱红了的"好角",没法儿比;比起三路、四路乃至"底帏子",他可是阔佬。"别人骑马我骑驴,回头再看推车的汉,——比上不足,比下有余"。

　　他在戏班里有一种优越感,他的文化程度比起同行师兄弟,要高出一截,用他自己的说法,是"头挑"。唱戏的,一般都是"幼而失学",他是高小毕了业的。打小,他爱瞧书、瞧报。他有个叔叔,是个小学教员,有一架子书,他差不多全看过。在戏班里,能看"三列国"(《三国演义》、《东周列国志》,戏班里合称之为"三列国"),就是圣人。他的书底子可远远超过"三列国"了。眼面前的小说,不但是《西游》、《水浒》、《红楼》,全都看得很熟,就连外国小说《基度山恩仇记》、《茶花女》、《莎氏乐府本事》,也都记得很清楚。他还有一样长处,是爱瞧电影、国产片、外国片——主要是美国电影,都看。他能背出很多美国电影故事和美国电影明星的名字。不过他把美国明星的名字一律都变成北京话化了。他叫卓别林为贾波林,秀兰·邓波儿为沙利邓波,范朋克成了"小飞来伯",把奥丽薇得哈弗兰(这个名字也实在太长)简化为哈惠兰,而且"哈"字读成上声,听起来好像是家住牛街的一位回民姑娘。他的叔叔鼓励他看电影,以为这对他的舞台表演有帮助。那倒也是。他会做戏,跟瞧电影多不无关系。更重要的是许多缠绵悱恻,风流浪漫的电影故事于不知不觉之中对他产生了影响,进入了潜意识。

他熟知北京的掌故、传说、故事、新闻。他爱聊,也会聊。戏班里的底包,尤其是跑龙套、跑宫女的年轻人,很爱听他刮话。什么四大凶宅、八大奇案,每天说一段,也能说个把月,不亚于王杰魁的《包公案》、陈士和的《聊斋》。他以此为乐,也以此为荣。试举他说过不止一次的两件奇闻为例:

有一个老花子在前门、大栅栏一带要饭。有一天,来了一个阔少,趴在地下就给老花子磕了三个头:"哎呀爸爸!您怎么在这儿,儿子找了您多少年了!快跟我回家去吧!"老花子心想:这是哪儿的事呀?我怎么出来个儿子,——一个阔少爷!不管它,家去再说!到了家,给老太爷更衣,到澡塘洗澡,剃头,戴上帽盔儿:嗨,还真有个福相。带着老太爷吃馆子、看戏。反正,怎么能讨老太爷喜欢怎么来。前门一带,这就嚷嚷动了:冯家的少爷(不知是哪位闲人,打听到这家姓冯)认了失散多年的老父亲。每逢父子俩坐着两辆包月车,踩着脚铃,一路叮叮当当地过去,总有人指指点点,谈论半天。天凉了,该给老太爷换季了。上哪儿买料子,——瑞蚨祥②。扶着老太爷,挑了好些料子,绸缎呢绒,都是整疋的,外搭上两件皮筒子,一件西狐肷,一件貉绒,都是贵重的稀物。一算账,哎呀,带的钱不够。"这么着吧,我回去取一趟,让老爷子在这儿坐会儿。东西,我先带着。我一会就来。快!"瑞蚨祥的上上下下对冯大少都有个耳闻,何况还有老太爷在这儿坐着呢。掌柜的就说:"没事,没事!您尽管去。"一面给老太爷换了一遍茶叶。不想一等也不来,二等也不来,过了两个钟头了,掌柜的有点犯嘀咕,问:"老太爷,您那少爷怎么还不来?"——"什么少爷!我跟他不认识!"掌柜的这才知道,受了骗了。行骗,总得先下点本儿,花一点时间。

廊坊头条的珠宝店,现在没有多少值钱的东西了,在以前,哪一家每天都要进出上万洋钱。有一家珠宝店,除了一般的首饰,专卖钻戒。有一天,来了一位阔少,要买钻戒。二柜拿出三盒钻戒请他挑。他坐在茶几旁边的椅子上,一面喝茶,一面挑选,左挑右挑,没有中意的。站起来,说了一声:"对不起,麻烦你们了!"这就要走。二柜喊了一声:"等等!"他发现钻戒少了一只。"你们要怎么样?"——"我们要搜!"——"搜不出来呢?"——"摆酒请客,赔偿名誉损失!""请搜。"解衣服,脱袜子,浑身上下,搜了一个遍:没有。珠宝店只好履行诺言,请客、赔偿。二柜直纳闷,这只钻戒是怎么丢的呢?除了柜上的伙计,顾客就他一个人呀。过了一些日子,珠宝店刷洗全堂家具,一个伙计在茶几背面发现一张膏药的痕迹,膏药当中正是那只钻戒的印子。原来,阔少挑钻戒时把这只钻戒贴在了茶几背面,过了几天,又由别的人来取走了。贴钻戒,这要手疾眼快。骗案,大都不是一个人,必有连裆。

邱韵龙把这些奇闻说得活灵活现,好像他亲眼目睹似的。其实都有所本。头一件奇闻,出于《三刻拍案惊奇》第九回。第二件奇闻的出处待查。他刮话的故事大都出于坊刻小说或《三六九画报》之类的小报。有些是道听途说。比如他说川岛芳子(金碧辉)要敲翡翠大王铁三一笔竹杠,铁三把她请到家里去,打开珍宝库的铁门,请她随便挑。这么多的"水碧",连金碧辉也没有见过。她拿了一件,从此再不找铁三的麻烦。这件事就不知道可靠不可靠。不过铁三他是见过的,他说铁三有那么多钱,可是自奉却甚薄,爱吃个芝麻烧饼,这也有几分可信。金碧辉他也见过,经常穿着男装,或长袍马褂,或军装大马靴,爱到后台来鬼混。金碧辉枪毙,他没有赶上。有一个敌伪时期的汉奸,北京市副市长丁三爷绑赴刑场,他是看见的。这位丁三爷恶迹很多,但是对梨园行却很照顾。有戏班里的人犯了事,叫公安局或侦缉队薅去了,托一个名角去求他,他一个电话,就能把人要出来。因此,戏班里的人对他很有好感。那天,邱韵龙到前门外去买茶叶,正好赶上。他亲眼看到丁三爷五花大绑,押在卡车上。不过他没有赶去看丁三爷挨那一枪。他谨遵父亲大人的庭训:不入三场——杀场、火场、赌场。

不但上海绿宝之类的赌场他没有去过,就是戏班里耍钱,他也概不参加。过去,戏班赌风很盛,后台每天都有一桌牌九。做庄的常是一个唱大丑的李四爷。他推出一条,开了门,手里控着色子,叫道:"下呀!下呀!"人家纷纷下注。邱韵龙在一旁看着,心里冷笑:今天你下了,明天拿什么蒸(窝头)呀!

他不赌钱,不抽烟,不喝酒,唯一的爱好是吃。吃肉,尤其是肘子,冰糖肘子、红焖肘子、东坡肘子、锅烧肘子、四川菜的豆瓣肘子,是肘子就行。至不济,上海菜的小白蹄也凑合了。年轻的时候,晋阳饭庄的扒肘子,一个有小二斤,九寸盘,他用一只筷子由当中一豁,分成两半,掇过盘子来,呼噜呼噜,几口就"喝"了一半;把盘子掉个边,呼噜呼噜,那一半也下去了。中年以后,他对吃肉有点顾虑。他有个中医朋友,是心血管专家,自己也有高血压心脏病,也爱吃肉吃肘子。他问他:"您是大夫,又有这样的病,还这么吃?"大夫回答他:"他不明儿才死吗?"意思是说:今天不死,今天还吃。邱韵龙一想:也有道理!

邱韵龙精于算计。有时有几个师兄弟说:"咱们来一顿",得找上邱韵龙,因为他和好几家大饭馆的经理、跑堂的、掌勺的大师傅都熟,有他去,价廉物美。"来一顿"都是"吃公墩",即"打平伙",费用平摊。饭还没有吃完,他已经把账算出来,每人该多少钱,大家当场掏钱,由他汇总算账,准保一分也不差。他有时也请请客,有一个和他是"发小"③,现在又当了剧团领导的师弟,他有时会约他出来来一顿小吃,那不外是南横街的卤煮小肠、门框胡同的褡裢火烧、朝阳门大街的门钉肉饼,那费不了几个钱。

他二十二岁结的婚,娶的是著名武戏教师林恒利的女儿,比他大两岁。是林恒利相中的。他跟女儿说:"你也别指望嫁一个挑班唱头牌的,我看也不会有唱头牌的相中你。再说,唱头牌的哪个不有点花花事儿?那气,你也受不了。我看韵龙不错,人老实。二牌,钱不少挣。"托人一说,成了。媳妇模样平常,人很贤惠,干什么都是利利索索的。他们生了个女儿。女儿像韵龙,胖乎乎的,挺好玩。邱韵龙爱若掌上明珠,常带她到后台来玩。媳妇每天得给他捉摸吃什么,不能老是肘子。有时给他煸一个锅子(涮羊肉),有时煨牛(肉)④,或是炒一盘羊尾巴油炒麻豆腐⑤。一来给他调剂调剂,二来也得照顾照顾女儿的口味。女儿读了外贸学院,工作了,结婚了,生孩子了。一转眼,邱韵龙结婚小四十年了。一家子过得风平浪静,和和美美。

万万没有想到:邱韵龙谈恋爱了!

消息传开了,很多人都不相信。

"邱韵龙谈恋爱? 别逗啦!"

"他? 他都六十出头啦!"

"谁要他呀? 这么大的肚子!"

事实就是事实,邱韵龙不否认。

女的是公共汽车公司卖月票的售票员,模样不错,照邱韵龙的说法是:"高鼻梁,大眼睛,一笑俩酒窝"。她四十几了,一年前死了丈夫。因为没有生过孩子,身材还挺苗条,说是三十大几,也说得过去。邱韵龙每月买月票,渐渐熟了,每次隔着售票处的窗口,总要搭搁几句。有一次,女的跟他说:"我昨儿晚上瞧见您了,——在电视里。"——"你瞧见了吗?"那是一次春节晚会,有一个游艺节目,电影明星和体育健将的排球赛,——用轻气球,只许用头顶,邱韵龙是裁判。那天他穿了一件大花粗线毛衣,喊着裁判口令:"红队,得分!"——"蓝队,过网击球,换发球!"本来这是逢场作戏,逗人一乐的事,比赛场内外笑声不绝,邱韵龙可是认真其事,奔过来,跑过去,吹哨子,叫口令,一丝不苟,神气十足。"您真精神! 样子那么年轻,一点不显老!"——"是吗?"邱韵龙就爱听这句话,心里美不滋儿的。邱韵龙送过两回戏票,请她看戏。两个人看过几场电影,吃过几回小馆子。说话这就到夏天了,他们逛了一回西山八大处。回来,邱韵龙送她回家。天热,女的拧了一个手巾把儿递给他:"您擦擦汗。我到里屋擦把脸,你少坐一会。"过了一会,女的撩开门帘出来:一丝不挂。

有人劝邱韵龙:"您都这么大的岁数了,您这是干什么?"

邱韵龙的回答是:"你说吃,咱们什么没吃过? 你说穿,咱们什么没穿过？就这个,咱们没有干过呀！"

女的不愿这么不明不白,偷偷摸摸地过,她让他和老婆离婚,和她正式结婚。

他回和老婆提出,老婆说:"你说什么?"

他的一个弟妹(师弟的媳妇)劝他不要这样,他说:

"我宁精精致致的过几个月,也不愿窝窝囊囊地过几年。"

这实在是一句十分漂亮,十分精彩的话,"精精致致"字眼下得极好,想不到邱韵龙的厚嘴唇里会吐出这样漂亮的语言!

他天天跟老婆蘑菇,没完没了。最后说:"你老不答应,赶明儿那大红花叫别人戴上了⑥,你心里不难受呀?"

他的女儿听到母亲告诉她父亲的原话,说:"这是什么逻辑!"

老婆叫他纠缠得没有办法,说:"离!离!"他自觉于心有愧,什么也没有带,大彩电、电冰箱、洗衣机,成堂沙发,组合家具,全都留给发妻,只带了一个存折,两箱衣裳,"扫地出门",去过他那精精致致的日子去了。

他很注意保重身体。家里五屉柜一个抽屉里装的都是常用药。血压稍有波动,只要低压超过九十,高压超过一三○,就上医务室要降压灵。家里常备氧气袋,见了过了六十的干部就奉劝道:"像咱们这个年龄,一定要有氧气袋!"他还举出最近逝世的两个熟人,说"那样的病情,吸一点氧气就过来了。家里人无知呀!"他犯过两次心绞痛,都不典型,心电图看不出太大的问题。这一天,他早餐后觉得心脏不大舒服,胸闷气短,就上医院去看看。医院离他家——他的新居很近,几步就到了,他是步行去的。他精神还挺好。头戴英国兔毛呢便帽,——唱花脸的得剃光头,不能留发,所以他对帽子就特别在意,他有好几顶便帽,都是进口货;穿着铁灰色澳毛薄呢大衣,脚下是礼服呢千层底布鞋,——他不爱穿皮鞋,上面不管穿什么,哪怕是西服,脚下也总是礼服呢面布鞋。他双手插在大衣兜里,缓缓地,然而是轻轻松松地在人行道上走着,像一个洋绅士在散步。他自我感觉良好,觉得自己很潇洒。觉得自己有一种美。这种美不是泰隆保华、罗拔泰勒那样的美,这是"旱香瓜——另一个味儿"。他觉得自己很有艺术家的气质、风度,他很有自信。这种自信在他恋爱之后就更加强化,更加实在了。他时时不免顾影自怜——在商店大橱窗的反光的玻璃前一瞥他自己的风采,他原以为没有事儿,上医院领一点药就回来了,没想到左前胸忽然剧痛,浑身冷汗下来了,几乎休克过去。医生一检查,当即决定,住院抢救:大面积心肌梗死。

住院抢救,须有家属陪住。叫谁来陪住呢?他的虽已登记,尚未正式结婚的新夫人不便前来,医院和剧团领导研究,还是得请他已经离婚的元配夫人来。

到底是结发夫妻,他的原先的老伴接到通知,二话没说,就到医院里来了,对他侍候得很周到。他大小便失禁,拉了一床,还得给人家医院洗床单。他神志清醒,也很知情,很感激。

他还没有过危险期,但是并没有把日子过糊涂了。正是月初,发薪的日子,他跟老伴说:"你去给我把工资领来。"老伴说:"你都病成这相儿了,还惦着这个干什么?"——"你去给我领来,我爱瞧这个!"老伴给他领来了工资,把一沓人民币放在他的枕边。他看了看人民币,一笑而逝。享年六十二岁。

他死后,由于种种原因,没有开追悼会。悼词不好写,写什么?追悼会的会场上家属位置上谁站着?

他死后,剧团的同事说:"邱韵龙简直是胡闹!"

他的女儿说:"我爸爸纯粹是自己嘬⑦的!"

一九九〇年十月三日

注　释

① 本篇原载《香港文学》1991 年第一期;初收"中国当代作家选集丛书"《汪曾祺》卷,人民文学出版社,1992 年 12 月。

② 瑞蚨祥是北京最大的绸缎庄。

③ "发小"是从小一块长大的意思。

④ 煨牛肉是用牛肋条肉文火煨透,得煨一夜。

⑤　麻豆腐是制粉丝下脚料，本身很便宜，但配料费钱，羊尾巴油很不易得。

⑥　作新郎，例于胸前戴绢制大红花一朵。

⑦　"嘬"是地道北京话，有自作自受，自己找死的意思，但语气更重。

1991 年

笔记小说两篇①

瞎　鸟

经常到玉渊潭遛鸟——遛画眉的,有这几位:

老秦、老葛。他们固定的地点在东堤根底下。堤下有几棵杨树,可以挂鸟。有几个树墩子,可以坐坐。一边是苗圃,空气好。一边是一片杂草,开着浅蓝色的、金黄色的野花。他们选中这地方,是因为可以在草丛里捉到喂鸟的活食——蛐蛐、油葫芦。老葛说:"鸟到了我们手里,就算它有造化!"老葛来得早,走得也早,他还不到退休年龄,赶八点钟还得回去上班。老秦已经"退"了。可以晚一点走。他有个孙子,他来遛鸟,孙子说:"爷爷,你去遛鸟,给我逮俩玩艺儿。"老秦每天都要捉一两个挂大扁、唧嘹。实在没有,至少也得逮一个"老道"——一种黄蝴蝶。他把这些玩艺儿放在一个旧窗纱做的小笼里。老秦、老葛都是只带一个画眉来。

堤面上的一位,每天蹬了自备的小三轮车来。他这三轮真是招眼:座垫、靠背都是玫瑰红平绒的,车上的零件锃亮。他每天带四个鸟来,挂在柳树上。他自己就坐在车上架着二郎腿,抽烟,看报,看人——看穿了游泳衣的女学生。他的鸟叫得不怎么样,可是鸟笼真讲究,一色是紫漆的,洋金大抓钩。鸟食罐都是成堂的,绣墩式的、鱼缸式的、腰鼓式的;粉彩是粉彩,斗彩是斗彩,釉红彩是釉红彩,叭狗、金鱼、公鸡。

南岸是鸟友们会鸟的地方。湖边有几十棵大洋槐树,树下一片小空场,空场上石桌石凳。几十笼画眉挂在一起,叫成一片。鸟友们都认识,挂了鸟,就互相聊天。其中最活跃的有两位。一个叫小庞,其实也不小了,不过人长得少相。一个叫陈大吹,因为爱吹。小庞一逗他,他就打开了话匣子。陈大吹是个鸟油子。他养的鸟很多。每天用自行车载了八只来,轮流换。他不但对玉渊潭的画眉一只一只了如指掌,哪只有多少"口",哪只的眉子齐不齐,体肥还是体瘦,头大还是头小,哪一只从谁手里买的,花了多少钱,一清二楚,就是别处有什么出了名的鸟,天坛城根的,月坛公园的,龙潭湖的,他也能说出子午卯酉。大家爱跟他近乎,还因为他每天带了装水的壶来。一个三磅热水瓶那样大的浅黄色的硬塑料瓶,有个很严实的盖子,盖子上有一个弯头的管子,攥着壶,手一仄歪,就能给水罐里加上水,极其方便。他提溜着这个壶,看谁笼里水罐里水浅了,就给加一点。他还有个脾气,爱和别人换鸟。养鸟的有这个规矩,你看上我的鸟,我看上你的了,咱俩就可以换。有的愿意贴一点钱,一张(拾元)、两张、三张。说好了,马上就掏。随即开笼换鸟。一言为定,永不反悔。

老王,七十多岁了,原来是勤行——厨子,他养了一只画眉。他不大懂鸟,不知怎么误打误撞的叫他买到了这只鸟。这只画眉,官称"鸟王"。不但口全——能叫"十三套",而且非常响亮,一摘开笼罩,往树上一挂,一张嘴,叫起来没完。他每天先到东岸堤根下挂一挂,然后转到南岸。他把鸟往槐树杈上一挂,几十笼画眉渐渐都停下来了,就听它一个"人"一套一套地叫。真是"一鸟入林,众鸟压声"。老王是个穷养鸟的,他的这个鸟笼实在不怎么样,抓钩发黑,笼罩是一条旧裤子改的,蓝不蓝白不白,而且泡泡囊囊的,和笼子不合体。他后来又托陈大吹买了一只生鸟,和鸟王挂在一起,希望能把这只生鸟"压"②出来。

还有个每天来遛鸟的,叫"大裤裆"。他夏天总穿一条齐膝的大裤衩,裤裆特大。"大裤裆"独来独往,很少跟人过话。他骑车来,带四笼画眉。他爱让画眉洗澡,东堤根下有一条小沟,通向玉渊潭里湖,是为了苗圃浇水掘开的。水很浅,但很清。他把笼子放在沟底,画眉就抖开翅膀洗一阵。然后挂在杨树杈上过风;挨老王的鸟不远。他提出要用一只画眉和老王的生鸟换,老王随口说了句:"换就换!""大裤裆"开了笼门就把两只鸟换了。

老王提了两只鸟笼遛了几天,他有点纳闷:怎么"大裤裆"的这只鸟一声也不叫唤呀?他提到南岸槐树林里让大家看看。会鸟的鸟友们围过来左端详右端详:唔?这是怎么回事?陈大吹过来看了一会,隔着笼子,用手在画眉面前挥了几下,画眉一点反应也没有。陈大吹说:"你这鸟是个瞎子!"老王一跺脚:"哎哟,我上了他的当了!"陈大吹问:"你是跟谁换的?"——"大裤裆!"——"你怎么跟他换了?"——"他说'咱俩换换',我随便说了句:'换就换!'"鸟友们都很气愤。有人说:"跟他换回来!"但是,没这个规矩。

"大裤裆"骑车过南岸,陈大吹截住了他:"你可缺了大德了!你怎么拿一只瞎鸟跟老王换?人家一个孤老头子,养活两只鸟,不容易!你这不是坑人吗?"大裤裆振振有词:"你管得着吗?——这只鸟在我手里的时候不瞎!"这是死无对证的事。你说它本来就瞎,你看见了吗?"大裤裆"登上车,疾驶而去。众鸟友议论一阵,也就散开了。

鸟友们还是每天会鸟,陈大吹还是神吹,老秦、老葛在草丛抓活食,堤面上蹬玫瑰红三轮车的主儿还是抽烟,看报,看穿了游泳衣的女学生。

老王每天提了一只鸟王、一只瞎鸟,沿湖堤遛一圈。

这以后,很少看见"大裤裆"到玉渊潭来了。

捡烂纸的老头

烤肉刘早就不卖烤肉了,不过虎坊桥一带的人都还叫它烤肉刘。这是一家平民化的回民馆子,地方不小,东西实惠。卖大锅菜。炒辣豆腐。炒豆角、炒蒜苗、炒洋白菜,比较贵一点是黄焖羊肉,也就是块儿来钱一小碗。在后面做得了,用脸盆端出来,倒在几个深深的铁罐里,下面用微火煨着,倒总是温和的。有时也卖小勺炒菜:大葱炮羊肉,干炸丸子,它似蜜……主食有米饭、花卷、芝麻烧饼、罗丝转。卖面条,浇炸酱、浇卤。夏天卖麻酱面。卖馅儿饼。烙饼的炉紧挨着门脸儿。一进门就听到饼铛里的油吱吱喳喳地响,饼香扑鼻,很诱人。

烤肉刘的买卖不错,一到饭口,尤其是中午,人总是满的。附近有几个小工厂,厂里没有食堂,烤肉刘就是他们的食堂。工人们都正在壮年,能吃,馅饼至少得来五个(半斤),一瓶啤酒,二两白的。女工多半是拿一个饭盒来,买馅饼,或炒豆腐、花卷,带到车间里去吃。有一些退了休的职工,不爱吃家里的饭,爱上烤肉刘来吃"野食",想吃什么要点什么。有一个文质彬彬的主儿,原来当会计,他每天都到烤肉刘来,他和家里人说定,每天两块钱的"挑费",都扔在这儿。有一个煤站的副经理,现在也还参加劳动,手指甲缝都是黑的,他在烤肉刘吃了十来年了。他来了,没座位,服务员即刻从后面把他们自己坐的凳子提出一张来,把他安排在一个旮旯里。有炮肉,他总是来一盘炮肉,仨烧饼,二两酒。给他炮的这一盘肉,够别人的两盘。因为烤肉刘指着他保证用煤。这些,都是老主顾。还有一些流动客人,东北的,山西的,保定、石家庄的。大包小包,五颜六色。男人用手指甲剔牙,女人敞开怀喂奶。

有一个人是每天必到的,午晚两餐,都在这里。这条街上人都认识他,是个捡烂纸的。他穿得很破烂,总是一件油乎乎的烂棉袄,腰里系一根烂麻绳,没有衬衣,脸上说不清是什么颜色,好像是浅黄的。说不清有多大岁数,六十岁?七十岁?一嘴牙七长八短,残缺不全。你吃点软和的花卷,面条,不好么?不,他总是要三个烧饼,歪着脑袋努力地啃啮。烧饼吃完,站起身子,找一个别人用过的碗(他可不在乎这个),自言自语:"跟他们寻一口面汤。"喝了面汤,"回见!"没人理他,因为不知道他是向谁说的。

一天,他和几个小伙子一桌。一个小伙子看了他一眼,跟同伴小声说了句什么,他多了心:"你说谁哪?"小伙子没有理他。他放下烧饼,跳到店堂当间:"出来!出来!"这是要打架。北京人过去打架,都到当街去打,不在店铺里打,免得损坏人家的东西搅了人家的买卖。"出来!出来!"是叫阵。没人劝。压根儿就没人注意他。打架?这么个糟老头子?这老头可真是糟,从里糟到外。这几个小伙子,随便哪一个,出去一拳准能把他揍趴下。小伙子们看看他,不理他。

这么个糟老头子想打架,是真的吗?他会打架吗?年轻的时候打过架吗?看样子,他没打过架,他哪是耍胳膊的人哪!他这是干什么?虚张声势?也说不上,无声势可言。没有人把他当一回事。

没人理他,他悻悻地回到座位上,把没吃完的烧饼很费劲地啃完了,情绪已经平复下来——本来也没有多大情绪。"跟他们寻口汤去。"喝了两口面汤,"回见!"

有几天没看见捡烂纸的老头了,听煤站的副经理说,他死了。死后,在他的破席子底下发现八千多块钱,一沓一沓,用麻筋捆得很整齐。

他攒下这些钱干什么?

注　释

① 本篇原载《新地文学》1991 年第二卷第一期;初收《汪曾祺全集》第二卷,北京师范大学出版社,1998 年 8 月。
② 让生鸟向善叫的鸟学习鸣叫,叫"压"。

小　芳①

　　小芳在我们家当过一个时期保姆,看我的孙女卉卉。从卉卉三个月一直看她到两岁零八个月进幼儿园日托。

　　她是安徽无为人。无为木田镇程家湾。无为是个穷县,地少人多。地势低,种水稻油菜。平常年月,打的粮食勉强够吃。地方常闹水灾。往往油菜正在开花,满地金黄,一场大水,全都完了。因此无为人出外谋生的很多。年轻女孩子多出来当保姆。北京人所说的"安徽小保姆",多一半是无为人。她们大都沾点亲。即或是不沾亲带故,一说起是无为哪里哪里的,很快就熟了。亲不亲,故乡人。她们互通声气,互相照应,常有来往。有时十个八个,约齐了同一天休息(保姆一般两星期休息一次),结伴去逛北海,逛颐和园;逛大栅栏,逛百货大楼。她们很快就学会了说北京话,但在一起时都还是说无为话,叽叽呱呱,非常热闹。小芳到北京,是来找她的妹妹的。妹妹小华头年先到的北京。

　　小芳离家仓促,也没有和妹妹打个电报。妹妹接到她托别人写来的信,知道她要来,但不知道是哪一天,不知道车次、时间,没法去接她。小芳拿着妹妹的地址,一点办法没有。问人,人不知道。北京那么大,上哪儿找去? 小芳在北京站住了一夜。后来是一个解放军战士把她带到妹妹所在那家的胡同。小华正出来倒垃圾,一看姐姐的样子,抱着姐姐就哭了。小华的"主家"人很好,说:"叫你姐姐先洗洗,吃点东西。"

　　小芳先在一家呆了三个月,伺候一个瘫痪的老太太。老太太倒是很喜欢她。有一次小芳把碱面当成白糖放进牛奶里,老太太也并未生气。小芳不愿意伺候病人,经过辗转介绍,就由她妹妹带到了我们家,一呆就呆了下来。这么长的时间,关系一直很好。

　　小芳长得相当好看,高个儿,长腿,眉眼都不粗俗。她曾经在木田的照相馆照过一张像,照相馆放大了,陈列在橱窗里。她父亲看见了,大为生气:"我的女儿怎么可以放在这里让大家看!"经过严重的交涉,照相馆终于同意把照片取了下来。

小芳很聪明,她的耳音特别的好,记性也好,不论什么歌、戏,她听一两遍就能唱下来,而且唱得很准,不走调。这真是难得的天赋。她会唱庐剧。庐剧是无为一带流行的地方戏。我问过小华:"你姐姐是怎么学会庐剧的?"——"村里的广播喇叭每天在报告新闻之后,总要放几段庐剧唱片,她听听,就会了。"木田镇有个庐剧团,小芳去考过。团长看她身材、长相、嗓音都好,可惜没有文化——小芳一共只念过四年书,也不识谱,但想进了团可以补习,就录取了她。小芳还在庐剧团唱过几出戏。她父亲知道了,坚决不同意,硬逼着小芳回了家。木田的庐剧团后来改成了县剧团,小芳的父亲有点后悔,因为到了县剧团就可以由农村户口转为城市户口,吃商品粮。小芳如果进了县剧团,她一生的命运就会有很大的不同,她是很可能唱红了的。庐剧的曲调曲折婉转,如泣如诉。她在老太太家时,有时一个人小声地唱,老太太家里人问她:"小芳,你哭啦?"——"我没哭,我在唱。"

小芳在我们家干的活不算重。做饭,洗大件的衣裳,这些都不要她管。她的任务就是看卉卉。小芳看卉卉很精心。卉卉的妈读研究生,住校,一个星期才回来一次,卉卉就全交给小芳了。城市育儿的一套,小芳都掌握了。按时给卉卉喝牛奶,吃水果,洗澡,换衣裳。每天上午,抱卉卉到楼下去玩。卉卉小时候长得很好玩,很结实,胖乎乎的,头发很浓,皮肤白嫩,两只大眼睛,谁见了都喜欢,都想抱抱。小芳于是很骄傲,小芳老是褒贬别人家的孩子:"难看死了!"好像天底下就是她的卉卉最好。卉卉稍大一点,就带她到附近一个工地去玩沙土,摘喇叭花、狗尾巴草。每天还一定带卉卉到隔壁一个小学的操场上去拉一泡屎。拉完了,抱起卉卉就跑,怕被学校老师看见。上了楼,一进门:"喝水!洗手!"卉卉洗手,洗她的小手绢,小芳就给卉卉做饭:蒸鸡蛋羹、青菜剁碎了加肝泥或肉末煮麦片、西红柿面条。小芳还爱给卉卉包饺子,一点点大的小饺子。

下午,卉卉睡一个很长的午觉,小芳就在一边整理卉卉的衣裳,缀缀线头松动的扣子,在绽开的衣缝上缝两针,一面轻轻地哼着庐剧。到后来为自己的歌声所催眠,她也困了,就靠在枕头上睡着了。

　　晚上,抱着卉卉看电视。小芳爱看电视连续剧、电影、地方戏。卉卉看动画片,看广告。卉卉看到电视里有什么新鲜东西,童装、玩具、巧克力,就说:"我还没有这个呢!"她认为凡是她还没有的东西,她都应该有。有一次电视里有一盘大苹果,她要吃。小芳跟她解释:"这拿不出来",卉卉于是大哭。

　　卉卉有很多衣裳——她小姑、我的二女儿,就爱给她买衣裳,很多玩具。小芳有时给她收拾衣服、玩具,会发出感慨:"卉卉的命好——我的命不好。"

　　小芳教卉卉唱了很多歌:

　　　　大海呀大海,
　　　　是我生长的地方……

　　　　没有花香,没有树高,
　　　　我是一棵无人知道的小草……

　　小芳唱这些歌,都带有一点忧郁的味道。

　　她还教卉卉念了不少歌谣。这些歌谣大概是她小时候念过的,不过她把无为字音都改成了北京字音。

　　　　老奶奶,真古怪,
　　　　躺在牙床不起来。
　　　　儿子给她买点儿肉,
　　　　媳妇给她打点儿酒,
　　　　摸不着鞋,摸不着裤,
　　　　套——狗——头!

　　　　老头子,

上山抓猴子，

猴子一蹦，

老头没用！

我有时跟卉卉起哄，就说："猴子没蹦，老头有用！"卉卉大叫："老头没用！"我只好承认："好好好，老头没用！"

我的大女儿有一次带了她的女儿芃芃来，她一般都是两个星期来一次。天热，孩子要洗澡，卉卉和芃芃一起洗。澡盆里放了水，让她们自己在水里先玩一会。芃芃把卉卉咬了三口，卉卉大哭。咬得很重，三个通红的牙印。芃芃小，小芳不好说她什么，我的大女儿在一边，小芳也不好说她什么，就对卉卉的妈大发脾气："就是你！你干嘛不好好看着她！"卉卉的妈只好苦笑。她在心里很感激小芳，卉卉被咬成这样，小芳心疼。

有一次，小芳在厨房里洗衣裳，卉卉一个人在屋里玩。她不知怎么把门划上了，自己不会开，出不来，就在屋里大哭。小芳进不去，在门外也大哭，一面说："卉卉！卉卉！别怕！别怕！"后来是一个搞建筑的邻居，拿了斧子凿子，在门上凿了一个洞。小芳把手从洞里伸进去，卉卉一把拽住不放。门开了，卉卉扑在小芳怀里。小芳身上的肉还在跳。门上的这个圆洞，现在还在。

卉卉跟阿姨很亲，有时很懂事。小芳有经痛病，每个月总要有两天躺着，卉卉就一个人在小床里玩洋娃娃，玩积木，不要阿姨抱，也不吵着要下楼。小华每个月要给小芳送益母草膏、当归丸。卉卉都记住了。小华一来，卉卉就问她："你是给小芳阿姨送益母草膏来了吗？"她的洋娃娃病了，她就说："吃一点益母草膏吧！吃一点当归丸吧！"但卉卉有时乱发脾气，无理取闹。她叫小芳："站到窗户台上去！"

小芳看看窗户台："窗户台这么窄，我站不上去呀！"

"站到床栏杆上去！"

"这怎么站呀！"

"坐到暖气上去！"

"烫！"

"到厨房呆着去!"

小芳于是委委屈屈地到厨房里去站着。

过了一会,卉卉又非常亲热地喊:"阿姨!小芳阿姨!"小芳于是高高兴兴地回到她们俩所住的屋里。

一个两岁的孩子为什么会有这种古怪的恶作剧的念头呢?这在幼儿心理学上怎么解释?

小芳送卉卉上幼儿园。她拿脚顶着教室的门,不让老师关,她要看卉卉。卉卉全不理会,头也不回,噜噜噜噜,走近她自己的小板凳,坐下了。小芳一个人回来。她的心里空了一块。

小芳的命是不好。她才六个月,就由奶奶做主,许给了她的姨表哥李德树。她从小就不喜欢李德树,越大越不喜欢。李德树相貌委琐。他生过瘌痢,头顶上有一块很大的秃疤,亮光光的,小芳看见他就讨厌。李德树的家境原来比小芳家要好些,但是他好赌,程家湾、木田的赌场只要开了,总会有他。赌得只剩下三间土房。他不务正业,田里的草长得老高。这人是个二流子,常常做出丢脸的事。

小芳十五岁的时候就常一个人到山上去哭。天黑了,她妈妈在山下叫她,她不答应。她告诉我们,她那时什么也不怕,狼也不怕。她自杀过一次,喝农药,被发现了,送到木田医院里救活了。中国农村妇女自杀,过去多是投河、上吊,自从有了农药,喝农药的多,这比较省事。乡镇医院对急救农药中毒大都很有经验了。她后来在枕头下面藏了两小瓶敌敌畏,小华知道。小华和姐姐睡一床,随时监视着她。有一次,小芳到村外大河去投水,她妹妹拼命地追上了她,抱着她的腿。小芳揪住妹妹头发,往石头上碰,叫她撒手。小华的头被磕破了,满脸是血,就是不撒手:"姐!我不能让你去死!你嫁过去,好赖也是活着,死了就什么也没有了!"

小芳到底还是和李德树结婚了。领结婚证那天,小芳自己都没去,是她父亲代办的。表兄妹是不能结婚的,近亲结婚是法律不允许的。这个道理,小芳的奶奶当然不知道,她认为这是亲上做亲。小芳的父亲也不知道。小芳自己是到了我们家之后,我的老伴告诉她,她才知道的。办理结婚登记手续的村干部应该知道,何况本人并未到场,怎么可以就把结婚证发给他们呢?

李德树跟邻居借了几件家具,把三间土房布置一下,就算办了事。小芳和李德树并未同房。李德树知道她身上揣着敌敌畏,也不敢对她怎么样。

小芳一天也过不下去,就天天回家哭。哭得父亲心也软了。小华后来对我们说:"究竟是亲骨肉呀。"父亲说:"那你走吧。不要从家里走。李德树要来要人。"小芳乘李德树出去赌钱,收拾了一点东西,从木田坐汽车到合肥,又从合肥坐火车到了北京。她实际上是逃出来的。

小芳在我们家呆了一些时,家乡有人来,告诉小芳,李德树被抓起来了。他和另外四个痞子合伙偷了人家一头牛,杀了吃了,人家告到公安局,公安局把他抓进去了。小芳很高兴,她希望他永远不要放出来。这怎么可能呢?偷牛,判不了无期。

李德树到北京来了!他要小芳跟他回去。他先找到小华,小华打了个电话给小芳。李德树有我们家的地址,他找到了,不敢上来,就在楼下转。小芳下了楼,对他说:"你来干什么?我不能跟你回去!"楼下有几个小保姆,知道小芳的事,就围住李德树,把他骂了一顿:"你还想娶小芳!瞧你那德行!""你快走吧!一会公安局就来人抓你!"李德树竟然叫她们轰走了。

过些日子,小芳的父亲来信,叫小芳快回来,李德树扬言,要烧他们家的房子,杀她的弟弟,她妈带着她弟弟躲进了山里。小芳于是下决心回去一趟。小芳这回有了主见了,她在北京就给木田法院写了一封信,请求离婚,并寄去离婚诉讼所需费用。

小芳在合肥要下火车,车进站时,她发现李德树在站上等着她。小芳穿了一件玫瑰红人造革的短大衣,半高跟皮鞋,戴起墨镜,大摇大摆从李德树面前走过,李德树竟没认出来!

小芳坐上往木田的汽车一直回到家里。

李德树伙同几个朋友,就是和他一同偷牛的几个痞子,半夜里把小芳抢了出来。小芳两手抱着一棵树,大声喊叫:"卉卉!卉卉!"——喊卉卉干什么？卉卉能救你么？

李德树让他的嫂子看着小芳。嫂子很同情小芳。小芳对嫂子说："我想到木田去洗个澡。"嫂子说："去吧。"小芳到了木田，跑到法院去吵了一顿："你们收了我的钱，为什么不给我办离婚？"法院不理她。小芳就从木田到合肥坐火车到北京来了。

我们有个亲戚在安徽，和省妇联的一个负责干部很熟。我们把小芳的情况给那亲戚写了一封信，那位亲戚和妇联的同志反映了一下，恰好这位同志要到无为视察工作，向木田法院问及小芳的问题。法院只好受理小芳的案子，判离，但要小芳付给李德树九百块钱。

小芳的父亲拿出一点钱，小芳拿出她的全部积蓄，小华又帮她借了一点钱，陆续偿给了李德树，小芳自由了。

李德树拿了九百块钱，很快就输光了。

小芳离开我们家后，到一家个体户的糖果糕点厂去做糖果，在丰台。糕点厂有个小胡，是小芳的同乡，每天蹬平板三轮到市里给各家送货。小芳有一天去看妹妹，带了小胡一起去。小华心里想：你怎么把一个男的带到我这里来了！是不是他们好了？看姐姐的眼睛，就是的，悄悄地问："你们是不是好了？"姐姐笑了。小华拿眼看了看小胡，说："太矮了！"小芳说："矮一点有什么关系，要那么高干什么！"据小华说："我姐喜欢他有文化。小胡读过初中。她自己没有文化，特别喜欢有文化的人。"

还得小胡回去托人到小芳家说媒。私订终身是不兴的。小胡先走两天，小芳接着也回了家。

到了家，她妈对她说："你明天去看看三舅妈，你好久没看见她了，她想你。"小芳想，也是，就提了一包糕点厂的点心去了。

去了，才知道，哪是三舅妈想她呀，是叫她去让人相亲。程家湾出了个万元户。这人是靠倒卖衣裳发财的。从福建石狮贩了衣服，拆掉原来的商标，换上假名牌。一百元买进，三百元卖出。这位倒爷对小芳很中意，说小芳嫁给他，小芳家的生活他包了，还可供她弟弟上学。小芳说："他就是亿万富翁，我也不嫁给他！"她妈说："小胡家穷，只有三间土房。"小芳说："穷就穷点，只要人好！"

小芳和小胡结了婚，一年后生了个女儿，取名也叫卉卉。

我们的卉卉有很多穿过的衣裳，留着也没有用，卉卉的妈就给小芳寄去，寄了不止一次。小芳让她的卉卉穿了寄去的衣裳照了一张相寄了来。小芳的卉卉像小芳。

家里过不下去，小芳两口子还得上北京来，那家糖果糕点厂还愿意要他们。

小芳带了小胡上我们家来。小胡是矮了一点。其实也不算太矮，只是因为小芳高，显得他矮了。小胡的样子很清秀，人很文静，像个知识分子。小芳可是又黑又瘦，瘦得颧骨都凸出来了，神情很憔悴。卉卉已经上幼儿园大班，不怎么记得小芳了，问小芳："你就是带过我的那个阿姨吗？"小芳一把把她抱了起来，卉卉就黏在小芳身上不下来。

不到一年，小芳又回去了，她想她的女儿。

过不久，小胡也回去了，家里的责任田得有人种。

小芳小产了两次。医生警告她："你不能再生了，再生就有危险！"小芳从小身体就不好。小芳说："我一定要给他们家留一条根！"小芳终于生了一个儿子。小华说："这孩子是他们家的一条龙！"

小芳一直很想卉卉。她来信要卉卉的照片，卉卉的妈不断给她寄去。她要卉卉的录音，卉卉的妈给她录了一盘卉卉唱歌讲故事的磁带。卉卉的妈叫卉卉跟小芳说几句话。卉卉扭扭捏捏地说："说什么呀？"——"随便！随便说几句！"卉卉想了想，说：

"小芳阿姨，你好吗？我很想你，我记得你很多事。"

听小华说，小芳现在生活很苦，有时连盐都没有。没盐了，小胡就拿了网，打一二斤鱼，到木田卖了，买点盐。

我问小华："小芳现在就是一心只想把两个孩子拉扯大了？"

小华说："就是。"

小芳现在还唱庐剧吗？

可能还会唱，在她哄孩子睡觉的时候。

一九九一年五月二十八日

注　释

① 本篇原载《中国作家》1991 年第五期；初收"中国当代作家选集丛书"《汪曾祺》卷，人民文学出版社，1992 年 12 月。

新笔记小说三篇^①

明　白　官

（出《聊斋志异》）

《聊斋志异·郭安》记的是真人真事，不是鬼狐故事，没有任何夸张想象，艺术加工。

孙五粒有个男佣人。——孙五粒原名孙秭，后改名柏龄，字五粒。孙之獬之子，孙琰龄之兄，明崇祯六年举人，清顺治三年进士。历任工科、刑科给事中，礼部都给事中，太仆寺少卿，迁鸿胪寺卿，转通政使司左通政使。孙家一门显宦，又是淄川人，和蒲松龄是小同乡。在淄川，一提起孙五粒，是没有人不知道的，因此蒲松龄对他无须介绍。但是外地的后代的人就不知孙五粒是谁了，所以不得不噜苏几句。——这个男佣人独宿一室，恍恍惚惚被人摄了去。到了一处宫殿，一看，上面坐的是阎罗王。阎罗看了看这男佣人，说："错了！要拿的不是此人。"于是下令把他送回去。回来后，这男佣人害怕得不得了，不敢再一个人住在这间屋子里，就换了个地方，住到别处去了。

另外一个佣人，叫郭安，正没有地方住，一看这儿有空屋子空床，"行！这儿不错！"就睡下了。大概是带了几杯酒，一睡，睡得很实。

又一个佣人，叫李禄。这李禄和那被阎王错勾过的男佣人一向有仇，早就想把这小子宰了。这天晚上，拿了一把快刀，到了空屋里，一看，门没有闩，一摸，没错！咔嚓一刀！谁知道杀的不是仇人，是郭安。

郭安的父亲知道儿子被人杀了，告到当官。

当时的知县是陈其善。

陈其善是辽东人,贡士。顺治四年任淄川县知县。顺治九年,调进京,为拾遗。那么陈其善审理此案当在顺治四—九年之间,即1647—1652,距现在差不多三百三十年。

陈其善升堂。

原告被告上堂,陈其善对双方各问了几句话。李禄供认不讳,是他杀了郭安。陈其善沉吟了一会,说:"你不是存心杀他,是误杀。没事了,下去吧。"郭安的父亲不干了,哭着喊着:"就这样了结啦?我的儿子就白死啦?我这多半辈子就这一个儿子,他死了,我靠谁呀?"——"哦,你没有儿子了?这么办,叫李禄当你的儿子。"郭安的父亲说:"我干嘛要他当我的儿子呀?——我不要,不要!"——"不要不行!退堂!"

蒲松龄说:这事儿奇不奇在孙五粒的男佣人见鬼,而奇在陈其善的断案。

(汪曾祺按:孙五粒这时想必不在淄川老家。要不然,家里奴仆之间出了这样的事,他总得过问过问。)

济南府西部有一个县,有一个人杀了人,被杀的那人的老婆告到县里。县太爷大怒,出签拿人,把凶犯拘到,拍桌大骂:"人家好好的夫妻,你咋竟然叫人家守了寡了呢!现在,就把你配了她,叫你老婆也守寡!"提起硃笔,就把这两人判成了夫妻。

济南府西县令是进士出身。蒲松龄曰:"此等明决,皆是甲榜所为,他途不能也。"——这样的英明的判决,只有进士出身的官才作得出,非"正途"出身的县长,是没有这个水平的。

不过,陈其善是贡生,不算"正途",他判案子也这个样子。蒲松龄最后赞叹道:"何途无才!"不论由什么途径而做了官的,哪儿没有人才呀!

一九九一年七月四日

樟 柳 神

（出《夜雨秋灯录》）

张大眼是个催租隶。这天，把租催齐了，要进城去完秋赋。这时正是秋老虎天气，为了赶早凉，起了个五更。懵懵懂懂，行了一气。到了一处，叫做秋稼湾，太阳上来了，张大眼觉得热起来。看了看，路旁有一户人家，茅草屋，门关着，看样子，这家主人还在酣睡未起。门外，搭着个豆花棚，为的是遮阴。豆花棚奔拉过来，接上了几棵半大柳树。下面有一条石凳，干干净净的。一摸，潮乎乎的，露水还没干。掏出布手巾来擦了擦。

"歇会儿啵!"

张大眼心想：这会城门刚开，进城的，出城的，人多，等乱劲儿过去了，再说。好在离城也不远了。

"抽袋烟!"

嚓嚓嚓，打亮火石，点着火绒，咝——吸了一口，"嗨! 好烟!"

张大眼正在品烟，听到有唱歌的声音。声音挺细，跟一只小秋蝈蝈似的。听听，唱的是什么?

> 郎在东来妾在西，
>
> 少小两个不相离。
>
> 自从接了媒红订，
>
> 朝朝相遇把头低。
>
> 低头莫碰豆花架，
>
> 一碰露水湿郎衣。

唔?

张大眼听得真真的，有腔有字。是怎么回事?

张大眼四处这么一找：是一个小小婴儿，两寸来长，眉清目秀、唇红齿白,穿一个红兜兜,光着屁股,笑嘻嘻的,在豆花穗上一趔一趔地跳。张大眼再一看,原来这小人的颈子上拴着一根头发丝,头发丝扣在豆花棚缝里的芦苇杆上,他跑不了,只能一趔一趔地跳。张大眼心想:这是个樟柳神!他看看路边的茅屋:一定有个会法术的人在屋里睡觉,昨天晚上把樟柳神拴在这儿,让他吃露水。张大眼听人说过樟柳神,这一定就是!他听说过,樟柳神能未卜先知,有什么事将要发生,他早就料到。捉住他,可以消灾免祸。于是张大眼掐断了头发丝,把樟柳神藏在袖子里,让他在手腕上呆着。

可樟柳神不肯老实呆着,老是一蹦一蹦的。张大眼就把他取出来,放在斗笠里,戴在头上。这一下,樟柳神安生了,不蹦了,只是小声地说话:

> 张大眼,
>
> 好大胆,
>
> 捉住咱,
>
> 一千铜钱三十板。

张大眼想:这才是没影子的事!钱粮如数催齐,我身无过犯,会挨三十板?不理他!他把斗笠按了按,低着头噜噜噜噜往城里走。

不想刚进城,听得一声大喝:

"拿下!"

张大眼瞪着两只大眼。

原来这天是初一,县官王老爷出城到东岳庙行香。张大眼早晨起冒了,懵里懵懂,一头撞在喝道的锣夫的身上,把锣夫撞了个仰八叉,哐啷一声,锣也甩出去老远。王老爷推开轿帘,问道:"什么人?"衙役们七手八脚把张大眼摁倒在地。张大眼不知道咋的,一句话也回不出来,只是不停地喘气,大汗珠子直往下掉。"看他神色慌张,必定不是好人。来!打他三十板!"衙役褪下张大眼的裤子,张大眼趴在大街上,哈哈大笑。"你笑什么?打你屁股,你不怕疼,还笑?"张大眼说:"我早知道今天要挨三十个板子。"——"你怎么知道?"张大眼于是把他怎催租,怎么路过秋稼湾,怎么在豆花棚上看到一个樟柳神,樟柳神是怎么怎么说的,一五一十,说了个备细。

"你有樟柳神?"

"有。"

"呈上来!"

县太爷把樟柳神放在轿子里的伏手板上,樟柳神直跟他点头招手,笑嘻嘻的。

"樟柳神归我了。来,赏他——你叫什么?"

"张大眼。"

"赏张大眼一千铜钱!"

"禀老爷,樟柳神爱在斗笠里呆着。"

"那成,我让他呆在我的红缨大帽里。——起轿!"

"喳!"

王老爷得了樟柳神,心想:这可好了,我以后审案子,不管多么疑难,只要问他,是非曲直,一断便知。我一向有些糊涂,从今以后,清如水,明如镜,这锦绣前程么,是稳拿把掐的了!

于是每次升堂,都在大帽里藏着樟柳神。不想樟柳神一声不言语。

王老爷退堂,问樟柳神:

"你怎么不说话?"

樟柳神说:

> 老爷去审案,
>
> 按律秉公断。
>
> 问我樟柳神,
>
> 要你做什么? ——吃饭?

当县官的,最关心的是官场的浮沉升降,乃至变法维新,国家大事。王老爷对自己的进退行止,拿不定主意,就请问樟柳神。樟柳神说:

> 大事我了然,
>
> 就是不说破。

> 问我为什么，
>
> 我也怕惹祸。

"你是神，你还怕惹祸？"

"瞧你说的！神就不怕惹祸？神有神的难处。"

樟柳神倒也不闲着，随时向王老爷报一些事。

一早起来，说：

> 清早起来雾漫漫，
>
> 黑鸡下了个白鸡蛋。

到了前半晌，说：

> 黄牛角，
>
> 水牛角，
>
> 牛打架，
>
> 角碰角。

到快中午了，说：

> 一个面铺面冲南，
>
> 三个老头来吃面。
>
> 一个老头吃半斤，
>
> 三个老头吃斤半。

到了夜晚，王老爷困得不得了，摘下了大帽，歪靠在榻上，迷迷糊糊睡着了，听见樟柳神在大帽里又说又唱：

> 唧唧唧，啾啾啾，
>
> 老鼠来偷油。
>
> 乒乒乓乓——噗，
>
> 吱溜！

王老爷一激灵，醒了。

"乒乒乓乓？"

"猫来了,猫追老鼠。"

"噗?"

"猫追老鼠,碰倒了油瓶,——噗!"

"吱溜?"

"老鼠跑了。"

樟柳神老是在王老爷耳朵根底下说这些少盐没醋的淡话,没完没了,弄得王老爷实在烦得不行,就从大帽下面把他捏出来,摔到窗外。

不想,一会儿就又听到帽子底下一趔一趔地蹦。老爷掀开大帽:

"你怎么又回来啦?"

"请神容易送神难。"

"你是不是要跟着我一辈子?"

"那没错!"

〔附记〕

宣鼎,号瘦梅,安徽天长人,生活于同光间,曾在我的故乡高邮住过,在北市口开一家书铺,兼卖画。我的祖父曾收得他的一幅条山。《夜雨秋灯录》是他的主要的笔记小说。也许因为他是高邮隔湖邻县的文人,又在高邮住过,所以高邮人不少看过他的这本书。《夜雨秋灯录》的思想平庸,文笔也很酸腐,只有这篇《樟柳神》却很可喜,樟柳神所唱的小曲尤其清新有韵致。于是想起把这篇东西用语体文重写一遍。前面一部分基本上是按原文翻译,结尾则以己意改作。这样的改变可能使意思过于浅露、少蕴藉了。

一九九一年六月三十日

牛　飞

（据《聊斋志异》）

彭二挣买了一头黄牛。牛挺健壮,彭二挣越看越喜欢。夜里,彭二挣做了个梦,梦见牛长翅膀飞了。他觉得这梦不好,要找人详这个梦。

村里有仨老头,有学问,有经验,凡事无所不知,人称"三老"。彭二挣找到三老,三老正在丝瓜架底下抽烟说古。三老是:甲、乙、丙。

彭二挣说了他做了这样一个梦。

甲说:"牛怎么会飞呢?这是不可能的事!"

乙说:"这也难说。比如说,你那牛要是得了瘟,死了,或者它跑了,被人偷了,你那买牛的钱不是白扔了?这不就是飞了?"

丙是思想最深刻的半大老头,他没十分注意听彭二挣说他的梦,只是慢悠悠地说:"啊,你有一头牛?……"

彭二挣越想越嘀咕,决定把牛卖了。他把牛牵到牛市上,豁着赔了本,贱价卖了。卖牛得的钱,包在手巾里,怕丢了,把手巾缠在胳臂上,往回走。

走到半路,看见路旁豆棵里有一只鹰,正在吃一只兔子,已经吃了一半,剩下半只,这鹰正在用钩子嘴叼兔子内脏吃,吃得津津有味。彭二挣轻手轻脚走过去,一伸手,把鹰抓住了。这鹰很乖驯,瞪着两只黄眼珠子,看着彭二挣,既不鸹人,也没有怎么挣蹦。彭二挣心想:这鹰要是卖了,能得不少钱,这可是飞来的外财。他把胳臂上的手巾解下来,用手巾一头把鹰腿拴紧,架在左胳臂上,手巾、钱,还在胳臂上缠着。怕鹰挣开手巾扣,便老是用右手把着鹰。没想到,飞来一只牛虻,在二挣颈子后面猛叮了一口,彭二挣伸右手拍牛虻,拍了一手血。就在这工夫,鹰带着手巾飞了。

彭二挣耷拉着脑袋往回走,在丝瓜棚下又遇见了三老,他把事情的经过,前前后后,跟三老一说。

三老甲说:"谁让你相信梦!你要不信梦,就没事。"

乙说:"这是天意。不过,虽然这是注定了的,但也是咎由自取。你要是不贪图外财,不捉那只鹰,鹰怎么会飞了呢?牛不会飞,而鹰会飞。鹰之飞,即牛之飞也。"

半大老头丙曰:

"世上本无所谓牛不牛，自然也即无所谓飞不飞。无所谓，无所谓。"

一九九一年七月八日

注　释

① 本篇原载《上海文学》1992 年第一期；初收《汪曾祺全集》第二卷，北京师范大学出版社，1998 年 8 月。

虎　二　题^①

　　——《聊斋》新义

老虎吃错人

　　山西赵城有一位老奶奶,穷得什么都没有。同族本家,都很富足,但从来不给她一点赒济,只靠一个独养儿子到山里打点柴,换点盐米,勉强度日。一天,老奶奶的独儿子到山里打柴,被老虎吃了。老奶奶进山哭了三天,哭得非常凄惨。

　　老虎在洞里听见老奶奶哭,知道这是它吃的那人的老母亲,老虎非常后悔。老虎心想:老虎吃人,本来不错。老虎嘛,天生是要吃人的。如果吃的是坏人——强人,恶人,专门整人的人,那就更好。可是这回吃的是一个穷老奶奶的儿子,真是不应该。我吃了她儿子,她还怎么活呀? 老奶奶哭得呼天抢地,老虎听得也直掉泪。

　　老奶奶哭了三天,愣了一会,说:"不行! 我得告它去!"

　　老奶奶到了县大堂,高喊"冤枉!"

　　县官升堂,问老奶奶:"告什么人?"

　　"告老虎!"

　　"告老虎?"

　　老奶奶把老虎怎么吃了她的独儿子,哭诉了一遍。这位县官脾气倒挺好,笑笑地对老奶奶说:"我是县官,治理一方,我可管不了老虎呀!"

　　"你不管老虎,只管黄鼠狼?"

　　衙役们一齐吼叫:

"喊！不要胡说！"

衙役们要把老奶奶轰下堂，老奶奶死活不走，拍着县大堂的方砖地，又哭又闹。县官叫她闹得没有办法，只好说："好好好，我答应你，去捉这只老虎。"这老奶奶还挺懂衙门里的规矩，非要老爷发下火签拘票不可。县官只好填了拘票，掣出一支火签。可是，叫谁去呀？衙役们你看看我，我看看你，并无一人应声。有一个衙役外号二百五，做事缺心眼，还爱喝酒，这天喝得半醉了，站出来说："我去！"二百五当堂接了火签拘票，老奶奶才走。县官退堂，不提。

二百五回家睡了一觉，酒醒了，一摸枕头旁边的火签拘票："唔？我又干了什么缺心眼的事了？"二百五的心思，原想做一出假戏，把老奶奶糊弄走，好给老爷解围，没想到这火签拘票是动真格的官法，开不得玩笑的。拘票上批明了比限日期，过期拘不到案犯，是要挨板子的。无奈，只好求老爷派几名猎户陪他一块进山，日夜在山谷里猫着，希望随便捕捉一只老虎，就可以搪塞过去。不想过了一个月，也没捉到一根老虎毛。二百五不知挨了多少板子，屁股都打烂了，只好到东门外岳庙去给东岳大帝烧香跪拜，求东岳大帝庇佑，一边说，一边哭。哭拜完了，转过身，看见一只老虎从外面走了进来。二百五怕老虎吃他，直往后退。咳，老虎进来，往门当中一蹲，一动不动，不像要吃人的样子。二百五乍着胆子，问："是是是你吃了老奶奶奶奶的儿儿儿子吗？"老虎点点头。"是你吃了老奶奶的儿子，你就低下脑袋，让我套上铁链，跟我一起去见官。"老虎果然把脑袋低了下来。二百五抖出铁链，给老虎套上，牵着老虎到了县衙。

县官对老虎说："杀人偿命，律有明文。你是老虎，我不能判你个斩立决、绞监候。不过，你吃了老奶奶的独儿子，叫她怎么生活呢？这么着吧，你如果能当老奶奶的儿子，负责赡养老人，我就判你个无罪释放。"老虎点点头。县官叫二百五给它松了铁链，老虎举起前爪冲县官拜了一拜，走了。

老奶奶听说县官把老虎放了，气得一夜睡不着。天亮开门，看见门外躺着一头死鹿。老奶奶把鹿皮鹿肉鹿角卖了，得了不少钱。从此，隔个三五天,老虎就给老奶奶送来一头狍子、一头獐子、一头麂子。老奶奶知道老虎都是天不亮送野物来,就开门等着它。日子长了,就熟了。有时老虎来了,老奶奶就对老虎说:"儿你累了,躺下歇会吧。"老虎就在房檐下躺下。人在屋里躺着,虎在屋外躺着,相安无事。

街坊邻居知道老奶奶家躺着老虎,都不敢进来,只有二百五敢来。他和老虎混得很熟,二百五跟它说点什么,老虎能懂。老虎心里想什么,动动爪子,摇摇尾巴,二百五也能明白。

老奶奶攒了不少钱,都放在一口白木箱子里。老奶奶对老虎说:"这钱是你挣的!"老虎笑了,点点头。

老奶奶死了。

二百五来了,老虎也来了。

老虎指指那口白木箱,示意二百五抱着。二百五不知道要他去干什么。老虎咬着他的衣角,走到一家棺材铺,指指。二百五明白了,它要给老娘买口棺材。二百五照办了。老虎又咬着二百五的衣角,二百五跟着它走。走到一家泥瓦匠门前,老虎又指指。二百五明白了,它要给老娘修一座坟。二百五也照办了。

老虎对二百五拱拱前爪,进山了。

箱子里还剩不少钱,二百五不知道怎么处置,除了给自己买一瓶汾酒,喝了,其余的就原数封存在老奶奶的屋里。

老奶奶安葬时倒很风光,同族本家:小叔子、大伯子、八侄儿、九外甥披麻戴孝,到坟墓前致礼尽哀。致礼尽哀之后,就乱打了起来。原来他们之来,是知道老奶奶留下不少钱,来议论如何瓜分的。瓜分不均,于是动武。

正在打得难解难分,听得"呜——喔"一声,全都吓得四散奔逃:老虎来了。老虎对这些小叔子、大伯子、八侄儿、九外甥,每一个都尽到了礼数,平均对待,在每个人小腿上咬了一口。

剩下的钱做什么用处呢?二百五问老虎。老虎咬着他的衣角,到了一家银匠铺,指指柜橱里挂着的长命锁。

"你,要,打,一,副,长,命,锁?"

老虎点点头。

"锁上錾什么字？——'长命百岁'？"

老虎摇摇头。

"那么，'永锡遐昌'？"

老虎摇摇头。

"那錾什么字？"

老虎比划了半天，二百五可作了难，左思右想，豁然明白了，问老虎：

"给你錾四个字：'专吃坏人'？"

老虎连连点头。

银匠照式做好。二百五给老虎戴上。

呜喝一声，老虎回山了。

从此，凡是自己觉得是坏人的人，都不敢进这座山。

人 变 老 虎

太原向杲，不好学文，而好习武，为人仗义，爱打抱不平。和哥哥向晟感情很好。向晟是个柔弱书生。但因为有这样一个弟弟，在地方上也没人敢欺负他。

向晟和一个妓女相好。这个妓女名叫波斯，长得甭提多好看了。向晟想娶波斯，波斯也愿嫁向晟，只是因为波斯的养母要的银子太多，两人未能如愿。一年二年，波斯的养母年纪也大了，想要从良，要从良，得把波斯先嫁出去。有个庄公子，有钱有势，不但在太原，在整个山西也没人敢惹他。庄公子一向也喜欢波斯，愿意纳她为妾。养母跟波斯商量。波斯说："既是想一同跳出火坑，就该一夫一妻地过个正经日子。这就是离了地狱进天堂了。若是做一房妾，那跟当妓女也差不了一萝卜皮，我不愿意。"——"那你的意思？"——"您要是还疼我，肯随我的意，那我嫁向晟！"养母说："行！我把身价银子往下压压。"养母把信儿透给向晟，向晟竭尽家产，把波斯聘了回来。新婚旧好,恩爱非常。

庄公子听说波斯嫁了向晟,大发雷霆。一来,他喜欢波斯;二来,一个穷书生夺了他看中的人,他庄公子的面子往哪搁?一天,庄公子骑着高头大马,带领一帮家丁,出城行猎。家丁一手拿着笛竿吹管,一手提着马棒——驱赶行人给公子让路。浩浩荡荡,好不威风。将出城门,迎面碰见向晟。庄公子破口大骂:

"向晟,你胆敢娶了波斯,你问过我吗?"

"我愿娶,她愿嫁,与别人无干。"

"你小子配吗?"

"我家世世代代,清清白白,咋不配?"

"你小子还敢犟嘴!"

喝令家丁:"给我打!"

家丁举起马棒,把向晟打得头破血流,鼻青脸肿。抬回家来,只剩一口气。

向呆听到信,赶奔到哥哥家里,向晟已经断气,新嫂子波斯伏在尸首上大哭。

向呆写了状子,告庄公子。县署府衙,节节上告。不想县尊府尹全都受了庄家的贿赂,告他不倒。

向呆跪倒在向晟灵前,说:"哥哥,兄弟对不起你!"

波斯在一旁,说:

"这仇,咱们就这么咽下去了?你平时行侠仗义的,怎么竟这样没有能耐!我要是男子汉,我就拿把刀宰了他!"向呆眼珠子转了几转,一跺脚,说:"嫂子,你等着! 我要是不把这小子的脑袋切下来,我就再不见你的面!"

向呆揣了一把蘸了见血封喉的毒药的匕首,每天藏伏在山路旁边的葛针棵里,等着庄公子。一天两天,他的行迹渐渐被人识破。庄公子于是每次出来,都多带家丁护卫,又请了几位出名的武师当保镖,照样耀武扬威,出城打猎。而且每到林莽丛杂之处,还要大声叫阵:

"向呆,你想杀我,有种的,你出来!"

向杲肺都气炸了。但是，无计可施。他还是每天埋伏，等待机会。

一天，山里下了暴雨，还夹着冰雹，打得向杲透不过气来。不远有一破破烂烂的山神庙，向杲到庙里暂避。一进门，看见神庙后的墙上画着一只吊睛白额猛虎，向杲发狠大叫：

"我要是能变成老虎就好了！"

"我要是能变成老虎就好了！"

"我要是能变成老虎就好了！"

喊着喊着，他觉得身上长出毛来，再一看，已经变成一只老虎。向杲心中大喜。

过不两天，庄公子又进山打猎。向杲趴在山洞里，等庄公子的人马走近，突然蹿了出来，扑了上去，一口把庄公子的脑袋咬下来，咔嚓咔嚓，嚼得粉碎，然后"呜嗥"一声，穿山越涧而去，倏忽之间，已无踪影。

向杲报了仇，觉得非常痛快，在山里蹦蹦跳跳，倒也自在逍遥。但是他想起家中还有老婆孩子，我成了老虎，他们咋过呀？而且他非常想喝一碗醋。他心想：不行，我还得变回去，我还得变回去，我还得变回去。想着想着，他觉得身上的毛一根一根全都掉了。再一看，他已经变成一个人了，他还是向杲。只是做了几天老虎，非常累，浑身没有一点力气。

向杲摇摇晃晃，扶墙摸壁，回到自己家里。进了门，到柜橱里搬出醋缸子，咕嘟咕嘟喝了一气，然后往床上一躺。

家里人正奇怪，他失踪了好多天，上哪儿去了？问他，他说不出话，只摆摆手，接着就呼呼大睡。

一连睡了三天。

波斯听说兄弟回来了，特地来看看，并告诉他，庄公子脑袋被一只老虎咬掉了。向杲叫家里人关上门，悄悄地说："老虎是我。我变的。千万不敢说出去！可不敢②！"

日子久了，向杲有个小儿子，跟他的小伙伴们说："庄公子的脑袋是我爸爸咬掉的。"

庄公子的老太爷知道了，写了一张状子，到县衙告向杲，说向杲变成老虎,咬掉他儿子的脑袋。县官阅状,觉得过于荒诞,不予受理。

一九九一年十月十二日

注　释

① 本篇原载《小说林》1992 年第一期;初收《汪曾祺全集》第二卷,北京师范
大学出版社,1998 年 8 月。

② 山西话"不敢"是"不能"的意思。

1992 年

护　　秋[①]

生产队派我今天晚上护秋。

"护秋"就是看守大秋作物。老玉米已经熟了，一两天就要掰棒子，防备有人来偷，所以要派人护秋。

这一带原来有偷秋的风气。偷将要成熟的庄稼，不算什么不道德的事。甚至对偷。你偷我家的，我偷你家的。不但不兴打架，还觉得这怪有趣。农业科学研究所地是公家的地，庄稼是公家的庄稼，偷农科所的秋更是合理合法。这几年，地方政府明令禁止这种风气，偷秋的少了。但也还不能禁绝。前年农科所大堤下一亩多地的棒子，一个晚上就被人全掰了。

我提了一根铁锨把上了大堤。这里居高临下，地里有什么动静都能看见。

和我就伴的还是一个朱兴福。他是个专职"下夜"的，不是临时派来护秋的。农科所除了大田，还有菜地、马号、猪舍、种籽仓库、温室和研究设备，晚上需要有人守夜。这里叫做下夜。朱兴福原来是猪倌，下夜已经有两年了。

这是一个蔫里巴唧的人。不爱说话，说话很慢，含含糊糊。他什么农活都能干，就是动作慢。他吃得不少，也没有什么病，就是没有精神，好像没睡醒。

他媳妇和他截然相反。媳妇叫杨素花（这一带女的叫素花的很多），和朱兴福是一个地方的，都是柴沟堡的。杨素花人高马大，长腿，宽肩，浑身充满弹性，像一个打足了气的轮胎内带，紧绷绷的。两个奶子翘得老高，很硬。她在大食堂做活：压莜面饸饹，揉蒸馒头的面，烙高粱面饼子，炒山药疙瘩……她会唱山西梆子（这一带农民很多会唱山西梆子），《打金砖》、《骂金殿》、《三娘教子》、《牧羊圈》（这些是山西梆子常唱的戏）都能从头至尾唱下来。她的嗓子音色不甜，但是奇响奇高。农科所工人有时唱山西梆子，在外面老远就听见她的像运动场上裁判员吹哨子那样的嗓音。她扮上戏可不怎么好看，那么一匹高头大马，穿上古装，很不协调。她给人整个的印象有点像苏联电影《静静的顿河》里的阿克西尼亚。农科所的青年干部背后就叫她阿克西尼亚。这个外号她自己不知道。

阿克西尼亚去年出了一点事，和所里一个会计乱搞，被朱兴福当场捉住。朱兴福告到支部书记那里（不知道为什么，所里出了这种事情都由支部书记处理）。所领导研究，给会计一个处分，记大过，降一级，调到别的单位。对阿克西尼亚没有怎么样。阿克西尼亚留着会计送她的三双尼龙袜子，一直没有穿。事情就算过去了。

谁都知道杨素花不"待见"她男人。

朱兴福背着一枝老七九步枪，和我并肩坐在大堤上抽烟，瞎聊。他说话本来不清楚，再加上还有柴沟堡的口音，听起来很费劲。柴沟堡这地方的语言很奇怪，保留一些古音。如"我"读"偓"，"他（她）"读"渠"，跟广东客家话一样。为什么长城以北的山区会保留客家语言呢？

我问他他媳妇为什么不待见他，他说："晓得为了个毬！"我问他："你为什么总是没精神？你要是干净利索些，她就会心疼你一点。"他忽然显得有了点精神，说他原来挺精神的！他从部队上下来（他当过几年兵），有钱——有复员费。穿得也整齐。他上门相亲的那天，穿了一套崭新的蓝涤卡、解放鞋。新理了发。丈人丈母看了，都挺喜欢，说这个女婿"有人才"。杨素花也挺满意。娶过来两年，后来就……"晓得为了个毬！"

他把烟掐灭了，说：

"老汪，你看着点，偓回去闹渠一槌。"

"闹渠一槌"就是操她一回。

我说："你去吧！"

他进了家,杨素花不叫他闹(这一带女人睡觉都是脱光了的),大声骂他："日你娘！日你娘！"我在老远就听见了。过了一会,听不见声音了。

我在大堤上抽了三根烟,朱兴福背着枪来了。

"闹了?"

"闹了。"

夜很安静。快出伏了,天气很凉快。风吹着玉米叶子刷刷地响。一只鸹鸹悠(鸹鸹悠即猫头鹰)在远处叫,好像一个人在笑。天很蓝。月亮很大。我问朱兴福："今天十五了?"

"十四。"

一九九二年七月二十三日

注　释

① 本篇原载《收获》1993 年第一期;初收《汪曾祺文集·小说卷》,江苏文艺出版社,1993 年 9 月。

尴　尬①

　　农业科学研究是寂寞的事业。作物一年只生长一次。搞一项研究课题，没有三年五载看不出成绩。工作非常单调。每天到田间观察、记录，整理资料，查数据，翻参考书。有了成果，写成学术报告，送到《农业科学通讯》，大都要压很长时间才能发表。发表了，也只是同行看看，不可能产生轰动效应。因此农业科学研究人员老得比较快。刚入所的青年技术员，原来都是胸怀大志，朝气蓬勃的，几年磨下来，就蔫了。有的就找了对象，成家生子，准备终老于斯了。

　　生活条件倒还好。宿舍、办公室都挺宽敞，设备也还可以。所里有菜园、果园、羊舍、猪舍、养鸡场、鱼塘、蘑菇房，还有一个小酒厂，一个漏粉丝的粉坊。鱼、肉、禽、蛋、蔬菜、水果不缺，白酒、粉丝都比外边便宜。只是精神生活贫乏。农科所在镇外，镇上连一家小电影院都没有。有时请放映队来放电影，都是老片子。晚上，大家都没有什么事。几个青年技术员每天晚上打百分，打到半夜。上了年纪的干部在屋里喝酒。有一个栽培蘑菇的技术员老张，是个手很巧的人，他会织毛衣，各种针法都会，比女同志织得好，他就每天晚上打毛衣。很多女同志身上穿的毛衣，都是他织的。有一个学植保的刚出校门的技术员，一心想改行当电影编剧，每天开夜车写电影剧本。一到216次上行夜车（农科所在一个小火车站旁边）开过之后，农科所就非常安静。谁家的孩子哭，家家都听得见。

　　只有小魏来的那几天，农科所才热闹起来。小魏是省农科院的技术员。她搞农业科学是走错了门（因为她父亲是农大教授），她应该去演话剧，演电影。小魏长得很漂亮，大眼睛，目光烁烁，脸上表情很丰富，性格健康、开朗。她话很多，说话很快。到处听见她大声说话，哈哈大笑。这女孩子（其实她也不小了，已经结了婚，生过孩子）是一阵小旋风。她爱跳舞，跳得很好。她教青年技术员跳舞，把他们一个一个都拉下了海。他们在大食堂里跳，所里的农业工人，尤其女工，就围在边上看。她拉一个女工下来跳，女工笑着摇摇头，说："俺们学不会！"

小魏是到所里来抄资料的，她每次来都要住半个月。这半个月，农科所生气勃勃。她一走，就又沉寂下来。

这个所里有几个岁数比较大的高级研究人员——技师。照日本和台湾的说法是"资深"科技人员。

一个是岑春明。他在本地区、本省威信都很高。他是谷子专家，培养出好几个谷子良种，从"冀农一号"到"冀农七号"。谷子是低产作物。他培养的良种都推广了，对整个专区的谷子增产起了很大作用。他一生的志愿是摘掉谷子的"低产作物"的帽子。青年技术员都很尊重他。他不拿专家的架子，对谁都很亲切、谦虚。有时也和小青年们打打百分，打打乒乓球。照农业工人的说法，他"人缘很好"。他写的论文质量很高，但是明白易懂，不卖弄。他有个外号，叫"俊哥儿"，因为他年轻时长得很漂亮。这外号是农业工人给他起的。现在四十几岁了，也还是很挺拔。他穿衣服总是很整齐，很干净，衬衫领袖都是雪白的。他的头发梳得一丝不乱。冬天也不戴帽子。他的夫人也很漂亮，高高的个儿，衣着高雅，很有风度。他的夫人是研究遗传工程的，这是尖端科学，需要精密仪器，她只能在省院工作，不能调到地区，因为地区没有这样的研究条件。他们两地分居有好几年了。她只能每个月来住三四天。每回岑春明到火车站去接她，他们并肩走在两边长了糖槭树的路上，农业工人就啧啧称赞："啧啧啧！这真是天造地设的一对！"

岑春明会拉小提琴，以前晚上常拉几个曲子。后来提琴的 E 弦断了，他懒得到大城市去配，就搁下了。

另外两个技师是洪思迈和顾艳芬。他们是两口子。

洪思迈说话总是慢条斯理，显得很深刻。他爱在所里的业务会议上作长篇发言。他说的话是报纸刊物上的话，即"雅言"。所里的工人说他说的是"字儿话"。他写的学术报告也很长，引用了许多李森科和巴甫洛夫的原话。他的学问很渊博。他常常在办公室里向青年技术员分析国际形势,评论三门峡水利工程的得失,甚至市里开书法展览会,他也会对"颜柳欧苏"发表一通宏论。他很有优越感。但是青年技术员并不佩服他,甚至对他很讨厌。他是蔬菜专家,蔬菜研究室主任。技术员叫岑春明为老岑,对他却总称之为洪主任。洪主任大跃进时出了很大的风头:培养出三尺长的大黄瓜,装在特制的玻璃盒子里,泡了福尔马林,送到市里、专区、省里展览过。农业工人说:"这样大的黄瓜能吃吗?好吃吗!"这些年他的研究课题是"蔬菜排开供应",要让本市、本地区任何时期都能吃到新鲜蔬菜。青年技术员都认为这是纸上谈兵,没有实际意义。什么时候种什么菜,菜农不知道吗?"头伏萝卜、二伏菜"!因为他知识全面,因此常常代表所里出去开会,到省里,出省,往往一去二十来天、一个月。

顾艳芬是研究马铃薯的,主要是研究马铃薯晚疫病。这几年的研究项目是"马铃薯秋播留种"。她也自以为很有学问。有一次所里搞了一个"超声波展览馆"。布置展览馆的是一个下放在所里劳动的诗人兼画家。布置就绪,请所领导、技术人员来审查。展览馆外面有一块横匾,写着:"超声波展览馆"。顾艳芬看了,说"馆"字写得不对。应该是"舍"字边,不是"食"字边。图书馆、博物馆都只能写作"舍"字边,只有饭馆的馆字才能写"食"字边。在场多人,都认为她的意见很对,"应该改一改,改一改。"诗人兼画家不想和这群知识分子争辩,只好拿起刷子把"食"字边涂了,改成"舍"字边。诗人兼画家觉得非常憋气。

顾艳芬长得相当难看。个儿很矮。两个朝天鼻孔,嘴很鼓,给人的印象像一只母猴。穿的衣服也不起眼,干部服,不合体。周年穿一双厚胶底的系带的老式黑皮鞋,鞋尖微翘,像两只船。

洪思迈原来结过婚,家里有媳妇。媳妇到所里来过,据工人们说:头是头,脚是脚,很是样儿。他和原来的媳妇离了婚,和顾艳芬结了婚。大家都纳闷,他为什么要跟原来的媳妇离婚,和顾艳芬结婚呢?大家都觉得是顾艳芬追的他。顾艳芬怎么把洪思迈追到手的呢?不便猜测。

她和洪思迈生了两个女儿,前后只差一岁。真没想到顾艳芬会生出这么两个好看的女儿。镇上没有幼儿园,两个孩子就在所里到处玩。下过雨,泥软了,她们坐在阶沿上搓泥球玩,搓了好多,摆了一溜。一边搓,一边念当地小孩的童谣:

圆圆,

弹弹,

里头住个神仙。

神仙神仙不出来,

两条黄狗拉出来。

拉到那个哪啦?

拉到姑姑洼啦。

姑姑出来骂啦。

骂谁家?

骂王家,

王家不是好人家!

岑春明和洪思迈两家的宿舍紧挨着,在一座小楼上。小楼的二层只他们两家,还有一间是标本室。两家关系很好,很客气。岑春明的夫人来的时候,洪思迈和顾艳芬都要过来说说话。

顾艳芬怀孕了!她已经过了四十岁,一般这样的年龄是不会怀孕的,但也不是绝对没有。已经怀了三个月,顾艳芬的肚子很显了,瞒不住了。

洪思迈非常恼火,他找到所长兼党委书记去反映,说:"我患阳痿,已经有两年没有性生活,她怎么会怀孕?"所长请顾艳芬去谈谈。顾艳芬只好承认,孩子是岑春明的。

这件事真是非常尴尬。三个人都是技师,事情不好公开。党委开了会,并由所长亲自到省里找领导研究这个问题。最后这样决定:顾艳芬提前退休,由一个女干部陪她带着两个女儿回家乡去;岑春明调到省农科院,省里前几年就要调他。

顾艳芬在家乡把孩子生下来了。是个男孩。

对于这回事,所里议论纷纷:

"真没有想到。"

"老岑怎么会跟她!"

"发现怀了孕不做人流?还把孩子生下来了。真不可理解!她是怎么想的?"

岑春明到省院还是继续搞谷子良种栽培。他是省劳模,因为他得了肺癌,还坚持研究,到田间观察记录。省电视台还为他拍了专题报导片。

顾艳芬四十几岁就退休,这不合乎干部政策,经省里研究,调她到另一个专区,还是研究马铃薯晚疫病。

洪思迈提升了所长,但是他得了老年痴呆症。他还不到六十,怎么会得了这种病呢?他后来十分健忘,说话颠三倒四,神情呆滞,整天傻坐着。有一次有电话来找他,对方问他是哪一位,他竟然答不出,急忙问旁边的人:"我是谁?我是谁?"

一九九二年七月二十七日

注　释

① 本篇原载《收获》1993 年第一期;初收《矮纸集》,长江文艺出版社,1996 年
3 月。

鲍 团 长[①]

鲍团长是保卫团的团长。

保卫团是由商会出钱养着的一支小队伍。保卫什么人？保卫大商家和有钱有势的绅士大户人家，防备土匪进城抢劫。这支队伍样子很奇怪。说兵不是兵。他们也穿军装，打绑腿，可是军装绑腿既不是草绿色的，也不是灰色的，而是"海昌蓝"的。——也不像警察，警察的制服是黑的。叫做"团"，实际上只有一排人。多半是从各种杂牌军开小差下来的。他们的任务是每天晚上到大街小巷巡逻一遍。有时大户人家办红白喜事，鲍团长会派两个弟兄到门口去站岗。他们也出操，拔正步。拔正步对他们是没有什么意义的，因为他们从来不参加检阅。日常无事，就在团部擦枪。下雨天更是擦枪的日子。

保卫团的团部在承志桥。承志桥在承志河上。承志河由通湖桥流下来，向东汇入护城河，终年是有水的。承志桥是一座大桥。这座桥有点特别，上有瓦盖的顶，两边有"美人靠"——两条长板，板上设有有弧度的栏干，可以倚靠，故名"美人靠"。这座桥下雨天可以躲雨，夏天可以乘凉。靠在"美人靠"上看桥下河水，是一种享受。桥上时常有卖熟荸荠的担子，卖花生糖、芝麻糖的挑子。桥之北有一家木厂，沿河堆了很多杉木。放学的孩子喜欢在杉木梢头跳跃，于杉木的弹动起落中得到快乐。木厂之西，是杨家巷。承志桥以南一带也统称为承志桥。保卫团的团部在承志桥的东面。原来是一个祠堂。房屋很宽敞。西面三大间是办公室。后墙贴着总理遗像，像边是"革命尚未成功，同志仍须努力"。总理遗像下是一张大办公桌。南北两边靠墙立着枪架子，二十来支汉阳造七九步枪整齐地站着。一边墙上有三支"二腔盒子"。

鲍团长名崇岳，山东掖县人，行伍出身。十几岁就投了张宗昌的部队。张宗昌被打垮了,他在孙传芳的"联军"里干了几年。孙传芳下野,他参加了国民革命军——这一带人称之为"党军",屡升为营长。行军时可以骑马,有一个勤务兵。

他很少谈军旅生活,有时和熟朋友,比如杨宜之,茶余酒后,也聊一点有趣的事。比如:在战壕里也是可以抽大烟的。用一个小茶壶,把壶盖用洋蜡烛油焊住,壶盖上有一个小孔,就可以安烟泡,茶壶嘴便是烟枪,点一个小蜡烛头,——是烟灯。也可以喝酒。不少班排长背包里有一个"酒馒头"。把馒头在高粱酒里泡透,晒干;再泡,再晒干。没酒的时候,掰两片,在凉水里化开,这便是酒。杨宜之问他,听说张宗昌队伍里也有军歌:

> 三国战将勇,
>
> 首推赵子龙。
>
> 长坂坡前逞啊英雄。
>
> 还有张翼德,
>
> 黑头大脑壳……

鲍团长哈哈大笑,说:"有!有!有!"

鲍崇岳怎么会到这个小县城来当一个保卫团长呢?他所在的那个团驻扎到这个县,在地方党政绅商的接风宴会上,意外地见到小时候一同读私塾的一个老同学,在县政府当秘书,他乡遇故,酒后畅谈。鲍崇岳表示,他对军队生活已经厌倦,希望找个地方清清静静地住下来,写写字。老同学说:"这好办,你来当保卫团长。"老同学找商会会长王蕴之一说,王蕴之欣然同意,说:"薪金按团长待遇。只是对鲍营长来说,太屈尊了。"老同学说:"他这人,我知道,无所谓。"

王蕴之为什么欢迎鲍崇岳来当保卫团长呢?一来,保卫团的兵一向吊儿郎当,需要有人来管束;更重要的是:有他来,可以省掉商会乃至县政府的许多麻烦。这个县在运河岸边,过往的军队很多。鲍崇岳在军队上的朋友很多,有的是旧同事,有的是换帖的把兄弟,有的是在帮,都是安清门里的。鲍崇岳可以充当军队和地方的桥梁。过境或驻扎的军队要粮要草要供应,有鲍崇岳去拜望一下,叙叙旧,就可以少要一点。有点纠纷磨擦,鲍崇岳一张片子,就能大事化小。有鲍崇岳在,部队的营团长也不便纵任士兵胡作非为。鲍团长对保障地方的太平安静,实在起很大作用。因此,地方上的人对他很有好感,很尊敬。在这个小县城里,一个保卫团长也算是头面人物。

鲍团长的日子过得很潇洒,隔个三五天,他到团部来一次,泡一杯茶,翻翻这几天的新闻报、老申报,批几张报销条子,——所报的无非是擦枪油、棉丝,火伕买的芦柴、煤块、洋铁壶,到承志桥一带人家升起煮中饭的炊烟,就站起身来。值日班长喊了一声"立正",他已经跨出保卫团部大门的麻石门槛。

鲍团长是个大块头,方肩膀,长方脸,方下巴。留一个一寸长短的平头,——当时这叫"陆军头",很有军人风度,但是言谈举止温文尔雅。他是行伍出身,但在从军前读过几年私塾。塾师是个老秀才,能写北碑大字。鲍团长笔下通顺,函牍往来,不会闹笑话。受塾师影响,也爱写字。当地有人恭维他是"儒将",鲍团长很谦虚地说:"儒将,不敢当,俺是个老粗。"但是对这样的恭维,在心里颇有几分得意。

鲍团长平常不穿军服。他有一身马裤呢的军装,只有在重要场合,总理诞辰纪念会,与县党政绅商欢迎省里下来视察工作的厅长或委员的盛会上,才穿一次。他平常穿便衣,"小打扮",上身是短袄(钉了很大的扣子),下身扎腿长裤。县里人私下议论,说这跟他在红帮有关系。杨宜之问过他:"你是不是在红帮?"鲍崇岳不否认。杨宜之问:"听说红帮提画眉笼,两个在帮的'盘道',一个问'画眉吃什么?'——'吃肉',立刻抽出一把攘子,卷起裤腿,三刀切出一块三角肉,扔给画眉,画眉接着,吧咋吧咋,就吃了,有没有这回事?"鲍崇岳说:"瞎说!"鲍团长到绅士大户人家应酬宾客,穿长衫,还加一件马褂。

鲍团长在这个县呆了十多年,和县里的绅士都有人情来往,马家——马士杰家、王家——王蕴之家、杨家……每逢这几家有喜丧寿庆,他是必到的。事前也必送一个幛子或一副对子,幛子、对联上是他自己写的"石门铭"体的大字。一个武人,能写这样的字,使人惊奇。

杨宜之说:"据我看,全县写'石门铭'的,除了王荫之,要数你。什么时候王大太爷回来,你把你的字送给他看看。"

杨家是世家大族。杨宜之的父亲十九岁就中了进士,做过两任知府。杨家所住的巷子就叫杨家巷。杨家巷北头高,南头低,坡度很大,拉黄包车的从北头来,得直冲下来。杨家北面地势高,叫做"高台子"。由平地上高台子要过三十级石阶。高台上有一座大厅,很敞亮,是杨宜之宴客的地方。每回宴客,杨宜之都给鲍团长送去知单。鲍团长早早就到了。鲍团长是杨宜之的棋友。开席前后,大厅里有两桌麻将。别人打麻将,杨宜之和鲍崇岳在大厅西边一间小书房里下围棋。有时牌局三缺一,杨宜之只好去凑一角,鲍崇岳就一个人摆《桃花谱》,或是翻看杨宜之所藏的碑帖。

鲍团长家住在咸宁庵。从承志桥到咸宁庵,杨家巷是必经之路。有时离团部早,就顺脚跨进杨家的高门槛——杨家的门槛特别高,过去杨家有大事,就把门槛拆掉,好进轿子——找杨宜之闲谈一会。鲍崇岳的老伴熏了狗肉,鲍崇岳就给杨宜之带去一块,两个人小酌一回。——这地方一般人是不吃狗肉的。

近三个月来,鲍崇岳遇到三件不痛快的事。

第一件:

鲍崇岳早就把家眷搬来了。他有一儿一女,儿子叫鲍亚璜,女儿叫鲍亚琮。鲍亚璜、鲍亚琮和杨宜之的女儿杨淑媛从小同学,同一所小学,同一所初中。杨淑媛和鲍亚琮是同班好朋友。鲍亚璜比她们高一班。鲍亚琮常到杨淑媛家去,一同做功课,玩。杨淑媛也常到鲍亚琮家去。她们有什么算术题不会做,就问鲍亚璜。鲍亚璜初中毕业,考取了外地的高中,就要离开这个县了。一天,他给杨淑媛写了一封情书。这件事鲍崇岳不知道。他到杨宜之家去,杨宜之拿出这封信,说:"写这样的信,他们都太早了一点。"鲍崇岳看了信,很生气,说:"这小子,我回去要好好教训他一顿!"杨宜之说:"小孩子的事,不必认真。"杨宜之话说得很含蓄,很委婉,但是鲍崇岳从杨宜之的微笑中读出了言外之意:鲍家和杨家门第悬殊太大了!鲍团长觉得受了侮辱。从此,杨淑媛不再到鲍家来。鲍崇岳也很少到杨家去了。杨家有事,不得已,去应酬一下,不坐席。

第二件:

本县湖西有一个纨绔浮浪子弟,乘抗日军兴之机,拉起一支队伍,和顾祝同拉上关系,号称独立混成旅,在里下河一带活动。他的队伍开到县境,祸害本土,鱼肉乡民,敲诈勒索,无所不为。他行八,本地人都称之为"八舅太爷"。本地把蛮不讲理的人叫做舅太爷。商会会长王蕴之把鲍团长请去,希望他利用军伍前辈的身份,找八舅太爷规劝规劝。鲍团长这天特意穿了军装,到八舅太爷的旅部求见。门岗接了鲍团长的名片,说"请稍候"。不大一会,门岗把原片拿出来,说:"旅长说:不见!"鲍崇岳一辈子没有碰过这样一鼻子灰,气得他一天没有吃饭。他这个老资格现在吃不开了。这么一点事都办不了,要他这个保卫团长干什么,他觉得愧对乡亲父老。

第三件:

本县有个大书法家王荫之,是商会会长王蕴之的长兄,人称之为大太爷。他写汉碑,专攻《石门铭》,他把《石门铭》和草书化在一起,创出一种"王荫之体",书名满江南江北。鲍崇岳见过不少他的字,既遒劲,也妩媚,潇洒流畅,顾盼生姿,很佩服。他和无锡荣家是世交,常年住在无锡,荣家供养着他,梅园的不少联匾石刻都是他的手笔。他每年难得回本乡住一两个月。上个月,回乡来了。鲍崇岳拿了自己写的一卷字,托王蕴之转给大太爷看看,请大太爷指点指点。如果有缘识荆,亲聆教诲,尤为平生幸事。过了一个月,王荫之回无锡去了,把鲍崇岳的一卷字留给了王蕴之。鲍崇岳拆开一看,并无一字题识。鲍崇岳心里明白:王荫之看不起他的字。

鲍崇岳绕室徘徊,忽然意决,提笔给王蕴之写了一封信,请求辞去保卫团长。信送出后,他叫老伴摊几张煎饼,卷了大葱面酱,就着一碟酱狗肉,一包炒花生,喝了一斤高粱。既醉既饱,铺开一张六尺宣纸,写了一个大横幅,溶《石门铭》入行草,一笔到底,不少踯躅,书体略似王荫之:

田彼南山

荒秽不治

种一顷豆

落而为其

人生行乐耳

须富贵何时

写罢掷笔,用按钉按在壁上,反复看了几遍,很得意。

一九九二年十一月二十二日

注　释

① 本篇原载《小说家》1993年第二期;初收《汪曾祺文集·小说卷》,江苏文艺出版社,1993年9月。

1993 年

黄开榜的一家①

　　黄开榜不是本地人,他是山东人。原来是当兵的,开小差下来之后,在当地落住脚。

　　他没有固定的职业,年轻时吹喇叭。这是一种细长颈子的紫铜喇叭,长五六尺,只能吹一个音:嘟——。早年间迎亲、出殡都有两种东西,一是长颈喇叭,二是铁铳。花轿或棺柩前面是吹鼓手,吹鼓手的前面是喇叭,喇叭起了开路的作用。黄开榜年轻中气足,一口气可以吹得很长。这喇叭的声音很不好听,尖锐刺耳。后来就没有什么人家用了。铁铳也废了。太响了,震得人耳朵疼。

　　没有人找黄开榜吹喇叭了,他又干了一种新的营生,当"催租的"。有些中小地主,在乡下置了几亩地,租给人种。这些家业不大的地主,无权无势,有的佃户就欺负他们,租子拖欠不交。地主找黄开榜去催。黄开榜去了,大喊大叫,要吃要喝,赖着不走,有时甚至找个枕头睡在人家里。这家叫他罗嗦得受不了啦,就答应哪天交齐。黄开榜找村里的教书先生或庙里的和尚帮这家立个保单:"立保单人某某某所欠某府名下租子若干准于某月日如数交清恐口无凭证立此保单是实"。黄开榜拉过佃户的右手,盖了一个手印,喝了一大碗米汤,走人。地主拿到保单,总得给黄开榜一点酒钱。

　　黄开榜还有一件拿不到钱,但是他很乐意去干的事,是参加"评理"。两家闹了纠纷,就约了街坊四邻、熟人朋友,到茶馆去评理,请大家说说公道话,分判是非曲直。评理的结果大都是调停劝解,大事化小,彼此不再记仇。两家评理,和黄开榜本不相干,谁也没有请他,他自己搬张凳子,一屁股就坐了下来,咋长六七,瞎掺和。他嗓门很大,说起话来唾沫星子乱喷,谁都离他远远的。他一面大声说话,一面大口吃包子。这地方吃茶都要吃包子,评理的尤不能缺。他一人能把一笼包子——十六个,全吃了。灌下半壶酽茶,走人。这十六个包子可以管他一天,晚饭只要喝一碗"采子粥"——碎米加剁碎了的青菜煮的粥,本地叫做"采子粥"。

他的老婆倒是本地人。据说年轻时很风流,她为什么跟了黄开榜呢?本地有个说法:"要称心,嫁大兵"。这里所谓"称心"指的是什么,本地人都心领神会。她后来上了岁数,看不出风流不风流,但身材还是匀称的,既不肥胖臃肿,也不骨瘦如柴,精精干干、利利索索。

她生过五个孩子。

头胎是个男孩。不知道为什么,孩子生下来,就送给一个姓薛的裁缝。头胎儿子就送了人,谁也不知道什么原因。这孩子姓了薛,从小跟薛裁缝学裁缝,现在已经很大了,能挣钱了。薛黄两家离得很近,薛家在螺蛳坝,黄家在越塘,几步就到了,但是两家不来往。这个姓了薛的裁缝从来没有来看过他的生身父母。

黄开榜的二儿子不知到哪里去了。也许在外面当兵,也许在大船上撑篙拉纤。也许已经死了。他扔下一个媳妇。这二媳妇是个圆盘脸,头发浓黑,梳了一个很大的"牛屎粑粑"头。她长得很肉感。越塘一带人的语言里没有"肉感"这个词儿,便是街面上的生意人也不会说这个词儿,只有看过美国电影的洋学生才用这个词儿。但这词儿用在她身上非常合适。越塘一带人有更放肆的说法。小曲里唱道:"白掇掇的奶子粉撮撮的腰"她无不具备。男人走了,她靠"挑箩把担"维持衣食。自从和毛三"靠"上了,就很少挑箩了。

毛三是个开青草行的。用一只船停在越塘岸边收购青草。姑娘小子割了青草卖给他,当时付钱。船上青草满了,就整船交给乡下人。乡下人把青草和河泥拌匀,在东门外护城河边的空地上堆成一个一个长方形的墩子,用铁锨把表面拍实,让青草发酵。到第二年栽秧,这便是极好的肥料。夏天,天才蒙蒙亮,就听见毛三用极高极脆的声音拉长音吆喝:"噢草来——"。"噢"是土音,意思是约分量。收草季节过了,他就做别的生意,收荸荠,收菱。因此他很有几个钱。

毛三的眼睛有毛病,迎风掉泪,眼边常是红红的,而且不住地眨巴。但是他很风流自在,留着一个中分头。他有个外号叫"斜公鸡"。公鸡"踩水"——就是欺负母鸡,在上母鸡身之前,都是耷下一只翅膀,斜着身子跑过来,然后纵身一跳,把母鸡压在下面。毛三见到女人,神气很像斜着身子的公鸡。

毛三靠了黄开榜的二媳妇,越塘无人不晓。大白天,毛三"噢"过草,就走进二媳妇的门。二媳妇是单过的,住西屋。——黄开榜一家住朝南的正屋。大概过了一个半小时,毛三开门出来,样子像是踩过水的公鸡,浑身轻松。二媳妇跟着出来,也像非常满足。毛三上茶馆吃茶,二媳妇拿着淘箩去买米。

黄开榜的三儿子是这家的顶门柱。他小名叫三子,越塘人都叫他三子。他是靠肩膀吃饭的。每天挑箩,他总能比别人多挑两担。他为人正气,越塘人都尊重他。他不吃烟,不喝酒,不赌钱,不打架。他长得一表人才,邻居都说他不像黄家人。但是他和越塘的姑娘媳妇从不勾勾搭搭,简直是目不斜视。越塘的姑娘愿意嫁给三子的很多,三子不为所动。三子为了多挣几个钱,常到离城稍远的五里坝、马棚湾这些地方去挑谷子,有时一去两三天。

黄开榜的四儿子是个哑巴。

最后生的是个女儿,是个麻子,都叫她"麻丫头"。

哑巴和麻丫头也都能挑箩了,挑半担,不用箩筐,用两个柳条编的笆斗。

这样,黄开榜家的日子还算能过得下去。饭自然吃得简单,红糙米饭,青菜汤。哑巴有时摸点泥鳅,捞点螺蛳。越塘有时有卖呛蟹的来,麻丫头就去买一碗。很小的螃蟹,有的地方叫蟛蜞,用盐腌过,很咸。这东西只是蟹壳没有什么肉,偶有一点蟹黄,只是喝喝味道而已,但是很下饭。

越塘的对面是一片菜园,更东去是荒地。黄开榜的老婆每年在荒地上种一片蚕豆。蚕豆嫩的时候摘了炒炒吃,到秋后,蚕豆老了,豆荚发黑了,就连豆秸拔下,从桥上拖过河来,——越塘有一道简易的桥,只是两根洋松木方子搭在两岸,把豆秸晒在了裁缝门前的路上,让来往行人去踩,把豆荚踩破,豆粒脱出。干蚕豆本来准备过冬没菜时煮了吃的,不到过冬,就都叫麻丫头炒炒吃掉了。

越塘很多人家无隔宿之粮,黄开榜家常是吃了上顿计算下顿。平常日子总有点法子,到了连阴下雨,特别是冬天下大雪,挑笺把担家的真是揭不开锅了。逢到这种时候,黄开榜两口子就吵架,黄开榜用棍子打老婆——打的是枕头。吵架是吵给街坊四邻听的,告诉大家:我们家没有一颗米了。于是紧隔壁邻居丁裁缝就自己倒了一升米,又跟邻居"告"一点,给黄家送去,这才天下太平。丁裁缝是甲长,这种事情他得管。

黄开榜忽然异想天开,搞了一个新花样:下神。黄开榜家对面,有一家杨家香店的作坊。作坊接连两年着火,黄开榜说这是"狐火",是胡大仙用尾巴在香面上蹭着的。他找了一堆断砖,在香店作坊墙外砌了一个小龛子,里面放一个瓦香炉。胡大仙附了他的体了,就乱蹦乱跳,乱喊乱叫起来,关云长、赵子龙、孙悟空、猪八戒、宋公明、张宗昌……胡说八道一气。居然有人相信他这胡大仙,给胡大仙上供:三个鸡蛋、一块豆腐。这供品够他喝二两酒。

三子从五里坝领回了一个新媳妇。他到五里坝挑稻子,这女孩子喜欢他,就跟来了。这是一个农民家的女儿,虽然和一个见了几次面的男人私奔(她是告诉过爹妈的),却是一个很朴素的女孩子。她宽肩长腿,大手大脚,非常健康。眼睛很大,看人的时候显得很纯净坦诚,不像城市贫民的女儿有点狡猾,有点淫荡。她力气很大,挑起担子和三子走得一样快。她认为自己选择了三子选对了;三子也觉得他真拣到了一个好老婆。新媳妇对越塘一带的风气看不惯。她看不惯老公爹装神弄鬼,也看不惯二嫂子偷人养汉。枕头上对三子说:"这算怎么回事?这不像一户正经人家!"她和三子合计,找一块地方,盖三间草房,和他们分开,另过。三了同意。

黄开榜生病了。

越塘一带人,尤其是黄开榜一家,是很少生病的。生病,也不请医吃药。有点头疼脑热,跑肚拉稀,就到汪家去要几块霉糕。汪家老太太过年时蒸糕,总要留下一簸箩,让它长出霉斑,施给穷人,黄开榜的老婆在家里有人生病时就去要几块霉糕,煮汤喝下去,病就好了。霉糕治病,是何道理?后来发明了盘尼西林,医学界说霉糕其实就是盘尼西林。那么汪家老太太可称是盘尼西林的首先发明者。

黄开榜吃了霉糕汤,不见好。

一天大清早,黄家传出惊人的哭声:黄开榜死了。

丁裁缝拿了绿簿到街里店铺中给黄开榜化了一口薄皮材。又自己出钱,买了白布,让黄家人都戴了孝。

黄开榜的大儿子,已经姓薛的裁缝赶来给黄开榜磕了三个头,留下十块钱给他的亲生母亲,走了,没说一句话。

三子和三媳妇用两根桑木扁担把黄开榜的薄皮材从洋松木方的简易桥上抬过越塘,要埋到种蚕豆的荒地旁边。哑巴把那支紫铜长颈喇叭找出来,在棺材前使劲地吹:"嘟——"。

一九九三年五月二十八日

注 释

① 本篇原载《精品》1993 年第十一期(创刊号);初收《矮纸集》,长江文艺出版社,1996 年 3 月。

小　姨　娘[①]

小姨娘章叔芳是我的继母的异母妹妹。她比我才大两岁。我们是同学,在同一所初中读书。她比我高一班。她读初三,我读初二。那年她十六岁,我十四。但是在家里我还是叫她小姨娘。

章家是乡下财主。他们原来在章家庄住。章家庄是一个很大的庄子。庄里有好几户靠田产致富的财主,章家在庄里是首户。后来外公在城里南门盖了一所房子,就搬到城里来了。章老头脾气很"犟",除了几家至亲(也都是他那样的乡下财主),跟谁也不来往。他和城里的上代做过官,有功名的世家绅士不通庆吊。他说:"我不巴结他们!"地方上有关公益的事情,修桥铺路、施药、开粥厂……他一毛不拔,不出一个钱。因此得了一个外号:"章臭屎"。

章家的房子很朴实,没有什么亭台楼阁,但是很轩敞豁亮。砖瓦木料都是全新的。外公奉行朱柏庐治家格言:"黎明即起,洒扫庭院,要内外整洁"。他虽然不亲自洒扫,但要督促佣人。他的大厅上的箩底方砖上连一根草屑也没有。桌椅只是红木的(不是"海梅"、紫檀),但是每天抹拭,定期搽核桃油,光可鉴人。榫头稍有活动,立刻雇工修理。

章家没有花园,却有一座桑园,种的都是湖桑。又不养蚕,种那么多桑树干什么?大厅前面天井里的石条上却摆了十几盆橙子。橙子在我们那不多见。橙子结得很好,下雪天还黄澄澄的挂在枝头,叶子不落,碧绿的。

章家家规很严,我从来没有见过外公笑过。他们家的都不会喝酒。老头子生日、姑奶奶归宁,逢年过节,摆席请客,给客人预备高粱酒,——其实只有我父亲一个人喝,他们自己家的人只喝糯米做的甜酒。席上没有人划拳碰杯,宴后也没有人撒酒疯。家里不许赌钱。过年准许赌五天,但也限于掷骰子赶老羊,不许打麻将,更不许推牌九。在这个家里听不到有人大声说笑,说话声音都很低,整天都是静悄悄的。

章家人都很爱干净,勤理发,勤洗澡,勤换衣裳,什么时候都是精神饱满,容光焕发。章家的人都长得很漂亮。二舅舅、三舅舅都可称为美男子。章老头只是一张圆圆的脸,身体很健壮,外婆也不见得太好看,生的儿女却都那么出众,有点奇怪。

我们初中有两个公认为最好看的女生。一个是胡增淑,一个是章叔芳。胡增淑长得很性感,她走路爱眯着眼,扭腰,袅袅婷婷,真是"烟视媚行"。她深知自己长得好看,从镜子面前经过,反光的玻璃面前,总要放慢脚步,看看自己。章叔芳和胡增淑是两种类型。她长得很挺直,头发剪得短短的,有点像男孩子。眼睛很大,很黑,闪烁有光。她听人说话都是平视。有时眨两下眼睛,表示"哦,是这样!"或"是吗?是这样吗?"她眉宇间有一股英气,甚至流露一点野性,但不细看是看不出来的,她给人的印象还是很文静,很秀雅的。

她不知为什么会爱上了宗毓琳。

宗毓琳和他的弟弟宗毓珂都和我同班。宗家原是这个县的人,宗毓琳的父亲后来到了上海,在法租界巡捕房当了"包打听"——低级的侦探。包打听都在青红帮,否则怎么在上海混?不知道为什么宗家要把两个儿子送回家乡来读初中?可能是为了可以省一点费用。

和章叔芳同班有一个同学叫王霈。王霈的父亲是个吟诗写字的名士,他盖的房子很雅致。进门是一个大花园,有一片竹子。王霈的父亲在竹丛当中盖了一个方厅——四方的厅,像一个有门有窗的大亭子。这本是王诗人宴客听雨的地方。近年诗人老去,雅兴渐减,就把方厅锁了起来,空着。宗家经人介绍,把方厅租了下来,宗家兄弟就住在方厅里。

宗家兄弟也只是初中生,不见得有特别处。他们是在上海长大的,说话有一点上海口音,但还是本地话,因为这位包打听的家里说的还是江北话。他们的言谈举止有点上海的洋气,不像本地学生那样土。衣著倒也是布料的，但是因为是宁波裁缝做的，式样较新。颜色也不只是竹布的、蓝布的，而是糙米色的、铁灰色的。宗毓珂的乒乓球打得很好，是全校的绝对冠军。宗毓琳会写散文小说，摹仿谢冰心、朱自清、张资平、郁达夫。这在我们那个初中里倒是从来没有的。我们只会写"作文"。我们的初中有一个《初中壁报》，是学生自治会办的。每期的壁报刊头都是我画的。《壁报》是这个初中的才子的园地，大家都要看的。宗毓琳每期都在《壁报》上发表作品（抄在稿纸上，贴在一块黑板上）。宗毓琳中等身材，相貌并不太出众，有点卷发，涂了"司丹康"，显得颇为英俊。

小姨娘就为这些爱了他？

小姨娘第一次到宗毓琳住的方厅，是为了去借书，——宗毓琳有不少"新文学"的书。是由小舅舅章鹤鸣陪着去的。章鹤鸣和我同班、同岁。

第二次，是去还书。这天她和宗毓琳就发生了关系。章叔芳主动，她两下就脱了浑身衣服。两人都没有任何经验。他们的那点知识都是从《西厢记·佳期》、《红楼梦·贾宝玉初试云雨情》得来的。初试云雨，紧张慌乱。宗毓琳不停地发抖，浑身出汗。倒是章叔芳因为比宗毓琳大一岁，懂事较早，使宗毓琳渐渐安定，才能成事。从此以后，章叔芳三天两头就去宗毓琳住的方厅。少男少女，情色相当，哼哼唧唧，美妙非常。他们在屋里欢会的时候，章鹤鸣和宗毓珂就在竹丛中下象棋，给他们望风。他们的事有些同学知道了。因为王霈的同学常到王霈家去玩，怎么能会看不出蛛丝马迹？同学们见章鹤鸣和宗毓珂在外面下象棋，就知道章叔芳和宗毓琳在里面"画地图"——他们做了"坏事"，总会在被单上留下斑渍的。

没有不透风的墙。小姨娘的事终于传到外公的耳朵里。王霈的未婚妻童苓湘和章叔芳同班。童苓湘是我的大舅妈的表妹。童苓湘把章叔芳的事和表姐谈了。大舅妈不敢不告诉婆婆。外婆不敢不告诉外公。外公听了，暴跳如雷。他先把小舅舅鹤鸣叫来，着着实实打了二十界方，小舅舅什么都说了。

外公把小姨娘揪着耳朵拉到大厅上，叫她罚跪。

伤风败俗，丢人现眼……！

才十六岁……！

一个"包打听"的儿子……！

章老头抓起一个祖传的霁红大胆瓶，叭嚓一下，摔得粉碎。

全家上下，鸦雀无声。大舅舅的小女儿三三也都吓得趴在大舅妈的怀里不敢动。

小姨娘直挺挺地跪在大厅里，不哭，不流一滴眼泪，眼睛很黑，很大。

跪了一个多小时。

后来是二嫂子——我的二舅妈拉她起来，扶她到她的屋里。

二舅妈是丹阳人。丹阳是介乎江南和江北之间的地方。她是在上海商业专科学校和二舅舅恋爱，结了婚到本县来的。——我的外公对儿子的前途有他的独特的设想，不叫他们上大学，二舅、三舅都是读的商专。二舅妈是一个典型的古典美人，瓜子脸、一双凤眼，肩削而腰细。她因为和二舅舅热恋，不顾一切，离乡背井，嫁到一个苏北小县的地主家庭来，真是要有一点勇气。她嫁过来已经一年多，但是全家都还把她当作新娘子，当作客人，对她很客气。但是她很寂寞。她在本县没有亲戚，没有同学，也没有朋友，而且和章家人语言上也有隔阂，没有什么可以说说话的人。丈夫——我的二舅舅在县银行工作，早出晚归。只有二舅舅回来，她才有说有笑（他们说的是掺杂了上海话、丹阳话和本地话的混合语言）。二舅舅上班，二舅妈就只有看看小说，写写小字——临《灵飞经》。她爱吹箫，但是在这个空气严肃的家庭里——整天静悄悄的，吹箫，似乎不大合适，她带来的一枝从小吹惯的玉屏洞箫，就一直挂在壁上。她是寂寞的。但是这种寂寞又似乎是她所喜欢的。有时章叔芳到她屋里来，陪她谈谈。姑嫂二人，推心置腹，无话不谈。她是自由恋爱结婚的，对小姑子的行为是同情的，理解的，虽然也觉得她太年轻，过于任性。

二嫂子为什么敢于把章叔芳拉起来，扶到自己屋里？因为她知道公爹奈何不得，他不能冲到儿媳妇的屋里去。

章老头在外面跳脚大骂：

"你给我滚出去！滚！敢回来，我打断你的腿！"

老头气得搬了一把竹椅在桑园里一个人坐着，晚饭也不吃。

章叔芳拣了几件衣裳，打了个包袱往外走。外婆塞给她一包她攒下的私房钱，二舅妈把手上戴的一对金镯子抹下来给了她。全家送她。她给妈磕了一个头，对全家大小深深地鞠了三个躬，开了大门。门外已经雇好了一辆黄包车等着，她一脚跨上车，头也不回，走了。

第二天她和宗毓琳就买了船票，回上海。

到上海后给二嫂子来过一封信，以后就再没有消息。

初中的女同学都说章叔芳很大胆，很倔强，很浪漫主义。

过了两年，章老头生病死了，——亲戚们议论，说是叫章叔芳气死的，二哥写信叫她回来看看，说妈很想她。

她回来了，抱着一个孩子。

她对着父亲的灵柩磕了三个头。没哭。

她在娘家住了三个月，住的还是她以前住的房，睡的是她以前睡的床。

我再看见她时她抱了个一岁多的孩子在大厅里打麻将。章老头死后，章家开始打麻将了。二哥、大嫂子，还有一个表姊。她胖了。人还是很漂亮。穿得很时髦，但是有点俗气。看她抱着孩子很熟练地摸牌，很灵巧地把牌打出去，完全像一个包打听人家的媳妇。她的大胆、倔强、浪漫主义全都没有一点影子了。

章家人很精明，他们在新四军快要解放我们家乡的前一年，把全部田产都卖了，全家到南洋去做了生意。因此他们人没有受罪，家产没有损失。听说在南洋很发财。——二舅舅、三舅舅都是学的商业专科学校，懂得做生意。

他们是否把章叔芳也接到南洋去了呢？没听说。

胡增淑后来在南京读了师范，嫁了一个飞行员。飞行员摔死了，她成了寡妇。有同学在重庆见到她，打扮得花枝招展，还挺媚。后来不知怎么样了。

一九九三年七月九日

注　释

① 本篇原载《小说家》1993 年第六期；初收《矮纸集》，长江文艺出版社，1996 年 3 月。

忧　郁　症①

　　龚星北家的大门总是开着的。从门前过，随时可以看得见龚星北低着头，在天井里收拾他的花。天井靠里有几层石条，石条上摆着约三四十盆花。山茶、月季、含笑、素馨、剑兰。龚星北是望五十的人了，头发还没有白的，梳得一丝不乱。方脸，鼻梁比较高，说话的声气有点瓮。他用花剪修枝，用小铁铲松土，用喷壶浇水。他穿了一身纺绸裤褂，趿着鞋，神态萧闲。

　　龚星北在本县算是中上等人家，有几片田产，日子原是过得很宽裕的。龚星北年轻时花天酒地，把家产几乎挥霍殆尽。

　　他敢陪细如意子同桌打牌。

　　细如意子姓王，"细如意子"是他的小名。全城的人都称他为"细如意子"，没有多少人知道他的大名。他兼祧两房，到底有多少亩田，连他自己也不清楚。这是个荒唐透顶的膏粱子弟。他的嫖赌都出了格了。他曾经到上海当过一天皇帝。上海有一家超级的妓院，只要你舍得花钱，可以当一天皇帝：三宫六院。他打麻将都是"大二四"。没人愿意陪他打，他拉人入局，说"我跟你老小猴"，就是不管输赢，六成算他的，三成算是对方的。他有时竟能同时打两桌麻将。他自己打一桌，另一桌请一个人替他打，输赢都是他的。替他打的人只要在关键的时候，把要打的牌向他照了照，他点点头，就算数。他打过几副"名牌"。有一次他一副条子的清一色在手，听嵌三索。他自摸到一张三索，不胡，随手把一张幺鸡提出来毫不迟疑地打了出去。在他后面看牌的人一愣。转过一圈，上家打出一张幺鸡。"胡！"他算准了上家正在做一副筒子清一色，手里有一张幺鸡不敢打，看细如意子自己打出一张幺鸡，以为追他一张没问题，没想到他胡的就是自己打出去的牌。清一色平胡。清一色三番,平胡一番,四番牌。老麻将只是"平"(平胡)、"对"(对对胡)、"杠"(杠上开花)、"海"(海底捞月)、"抢"(抢杠胡)加番,嵌当、自摸都没有番。围看的人问细如意子:"你准知道上家手里有一张幺鸡?"细如意子说:"当然!打牌,就是胆大赢胆小!"

龚星北娶的是杨六房的大小姐。杨家是名门望族。这位大小姐真是位大小姐,什么事也不管,连房门也不大出,一天坐在屋里看《天雨花》《再生缘》,喝西湖龙井,嗑苏州采芝斋的香草小瓜子。她吃的东西清淡而精致。拌荠菜、马兰头、申春阳的虾籽豆腐乳、东台的醉蛏鼻子、宁波的泥螺、冬笋炒鸡丝、砟蝩烧乌青菜。她对丈夫外面所为,从来不问。

前年她得了噎嗝。"风痨气臌嗝,阎王请的客",这是不治之症。请医吃药,不知花了多少钱,拖了小半年,终于还是溘然长逝了。

龚星北卖了四十亩好田,买了一副上好的棺木,办了丧事。

丧事自有李虎臣帮助料理。

李虎臣是一个好管闲事的热心肠的人。亲戚家有红白喜事,他都要去帮忙。提调一切,有条有理,不须主人家烦心。

他还有个癖好,爱做媒。亲戚家及婚年龄的少男少女,他都很关心,对他们的年貌性格、生辰八字,全都了如指掌。

丧事办得很风光。细如意子送了僧、道、尼三棚经。杨家、龚家的亲戚都戴了孝,随枢出殡,从龚家出来,白花花的一片。路边看的人悄悄议论:"龚星北这回是尽其所有了。"

丧偶之后,龚星北收了心,很少出门,每天只是在天井里莳弄石条上的三四十盆花。山茶、月季、含笑、素馨。穿着纺绸裤褂,趿着鞋,意态萧闲。

他玩过乐器,琵琶、三弦都能弹,尤其擅长吹笛。他吹的都是古牌子,是一个老笛师传的谱。上了岁数,不常吹,怕伤气。但是偶尔吹一两曲,笛风还是很圆劲。

龚星北有二儿一女。大儿子龚宗寅,在农民银行做事。二儿子龚宗亮,在上海念高中。女儿龚淑媛,正在读初中。

龚宗寅已经订婚。未婚妻裴云锦,是裴石坡的女儿。李虎臣做的媒。龚宗寅和裴云锦也在公共场合、亲戚家办生日做寿时见过,彼此印象很好。裴云锦的漂亮,在全城是出了名的。

裴云锦女子师范毕业后,没有出去做事。她得支撑裴家这个家。裴石坡可以说是"一介寒儒"。他是教育界的。曾经当过教育局的科长、县督学,做过两任小学校长。县里人提起裴石坡,都很敬重。他为人和气,正直,而且有学问。但是因为不善逢迎,没有后台,几次都被排挤了下来。赋闲在家,已经一年。这一年就靠一点很可怜的积蓄维持着。除了每天两粥一饭,青菜萝卜,裴石坡还要顾及体面,有一些应酬。亲友家有红白喜事,总得封一块钱"贺仪"、"奠仪",到人家尽到礼数。裴云锦有两个弟弟,裴云章、裴云文,都在读初中,云章读初三,云文读初二。他们都没有读大学的志愿。云章毕业后准备到南京考政法学校,云文准备到镇江考师范。这两个学校都是不要交费的。但是要给他们预备路费、置办行装,这得一笔钱。裴家的值一点钱的古董字画,都已经变卖得差不多了,上哪儿去弄这笔钱去?大姐云锦天天为这事发愁。裴石坡拿出一件七成新的滩羊皮袍,叫云锦去当了。云锦接过皮袍,眼泪滴了下来。裴石坡说:"不要难过。等我找到事,有了钱,再赎回来。反正我现在也不穿它。"

龚家希望裴云锦早点嫁过来。龚星北请李虎臣到裴家去说说。裴石坡通情达理,说一家没有个女人,不是个事,请李虎臣择定个日子。

裴云锦把姑妈接来,好帮着洗洗衣裳,做做饭。

裴云锦换了一身衣裳:水红色的缎子旗袍,白缎子鞋,鞋头绣了几瓣秋海棠。这是几年前就预备下的。云锦几次要卖掉,裴石坡坚决不同意,说:"裴石坡再穷,也不能让女儿卖她的嫁衣!"龚宗寅雇了两辆黄包车,龚宗寅、裴云锦各坐一辆,裴云锦嫁到龚家了。

龚家没有大办,只摆了两桌酒席,男宾女宾各一席。

裴云锦拜见了龚家的长辈,斟了酒。裴云锦是个林黛玉型的美人,瓜子脸,尖尖的下巴,眉清目秀,唇红齿白。穿了这一身嫁衣,更显得光采照人。一个老姑奶奶攥着云锦的手,上上下下端详了半天,连声说:

"不丑不丑！真标致！真是水葱也似的！宗寅啊，你小子有造化！可得好好待她，别委屈了人家姑娘！姑娘，他若是亏待了你，你来找我，我给你出气！"老姑奶奶在龚家很有权威性，谁都得听她的。她说一句，龚宗寅连忙答应："嗳！嗳！嗳！"逗得一桌子大笑，连裴云锦也忍不住抿嘴笑了。

新婚燕尔，小两口十分恩爱。

进门就当家。三朝回门过后，裴云锦就想摸摸龚家究竟还有多少家底，好考虑怎么当这个家。检点了一下放田契房契的匣子。只有两张田契了，加在一起不到四十亩。有两张房契，一所是身底下住着的，一所是租给同康泰布店的铺面。看看婆婆的首饰箱子，有一对水碧的镯子，一只蓝宝石戒指，一只石榴米红宝石的戒指。这是万万动不得的。四口大皮箱里是婆婆生前穿过的衣裳，倒都是"慕本缎"的。但是"陈丝如烂草"，变不出什么钱来。裴云锦吃了一惊：原来龚家只剩下一个空架子，每月的生活只是靠宗寅的三十五块钱的薪水在维持着。

同康泰交的房钱够买米打油，但是龚家人大手大脚惯了，每餐饭总还要见点荤腥。公公每天还要喝四两酒，得时常给他炒一盘腰花，或一盘鳝鱼。

老大宗寅生活很简朴，老二宗亮可不一样。他在上海读启明中学。启明中学是一所私立中学，收费很贵，入学的都是少爷小姐（这所中学入学可以不经过考试，只要交费就行）。宗亮的穿戴不能过于寒碜，他得穿毛料的制服，单底尖头皮鞋。还要有些交际，请同学吃吃南翔馒头，乔家栅的点心。

小姑子龚淑媛初中没有毕业，就做了事，在电话局当接线生。这个电话局是私人办的。龚淑媛靠了李虎臣的面子才谋到这个工作。薪水很低，一个月才十六块钱。电话局很小，全县城也没有几部电话，工作倒是很清闲。但是龚淑媛心里很不痛快。她的同班同学都到外地读了高中，将来还会上大学的，她却当了个小小的接线生，她很自卑，整天耷拉着脸。她和大嫂的感情也不好。她觉得她落到这一步，好像裴云锦要负责。她怀疑裴云锦"贴娘家"。

"贴娘家"也是有之的。逢年过节,裴家实在过不去的时候,龚宗寅就会拿出十块、八块钱来,叫裴云锦偷偷地塞给姑妈,好让裴石坡家混过一段。裴云锦不肯,龚宗寅说:"送去吧,这不是讲面子的时候!"

龚家到了实在困难的时候,就只有变卖之一途。裴云锦把一些用不着的旧锡器、旧铜器搜出来,把收旧货的叫进门,作价卖了。她把一副郑板桥的对子,一幅边寿民的芦雁交给李虎臣卖给了季匋民。这样对对付付的过日子,本地话叫做"折皱"。

又要照顾一个穷困的娘家,又要维持一个没落的婆家,两副担子压在肩膀上,裴云锦那么单薄的身子,怎么承受得住?

嫁过来已经三年,裴云锦没有怀孕,她深深觉得对不起龚家。

裴云锦疯了!有人说她疯了,有人说她得了精神病,其实只是严重的忧郁症。她一天不说话,只是搬了一张椅子坐在房门口,木然地看着檐前的日影或雨滴。

龚宗寅下班回来,看见裴云锦没有坐在门口,进屋一看,她在床头栏杆上吊死了。解了下来,已经气绝多时。龚宗寅大喊:"我对不起你!对不起你呀!这些年你没有过过一天松心的日子呀!"裴石坡闻讯赶来,抚尸痛哭:"是我拖累了你,是我这个无用的老子拖累了你!"

裴云锦舌尖微露,面目如生。上吊之前还淡淡抹了一点脂粉。她穿着那身水红色缎子旗袍,脚下是那双绣几瓣秋海棠的白缎子鞋。

龚星北作主,把那只蓝宝石戒指卖了,买了一口棺材。不要再换衣服,就用身上的那身装殓了。这身衣服,她一生只穿过两次。

龚星北把天井里的山茶、月季、含笑、素馨的花头都剪了下来,撒在裴云锦的身上。

年轻暴死,不好在家停灵,第二天就送到龚家祖坟埋葬了。

送葬的有龚星北、龚宗寅、龚淑媛,——龚宗亮没有赶回来;裴石坡、裴云章、裴云文、李虎臣;还有裴云锦的几个在女子师范时的要好的同学。无鼓乐、无鞭炮,冷冷清清,但是哀思绵绵,路旁观者,无不泪下。

送葬回来,龚星北看看天井里剪掉花头的空枝,取下笛子,在笛胆里注了一点水,笛膜上蘸了一点唾沫,贴了一张"水膏药",试了试笛声,高吹了一首曲子,曲名《庄周梦》。

一九九三年七月十七日

注　释

①　本篇原载《小说家》1993 年第六期;初收《汪曾祺全集》第二卷,北京师范
　　大学出版社,1998 年 8 月。

仁　慧[①]

仁慧是观音庵的当家尼姑。观音庵是一座不大的庵。尼姑庵都是小小的。当初建庵的时候,我的祖母曾经捐助过一笔钱,这个庵有点像我们家的家庵。我还是这个庵的寄名徒弟。我小时候是个"惯宝宝",我的母亲盼我能长命百岁,在几个和尚庙、道士观、尼姑庵里寄了名。这些庙里、观里、庵里的方丈、老道、住持就成了我的干爹。我的观音庵的干爹我已经记不得她的法名,我的祖母叫她二师父,我也跟着叫她二师父。尼姑则叫她"二老爷"。尼姑是女的,怎么能当人家的"干爹"?为什么尼姑之间又互相称呼为"老爷"? 我都觉得很奇怪。好像女人出了家,性别就变了。

二师父是个面色微黄的胖胖的中年尼姑,是个很忠厚的人,一天只是潜心念佛,对庵里的事不大过问。在她当家的这几年,弄得庵里佛事稀少,香火冷落,房屋漏雨,院子里长满了荒草,一片败落景象。庵里的尼姑背后管她叫"二无用"。

二无用也知道自己无用,就退居下来,由仁慧来当家。

仁慧是个能干人。

二师父大门不出,仁慧对施主家走动很勤。谁家老太太生日,她要去拜寿。谁家小少爷满月,她去送长命锁。每到年下,她就会带一个小尼姑,提了食盒,用小磁坛装了四色咸菜给我的祖母送去。别的施主家想来也是如此。观音庵的咸菜非常好吃,是风过了再腌的,吃起来不是苦咸苦咸,带点甜味。祖母收了咸菜,道一声:"叫你费心。"随即取十块钱放在食盒里。仁慧再三推辞,祖母说:"就算是这一年的灯油钱。"

仁慧到年底,用咸菜总能换了百十块钱。

她请瓦匠来检了漏,请木匠修理了窗槅。窗槅上尘土堆积的槅扇纸全都撕下来，换了新的。而且把庵里的全部亮槅都打开，说："干嘛弄得这样暗无天日！"院子里的杂草全锄了，养了四大缸荷花。正殿前种了两棵玉兰。她说："施主到庵堂寺庙，图个幽静。荒荒凉凉的，连个坐坐的地方都没有，谁还愿意来烧香拜佛？"

我的祖母隔一阵就要到观音庵看看。她的散生日都是在观音庵过的。每一次都是由我陪她去。

祖母和二师父在她的禅房里说话，仁慧在办斋，我就到处乱钻。我很喜欢到仁慧的房里去玩，翻翻她的经卷，摸摸乌斯藏铜佛，掐掐她的佛珠，取下马尾拂尘挥两下。我很喜欢她的房里的气味。不是檀香，不是花香，我终于肯定，这是仁慧肉体的香味。我问仁慧："你是不是生来就有淡淡的香味？"仁慧用手指点了一下我的额头，说："你坏！"

祖母的散生日总要在观音庵吃一顿素斋。素斋最好吃的是香蕈饺子。香蕈（即冬菇）汤，荠菜、香干末作馅，包成薄皮小饺子，油炸透酥，倾入滚开的香蕈汤，嗤啦有声，以勺舀食，香美无比。

仁慧募化到一笔重款，把正殿修缮油漆了一下，焕然一新，给三世佛重新装了金。在正殿对面盖了一个高敞的过厅。正殿完工，菩萨"开光"之日，请赞助施主都来参与盛典。这一天观音庵气象庄严，香烟缭绕，花木灼灼，佛日增辉。施主们全都盛装而来，长裙曳地。礼赞拜佛之后，在过厅里设了四桌素筵。素鸡、素鸭、素鱼、素火腿……使这些吃长斋的施主们最不能忘的是香蕈饺子。她们吃了之后，把仁慧叫来，问："这是怎么做的？怎么这么鲜？没有放虾籽么？"仁慧忙答："不能不能，怎能放虾籽呢！就是香蕈！——黄豆芽吊的汤。"

观音庵的素斋于是出了名。

于是就有人来找仁慧商量，请她办几桌素席。仁慧说可以，但要三天前预订，因为竹荪、玉兰片、猴头，都要事先发好。来赴斋的有女施主，也有男性的居士。也可以用酒，但限于木瓜酒、豨莶酒这样的淡酒，不预备烧酒。

二师父对仁慧这样的做法很不以为然，说："这叫做什么？观音庵是清静佛地，现在成了一个素菜馆！"但是合庵尼僧都支持她。赴斋的人多,收入的香钱就多,大家都能沾惠。佛前"乐助"的钱柜里的香钱,一个月一结,仁慧都是按比例分给大家的。至少,办斋的日子她们也能吃点有滋味的东西,不是每天白水煮豆腐。

尤其使二师父不能容忍的,是仁慧学会了放焰口。放焰口本是和尚的事,从来没有尼姑放焰口的。仁慧想:一天老是敲木鱼念那几本经有什么意思?为什么尼姑就不能放焰口?哪本戒律里有过这样的规定?她要学!善因寺常做水陆道场,她去看了几次,大体能够记住。她去请教了善因寺的方丈铁桥。这铁桥是个风流和尚,听说一个尼姑想学放焰口,很惊奇,就一字一句地教了她。她对经卷、唱腔、仪注都了然在心了,就找了本庵几个聪明尼姑和别的庵里的也不大守本分的年轻尼姑,学起放焰口来。起初只是在本庵演习,在正殿上摆开桌子凳子唱诵。咳,还真像那么回事。尼姑放焰口,这是新鲜事。于是招来一些善男信女、浮浪子弟参观。你别说,这十几个尼姑的声音真是又甜又脆,比起和尚的癞猫嗓子要好听得多。仁慧正座,穿金蓝大红袈裟,戴八瓣莲花毗卢帽,两边两条杏黄飘带,美极了!于是渐渐有人家请仁慧等一班尼姑去放焰口,不再有人议论。

观音庵气象兴旺,生机蓬勃。

解放。

土改。

土改工作队没收了观音庵的田产,征用了观音庵的房屋。

观音庵的尼姑大部分还了俗,有的嫁了人。

有的尼姑劝仁慧还俗。

"还俗?嫁人?"

仁慧摇头。

她离开了本地,云游四方,行踪不定。西湖住几天,邓尉住几天,峨嵋住几天,九华山住几天。

有许多关于仁慧的谣言。说无锡惠山一个捏泥人的,偷偷捏了一个仁慧的像,放在玻璃橱里,一尺来高,是裸体的。说仁慧有情人,生过私孩子……

有些谣言仁慧也听到了，一笑置之。

仁慧后来在镇江北固山开了一家菜根香素菜馆，卖素菜、素面、素包子，生意很好。菜根香的名菜是香蕈饺子。

菜根香站稳了脚，仁慧把它交给别人经管，她又去云游四方。西湖住几天，邓尉住几天，峨嵋住几天，九华山住几天。

仁慧六十开外了，望之如四十许人。

一九九三年七月二十一日

注　释

① 　本篇原载《小说家》1993 年第六期；初收《矮纸集》，长江文艺出版社，1996
　　年 3 月。

露　水①

露水好大。小轮船的跳板湿了。

小轮船靠在御码头。

这条轮船航行在运河上已经有几年,是高邮到扬州的主要交通工具。单日由高邮开扬州,双日返回高邮。轮船有三层,底层有几间房舱,坐的是县政府的科长、县党部的委员,杨家、马家等几家阔人家出外就学的少爷小姐,考察河工的水利厅的工程师。房舱贵,平常坐不满。中层是统舱。坐统舱的多是生意买卖人,布店、药店、南货店的二掌柜,给学校采购图书仪器的中学教员……给茶房一点钱,可以租用一张帆布躺椅。上层叫"烟篷",四边无遮挡,风、雨都可以吹进来。坐"烟篷"的大都自己带一块油布,或躺或坐。"烟篷"乘客,三教九流。带着锯子凿子的木匠,挑着锡匠挑子的锡匠,牵着猴子耍猴的,细批流年的江湖术士,吹糖人的,到缫丝厂去缫丝的乡下女人,甚至有"关亡"的、"圆光"的、挑牙虫的。

客人陆续上船,就来了许多卖吃食的。卖牛肉高粱酒的,卖五香茶叶蛋的,卖凉粉的,卖界首茶干的,卖"洋糖百合"的,卖炒花生的。他们从统舱到烟篷来回蹿,高声叫卖。

轮船拉了一声汽笛,催送客的上岸,卖小吃的离船。不过都知道开船还有一会。做小生意的还是抓紧时间照做,不过把价钱都减下来了一些。两位喝酒的老江湖照样从从容容喝酒,把酒喝干了,才把豆绿酒碗还给卖牛肉高粱酒的。

轮船拉了第二声汽笛,这是真要开了。于是送客的上岸,做小生意的匆匆忙忙,三步两步跨过跳板。

正在快抽起跳板的时候,有两个人逆着人流,抢到船上。这是两个卖唱的,一男一女。

男的是个细高条,高鼻、长脸,微微驼背,穿一件褪色的蓝布长衫,浑身带点江湖气,但不讨厌。

女的面黑微麻,穿青布衣裤。

男的是唱扬州小曲的。

他从一个蓝布小包里取出一个细磁蓝边的七寸盘,一双刮得很光滑的竹筷。他用右手持磁盘,食指中指捏着竹筷,摇动竹筷,发出清脆的、连续不断的响声;左手持另一只筷子,时时击盘边为节。他的一只磁盘,两只竹筷,奏出或紧或慢、或强或弱的繁复的碎响,真是"大珠小珠落玉盘"。

> 姐在房中头梳手,
> 忽听门外人咬狗。
> 拾起狗来打砖头,
> 又怕砖头咬了手。
> 从来不说颠倒话,
> 满天凉月子一颗星。

"哪位说了:你这都是淡话! 说得不错。人生在世,不过是几句淡话罢了。等人、钓鱼、坐轮船,这是'三大慢'。不错。坐一天船,难免气闷无聊。等学生给诸位唱几段小曲,解解闷,醒醒脾,冲冲瞌睡!"

他用磁盘竹筷奏了一段更加紧凑的牌子,清了清嗓子,唱道:

> 一把扇子七寸长,
> 一个人扇风二人凉。
> 松呀,嘣呀。
> 呀呀子沁,
> 月照花墙。

> 手扶栏杆口叹一声,

鸳鸯枕上劝劝有情人呀。

一路闲花休要采咄,

干哥哥,

奴是你的知心着意人哪!

这是短的,他还有些比较长的,《小尼姑下山》《妓女悲秋》。他的拿手,是《十八摸》,但是除非有人点,一般是不唱的。他有一个经摺子,上列他能唱的小曲,可以由客人点唱。一唱《十八摸》,客人就兴奋起来。统舱的客人也都挤到"烟篷"里来听。

唱了七八段,托着磁盘收钱。给一个铜板、两个铜板,不等。加上点唱的钱,他能弄到五六、七八角钱。

他唱完了,女的唱:

你把那冤枉事对我来讲,

一桩桩一件件,

桩桩件件对小妹细说端详。

最可叹你死在那麦田以内,

高堂上哭坏二老爹娘……

这是《枪毙阎瑞生·莲英惊梦》的一段。枪毙阎瑞生是上海实事。莲英是有名的妓女,阎瑞生是她的熟客。阎瑞生把莲英骗到郊外,在麦田里勒死了她,劫去她手上戴的钻戒。案发,阎瑞生被枪毙。这案子在上海很轰动,有人编成了戏。这是时装戏。饰莲英的结拜小妹的是红极一时的女老生露兰春。这出戏唱红了,灌了唱片,由上海一直传到里下河。几乎凡有留声机的人家都有这张唱片,大人孩子都会唱"你把那冤枉事"。这个女的声音沙哑,不像露兰春那样响堂挂味。她唱的时候没有人听,唱完了也没有多少人给钱。这个女人每次都唱这一段,好像也只会这一段。

唱了一回,客人要休息,他们也随便找个旮旯蹲蹲。

到了邵伯,有些客人下船,新上一批客人,等客人把包袱行李安顿好了,他们又唱一回。

到了扬州,吃一碗虾籽酱油汤面,两个烧饼,在城外小客栈的硬板床上喂一夜臭虫,第二天清早蹚着露水,赶原班轮船回高邮,船上还是卖唱。

扬州到高邮是下水,船快,五点多钟就靠岸了。

这两个卖唱的各自回家。

他们也还有自己的家。

他们的家是"芦席棚子"。芦笆为墙,上糊湿泥。棚顶也以"钢芦柴"(一种粗如细竹、极其坚韧的芦苇)为椽,上覆茅草。这实际上是一个窝棚,必须爬着进,爬着出。但是据说除了大雪天,冬暖夏凉。御码头下边,空地很多,这样的"芦席棚子"是不少的。棚里住的是叉鱼的、照蟹的、捞鸡头米的、串糖球(即北京所说的"冰糖葫芦")的、煮牛杂碎的……

到家之后,头一件事是煮饭。女的永远是糙米饭、青菜汤。男的常煮几条小鱼(运河旁边的小鱼比青菜还便宜),炒一盘咸螺蛳,还要喝二两稗子酒。稗子酒有点苦味,上头,是最便宜的酒。不知道糟房怎么能收到那么多稗子做酒,一亩田才有多少稗子?

吃完晚饭,他们常在河堤上坐坐,看看星,看看水,看看夜渔的船上的灯,听听下雨一样的虫声,七搭八搭地闲聊天。

渐渐的,他们知道了彼此的身世。

男的原来开一个小杂货店,就在御码头下面不远,日子满过得去。他好赌,每天晚上在火神庙推牌九,把一间杂货店输得精光。老婆也跟了别人,他没脸在街里住,就用一个盘子、两根筷子上船混饭吃。

女的原是一个下河草台班子里唱戏的。草台班子无所谓头牌二牌,派什么唱什么。后来草台班子散了,唱戏的各奔东西。她无处投奔就到船上来卖唱。

"你有过丈夫没有?"

"有过。喝醉了酒栽在大河里,淹死了。"

"生过孩子没有?"

“出天花死了。”

“命苦！……你这么一个人干唱，有谁要听？你买把胡琴，自拉自唱。”

“我不会拉。”

“不会拉……这么着吧，我给你拉。”

“你会拉胡琴？”

“不会拉还到不了这个地步。泰山不是堆的，牛×不是吹的。你别把土地爷不当神仙。告诉你说，横的、竖的、吹的、拉的，我都拿得起来。十八般武艺件件精通，——件件稀松。不过给你拉‘你把那冤枉事’，还是富富有余！”

“你这是真话？”

“哄你叫我掉到大河里喂王八！”

第二天，他们到扬州辕门桥乐器店买了一把胡琴。男的用手指头弹弹蛇皮，弹弹胡琴筒子，担子，拧拧轸子，撅撅弓子，说：“就是它！”买胡琴的钱是男的付的。

第二天回家。男的在胡琴上滴了松香，安了琴码，定了弦，拉了一段西皮，一段二黄，说：“声音不错！——来吧！”男的拉完了原板过门，女的顿开嗓子唱了一段《莲英惊梦》，引得芦席棚里邻居都来听，有人叫好。

从此，因为有胡琴伴奏，听女的唱的客人就多起来。

男的问女的：“你就会这一段？”

“你真是隔着门缝看人！我还会别的。”

“都是什么？”

“《卖马》、《斩黄袍》……”

“够了！以后你轮换着唱。”

于是除了《莲英惊梦》，她还唱“店主东，带过了，黄骠马……”，“孤王酒醉桃花宫”。当时刘鸿声大红，里下河一带很多人爱唱《斩黄袍》。唱完了，给钱的人渐渐多起来。

男的进一步给女的出主意。

“你有小嗓没有？”

“有一点。”

“你可以一个人唱唱生旦对儿戏：《武家坡》、《汾河湾》……”

最后女的竟能一个人唱一场《二进宫》。

男的每天给她吊嗓子，她的嗓子“出来”了，高亮打远，有味。

这样女的在运河轮船上红起来了。她得的钱竟比唱扬州小曲的男的还多。

他们在一起过了一个月。

男的得了绞肠痧，折腾一夜，死了。

女的给他刨了一个坟，把男的葬了。她给他戴了孝，在坟头烧钱化纸。

她一张一张地烧纸钱。

她把剩下的纸钱全部投进火里。

火苗冒得老高。

她把那把胡琴丢进火里。

首先发出爆裂的声音的是蛇皮，接着毕卜一声炸开的是琴筒，然后是担子，最后轸子也烧着了。

女的拍着坟土，大哭起来：

“我和你是露水夫妻，原也不想一篙子扎到底。可你就这么走了！

“就这么走了！

“就这么走了！

“你走得太快了！

“太快了！

“太快了！

“你是个好人！

“你是个好人！

“你是个好人哪！”

她放开声音号啕大哭，直哭得天昏地暗，树上的乌鸦都惊飞了。

第二天,她还是在轮船上卖唱,唱"你把那冤枉事对我来讲……"
露水好大。

一九九三年七月三十一日

注 释

① 本篇原载《十月》1993 年第六期;初收《矮纸集》,长江文艺出版社,1996 年
   3 月。

生前友好①

　　他是剧院的电工。剧院现在不演现代戏，传统戏只要打个大平光，把台上照亮了就行了，有演出，他上剧场去，没有多少事。白天，到院部上班，很准时。院部也没有多少事，有时电线短路，保险丝烧断了，灯泡憋了，需要修理一下，也都是举手之劳。但是他整天在院部各处走来走去，屁股后面佩了一个插了全部电工工具的皮套。他人很瘦小，这个全副武装的皮套对他说起来显得有点过于沉重。但是他愿意整天佩带着，这样才显出他是电工，是技术人员，和管衣箱的箱倌，刮片子的梳头桌师傅不一样。

　　他有两个特点，一个是爱吃辣，一个是爱参加追悼会。

　　前门饭店餐厅有一个时候对外营业，菜品不多，但是是正宗川味，而且价钱不贵。有些菜是别的川菜馆里不易吃得着的，比如白萝卜炖牛肉。麻婆豆腐做得很地道，豆腐很嫩，泛着一层红油。这位电工师傅几乎每天中午都到前门饭店吃饭，要一个麻婆豆腐，四两米饭。有剧院的熟人来，——多半是二路演员、打鼓佬，他必要点头招呼，并说：

　　"就爱吃个辣！"

　　好像这是值得骄傲的事。他有理由骄傲，剧院的三路角以下的"苦哈哈"能每天上前门饭店吃饭的，不多。他对只吃窝头炸酱面的主儿，看不起。

　　剧院有六七百号人，死人的事是经常发生的。人死了，要开追悼会。电工师傅早打听好了，追悼会哪天开。头一天就作好了心理准备。不管是谁的追悼会他都参加，从不缺席，特别是名角的追悼会，尽管这些名角没跟他说过话。开往八宝山的大轿车停在院子里，车门一开，他头一个上去。他总是坐在最后一排。

奏哀乐,向遗像三鞠躬,剧院的负责人致悼词,在礼堂里走一圈,向遗体告别,一切如仪。电工师傅脸上很严肃,但是不掉眼泪。

大轿车从八宝山开回来,电工师傅到前门饭店吃麻婆豆腐。

他觉得这一天过得很有意思。

一九九三年八月二十一日

注　释

① 本篇原载 1994 年 1 月 12 日《大公报》;初收《汪曾祺全集》第二卷,北京师范大学出版社,1998 年 8 月。

红旗牌轿车①

　　袁大夫是剧团的正骨推拿大夫。京剧团总要有一个正骨大夫。演员，特别是武戏演员，在台上，在练功棚里，常常会扭了腰，闪了腿，甚至折了大筋。正骨大夫是必不可少的。袁大夫推拿正骨是家传，没有上过学。但是手艺（一个演员说过，他那不能算是医术，只能叫做"手艺"）是挺不错的。有一次一个演员演《金钱豹》，从三张桌上一个"台漫"翻下来，桌子有点晃，演员"恍了范"，落地时右脚五个脚趾头全蹾了。当时搭到后台，"快请袁大夫！"袁大夫赶到（他是每有演出都在后台呆着的）叫别人把演员的袜子脱了，说了声："爷们，忍着点！"咯吧咯吧咯吧咯吧咯吧，登时就把演员的五个脚趾捋直了。演员当时就能下地行走。一般的小伤，对袁大夫说起来，不在话下。当然，像折了大筋，他也没有办法，只有送医院。

　　演员身上一般都有旧伤，即使没有闪失，腰腿也常酸痛。这就得求袁大夫拿拿，捏捏，搓搓，揉揉。因此医务所有袁大夫一间单独的诊室，诊室内外等候的人很多。谁都知道，袁大夫有个毛病：看人下菜碟。"角儿"来了，他用心按摩，精神内敛，掌下有力，有时触到要害，又酸又麻，觉得血脉畅通，舒服无比。给的膏药是加了麝香特制的止痛膏。"底帏子"、"打下串"的来了："躺下！"三下五除二，就完事了。给的膏药是一般的伤湿止痛膏。因此一般演员都跟他"套磁"，开口"哥们"，常给他送一条"外烟"，两瓶西凤。

　　袁大夫名气大了，时常出诊。他时常骑一辆三枪牌自行车走遍全城。

　　一次，他骑车过六部口，闯了红灯，交通警大喝一声："站住！"跳下岗亭，一把攥住他的自行车后座。

　　"你没长眼睛吗？红灯，你还闯！"

"我有急事。"

"急事？谁没急事！"

"我去给人看病，病人等着我。"

"你是哪个单位的？"

"剧团的。"

"剧团的？"

交通警抄了他的车号，说：

"把工作证、车留下，明天叫你们单位来取。"

"病人等着我哪！——我认罚。"

"认罚？十块！"

袁大夫掏出一张大团结，交通警划拉了一张收据，交给了他。

"走吧！"

袁大夫看了看交通警，交通警右眉下有一颗很大的瘩子。

"我记住你！"

袁大夫心里这窝火！

袁大夫名气越来越大，常有高级干部派车来接他去按摩。

这天他坐了一辆红旗牌轿车到一个部长家去按摩。

车到六部口，他在车里一看，交通岗岗亭上正是那个右眉下有一颗大黑瘩子的交通警。这时正是红灯。袁大夫叫司机："停！"他开了车门下车，问交通警：

"认得我吗？"

"——你呀！"

"混蛋！"

"你怎么骂人！"

"我操你妈！"

他跳上车，叫司机："开！"

红灯不能拦红旗车，红旗牌轿车吱的一声，风驰电掣而去。

报了一箭之仇，袁大夫靠在后座上，心里这舒坦就甭提了！

一九九三年八月二十二日

注　释

① 本篇原载《北京文学》1998 年第一期；初收《汪曾祺全集》第二卷，北京师范大学出版社，1998 年 8 月。

狗　八　蛋①

　　他的一个显著的特点是背头梳得倍儿光。长脸,高鼻梁,高脑门,一丝不乱的大背头。六十岁的人梳这样的背头的,很少见。

　　他在剧院练功厅大门看传达室。

　　原来是打小锣的。他没有坐过科,打小锣是在票房里学的。他本是一个银行的小职员,爱听戏,玩票。票友一般是唱,拉,也有打鼓的,像他这样专打小锣的,少。后来就干脆拜师搭班下海了。打了三十多年的小锣。后来,上了岁数,反应迟钝,"小锣水底鱼"、"小锣凤点头",打得拖泥带水,不能再在台上做活了。人事处找他谈了话,让他来看传达室,他同意,说:"行! 我不用再伺候孙子们了!"戏班里有个规矩:打小锣的要负责摆乐器,要把单皮鼓、大锣、小锣、铙钹堂鼓按规定位置摆好,并要把鼓师的椅垫盖在单皮鼓上,琴师的椅垫盖在堂鼓上。他觉得低人一等,凭什么这种事要打小锣的干? 这是戏班的规矩,既然搭班下海了,就得依这个规矩。但是他摆乐器的时候心里总挺别扭。别扭了三十多年。离开舞台,也好,不用伺候孙子们了。工资照旧,钱不少拿。看传达室,轻省。

　　一天没有什么事。

　　喝茶,看报。

　　掸衣裳。他爱干净。屋里挂着一个布掸子,没事就摘下来,浑身上下,劈劈啪啪抽打一气。一天要抽两三回。

　　一天的大事是吃中午饭。他的中午饭吃得很有谱。传达室有一张炕桌,他到十二点,就搬到屋外树荫里,后面放一张小板凳,铺好一块雪白的桌布,打开一个大号铝饭盒。饭盒里装的是烤馒头片,或两个芝麻烧饼,煎带鱼或卤煮花干,咸鸭蛋。一定得有凉拌菜,拍黄瓜或拍小萝卜。他特爱吃拍小萝卜。什么作料也不放,他说放了作料就吃不出本味,吃不出清香。另外,他每天必要用一个小塑料袋带半袋白糖来:"我每顿饭要吃二两白糖。"说时微晃着脑袋,好像这是什么高人一等,值得骄傲的事。

看传达室的职责是:一、有人来找人,到练功厅叫一叫;二、有电话找人,去喊一喊。他把两项职责都简化了,只有找院领导、导演、名演员的,他才慢条斯理的走到后面,嚷一嗓子:"×××,有人找!"他对谁都是直呼其名,不带称谓。有找一般演员、乐队的,他坐着不动:"自己找去!"电话,照例不传。电话铃响了,他拿起听筒:"喂!"——"劳您驾,叫一叫×××。"他照例说:"不在。"随即把电话挂了。有一天有人打电话来,他拿起听筒:"喂!"——"劳驾叫一叫×××。"——"不在。"——"他在,在,在。他刚跟我打的电话,叫我五分钟以后给他打电话。他就在西练功厅,劳驾,叫叫他。劳驾劳驾!"——"不信,你来看看!"

他接这个电话时有一个武戏演员杨铁麞在旁边,气得他恨不能给他一个嘴巴。

杨铁麞觉得他比王八蛋还要可恨,给他起了个外号:狗八蛋。

一九九三年八月二十四日

注　释

① 本篇原载 1994 年 3 月 23 日《大公报》。

子孙万代①

　　傅玉涛是"写字"的。"写字"就是给剧场写海报,给戏班抄本子。抄"总讲"(全剧),抄"单提"(分发给演员的,只有该演员所演角色的单独的唱词)。他的字写得不错,"欧底赵面"。时不常的,有人求他写一个单条,写一个扇面。后来,海报改成了彩印的,剧本大都油印了或打字了,他就到剧场卖票。日子还算混得过去。

　　他有个癖好,爱收藏小文物。他有一面葡萄海马镜,一个"长乐未央"瓦当,一块藕粉地鸡血石章,一块"都陵坑"田黄,一对赵子玉的蛐蛐罐,十几把扇子。齐白石、陈衡恪、姚茫父、王梦白、金北楼、王雪涛。最名贵的是一把吴昌硕画的,画的是枇杷,题句是"鸟疑金弹不敢啄"。他不养花,不养鸟,没事就是反反覆覆地欣赏他的藏品。这些小文物大都是花不多的钱从打小鼓的小赵手里买的。小赵和他是街坊,收到什么东西愿意让傅玉涛过过眼,小赵佩服傅玉涛,认为他懂行。傅玉涛也确实帮小赵鉴定过一些字画瓷器,使小赵卖了一个好价钱。

　　一天,小赵拿了一对核桃,请傅玉涛看看,能不能卖个块儿八毛的。傅玉涛接过来一看,用手掂了掂两颗核桃,说:

　　"哎呀,这可是好东西! 两颗核桃的大小、分量、形状,完全一样,是天生的一对。这是'子孙万代'呀!"

　　"什么叫'子孙万代'?"

　　"这你都不懂,亏你还是个打小鼓的呢! 你看,这核桃的疙瘩都是一个一个小葫芦。这就叫'子孙万代'。这是真'子孙万代'。"

　　"'子孙万代'还有真假之分?"

　　"真的葫芦是生成的,假'子孙万代'动过刀,有的葫芦是刻出来的。这对核桃可够年份了。大概已经经过两代人的手。没有个几十年,揉不出这样。你看看这颜色:红里透紫,紫里透红,晶莹发亮,乍一看,像是外面有一层水。这种色,是人的血气透进核桃所形成。好东西! 好东西! ——让给我吧!"

"傅先生喜欢,拿去玩吧。"

"得说个价。"

"咳,说什么价,我一毛钱收来的。"

"那,这么着吧,我给两块钱,算是占了你的大便宜了。"

"傅先生,您这是干什么! 咱们是老街坊,我受过你的好处,一对核桃还过不着吗?"

傅玉涛掏出两块钱,塞进小赵的口袋。

"傅先生! 傅先生! 唉,这是怎么话说的!"

傅玉涛对这一对核桃真是爱如性命,他做了两个平绒小口袋,把两颗核桃分别装在里面,随身带着。一有空,就取出来看看,轻轻地揉两下,不多揉。这对核桃正是好时候,再多揉,就揉过了,那些小葫芦就会圆了,模糊了。

文化大革命。

红卫兵到傅玉涛家来破四旧,把他的小文物装进一个麻袋,呼啸而去。

四人帮垮台。

傅玉涛不再收藏文物,但是他还是爱逛地摊,逛古玩店。有时他想也许能遇到这对核桃。随即觉得这想法很可笑。十年浩劫,多少重要文物都毁了,这对核桃还能存在人间么?

一天,他经过缸瓦市一个小古玩店,进去看了看。一看,他的眼睛亮了:他的那对核桃! 核桃放在一个玛瑙碟子里。他掏出放大镜,隔着橱柜的玻璃细细地看看:没错! 这对核桃他看的次数太多了,核桃上有多少个小葫芦他都数得出来。他问售货员:"这对核桃是什么人卖的?"——"保密。"——"原先核桃有两个平绒小口袋装着的。"——"有。扔了。——你怎么知道?"——"小口袋是我缝的。"——"?"傅玉涛看了看标价:外汇券250。这时进来了一个老外。老外东看看,西看看,看见这对核桃。

"这是什么?"

售货员答:"核桃。"

"玉的?"

"不是玉的。就是核桃。"

"那为什么卖那么贵?"

售货员请傅玉涛给老外解释解释。

傅玉涛说:

"这不是普通的核桃,是山核桃。"

"山核桃?"

"这种核桃不是吃的,是揉的。"

"揉的?"

傅玉涛叫售货员把玻璃柜打开。傅玉涛把两颗核桃拿在手里,熟练地揉了几圈。

"这样。"

"揉? 有什么好处?"

"舒筋活血。"

"舒,筋,活,血?"

"您看这核桃的色,红里透紫,紫里透红,这是人的血气透进了核桃。"

"血——气?"

"把核桃揉成这样,得好几十年。"

"好几十年?"

"两代人。"

"两代人,揉一对核桃?"

"Yes!"

"这对核桃,有一个名堂,叫'子孙万代'。"

"子孙万代?"

"您看这一个一个小疙瘩,都是小葫芦。"傅玉涛把放大镜给老外,老外使劲地看。

"是雕刻的？"

"No，是天生的。"

"天生的？噢，上帝！"

"这样的核桃，全中国，您找不出第二对。"

"我买了！"

老外付了钱，对傅玉涛说：

"Thank You，——谢谢你！"

老外拿了这对子孙万代核桃，一路上嘟哝：

"子，孙，万，代！子孙万代！"

　　傅玉涛回家，炒了一个麻豆腐，喝了二两酒，用筷子敲着碗边唱了一句西皮慢三眼：

"我好比笼中鸟有翅难展……"

一九九三年八月二十七日

注　释

① 本篇原载 1993 年 12 月 1 日《大公报》；初收《汪曾祺全集》第二卷，北京师范大学出版社，1998 年 8 月。

卖眼镜的宝应人 [1]

他是个卖眼镜的，宝应人，姓王。大家不知道怎么称呼他才合适。叫他"王先生"高抬了他，虽然他一年四季总是穿着长衫，而且整齐干净（他认为生意人必要"擦干掸净"，才显得有精神，得人缘，特别是脚下的一双鞋，千万不能邋遢："脚底无鞋穷半截"）。叫他老王，又似有点小瞧了他。不知是哪一位开了头，叫他"王宝应"。于是就叫开了。背后，当面都这么叫。以至王宝应也觉得自己本来就叫王宝应。

他是个跑江湖做生意的，不老在一个地方。"行商坐贾"，他算是"行商"。他所走的是运河沿线的一些地方，南自仪征、仙女庙、邵伯、高邮，他的家乡宝应，淮安，北至清江浦。有时也岔到兴化、泰州、东台。每年在高邮停留的时间较长，因为人熟，生意好做。

卖眼镜的撑不起一个铺面，也没有摆摊的，他走着卖，——卖眼镜也没有吆喝的。他左手半捧半托着一个木头匣子，匣子一底一盖，后面有合页连着。匣子平常总是揭开的。匣盖子里面用尖麻钉卡着二三十副眼镜：平光镜、近视镜、老花镜、养目镜。这么个小本买卖没有什么验目配光的设备，有人买，挑几副试试，能看清楚报上的字就行。匣底是一些杂七杂八的东西，可以说是小古董：玛瑙烟袋嘴、"帽正"的方块小玉、水钻耳环、发蓝点翠银簪子、风藤镯，甚至有装鸦片烟膏的小银盒……这些东西不知他是从什么地方寻摸来的。

他寄住在大淖一家人家。一清早，就托着他的眼镜匣奔南门外琵琶闸，在小轮船开船前，在"烟篷"、"统舱"里转一圈。稍后，几家茶馆，五柳园、小蓬莱、新大陆都上了客，他就到茶馆里转一圈。哪里人多，热闹，都可以看到他的踪迹：王四海耍"大把戏"的场子外面、唱"大戏"的庙台子下面、放戒的善因寺山门旁边,甚至枪毙人(当地叫做"铳人")的刑场附近,他都去。他说他每天走的路不下三四十里。"人为财死,鸟为食亡,天生的劳碌命!"

王宝应也不能从早走到晚,他得有几个熟识的店铺歇歇脚:李馥馨茶叶店、大吉陞油面(茶食)店、同康泰布店、王万丰酱园……最后,日落黄昏,到保全堂药店。他到这些店铺,和"头柜"、"二柜"、"相公"(学生意的)都点点头,就自己找一个茶碗,从"茶壶焐子"里倒一杯大叶苦茶,在店堂找一张椅子坐下。有时他也在店堂里用饭:两个插酥芝麻烧饼。

他把木匣放在店堂方桌上,有生意做生意,没有生意时和店里的"同事"、无事的闲人谈天说地,道古论今。他久闯江湖,见多识广,大家也愿意听他"白话"。听他白话的人大都半信半疑,以为是道听途说。——他书读得不多,路走得不少,可不只能是"道听途说"么?

他说沭阳陈生泰(这是苏北人都知道的一个特大财主)家有一座羊脂玉观音。这座观音一尺多高,"通体无瑕"。难得的是龙女的一抹红嘴唇、善才童子的红肚兜,都是天生的。——当初"相"这块玉的师傅怎么就能透过玉胚子看出这两块红,"碾"得又那么准?这是千载难逢,是块宝。有一个大盗,想盗这座观音,在陈生泰家瓦垅里伏了三个月。可是每天夜里只见下面一夜都是灯笼火把,人来人往,不敢下手。灯笼火把,人来人往,其实并没有,这是神灵呵护。凡宝物,必有神护,没福的,取不到手。

他说"十八鹤来堂夏家"有一朵云。云在一块水晶里。平常看不见。一到天阴下雨,云就生出来,盘旋袅绕。天晴了,云又渐渐消失。"十八鹤来堂"据说是堂建成时有十八只白鹤飞来,这也许是可能的。鹤来堂有没有一朵云,就很难说了。但是高邮人非常愿意夏家有一朵云——这多美呀,没有人说王宝应是瞎说。

他说从前泰山庙正殿的屋顶上,冬天,不管下多大的雪,不积雪。什么缘故?原来正殿下面有一个很大的獾子洞,跟正殿的屋顶一样大。獾子用自己的毛擀成一块大毯子,——"獾毯"。"獾毯"热气上升,雪不到屋顶就化了。有人问这块"獴毯"后来到哪里了,王宝应说:被一个"江西憨宝回子"盗走了,——现在下大雪的时候泰山庙正殿上照样积雪。

除了这些稀世之宝,王宝应最爱白话的是各地的吃食。

他说淮安南阁楼陈聋子的麻油馓子风一吹能飘起来。

他说中国各地都有烧饼,各有特色,大小、形状、味道,各不相同。如皋的黄桥烧饼、常州的麻糕、镇江的蟹壳黄,味道都很好。但是他宁可吃高邮的"火镰子",实惠!两个,就饱了。

他说东台冯六吉——大名士,在年羹尧家当西宾——坐馆。每天的饭菜倒也平常,只是做得讲究。每天必有一碗豆腐脑。冯六吉岁数大了,辞馆回乡。他想吃豆腐脑。家里人想:这还不容易!到街上买了一碗。冯六吉尝了一勺,说:"不对!不是这个味道!"街上买来的豆腐脑怎么能跟年羹尧家的比呢?年羹尧家的豆腐脑是鲫鱼脑做的!

他的白话都只是"噱子",目的是招人,好推销他的货。他把他卖的东西吹得神乎其神。

他说他卖的风藤镯是广西十万大山出的,专治多年风湿,筋骨酸疼。

他说他卖的养目镜是真正茶晶,有"棉",不是玻璃的。真茶晶有"棉",假的没有。戴了这副眼镜,会觉得窨凉窨凉。赤红火眼,三天可愈。

他不知从哪里收到一把清朝大帽的红缨,说是猩猩血染的,五劳七伤,咯血见红,剪两根煎水,热黄酒服下,可以立止。

有一次他拿来一个浅黄色的烟嘴,说是蜜蜡的。他要了一张白纸,剪成米粒大一小块一小块,把烟嘴在袖口上磨几下,往纸屑上一放,纸屑就被吸起来了。"看!不是蜜蜡,能吸得起来么?"

蜜蜡烟嘴被保全堂的二老板买下了。二老板要买,王宝应没敢多要钱。

二老板每次到保全堂来,就在账桌后面一坐,取出蜜蜡烟嘴,用纸捻通得干干净净,觑着眼看看烟嘴小孔,掏出白绸手绢把烟嘴全身上下

仔仔细细擦了个遍,然后,掏出一枝大前门,插进烟嘴,点了火,深深抽
了几口,悠然自得。

王宝应看看二老板抽烟抽得那样出神入化,也很陶醉:"蜜蜡烟嘴
抽烟,就是另一个味儿:香,醇,绵软!"

二老板不置可否。

王宝应拿来三个翡翠表拴。那年头还兴戴怀表。讲究的是银链
子、翡翠表拴。表拴别在钮扣孔里。他把表拴取出来,让在保全堂店堂
里聊天的闲人赏眼:"看看,多地道的东西,翠色碧绿,地子透明,这是
'水碧'。我费了好大的劲才弄到。不贵,两块钱就卖,——一根。"

十几个脑袋向翡翠表拴围过来。

一个外号"大高眼"的玩家掏出放大镜,把三个表拴挨个看了,说:
"东西是好东西!"

开陆陈行的潘小开说:"就是太贵,便宜一点,我要。"

"贵?好说!"

经过讨价还价,一块八一根成交。

"您是只要一个,还是三个都要?"

"都要!——送人。"

"我给您包上。"

王宝应抽出一张棉纸,要包上表拴。

"先莫忙包,我再看看。"

潘小开拈起一个表拴:

"靠得住?"

"靠得住!"

"不会假?"

"假?您是怕不是玉的,是人造的,松香、赛璐珞、'化学'的?笑
话!我王宝应在高邮做生意不是一天了,什么时候卖过假货?是真是
假,一试便知。玉不怕火,'化学'的见火就着。当面试给你看!"

王宝应左手两个指头捏住一个表拴,右手划了一根火柴,火苗一近
表拴——

呼,着了。

一九九三年十月二十六日

注　释

① 本篇原载《中国作家》1994 年第二期;初收《矮纸集》,长江文艺出版社,1996 年 3 月。

辜家豆腐店的女儿[①]

豆腐店是一个"店"，怎么会有个女儿？然而螺蛳坝一带的人背后都是这么叫她。或者称做"辜家的女儿"、"豆腐店的女儿"。背后这样的提她，有一种特殊的意味。姓辜的人家很少，这个县里好像就是两三家。

螺蛳坝是"后街"，并没有一个坝，只是一片不小的空场。七月十五，这里做盂兰盆会。八九月，如果这年年成好，就有人发起，在平桥上用杉篙木板搭起台来唱戏。约的是里下河的草台班子，京戏、梆子"两下锅"，既唱《白水滩》这样摔"壳子"的武打戏，也唱《阴阳河》这样踩跷的戏。做盂兰盆会、唱大戏，热闹几天，平常这里总是安安静静的。孩子在这里踢毽子，踢铁球，滚钱，抖空竹（本地叫"抖天嗡子"）。有时跑过来一条瘦狗，匆匆忙忙，不知道要赶到哪里去干什么。忽然又停下来，竖起耳朵，好像听见了什么。停了一会，又低了脑袋匆匆忙忙地走了。

螺蛳坝空场的北面有几户人家。有两家是打芦席的。每天看见两个中年的女人破苇子，编席。一顿饭工夫，就织出一大片。芦席是为大德生米厂打的。米厂要用很多芦席。东头一家是个"茶炉子"，即卖开水的，就是上海人所说的"老虎灶"。一个像柜子似的砖砌的炉子，四角有四个很深的铁铸的"汤罐"，满满四罐清水，正中是火眼，烧的是粗糠。粗糠用一个小白铁簸箕倒进火眼，"呼——"火就猛升上来，"汤罐"的水就呱呱地开了。这一带人家用开水——冲茶、烫鸡毛、拆洗被窝，都是上"茶炉子"去灌，很少人家自己烧开水，因为上"茶炉子"灌水很方便,省得费柴费火,烟熏火燎,又用不了多少。"茶炉子"卖水,不是现钱交易,而是一次卖出一堆"茶筹子"——一个一个长方形的小竹片,一面用铁模子烙出"十文"、"二十文"……灌了开水,给几根茶筹子就行了。"茶炉子"烧的粗糠是成挑的从大德生米厂趸来的。一进"茶炉子",除了几口很大的水缸,一眼看到的便是靠后墙堆得像山一样的粗糠。

螺蛳坝一带住的都是"升斗小民",称得起殷实富户的,是大德生米厂。大德生的东家姓王,街上人都称他王老板。大德生原来的底子就厚实,一盘很大的麻石碾子,喂着两头大青骡子,后面仓里的稻子堆齐二梁。后来王老板把骡子卖了,改用机器碾米,生意就更兴旺了。大德生原是一个米店,改用机器后就改称为"米厂"。这算是螺蛳坝唯一的"工厂"。每天这一带都听得到碾米的柴油机的铁烟筒里发出节奏均匀的声音:蓬——蓬——蓬……

王老板身体很好,五十多岁了,走路还飞快,留一撇乌黑的牙刷胡子,双眼有神。

他的大儿子叫王厚辽,在米厂里量米,记帐。他有个外号叫"大呆鹅",看样子也确是有点呆相。

二儿子叫王厚堃,跟一个姓刘的老先生学中医。长得眉清目秀,一表人材。

大德生东墙外住着一个姓薛的裁缝。薛裁缝是个老实人,整天只知道低头做活,穿针引线。他的老婆人称薛大娘。薛大娘跟老头子可不是一样的人,她也"穿针引线",但引的是另外一种线,说白了,就是拉皮条。

大德生门前有一条小巷,就叫做辜家巷,因为巷子里只有一家人家。辜家的后门就开在巷子里,和大德生斜对门,两步就到了。后面是住家,前面是做豆腐的作坊,前店后家。

辜家很穷。

从螺蛳坝到草巷口,有两家豆腐店。豆腐店是发不了财的,但是干了这一行也只有一直干下去。常言说:"黑夜思量千条路,清早起来依旧磨豆腐。"不过草巷口的一家生意不错。一清早卖豆浆,热气腾腾的满满一锅。卖豆腐,四大屉。压百叶,百叶很薄,很白。夏天卖凉粉皮。这凉粉皮是用莴苣汁和的绿豆,颜色是浅绿的,而且有一股莴苣香。生意好,小老板两个月前还接了亲。新媳妇坐在磨子一边,往磨眼里注水,加黄豆,头上插一朵大红剪绒小小的囍。

相比之下,辜家豆腐店就显得灰暗,残旧,一点生气也没有。每天只做两屉豆腐,有时一屉,有时一屉也没有。没本钱,买不起黄豆。辜老板老是病病歪歪的,没有一点精神。

辜老板老婆死得早,没有留下一个儿子,跟前只有一个女儿。

辜家的女儿长得有几分姿色,在螺蛳坝算是一朵花。她长得细皮嫩肉,只是面色微黄,好像是用豆腐水洗了脸似的。身上也有点淡淡的豆腥气。

一天三顿饭,几乎顿顿是炒豆腐渣,不过总得有点油滑滑锅。牵磨的"蚂蚱驴"也得扔给它一捆干草。更费钱的是她爹的病。他每天吃药。王厚堃的师父开的药又都很贵,这位刘先生爱用肉桂,而且旁注:"要桂林产者"。每天辜家女儿把药渣倒在路口,对面打芦席和烧茶炉子的大娘看见辜家的女儿在门前倒药渣,就叹了一口气:"难!"

大德生的王老板找到薛大娘,说是辜家的日子很难,他想帮他们家一把。

"怎么个帮法?"

"叫他女儿陪我睡睡。"

"什么?人家是黄花闺女,比你的女儿还小一岁!我不干这种缺德事!"

"你去说说看。"

媒人的嘴两张皮,辣椒能说成大鸭梨。七说八说,辜家女儿心里活动了,说:"你叫他晚上来吧。"

没想到大呆鹅也找到薛大娘。

王老板是包月,按月给五块钱。

大呆鹅是现钱交易。每次事完,摸出一块现大洋,还要用两块洋钱叮叮当当敲敲，以示这不是灌了铅的"哑板"。

没有不透风的墙，螺蛳坝巴掌大的一块地方，那么多双眼睛，辜家女儿的事情谁都知道了。烧茶炉子、打芦席的大娘指指戳戳，咬耳朵，点脑袋，转眼珠子，撇嘴唇子。大德生的碾米的师傅、量米的伙计议论："两代人操一张×，这叫什么事！"——"船多不碍港，客多不碍路，一个羊也是放，两个羊也是赶，你管他是几代人！"

辜家的女儿身体也不好，脸上总是黄白黄白的，她把王厚堃请到屋里看病。王厚堃给她号了脉，看了舌苔，开了脉案，大体说是气血两亏，天癸不调……辜家女儿问什么是"天癸不调"，王厚堃说就是月经不正常。随即写了一个方子，无非是当归、枸杞之类。

王厚堃站起身来要走，辜家女儿忽然把门闩住，一把抱住了王厚堃，把舌头吐进他的嘴里，解开上衣，把王厚堃的手按在胸前，让他摸她的奶子，含含糊糊地说："你要要我、要要我，我喜欢你，喜欢你……"

王厚堃没有想到她会这样，只好和她温存了一会，轻轻地推开了她，说：

"不行。"

"不行？"

"我不能欺负你。"

王厚堃给她掩了前襟，扣好纽子，开门走了。

王厚堃悬崖勒马，也因为他就要结婚了，他要保留一个童身。

过了两个月，王厚堃结婚了。花轿从辜家豆腐店门前过，前面吹着唢呐，放着三眼铳。螺蛳坝的人都出来看花轿，辜家的女儿也挤在人丛里看。

花轿过去了，辜家的女儿坐在一张竹椅上，发了半天呆。

忽然她奔到自己的屋里，伏在床上号啕大哭。哭的声音很大，对面烧茶炉子的和打芦席的大娘都听得见，只是听不清她哭的是什么。三位大娘听得心里也很难受，就相对着也哭了起来，哭得稀溜稀溜的。

辜家的女儿哭了一气，洗洗脸，起来泡黄豆，眼睛红红的。

一九九四年二月十五日

注　释

① 本篇原载《收获》1994 年第三期；初收《矮纸集》，长江文艺出版社，1996 年
3 月。

要　帐①

　　张老头八十六了（我很反对把所有数目字都改成阿拉伯字，那样很别扭），身体还挺好，只是耳朵聋，有时糊涂。有一次他一个人到铁匠营去，找不到自己的家了。他住在蒲黄榆，从蒲黄榆到铁匠营只有半站地。从此他就不往离他的家十步以外的地方遛跶。他总是在他所住的居民楼的下面的墙根底下坐着，除了刮大风，下雨，下雪。带着他的全部装备：一个马扎，一个棉垫子，都用麻绳吊在一起；一个紫红色的尼龙绸口袋，里面装的是眼镜盒，——他其实不看报，烟卷——他抽的是最次的烟，烟嘴，火柴……他手指上戴了三四个黄铜的戒指，纽扣孔里拖出一条钥匙链，一头塞在左上角衣兜里，仿佛这是一个怀表，——他"感觉"这就是怀表。他的腕子上经常套着山桃核的手串；有时是山核桃的，有时甚至是一串算盘珠。除了回家吃饭，他一天就这么坐着。

　　他不是一段木头，是个人。是人，脑子里总要想一些事。

　　这几个月来他天天想的一件事是他要到天津跟老李要帐。老李欠他五十块钱，他要去要回来。他跟他的二儿子说，叫儿子陪他上天津去。儿子说："老李欠你五十块钱？我怎么没听说过？这是哪儿的事呀？"——"你知不道！那是俺们在天津'跑腿儿'时候的事，你知不道，你还年轻！"儿子被他纠缠不过，只好陪他上了一趟天津，七拐八弯到处打听，总算把老李找到了。

　　李老头也八十多了。

　　老哥俩见面倒还都认识。

　　奉了茶，敬了烟，李老头说：

　　"张大哥身子骨还挺硬朗？"

　　"硬朗着哪！"

"您咋会上天津来啦？有事？找人？"

过去有那么一路人，人家有什么事，他去帮忙打杂，叫做"跑腿儿"。

"有事！找人！"

"找谁？"

"找你！"

"找我有什么事？"

"找你要帐。"

"找我要帐？我欠你的帐？"

"欠。"

"什么时候我欠过你的帐？"

"那年，还是在咱们跑腿儿的时候，咱们合计过，合伙开一个煤铺，有这事没有？"

"有。"

"咱们合计，一个拿出五十块钱，有这事没有？"

"有。"

"你没拿这五十块钱，是不？"

"这事没有弄成，吹了。"

"管他吹了不吹了。你答应拿出五十块钱，你没拿，你欠我五十块钱，这钱你得还我。"

"你也答应拿五十块钱，你也没拿呀！"

"那是我的事，你不用管。你还我钱。"

两个老头吵得不可开交，只好上派出所去解决。

值班的民警听了两个老头的申诉，说：

"李老头和张老头合计合伙开煤铺，李老头答应拿出五十块钱，李老头没拿，李老头欠张老头五十块钱。现在判决李老头拿出五十块钱还给张老头。"

张老头胜诉，喜笑颜开。李老头只好拿出五十块钱，心里不服。

值班民警继续说：

222

"张老头答应拿出五十块钱,也没有拿,张老头欠李老头五十块钱,应该偿还。现决定,张老头将李老头还给张老头的五十块钱还给李老头。现在,谁也不欠谁的钱了,问题就这样解决了,你们都回去吧。"

张老头从天津回到北京,一直想不通。他一直认为李老头欠他的钱,整天想这件事。

张老头再活十年没有问题,他会想这件事想十年。

注　释

① 本篇原载 1994 年 3 月 2 日《平顶山日报》;初收《汪曾祺全集》第二卷,北京师范大学出版社,1998 年 8 月。

道 士 二 题^①

马 道 士

马道士是一个有点特别的道士,和一般道士不一样。他随时穿着道装。我们那里当道士只是一种职业,除了到人家诵经,才穿了法衣,——高方巾、绣了八卦的"鹤氅",平常都只是穿了和平常人一样的衣衫,走在街上和生意买卖人没有什么两样。马道士的道装也有点特别,不是很宽大、很长,——我们那里说人衣服宽长不合体,常说"像个道袍",而是短才过胫。斜领,白布袜,青布鞋。尤其特别的是他头上的那顶道冠。这顶道冠是个上面略宽,下面略窄,前面稍高,后面稍矮的一个马蹄状的圆筒,黑缎子的。冠顶留出一个圆洞,露出梳得溜光的发髻。这种道冠不知道叫什么冠。全城只有马道士一个人戴这种冠,我在别处也没有见过。

马道士头发很黑,胡子也很黑,双目炯炯,说话声音洪亮,中等身材,但很结实。

他不参加一般道士的活动,不到人家念经,不接引亡魂过升仙桥,不"散花"(道士做法事,到晚上,各执琉璃荷花灯一盏,迂回穿插,跑出舞蹈队形,谓之"散花"),更不搞画符捉妖。他是个独来独往的道士。

他无家无室(一般道士是娶妻生子的),一个人住在炼阳观。炼阳观是个相当大的道观,前面的大殿里也有太上老君、值日功曹的塑像,也有人来求签、掷筊……马道士概不过问,他一个人住在最后面的吕祖楼里。

吕祖楼是一座孤零零的很小的楼,没有围墙,楼北即是"阴城",是一片无主的荒坟，住在这里真是"与鬼为邻"。

马道士坐在楼上读道书，读医书，很少下楼。

他靠什么生活呢？他懂医道，有时有人找他看病，送他一点钱。——他开的方子都是一般的药，并没有什么仙丹之类。

他开了一小片地，种了一畦萝卜，一畦青菜，够他吃的了。

有时他也出观上街，买几升米，买一点油盐酱醋。

吕祖楼四周有二三十棵梅花，都是红梅，不知是原来就有，还是马道士手种的。春天，梅花开得极好，但是没有什么人来看花，很多人甚至不知道炼阳观吕祖楼下有梅花。我们那里梅花甚少，顶多有人家在庭院里种一两棵，像这样二三十棵长了一圈的地方，没有。

马道士在梅花丛中的小楼上读道书，读医书。

我从小就觉得马道士属于道教里的一个什么特殊的支派，和混饭吃的俗道士不同。他是从哪里来的呢？

前几年我回家乡一趟，想看看炼阳观，早就没有了。吕祖楼、梅花，当然也没有了。马道士早就"羽化"了。

五　坛

五坛是个道观，离我家很近。由傅公桥往东，走十来分钟就到。观枕澄子河，门外是一条一步可以跨过的水渠，水很清。沿渠种了一排桎柳。渠以南是一片农田，稻子麦子都长得很好，碧绿碧绿。五坛的正名是"五五社"，坛的大门匾上刻着这三个字，可是大家都叫它"五坛"。有人问路："五五社在哪里"，倒没有什么人知道。为什么叫个"五坛"、"五五社"？不知道。道教对数目有一种神秘观念，对五尤其是这样。也许这和"太极、无极"有一点什么关系，不知道。我小时候不知道，现在也还是不知道。真是"道可道，非常道"！

五坛的门总是关着的。但是门里并未下闩，轻轻一推，就可以进去。

门里耳房里住着一个道童，管看门、扫地、焚香。除他以外，没有一个人,静悄悄的。天井两头种了四棵相当高大的树。东边是两棵玉兰,西边是两棵桂花。玉兰盛开,洁白耀眼。桂花盛开,香飘坛外。左侧有一个放生池,养着乌龟。正面的三清殿上塑着太上老君的金身,比常人还稍矮一点。前面是念经的长案,案上整整齐齐的排了一刊经卷。经案下是一列拜垫,盖着大红毡子。炉里烧的是檀香,香气清雅。

五坛的道士不是普通的道士,他们入坛,在道,只是一种信仰,并不以此为职业。他们都是有家有业,有身份的人,如叶恒昌,是恒记桐油栈的老板。桐油栈是要有雄厚的资金的。如高西园,是中学的历史教员。人们称呼他们时也只是"叶老板"、"高老师",不称其在教中的道名。

他们定期到坛里诵经(远远的可以听到诵经的乐曲和钟磬声音)。一般只是在坛里,除非有人诚敬恭请,不到人家作法事。他们念的经也和一般道士不一样,听说念的是《南华经》——《庄子》,这很奇怪。

五坛常常扶乩,我没有见过扶乩,据说是由两个人各扶着一个木制的丁字形的架子,下面是一个沙盘,降神后,丁字架的下垂部分即在沙盘上画出字来。扶乩由来已久,明清后尤其盛行。张岱的《陶庵梦忆》即有记载。纪晓岚《阅微草堂笔记》录了很多乩语、乩诗。纪晓岚是个严肃的人,所录当不是造谣。这究竟是怎么回事呢?我以为这值得研究研究,不能用"迷信"二字一笔抹杀。

每年正月十五后一二日(扶乩一般在正月十五举行),五坛即将"乩语"木板刻印,分送各家店铺,大约四指宽,六七寸长。这些"乩语"倒没有神秘色彩,只是用通俗的韵文预卜今年是否风调雨顺,宜麦宜豆,人畜是否平安,有无水旱灾情。是否灵验,人们也在信与不信之间。

关于五坛,有这么一个故事。

蓝廷芳是个医生,是"外路人"。他得知五坛的道士道行高尚,法力很深,到五坛顶礼跪拜,请五坛道长到他家里为他父亲的亡魂超度。那天的正座是叶恒昌。

到"召请"(把亡魂摄到法坛,谓之"召请"),经案上的烛火忽然变成蓝色,而且烛焰倾向一边,经案前的桌帏无风自起。同案诵经的道士

226

都惊恐色变。叶恒昌使眼色令诸人勿动。

法事之后,叶恒昌问蓝廷芳:

"令尊是怎么死的?"

蓝廷芳问叶恒昌看见了什么。

叶恒昌说:"只见一个人,身着罪衣,一路打滚,滚出桌帏。"

蓝廷芳只得说实话:他父亲犯了罪,在充军路上,被解差乱棍打死。

蓝廷芳和叶恒昌我都认识。蓝廷芳住在竺家巷口,就在我家后门的斜对面。叶恒昌的恒记桐油栈在新巷口,我上小学时上学、放学都要从桐油栈门口走过,常看见叶恒昌端坐在柜台里面。叶恒昌是个大个子,看起来好像很有道行。但是我没有问过叶恒昌和蓝廷芳有没有这么回事。一来,我当时还是个孩子,二来这种事也不便问人家。

但是我很早就认为这只是一个故事。

而且这故事叫我很不舒服。为什么使我不舒服,我也说不清。

我常到五坛前面的渠里去捉乌龟。下了几天大雨,五坛放生池的水涨平岸,乌龟就会爬出来,爬到渠里快快活活地游泳。

《庄子》被人当作"经"念,而且有腔有调,而且敲钟击磬,这实在有点滑稽。

注　释

① 本篇原载《长城》1994 年第五期;初收《汪曾祺全集》第六卷,北京师范大学出版社,1998 年 8 月。

非　往　事[①]

无缘无故的恨

我们这些"黑帮"正在劳动的劳动,写检查的写检查,忽然听到哨音:"黑帮都到前院集合!"于是"黑帮"从各个"学习班"急忙跑出来,跑步到前院集合。所谓"黑帮",包括原来的党委书记、副书记、剧团团长、"资产阶级学术权威"——即著名演员,还有原在党委、人事处工作的中级干部。干什么呢?

原来从外面来了一个(不知是什么来头)的造反派,要向"黑帮"训话。是个小伙子,大概读过高中一年级。他长得精瘦精瘦,眼睛露出仇恨的凶光。他把我们劈头盖脸,没头没脑地臭骂了一顿。大意是说:"你们竟敢反对毛主席,反党,是可忍孰不可忍!"他忽然跳得老高,对"革命群众"大叫:"你们应该恨他们!"忽然咕咚一声倒在地下,休克了,死过去了。

这可乱了套!革委会赶紧找车,把他送到医院急救。

"黑帮"们没有人管了,站了一会,彼此一使眼色,各自溜回到学习室。

这个造反派并不认识我们,他不知道我们姓什名谁,有什么问题,他怎么会那样激动,激动得休克了?

世界上无缘无故的恨是有的!

鞋　底

萨其马到家属委员会找到陆阿姨,告发他妈是反革命。

"你妈怎么是反革命?"

"她用毛主席像剪鞋底。"

萨其马姓萨,这座楼里的孩子都叫他萨其马。萨其马八岁,念小学二年级。

萨其马在楼道里整理他的邮票——他集邮,听到他妈在屋里嚓拉嚓拉地剪什么,进屋一看,他妈在用一张毛主席像剪鞋底,萨其马大喝一声:

"你干什么?"

吓了他妈一跳。

"你是反革命!"

陆阿姨问:

"你妈怎么是反革命?"

"她用毛主席像剪鞋底!"

"叫你妈来!"

陆阿姨的丈夫是印厂工人。她在印厂幼儿园当过保育员,不知道怎么成了家属委员会主任。他们家成份好,陆主任张嘴就是"我们工人阶级"。她权力很大,管的事很多,很忙。通知各家不许养狗、养鸡。毛主席有最新指示下来了,组织本楼居民游行,——从七号楼出去,上马路,走一截,到一号楼就解散了。公安局发下通缉在逃的刑事犯罪分子的布告,她打了浆子实贴在各楼门道的墙上……她有一支队伍,她把七号楼的大妈组织起来,负责这一带的治安。做了几个袖箍,红底白字:"治安员"。谁值班就套上。值班的大妈自备小板凳,坐在楼前的马缨花——北京叫做"绒花树"树荫里,一边纳鞋底,一边拿眼"贼"着行迹可疑的来往行人,监视本楼的"分子"们的动态。其实没什么动态,不过是到对面副食店换一瓶酱油,到菜市场买回了一条白鲢子……

大妈们都是小脚,楼里的孩子管她们叫"小脚侦缉队"。小脚侦缉队都很积极,陆主任有什么指示,无不立即响应,坚决执行。

萨其马的妈到了"居委会"。

"啥事?"

"是你用毛主席像剪了鞋底?"

"剪了。"

"毛主席像怎么可以剪鞋底呢?"

"俺瞧这纸挺结实,挺厚实。"

"你真糊涂! 我要到派出所把这件事汇报一下,你在家里等着。不许乱跑,不许乱说乱动!"

陆主任骑上车走了。

萨其马的妈看着她的背影,说:

"啥事一惊一乍的!"

过了不到一个小时,陆主任回来了,召集本楼居民——主要是那些小脚侦缉队到马缨花下开会。大家都自带小板凳,手里拿着鞋底。陆主任讲话,略谓:

"萨其马的妈,——你妈姓什么?"

"姓王。"

"萨王氏用毛主席像剪了一对鞋底。问题是严重的,情节是恶劣的,属于反革命性质。主席像是神圣的,怎么可以剪鞋底? 毛主席教导我们:把敌人打翻在地,再踏上一只脚。萨王氏却要把毛主席踩在脚底下,是可忍孰不可忍!"

一个"氏"插话:

"侄儿可忍,叔不可忍!"

"不要乱插嘴! ——本来应该严肃处理。经与派出所领导研究,认为萨王氏是农村妇女,没有文化,决定予以宽大,从轻发落,给予监督劳动的处分:每天清扫七号楼六层楼的楼道、楼梯。要扫得干净、彻底。毛主席教导我们说:扫帚不到,灰尘照例不会自己跑掉。大家有意见没有?"

大妈们齐声喊道：

"没意见！"

连萨其马的妈也举着鞋底跟着一块喊：

"没意见！"

陆阿姨对萨其马说：

"那双鞋底和剪破了的主席像要好好保存起来，不许烧掉，毁掉。没准儿上级要调查这个案件，这是个罪证。"

萨王氏叫起来：

"啥？罪证？俺犯了罪咧？"

萨其马把鞋底和主席像夹在一本《人民画报》里，放在柜橱顶上。

时间过得真快，"文化大革命"过去好些年了。萨其马长大了。他上了小学，上了中学，还上了大学——医学院，已经在一个医院当见习医生。

有一天下班回来，他忽然想起那双鞋底。他从柜橱顶上取下那本《人民画报》，抖去灰尘，看看鞋底，独坐良久，若有所思。

他看看在楼道里纳鞋底的妈：妈老了。

打　叉

"庹"这个姓很少见。这个姓南方好像没有，北京却有，而且多半是"梨园行"的，这个字读"妥"。

庹家哥儿仨都是学"场面"（打击乐——戏班里称乐队为"场面"，特指"武场"即打击乐）。老大是打鼓的，兼乐队队长。他是党员。有个特点，是爱"记"，开会，领导讲话，他都拿笔记本不停地记。不知道他记什么。开会，他极少发言，发言也呜哩呜噜，听不明白，不知他说的是什么。除此之外，看不出他与"群众"有何区别。他很注意仪表。他是个高个儿，但是脸色白净。他的背头梳得倍光。穿内联陞的千层底礼服呢圆口鞋，白尼龙丝袜。他爱吃天福的酱肘子卷烙饼。下班时路过天福，总要买一小包酱肘子带回家。这酱肘子全家只有他一个人享用,别人谁也别想动。

老二是打大锣的。外号"二喷子",因为他爱乱"喷"——胡说八道。

老三打小锣。在戏班里,场面上工资(过去叫"开份儿")最高的是打鼓的。其次是打大锣的。打小锣、铙钹的都最低。打小锣、铙钹的都不甘心,都想往上窜,打鼓。每天到剧团都可听到一些乐队的青年"山后练鞭"——练腕子。大都是用两根鼓箭子打鞋底。有的甚至天一亮就到城墙头上用两根铁筷子打城砖。戏班里常说"若要人前显贵,必要人后受罪",干梨园行的,要"肚里长牙"。

梨园界的"人际关系"和"外行"(非梨园行)的不同。他们很重视师徒关系。"三节"——年下、端午、中秋,两寿(师傅和师母生日),徒弟必须备几色礼品,到师傅家去贺节行礼。其次是师兄弟,时不常的也要小聚一下。其余的亲友,就是淡淡的了,庾家三兄弟是亲兄弟,但是很少走动,各人顾各人。

庾三儿从小就调皮捣蛋。从科班到搭班做活,不断搞些恶作剧的事。在抄功老师的鼻烟里掺进了胡椒面。在跑宫女的女演员的水衣子里放个臭虫。一个唱二旦的男演员在吃饭,他给他脖子上围了一条蛇。这唱二旦的最怕耗子,见了耗子就连蹦带窜。三儿以为他怕耗子,必然怕蛇。不想这位二旦怕耗子却不怕蛇,他围着这条蛇,若无其事地吃了两碗饭!

"文化大革命"了,三儿快乐极了。"革命群众"斗黑帮,他积极参与。"黑帮"在院里站在板凳上挨斗。党委书记站得太久,尿憋不住了,尿了裤子,一大泡尿顺着裤腿花花地流了下来。斗副团长时,一个姓耿的抄功老师喊:"叫他把帽子摘下来!"三儿上去摘了他的帽子。副团长小时生过癞痢头,平常都戴着帽子——包括上澡堂洗澡也戴了一个丝织的帽盔。一摘帽子,露出他的花花斑斑的头皮。"革命群众"于是大笑。有外单位来的造反派来串连,问起剧团斗黑帮的情况,三儿接待了他们,详细叙述黑帮挨斗的各种细节。庾三儿口讲指画,眉飞色舞。

造反派想尽办法折腾黑帮。

各单位都给黑帮挂牌子,剧团给黑帮准备的牌子跟别的单位不同:《拿高登》的石锁、诸葛亮抚的瑶琴、《玉堂春》的鱼枷……庹三儿搜集、改装这些牌子非常起劲。

造反派命令黑帮在院里罚跪,给他们剃头——用推子在头上开出一条"马路"。庹三儿喀嚓喀嚓接连推了几个。

造反派给黑帮们"勾上"——画了脸,扮上——戴了一根翎子的"反王盔",叫他们在院子游街,叫他们"自报家门"。每人发给他们一面锣,敲一声锣,喊一声:"走资派×××"、"反动学术权威×××"……谁的报名声小,锣敲得不响,庹三儿就给他一刀坯子。

哎呀,"文化大革命",太来劲了!

庹三儿是个"浆子手"。剧团不知怎么一下子涌现了写大字报的能手,一夜之间能糊满一墙,号称"刀儿笔"(剧团的儿化字特多)。庹三儿"幼而失学"(这是剧团惯用的语言),识字不多,字写得尤其不成样子,当不了刀儿笔,只能在战斗组成了刷大字报的浆子。戏台上有"刽子手"、"牢子手",庹三儿便被称为"浆子手"。"刀儿笔"写完了大字报,高叫:"嘚浆子手!"庹三儿高声答应:"在——呦!"

战斗间隙,没什么事,庹三在战斗组用旧报纸练字。他练的永远只是五个字:"毛主席万岁"。写完了,还要自我鉴赏一番。有一次写了一条,觉得"毛主席"的"席"字的一竖写得太长,也写歪了,偏着头端详了一会,用"判仿"的办法,拿起笔来在"席"字的下端打了两个叉。鉴赏完了,随手丢在一边。

不想这条字叫同一战斗组一个叫大俞的拉大提琴的(剧团"文革"前因演现代戏,调来一些搞西洋音乐的)看在眼里。大俞把这条字收起来,折好了,不声不响,压在箱子底下。

大俞是个有心机的人,他收藏了庹三儿这条字,没有跟任何人提过,一直在箱底压了半年。

到了"清队"(清理阶级队伍),大俞把庹三儿这条字交给了革委会、军宣队。这是个爆炸性的反革命事件。

军宣队把这条字拿给庹三儿看。庹三儿傻了眼了。

出组——离开战斗组。

参加学习班。

参加学习班的有各种人：走资派、资产阶级权威、历史反革命、入过一贯道的，还有有"男女关系"的演员。

大家都在学《毛选》，写检查交待。

学习班所在地原是剧场的休息室，很宽大，有桌子椅子，中午还可以把椅子拼起来睡午觉。

检查不知道写过了多少遍，翻来复去只是那样一些老问题。一二三四五一篇，五四三二一又一篇。大家知道没有什么了不得的，只是等着处理，因此吃得下睡得着，比战斗组的"战士"过得还要轻松。

只有庹三儿有点坐立不安。他的问题是新问题。叫他交待，交待什么呢？他又没有多少文化，写的材料前言不搭后语。

他费了九牛二虎之力，写了一份检查，请一个女演员提提意见。女演员看了，说："你这样写，就事论事，不行，得上纲上线，深挖你的思想，交待你为什么对毛主席有那样深的仇恨。否则一定通不过！"——思想？仇恨？——"你对毛主席有什么不满意？总能挖出一些来的。"庹三儿冥思苦想，终于挖出来了。他写道："我原来想打鼓，毛主席不让演帝王将相，我打不成鼓了，故此（戏班里的演员爱说'故此'）我恨他。"

我也看过他的检查，问他，"这是你的'活思想'么？"他说："不这么写通不过。"有一天在楼梯上，我和庹老大轻轻地说："叫你们老三写材料要实事求是，不要瞎写，这可不是闹着玩的事：白纸黑字！"老大含含糊糊地不知说了一句什么。我跟二喷子也说过同样的话。二喷子回答得更十脆："我管不着！他活该！"庹三儿的问题是"现行"的，他的两个哥哥要和他"划清界限"，深怕沾边，避之唯恐不及，哪里会跟三兄弟进一忠言呢？——万一三儿把他们跟他说的话汇报上去，那怎么办？

过了一个多星期，公安局来了两个警察，把庹三儿铐走了。

大家不再提起庹三儿，也很少人打听他的下落。听说起初关在第一监狱,后来转到天堂河劳改,一去七年。

四人帮倒台,"文化大革命"结束,庹三儿放回来了,他好像完全变了个人,不胡玩疯闹了,也不再恶作剧了,他很少说话,见人有时也笑一笑,笑得很惨。

他还是打小锣。

注　释

① 本篇原载《钟山》1994 年第五期,其中《无缘无故的恨》、《鞋底》、《打叉》与《红旗牌轿车》、《熟人》以"非往事"为题又载《北京文学》1998 年第一期;初收《汪曾祺全集》第二卷,北京师范大学出版社,1998 年 8 月。

祁　茂　顺[①]

　　祁茂顺在午门历史博物馆蹬三轮车。

　　他原先不是蹬车的,他有手艺:糊烧活,裱糊顶棚。

　　单件的烧活,接三轿马,一个人鼓捣一天,就能完活。祁茂顺在家里糊烧活。他家的门敞着,为的是做活有地方,也才豁亮。他在糊烧活的时候,总有一堆孩子围着看。糊得了,就在门外放着:一匹高头大白马——跟真马一样大,金鞍玉辔紫丝缰;拉着一辆花轱辘轿子车,蓝车帷,紫红软帘,软帘贴着金纸的团寿字。不但是孩子,就是路过的大人也要停步看看,而且连声赞叹:"地道!祁茂顺心细手巧!"

　　如果是成堂的大活:三进大厅、亭台楼阁、花园假山……一个人忙不过来,就得约两三个同行一块干。订烧活的规矩,事前不付定钱,由承活的先凑出一份钱垫着,好买色纸、秫秸、金粉、银粉、鳔胶、浆糊。交活的时候再收钱,早先订烧活,都是老式的房屋家具,后来有要糊洋房的,要糊小汽车、摩托车、收音机、电风扇的……人家要什么,他们都能糊出来。后来订烧活的越来越少了,都兴火葬了,谁家还会弄了一堂"车船轿马"拉到八宝山去?

　　祁茂顺的主要的活就剩下裱糊顶棚了。后来糊顶棚的活也少了。北京的平房讲究"灰顶花砖地"。纸糊的顶棚很少见了——容易坏,而且招蟑螂,招耗子。钢筋水泥的楼房更没有谁家糊个纸顶棚的。

　　祁茂顺只好改行。

　　午门历史博物馆原来编制很小,没有几个职员,不知道为什么,却给馆长配备了一辆三轮车,用以代步。经人介绍,祁茂顺到历史博物馆来蹬三轮车。馆长姓韩。祁茂顺每天一早蹬车接韩馆长上班,中午送他回家吃饭,下午再接他到馆里,下班送他回家。韩馆长是个方正守法的人,除了上下班,到什么地方开会,平常不为私人的事用车,因此祁茂顺的工作很轻松。

祁茂顺很爱护这辆三轮车,总是擦洗得干干净净的。晚上把车蹬回家,锁上,不许院里的孩子蹬着玩。

不过街坊邻居有事求他,他总是有求必应的。

隔壁陈大妈来找祁茂顺。

"茂顺大哥,你大兄弟病了,高烧不退,想麻烦您送他上一趟医院,不知您的车这会儿得空不得空?"

"没事! 交给我了!"

祁茂顺把病人送到医院。挂号、陪病人打针、领药,他全都包了。

祁茂顺人缘很好。

离祁茂顺家不远,住着一家姓金的。他是旗人皇室宗亲,是"世袭罔替"的贝勒,行四。旗人见面时还称他为"四贝勒",街坊则称之为金四爷。辛亥革命以后,旗人再也不能吃皇粮了。旗人不治产业,不会种地,不会经商,不会手艺,坐吃山空,日渐穷困。"四贝勒"怎么生活呢?幸好他的古文底子很好,又学过中医,协和医学院典籍教研室知道他,特约他校点中医典籍,这样他就有了稳定的收入,吃麻酱面没有问题。他过过豪华的日子,再也不能摆贝勒的谱,有麻酱面也就知足——不过他吃一碟水疙瘩咸菜还得切得像头发丝那么细。

他中年丧偶,无儿无女,只有一个侄女帮他做做饭,洗洗衣裳。

贝勒府原是很大的四合院,后来大部分都卖给同仁堂乐家当了堆放药材的楼房,他只保留了三间北房。

三间北房,两个人,也够住的了。

金四爷还保留一些贝勒的习惯。他不爱"灰顶花砖地",爱脚踩方砖,头上是纸顶棚,"四白落地"。

上个月下雨,顶棚漏湿了,垮下了一大片。金四爷找到了祁茂顺,说:

"茂顺,你给我把顶棚裱糊一下。"

祁茂顺说:"行! 星期天。"

祁茂顺星期天一早就来了,带了他的全套工具:棕刷子,棕笤帚,一盆稀稀的浆子,一大沓大白纸。这大白纸是纸铺里切好的,四方的,每一张都一样大小,不是要用时现裁。

金四爷看着祁茂顺做活。

只见他用棕刷子在大白纸蹭蹭两刷子,轻轻拈起来,用棕笤帚托着,腕子一使劲,大白纸就"吊"上了顶棚。棕笤帚抹两下,大白纸就在顶棚上呆住了。一张一张大白纸压着韭菜叶宽的边,平平展展、方方正正、整整齐齐。拐弯抹角用的纸也都用眼睛量好了的,不宽不窄,正合适,棕笤帚一抹,连一点折子都没有。而且,用的大白纸正好够数,不多一张。也不少一张。连浆都正好使完,没有一点糟践。金四爷看着祁茂顺的"表演",看得傻了,说:"茂顺,你这两下子真不简单! 眼睛、手里怎么能有那么准?"

"也就是个熟。"

"没有个三年五载,到不了这功夫!"

"那倒是。"

金贝勒给祁茂顺倒了一杯沏了两开的热茶。祁茂顺尝了一口:"好茶! 还是叶和元的双窨香片?"

"喝惯了。"

祁茂顺告辞。

"茂顺,别走,咱们到大酒缸喝两个去(大酒缸用的都是豆绿酒碗,一碗二两,叫做'一个')。"

"大酒缸? 现在上哪儿找大酒缸去?"

"八面槽不就有一家吗? 他们的酥鱼做得好。"

"金四爷,您这可真是老皇历了! 八面槽大酒缸早都没了。现在那儿改了门脸儿,卖手表照相机。酥鱼? 可着北京,现在大概都找不出一碟酥鱼!"

"大酒缸没有了?"

"没有啰!"

金贝勒喝着茶,连说了几句:

"大酒缸没有了。大酒缸没有了。"

很难说得清他的话是什么意思。

注　释

① 本篇原载 1994 年 12 月 29 日《钱江晚报》;初收《汪曾祺全集》第二卷,北京师范大学出版社,1998 年 8 月。

1995 年

鹿 井 丹 泉[①]

　　"鹿井丹泉"是"秦邮八景"中的一景,遗址在今南石桥南。

　　有一少年比丘,名叫归来,住在塔院深处,平常极少见人。归来仪容俊美,面如朗月,眼似莲花,如同阿难——阿难在佛弟子中俊美第一。归来偶或出寺乞食,游春士女有见之者,无不赞叹,说:"好一个漂亮和尚!"归来饮食简单,每日两粥一饭,佐以黄齑苦荬而已。

　　出塔院门,有一花坛,遍植栀子。花坛之外为一小小菜园。菜园外即为荆棘草丛,苍茫无际,并无人烟。花坛菜圃之间有一石栏方井,井栏洁白如玉,水深而极清。归来每天汲水浇花灌园。

　　当归来浇灌之时,有一母鹿,恒来饮水。久之稔熟。略无猜忌。

　　一日归来将母鹿揽取,置之怀中,抱归塔院。鹿毛柔细温暖,归来不觉男根勃起,伸入母鹿腹中。归来未曾经此况味,觉得非常美妙。母鹿也声唤嘤嘤,若不胜情。事毕之后,彼此相看,不知道他们做了一件什么事。

　　不久,母鹿胸胀流奶,产下一个女婴。鹿女面目姣美,略似其父,而行步珊珊,犹有鹿态,则似母亲。一家三口,极其亲爱。

　　事情渐为人知,嘈嘈杂杂,纷纷议论。

　　当浴佛日,僧众会集,有一屠户,当众大叱骂:

　　"好你个和尚! 你玩了母鹿,把母鹿肚子玩大了,还生下一个鹿女! 鹿女已经十六岁了,你是不是也要玩它? 你把鹿女借给兄弟们玩两天行不行? 你把鹿女藏到哪里去啦?"

说着以手痛掴其面,直至流血。归来但垂首趺坐,不言不语。

正在众人纷闹,营营訇訇,鹿女从塔院走出,身著轻绡之衣,体被璎珞,至众人前,从容言说:

"我即鹿女。"

鹿女拭去归来脸上血迹,合十长跪。然后蹒跚款款,走出塔院之门,走入栀子丛中,纵身跃入井内。

众人骇然,百计打捞,不见鹿女尸体,但闻空中仙乐飘飘,花香不散。

当夜归来汲水澡身迄,在栀子丛中累足而卧,比及众人发现,已经圆寂。

按此故事在高邮流传甚广,故事本极美丽,但理解者不多。传述故事者用语多鄙俗,屠夫下流秽语尤为高邮人之奇耻。因此改写。

一九九五年春节

注 释

① 本篇原载《上海文学》1995 年第七期;初收《汪曾祺全集》第二卷,北京师
范大学出版社,1998 年 8 月。

喜　　神^①

　　喜神即画像,这大概是宋朝人的说法。钱大昕《竹汀先生日记抄》:"读宋伯仁《梅花喜神谱》……凡百图,图后五言绝一首,题曰'喜神',盖宋时俗语,以写像为喜神也。"钱说未必准确。喜神我们那里现在还有这说法。宋伯仁画梅,只是取其神韵,"喜神"是诗意化了的说法,是从人像移用的。除了宋伯仁,也没有听说过称花卉画为喜神的。

　　作为人像的喜神图有两种。一种是生活像,即行乐图。袁枚《随园诗话》谓:"古无小照,起于汉武梁祠画古贤烈女之像。而今则庸夫俗子皆有一行乐图矣。"行乐图与武梁祠画像,恐怕没有直接关系,袁枚盖亦揣测之词。自画或请人画小像,当起于唐宋,苏东坡即有小像。明清以后始盛行。"庸夫俗子皆有一行乐图矣",是对的。我的外祖父即有一行乐图,是一横披。既是"行乐",大都画得很闲适,外祖父的行乐图就是这样。他坐在一丛竹子前面的石头上,手执一卷书,样子很潇洒。其实我的外祖父是个很古板严厉的人,我从来没有看见过他坐在丛竹前的石头上,并且他从来不看一本书。

　　比行乐图更多见的喜神是遗像,北京人叫做"影"。画遗像的是专门的画匠,他们有一套特殊的技法。病人垂危,家里人就会把画匠请来。画匠端详着病人,用一张纸勾出他的脸形粗略的轮廓线条。回家在一张挖出一个椭圆的宣纸的椭圆处用淡墨画出像主的头像的初稿。照例要拿了初稿到"本家"去征求死者亲属的意见。意见总是有的,额头窄了、颧骨高了、人中长了……最挑剔的大都是姑奶奶。画匠把初稿拿回去,换一张新纸,勾了墨色较深的单线,敷出淡淡的肤色,"喜神"的头部就算完成。中国的传真画像的匠师有一套秘传的"百脸图",把人的面部经过分析,定出一百种类型,画像时选定一种,对着真人,斟酌加减,画出来总是相当像的。我们县城里画像画得最好的是管又萍,他的画价也最贵。

"开脸"之后,画穿戴。男的都是补褂朝珠,颜色是一样的,只有顶子不能乱画。大红顶子、金顶子,不能乱来。常见的喜神上的顶子多半是蓝顶子、水晶顶子,因为这是不大的功名。女的则一律是凤冠霞帔。这有点奇怪,男女时代不同。喜神上的老爷是清装——袍套,太太则是明代的服装——凤冠霞帔是明代服装。据说这跟洪承畴的母亲有关。洪母忠于明室,死后顺治特许以明代命妇服装盛殓。以后就将此制度延续了下来。顺治开国,为了笼络人心,所颁圣谕或者可信。

画穿戴是很费工的,要画得很细致。曾见过一篇谈齐白石的文章,说他画的像能透过纱套,看得见里面袍子上的团龙。其实这是所有的画匠都做得到的,只要不怕麻烦。

管又萍画像只管"开脸",画穿戴都交给了徒弟。他有两个徒弟,都是哑巴。他们也能"开脸",只是不那么传神。

管又萍病重,自知不起,他叫两个徒弟给他画一张像。徒弟画好了,他看了看,叫徒弟拿一面镜子、一枝笔来,他对着镜子看了看,在徒弟画的像上加了两笔。传神阿堵,颊上三毫,这张像立刻栩栩如生,神气活现。

管又萍放下画笔,咽了气。

一九九五年三月二十五日

注　释

① 本篇原载《收获》1995 年第四期;初收《汪曾祺全集》第二卷,北京师范大学出版社,1998 年 8 月。

丑　　脸[①]

这四位略有赀财,但在城里算不上是绅士大户,因此对绅士大户很巴结。大户人家有事,婚丧寿庆,他们必定是礼到人到,从不缺席。他们和绅士大户多少都能拉扯一点亲戚关系,叙起来却好像是至亲。他们来了,气氛就活跃起来,很多人都愿意看他们一眼,然后抿嘴而笑。有时他们凑一桌麻将,来看一眼,抿嘴笑着走开的人更多。女眷们伸了脑袋,尽情地看够,然后跑到对面廊子上放声大笑,笑得上气不接下气,笑得直揉肚子,嘴里还要不停地乱叫:"哎哟哎哟……"

这四位长得奇丑。他们长了四张丑脸。

第一位是驴脸。这没有太特别处,只是特别的长而已。

第二位,女眷们叫他"瓢把子脸",是说他的额头大,且光滑无毛,下巴又有点向外兜。

第三位是"磨刀砖脸",是说脸狭长,上下都有点翘,而当中是个凹脸心。

第四位最特别,是一张"鞋拔子脸"。鞋拔子后来很少见到了,当初是常见的。那会穿鞋时兴狭小,得用鞋拔子拔,用手是拔不上去的。"鞋拔子脸"是什么样的呢?没有看过的,想象不出,但是一看见这张脸,就觉得真像! 这不知道是哪一位尖嘴促狭的少奶奶想出来的!

这四位相继去世了。前后脚。

人总要死的,不论长了一张什么脸。

一九九五年三月二十五日

注　释

① 本篇原载《收获》1995 年第四期;初收《汪曾祺全集》第二卷,北京师范大学出版社,1998 年 8 月。

水　蛇　腰[①]

崔兰是个水蛇腰。腰细，长，软。走起路来扭扭的。很多人爱看她走路。路上行人，尤其是那些男教员。看过来，看过去，眼睛很馋。崔兰并不知道有人看她。她只是自自然然地走。崔兰还小，才读小学五年级。虽然发育得比较快，对于许多事还只有点朦朦的感觉，并不大懂。她不知道卖弄风情，逗引男人。

崔兰结婚早。未免过早一点。高小毕业就结婚了。在这所六年级制的小学里，也许她是结婚最早的一个。嫁的是朱家。朱家的少爷。朱家是很阔的人家，开面粉厂。这个地方把面粉叫做"洋面"，这个面粉厂叫"洋面厂"。崔兰嫁的是洋面厂的小老板。崔兰怎么会嫁到朱家去的呢？

崔兰的父亲是洋面厂的账房先生，崔兰常给她父亲到洋面厂去送饭（崔兰的母亲死得早，家里许多事得她管），朱家的少爷一眼看上了崔兰，托人说媒，非崔兰不要。崔兰的父亲自然没有意见，崔兰只说了两句话："我还小哩。……他们家太阔了！"事情就定了。

结婚三朝，正是阴历七月十五，"迎会"（赛城隍）的日子。这个地方每年七月十五"出会"。近晌午时把城隍老爷的"大驾"从庙里请出来，在主要街道上"巡"一"巡"，到"行宫"里休息，下午再"回銮"。这是一年里最隆重而热闹的日子。大锣大鼓，丝竹齐奏。踩高跷，舞狮子，舞龙，舞"大头和尚"（月明和尚度柳翠）。高跷有"火烧向大人"（向大人即清末征太平天国的名将向荣）。柳枝腔"小上坟"，贾大老爷用一个夜壶喝酒……茶担子，花担子，倾城出动，鞭花訇鸣。各种果品，各种鲜花，填街咽巷，吟叫百端……

朱家的少爷带着新娘子去"看会"，手拉手。从挡军楼（洋面厂的所在）一直走到中市口（全城最繁华处）。新婚夫妻，在大街上，那样亲热，在那么多人面前手搀手地走，很多"老古板"看不惯。

他们的衣装打扮也是这城里的没有见过的。朱家少爷穿了一件月白香云纱长衫，上面却罩了一个掐了玫瑰红韭菜叶边的黑缎子小马甲。马甲掐边，还是玫瑰红的，男不男，女不女！

崔兰穿的是一件大红嵌金线乔其纱旗袍，脚下是一双麂皮软底便鞋，很显脚形——崔兰的脚很好看。长丝袜。新烫的头发（特为到上海烫的），鬓边插一朵小小的珍珠偏凤。脸上涂了夏士莲香粉蜜，旁氏口红，描眉画眼，风姿绰约，光彩照人。

朱家少爷和崔兰坐在王万丰（这是中市口一家大酱园）楼上靠栏杆一张小方桌前的藤椅（这是特为给上宾留的特座）上看会，喝茶，嗑瓜子。楼下的往来人议论纷纷，七嘴八舌。有男的，也有女的。有荤的也有素的。有的人说出了声（小声），有的只是自己在心里想。

——崔兰这双丝袜得多少线？

——反正你我买不起！

——她的旗袍开气未免太高了，又坐在栏杆旁边，从下面看什么都看见了！

——她穿了裤子没有？

——她晚上上床，一定很会扭，扭得很好看。

——你怎会知道？

——想当然耳，想当然耳！

——闭上你们这些男人的臭嘴！

一夜之间，崔兰从一个毛丫头变成了一个少奶奶，不知道为什么，很多人为此很不平。一句话在很多人的嘴里和心里盘桓：

"这可真是糠箩跳米箩了！"

一九九五年四月八日

注　释

①　本篇原载《中国作家》1995 年第四期；初收《矮纸集》，长江文艺出版社，1996 年 3 月。

兽　医^①

姚有多是本城有名的兽医（本城兽医不多），外号"姚六针"。他给牲口治病主要是扎针，六针见效。他不像一般兽医，要把牲口在杠子上吊起来，而只是让牲口卧着，他用手在牲口肚子上摸摸，用耳朵贴在肠胃部分听听，然后从针包里抽出一尺长的针，噌噌噌，照牲口肚子上连下三针，牲口便会放一连串响屁，拉好些屎；接着再抽出三根针，噌噌噌，又下三针，牲口顿时就浑身大汗；最后，把事先预备好的稻草灰，用笤帚在牲口身上拍一遍，不到一会儿，牲口就能挣扎着站起来，好了！

围着看的人都说："真绝！"

据姚有多说：前三针是"通"，牲口得病，大都在肠，肠梗阻、肠套结什么的，肠子通了，百病皆除。后三针是"补"——"扎针还能补？""能，不补则虚，虚则无力。"他有时也用药，用一个木瓢把草药给骡马灌下去，也不煎，也不煮，叫牲口干吞。好家伙，那么一瓢药，够牲口嚼的。吃完，把牲口领起来遛几圈，牲口打几个响鼻，又开始吃青草了。

姚有多每天起来很早，一起来先绕着城墙走一圈，然后到东门里王家亭子的空地上练两套拳。他说牲口一挨针扎，会踢人，兽医必须会武功。能蹿能跳，防身。

姚有多的女人前两年得病死了，没有留下孩子，他一个人过。

谁都知道姚有多不缺钱，但是他的生活很简朴。早上一壶茶，三个肉包子，本地人把这种吃法叫作"一壶三点"；中午大都是在吴大和尚的饺面店里吃一碗面，两个糖酥烧饼；晚饭就更简单了，喝粥。本地很多人家每天都是"两粥一饭"。

他不喝酒，不打牌。白天在没有人来请医的时候，看看熟人；晚上到保全堂药店听一个叫张汉轩的万事通天南地北地闲聊。

一天下午,姚有多在刘春元绒线店的廊檐外,看到一个卖油条的孩子跟一位老者下象棋。老者胡子花白,孩子也就是六七岁。一盘棋下了一半,花白胡子已经招架不住,手忙脚乱,败局已定。旁观的人全都哈哈大笑。

收拾了棋盘棋子,姚有多问孩子:"你是小顺子吧?"

"你怎么知道?"

"你还戴着你爹的孝呢!——长得也像。"

"你认识我爹?"

"我们从前是很好的朋友。"

"你是姚二叔。"

"你认识我?"

"谁不认识!"

"你妈还好?"

"还好。"

"小顺子,回去跟你妈说,你也不小了,不能老是卖油条。问她愿不愿让你跟我学兽医。我看你挺聪明。准能学成个好兽医!"

"欸!得罪你啦,二叔!"

顺子前年死了爹,剩下母子二人相依为命。顺子卖油条,他妈给人洗衣裳。

顺子的爹生前租下两间房,这房的特点是门外有一口青麻石井栏的井,这样用起水来非常方便。顺子妈每天大件大件地洗,洗完了晾在井边的竹竿上。顺子妈洗的被褥干净,叠的衣服整齐,来找她拆洗的人很多。

顺子妈干什么都既从容又利落,动作很快,本地人管这样的人叫"刷刮"。

顺子妈长得很脱俗,个子稍高,肩背都瘦瘦薄薄的。她只有几件布衣裳,但是可体合身。发髻一边插一朵绒线小白花,是给亡夫戴的孝。她的鞋面是银灰色的,这双银灰色的鞋,使她有一种说不出的风韵。

顺子妈和街坊处得很好,有求她裁一身衣服的,"替"一双鞋样的,绞个脸的,她无不答应——本地新娘子出嫁前要用两根白线把脸上的汗毛"绞"了,显出额头,叫作"绞脸"。但是她很少到人家串门,因为她是个"半边人"(本地称寡妇为"半边人"),怕人家忌讳。她经常走动、聊天说话的是隔壁的金大娘,开茶炉子卖开水的金大力的老婆,金大娘心善人好只是话多,爱管闲事。

一天晚上,顺子妈把晾干的衣裳已经叠好,金大娘的茶炉子来买水的人也不多了,她就过来找金大娘闲聊——她们是紧邻。

"二嫂子,"金大娘总是叫顺子妈为二嫂子,"我有句话,不知当讲不当讲。讲错了,你别生气。"

"你说。"

"你也该往前走一步了。"

本地把寡妇改嫁叫"往前走一步"。

"我不是没有想过,只是忘不了死鬼。"

"你不能守一辈子!"

"再说,也没有合适的人。我怕进来一个后老子,待顺子不好,那我这心里就如刀剜了!"

"合适的人? 有!"

"谁?"

"姚有多。他前些时还想收顺子当徒弟,不会苦了孩子。"

"我想想。"

"想想! 过两天给我个回话,摇头不是点头是!"

姚有多原来也没有往这件事上想过,金大娘一提,他心动了,走过来走过去,总要向井台上看看。他这才发现,顺子妈长得这样素雅,他的心怦怦直跳。

顺子妈在洗衣裳,听到姚有多的脚步声,不免也抬眼看了看。

事情就算定了。

顺子妈除了孝,把发髻边的小白花换成一朵大红剪绒的喜字,脱了银灰色的旧鞋,换了一双绣了秋海棠的新鞋,就像换了一个人。

刘春元绒线店的刘老板,保全堂药店的卢管事算是媒人。

顺子妈亲自办了两桌席谢媒。

把客人送走,洗了碗碟,月亮上来了。隔着房门听听,顺子已经呼呼大睡。

顺子妈轻轻闩上房门。姚有多已经上床。

顺子妈吹了灯,借着月光,背过身来,解开钮扣……

注 释

① 本篇原载《十月》1995年第四期;初收《矮纸集》,长江文艺出版社,1996年3月。

熟　　藕①

　　刘小红长得很好看,大眼睛,很聪明,一街的人都喜欢她。

　　这里已经是东街的街尾,店铺和人家都少了。比较大的店是一家酱园,坐北朝南。这家卖一种酒,叫佛手曲。一个很大的方玻璃缸,里面用几个佛手泡了白酒,颜色微黄,似乎从玻璃缸外就能闻到酒香。酱菜里有一种麒麟菜,即石花菜。不贵,有两个烧饼的钱就可以买一小堆,包在荷叶里。麒麟菜是脆的,半透明,不很咸,白嘴就可以吃。孩子买了,一边走,一边吃,到了家已经吃得差不多了。

　　酱园对面是周麻子的果子摊。其实没有什么贵重的果子,不过就是甘蔗(去皮,切段);荸荠(削去皮,用竹签串成串,泡在清水里)。再就是百合、山药。

　　周麻子的水果摊隔壁是杨家香店。

　　杨家香店的斜对面,隔着两家人家,是周家南货店,亦称杂货店。这家卖的东西真杂。红蜡烛。一个师傅把烛芯在一口锅里一枝一枝"蘸"出来,一排一排在房椽子上风干。蜡烛有大有小,大的一对一斤,叫做"大八"。小的只有指头粗,叫做"小牙"。纸钱。一个师傅用木槌凿子在一沓染黄了的"毛长纸"上凿出一溜溜的铜钱窟窿,是烧给死人的。明矾。这地方吃河水,河水浑,要用矾澄清了。炸油条也短不了用矾。碱块。这地方洗大件的衣被都用碱,小件的才用肥皂。浆衣服用的浆面——芡实磨粉晒干。另外在小缸里还装有白糖、红糖、冰糖,南枣、红枣、蜜枣,桂圆、荔枝干、金橘饼,山楂,老板一天说不了几句话,跟人很少来往,见人很少打招呼,有点不近人情。他生活节省,每天青菜豆腐汤。有客人(他也还有一些生意上的客人)来,不敬烟,不上点心,连茶叶都不买一包,只是白开水一杯。因此有人从《百家姓》上摘了四个字,作为他的外号:"白水窦章",白水窦章除了做生意,写帐,没有什么别的事。不看戏,不听说书,不打牌,一天只是用一副骨牌"打通关",抱着一只很肥的玳瑁猫。他并不喜欢猫。是猫避鼠。他养猫是怕老鼠偷吃蜡烛油。打通关打累了,他伸一个懒腰,走到门口闲看。看来往行人,看狗,看碾坊放着青回来的骡马,看乡下人赶到湖西歇伏的水牛,看对面店铺里买东西的顾客。

周家南货店对面是一家绒线店,是刘小红家开的。绒线店卖丝线、花边、绦子,还有一种扁窄上了浆的纱条,叫做"鳝鱼骨子",是捆扎东西用的。绒线店卖这些东西不用尺量,而是在柜台边刻出一些道道,用手拉长了这些东西在刻出的道道上比一比。刘小红的父亲一天就是比这些道道,一面口中报出尺数:"一尺、二尺、三尺……"绒线店还带卖梳头油、刨花(抿头发用)、雪花膏。还有一种极细的铜丝,是穿珠花用的,就叫做"花丝"。刘小红每学期装饰教室扎纸花,都从家里带了一箍花丝去。

刘老板夫妇就这么一个女儿,娇惯得不行,要什么给什么,给她的零花钱也很宽松。刘小红从小爱吃零嘴,这条街上的零食她都吃遍了。

但是她最爱吃的是熟藕。

正对刘家绒线店是一个土地祠。土地祠厢房住着王老,卖熟藕。王老无儿无女,孤身一人,一辈子卖熟藕。全城只有他一个人卖熟藕,谁想吃熟藕,都得来跟王老买。煮熟藕很费时间,一锅藕得用微火煮七八小时,这样才煮得透,吃起来满口藕香。王老夜里煮藕,白天卖,睡得很少。他的煮藕的锅灶就安在刘家绒线店门外右侧。

小红很爱吃王老的熟藕,几乎每天上学都要买一节,一边走,一边吃。

小红十一岁上得了一次伤寒,吃了很多药都不见效。她在床上躺了二十多天,街坊们都来看过她。她吃不下东西。王老到南货店买了蜜枣、金橘饼、山楂糕给送来,她都不吃,摇头。躺了二十多天,小脸都瘦长了,妈妈非常心疼。一天,她忽然叫妈:

"妈!我饿了,想吃东西。"

妈赶紧问：

"想吃什么？给你下一碗饺面？"

小红摇头。

"冲一碗焦屑？"

小红摇头。

"熬一碗稀粥，就麒麟菜？"

小红摇头。

"那你想吃什么？"

"熟藕。"

那还不好办！小红妈拿了一个大碗去找王老，王老说：

"熟藕？吃得！她的病好了！"

王老挑了两节煮得透透的粗藕给小红送去。小红几口就吃了一节，妈忙说："慢点！慢点！不要吃得那么急！"

小红吃了熟藕，躺下来，睡着了。出了一身透汗，觉得浑身轻松。

小孩子复原得快，休息了一个星期，就蹦蹦跳跳去上学了，手里还是捧了一节熟藕。

日子过得真快，转眼小红二十了，出嫁了。

婆家姓翟，也是开绒线店的。翟家绒线店开在北市口。北市口是个热闹地方，翟家生意很好。丈夫原是小红的小学同学，还做了两年同桌，对小红也很好。

北市口离东街不远，小红隔几天就回娘家看看，帮王老拆洗拆洗衣裳。

王老轻声问小红：

"有了没有？"

小红红着脸说："有了。"

"一定会是个白胖小子！"

"托您的福！"

王老死了。

早上来买熟藕的看看，一锅煮熟藕，还是温热的，可是不见王老来做生意。推开门看看，王老不知什么时候已经断了气。

小红正在坐月子，来不了。她叫丈夫到周家南货店送了一对"大八"，到杨家香店"请"了三股香，叫他在王老灵前点一点，叫他给王老磕三个头，算是替她磕的。

王老死了，全城再没有第二个人卖熟藕。

但是煮熟藕的香味是永远存在的。

注　释

① 本篇原载《长江文艺》1995 年第六期；初收《矮纸集》，长江文艺出版社，1996 年 3 月。

公　冶　长[①]

公冶长懂鸟语。

一天，几只乌鸦在树上对公冶长说：

"公冶长，公冶长，南山有个虎拖羊。你吃肉，我吃肠。"

公冶长到南山一看，果然有只虎拖羊，他把羊装在筐筐里拖了回去，给乌鸦什么也没有留下。

过了几天，乌鸦又对公冶长说：

"公冶长，公冶长，南山又有虎拖羊。你吃肉，我吃肠。"

公冶长赶到南山，什么也没有，树下躺着一具死尸。公冶长抽身想走，走出几个差人，把公冶长打了一顿。

公冶长无法分辩，也说不清楚，只好咬着牙挨打。这是一桩无头官司，既无"苦主"，也无见证。民不告，官不理，过了一阵，也就算过去了。公冶长白白挨了一顿打。从此公冶长再也不提他懂鸟语，他说：

"人话我都听不懂，懂得什么鸟语！"

注　释

① 本篇原载 1995 年 8 月 7 日《平顶山日报》；初收《汪曾祺全集》第二卷，北京师范大学出版社，1998 年 8 月。

窥　浴①

　　岑明是吹黑管的,吹得很好。在音乐学院附中学习的时候,教黑管的老师虞芳就很欣赏他,认为他聪明,有乐感,吹奏有感情。在虞芳教过的几班学生中,她认为只有岑明可以达到独奏水平。音乐是需要天才的。

　　附中毕业后,岑明被分配到样板团。自从排练样板戏以后,各团都成立了洋乐队。黑管在仍以"四大件"为主的乐队里只是必不可少的装饰,一晚上吹不了几个旋律。岑明一天很清闲。他爱看小说。看《红与黑》,看 D. H. 劳伦斯。

　　岑明是个高个儿,瘦瘦的,卷发。

　　他不爱说话,不爱和剧团演员、剧场职员说一些很无聊的荤素笑话。演员、职员都不喜欢他,认为他高傲。他觉得很寂寞。

　　俱乐部练功厅上有一个平台,堆放着纸箱、木板等等杂物。从一个角度,可以下窥女浴室,岑明不知道怎么发现了这个角落。他爬到平台上去看女同志洗澡。已经不止一次。他的行动叫一个电工和一个剧场的领票员发现了,他们对剧场的建筑结构很熟悉。电工和领票员揪住岑明的衣领,把他拉到练功厅下面,打他。

　　一群人围过来,问:

　　"为什么打他?"

　　"他偷看女同志洗澡!"

　　"偷看女同志洗澡?——打!"

　　七八个好事的武戏演员一齐打岑明。

　　恰好虞芳从这里经过。

　　虞芳看到,也听到了。

虞芳在乐团吹黑管，兼在附中教黑管。她有时到乐团练乐，或到几个剧团去辅导她原来的学生，常从俱乐部前经过，她行步端庄，很有风度。演员和俱乐部职工都认识她。

这些演员、职员为什么要打岑明呢？说不清楚。

他们觉得岑明的行为不道德？

他们是无所谓道德的观念的。

他们觉得自己受到了侵犯，甚至是污辱（他们的家属是常到女浴室洗澡的）。

或者只是因为他们讨厌岑明，痛恨他的高傲，他的落落寡合，他的自以为有文化，有修养的劲儿。这些人都有一种潜藏的，严重的自卑心理，因为他们自己也知道，他们是庸俗的，没有文化的，没有才华的，被人看不起的。他们打岑明，是为了报复，对音乐的，对艺术的报复。

虞芳走过去，很平静地说：

"你们不要打他了。"

她的平静的声音产生了一种震慑的力量。

因为她的平静，或者还因为她的端庄，她的风度，使这群野蛮人撒开了手，悻悻然地散开了。

虞芳把岑明带到自己的家里。

虞芳没有结过婚，她有过两次恋爱，都失败了，她一直过着单身的生活。音乐学院附中分配给她一个一间居室的宿舍，就在俱乐部附近。

"打坏了没有？有没有哪儿伤着？"

"没事。"

虞芳看看他的肩背，给他做了热敷，给他倒了一杯马蒂尼酒。

"他们为什么打你？"

岑明不语。

"你为什么要爬到那么个地方去看女人洗澡？"

岑明不语。

"有好看的么？"

岑明摇摇头。

"她们身上有没有音乐?"

岑明坚决地摇了摇头:"没有!"

"你想看女人,来看我吧。我让你看。"

她乳房隆起,还很年轻。双腿修长。脚很美。

岑明一直很爱看虞老师的脚。特别是夏天,虞芳穿了平底的凉鞋,不穿袜子。

虞芳也感觉到他爱看她的脚。

她把他的手放在自己的胸上。

他有点晕眩。

他发抖。

她使他渐渐镇定了下来。

(肖邦的小夜曲,乐声低缓,温柔如梦……)

注　释

① 本篇原载《作品》1995 年第九期;初收《矮纸集》,长江文艺出版社,1996 年
3 月。

薛　大　娘①

薛大娘是卖菜的。

她住在螺蛳坝南面，占地相当大，房屋也宽敞，她的房子有点特别，正面、东西两边各有三间低低的瓦房，三处房子各自独立，不相连通。没有围墙，也没有院门，老远就能看见。

正屋朝南，后枕臭河边的河水。河水是死水，但并不臭；当初不知怎么起了这么一个地名。有时雨水多，打通螺蛳坝到越塘之间的淤塞的旧河，就成了活水。正屋当中是"堂屋"，挂着一轴"家神菩萨"的画。这是逢年过节磕头烧香的地方，也是一家人吃饭的地方。正屋一侧是薛大娘的儿子大龙的卧室，另一侧是贮藏室，放着水桶、粪桶、扁担、勺子、菜种、草灰。正屋之南是一片菜园，种了不少菜。因为土好，用水方便——下河坎就能装满一担水，菜长得很好。每天上午，从路边经过，总可以看到大龙洗菜、浇水、浇粪。他把两桶稀粪水用一个长柄的木勺子扇面似的均匀的洒开。太阳照着粪水，闪着金光，让人感到：这又是新的一天了。菜园的一边种了一畦韭菜，垅了一畦葱，还有几架宽扁豆。韭菜、葱是自家吃的，扁豆则是种了好玩的。紫色的扁豆花一串一串，很好看。种菜给了大龙一种快乐。他二十岁了，腰腿矫健，还没有结婚。

薛大娘的丈夫是个裁缝，人很老实，整天没有几句话。他住东边的三间，带着两个徒弟裁、剪、缝、连、锁边、打纽子。晚上就睡在这里。他在房事上不大行。西医说他"性功能不全"，有个江湖郎中说他"只能生子，不能取乐"。他在这上头也就看得很淡，不大有什么欲望。他很少向薛大娘提出要求，薛大娘也不勉强他。自从生了大龙，两口子就不大同房，实际上是分开过了。但也是和和睦睦的，没有听到过他们吵架。

薛大娘自住在西边三间里。

她卖菜。

每天一早,大龙把青菜起出来,削去泥根,在两边扁圆的菜筐里码好,在臭河边的水里濯洗干净,薛大娘就担了两筐菜,大步流星地上市了。她的菜筐多半歇在保全堂药店的廊檐下。

说不准薛大娘的年龄。按说总该过四十了,她的儿子都二十岁了嘛。但是看不出。她个子高高的,腰腿灵活,眼睛亮灼灼的。引人注意的是她一对奶子,尖尖耸耸的,在蓝布衫后面顶着。还不像一个有二十岁的儿子的人。没有人议论过薛大娘好看还是不好看,但是她眉宇间有点英气,算得是个一丈青。

她的菜肥嫩水足。很快就卖完了。卖完了菜,在保全堂店堂里坐坐,从茶壶焐子里倒一杯热茶,跟药店的"同事"说说话。然后上街买点零碎东西,回家做饭。她和丈夫虽然分开过,但并未分灶,饭还在一处吃。

薛大娘有个"副业",给青年男女拉关系——拉皮条。附近几条街上有一些"小莲子"——本地把年轻的女用人叫做"小莲子"。她们都是十六七,十七八,都是从农村来的。这些农村姑娘到了这个不大的县城里,就觉得这是花花世界。她们的衣装打扮变了。比如,上衣掐了腰,合身抱体,这在农村里是没有的。她们也学会了搽胭脂抹粉。连走路的样子都变了,走起来扭扭搭搭的。不少小莲子认了薛大娘当干妈。

街上有一些风流潇洒的年轻人,本地叫做"油儿"。这些"油儿"的眼睛总在小莲子身上转。有时跟在后面,自言自语,说一些调情的疯话:"花开花谢年年有,人过青春不再来";"易求无价宝,难得有情郎。"小莲子大都脸色矜持,不理他。跟的次数多了,不免从眼角瞟几眼,觉得这人还不讨厌,慢慢地就能说说话了。"油儿"问小莲子是哪个乡的人,多大了,家里还有谁。小莲子都小声回答了他。

"油儿"到觉得小莲子对他有点意思了,就找到薛大娘,求她把小莲子弄到她家里来会会。薛大娘的三间屋就成了"台基"——本地把提供男女欢会的地方叫做"台基"。小莲子来了,薛大娘说:"你们好好谈谈吧",就把门带上,从外面反锁了。她到熟人家坐半天,有一搭无一搭地聊聊,估计时间差不多了才回来开锁推门。她问小莲子"好么?"小莲子满脸通红,低了头,小声说"好"——"好,以后常来。不要叫主家发现,扯个谎,就说在街碰到了舅舅,陪他买了会东西"。

欢会一次,"油儿"总要丢下一点钱,给小莲子,也包括给大娘的酬谢。钱一般不递给小莲子手上,由大娘分配。钱多钱少,并无定例。但大体上有个"时价"。臭河边还有一处"台基",大娘姓苗。苗大娘是要开价的。有一次一个"油儿"找一个小莲子,苗大娘索价二元。她对这两块钱作了合理的分配,对小莲子说:"枕头五毛炕五毛,大娘五毛你五毛。"

薛大娘拉皮条,有人有议论。薛大娘说:"他们一个有情,一个愿意,我只是拉拉纤,这是积德的事,有什么不好?"

薛大娘每天到保全堂来,和保全堂上上下下都很熟。保全堂的东家有一点很特别,他的店里不用本地人,从上到下:管事(经理)、"同事"(本地把店员叫"同事")、"刀上"(切药的)乃至挑水做饭的,全都是淮安人。这些淮安人一年有一个月假期,轮流回去,做传宗接代的事,其余十一个月吃住都在店里。他们一年要打十一个月的光棍。谁什么时候回家,什么时候假满回店,薛大娘了如指掌。她对他们很同情,有心给他们拉拉纤,找两个干女儿和他们认识,但是办不到。这些"同事"全都是拉家带口,没有余钱可以做一点风流事。

保全堂调进一个新"管事"——老"管事"刘先生因病去世了,是从万全堂调过来的。保全堂、万全堂是一个东家。新"管事"姓吕,街上人都称之为吕先生,上了年纪的则称之为"吕三"——他行三,原是万全堂的"头柜",因为人很志诚可靠,也精明能干,被东家看中,调过来了。按规矩,当了"管事",就有"身股",或称"人股",算是股东之一,年底可以分红,因此"管事"都很用心尽职。

也是缘份,薛大娘看到吕三,打心里喜欢他。吕三已经是"管事"了,但岁数并不人,才三十多岁。这样年轻就当了管事的,少有。"管事"大都是"板板六十四"的老头,"同事"、学生意的"相公"都对"管事"有点害怕。吕先生可不是这样,和店里的"同仁"、来闲坐喝茶的街邻全都有说有笑,而且他说的话都很有趣。薛大娘爱听他说话,爱跟他说话,见了他就眉开眼笑。薛大娘对吕先生的喜爱毫不遮掩。她心里好像开了一朵花。

吕三也像药店的"同事"、"刀上",每年回家一次,平常住在店里。他一个人住在后柜的单间里。后柜里除了现金、账簿,还有一些贵重的药:犀牛角、鹿茸、高丽参、藏红花……

吕先生离开万全堂到保全堂来了,他还是万全堂的老人,有时有事要和万全堂的"管事"老苏先生商量商量,请教请教。从保全堂到万全堂,要经过臭河边,经过薛大娘的家。有时他们就做伴一起走。

有一次,薛大娘到了家门口,对吕三说:"你下午上我这儿来一趟。"

吕先生从万全堂办完事回来,到了薛家,薛大娘一把把他拉进了屋里。进了屋,薛大娘就解开上衣,让吕三摸她的奶子。随即把浑身衣服都脱了,对吕三说:"来!"

她问吕三:"快活吗?"——"快活。"——"那就弄吧,痛痛快快地弄!"薛大娘的儿子已经二十岁,但是她好像第一次真正做了女人。

好事不出门,坏事传千里,薛大娘和吕三的事渐渐被人察觉,议论纷纷。薛大娘的老姊妹劝她不要再"偷"吕三,说:

"你图个什么呢?"

"不图什么。我喜欢他。他一年打十一个月光棍,我让他快活快活,——我也快活,这有什么不对? 有什么不好? 谁爱嚼舌头,让她们嚼去吧!"

薛大娘不爱穿鞋袜,除了下雪天,她都是赤脚穿草鞋,十个脚趾舒舒展展,无拘无束。她的脚总是洗得很干净。这是一双健康的,因而是很美的脚。

薛大娘身心都很健康。她的性格没有被扭曲、被压抑。舒舒展展，无拘无束。这是一个彻底解放的，自由的人。

注　释

① 本篇原载《山花》1996 年第一期；初收《汪曾祺全集》第二卷，北京师范大学出版社，1998 年 8 月。

莱 生 小 爷①

莱生小爷家有一只鹦鹉。

莱生小爷是我们本家叔叔。我们那里对和父亲同一辈的弟兄很少称呼"伯伯"、"叔叔"的,大都按他们的年龄次序称呼"大爷"、"二爷"、"三爷"……年龄小的则称之为"小爷"。汪莱生比我父亲小好几岁,我们就叫他"小爷"。有时连他的名字一起叫,叫"莱生小爷",当面也这样叫。他和我父亲不是嫡堂兄弟,但也不远,两房是常走动的。

莱生小爷家比较偏僻,大门开在方井巷东口。对面是一片菜园。挨着莱生小爷家,往西,只有几户人家。再西,出巷口即是"阴城"。"阴城"即一片乱葬岗子,层层叠叠埋着许多无主孤坟,草长得很高。

我的祖母——我们一族人都称她"太太",有时要出门走走,常到方井巷外看看野景,吩咐种菜园的人家送点菜到家里。菜园现拔的菜叫"起水鲜",比市上买的好吃。下霜之后的乌青菜(有些地方叫塌苦菜或塌棵菜)尤其鲜美,带甜味。太太到阴城看了野景,总要到莱生小爷家坐坐,歇歇脚,喝一杯小婶送上来的热茶,说些闲话,问问今年的收成,问问楚中——莱生小爷的大舅子,小婶的大哥的病好些了没有。

太太到方井巷,都叫我陪着她去。

太太和小婶说着话,我就逗鹦鹉玩。

鹦鹉很大,绿毛,红嘴,用一条银链子拴在一个铁架子上。它不停地蹿来蹿去,翻上翻下,呷呷地叫。丢给它几颗松子、榛子,它就嘎吧嘎吧咬开了吃里面的仁。这东西的嘴真硬,跟钳子似的。我们县里只有这么一只鹦鹉,绿毛、红嘴,真好玩。莱生小爷不知是从哪里买来的。

莱生小爷整天没有什么事。他在本家中家境是比较好的,从他家里摆设用具、每天的饭菜就看得出来。——我们的本家有一些是比较穷困的,有的竟是家无隔宿之粮。他田地上的事,看青、收租,自有"田禾先生"管着。他不出大门,不跟人来往,与人不通庆吊。亲戚家有娶亲、做寿的,他一概不到,由小婶用大红信套封一份"敬仪"送去。他只是喂鹦鹉一点食,就钻进后面的书房里。他喜欢下围棋,没有人来和他对弈,他就一个人摆棋谱,一摆一上午。他养了十来盆蒲草。一盆种在一个小小的钧窑浅盆里,其余的都排在天井里的石条上。他不养别的花。每天上午用一个小喷壶给蒲草浇一遍水,然后就在藤椅上一靠,睡着了,一直到孩子喊他去吃饭。

他食量很大,而且爱吃肥腻的东西。冰糖肘子、红烧九转肥肠、"青鱼托肺"——烧青鱼内脏。家里红烧大黄鱼,鱼膘照例归他,——这东西黏黏糊糊的,黏得镖嘴,别人也不吃。

他一天就是这样,吃了睡,睡了吃,无忧无虑,快活神仙。直到他的小姨子肖玲玲来了,才在他的生活里激起了一阵轩然大波。

肖玲玲是小婶的妹妹。她在上海两江女子体育师范读书。放暑假,回家乡来住住。肖玲玲这二年出落得好看了。脸盘、身材都发生了变化。在上海读了两年书,说话、举止都带了点上海味儿。比如她称呼从前的女同学都叫"密斯×",穿的衣服都是抱身。这个小城里的人都说她很"摩登"。她常到大姐家来,姊妹俩感情很好,有说不完的话。玲玲善长跳舞,北欧土风舞、恰尔斯顿舞(这些舞在体育师范都是要学的)。她读过的中学请她去教,她也很乐意:"one two three four,一、二、三、四,二、二、三、四……"

玲玲来了,莱生小爷就目不转睛地看着她,听她说话,一脸傻气。

他忽然向小婶提出一个要求,要娶玲玲做二房。小婶以为她听岔了音,就说:"你说什么?"——"我要娶玲玲,让她做小,当我的姨太太!"——"你这说的是什么话!快别再说了,叫人家听见了笑话。我们是亲姊妹,有姊妹俩同嫁一个男人的吗?有这种事吗?"——"有!古时候就有,娥、娥、娥……"小爷说话有点结巴,"娥"了半天也没有"娥"出来,小婶觉得又好气,又好笑。

打这儿起,就热闹了。莱生小爷成天和小婶纠缠,成天的闹。

"我要玲玲,我要玲玲!"

"我要玲玲嫁我!"

"我要玲玲做小!"

"娶不到玲玲,我就不活了,我上吊!"

小婶叫他闹得不得安身,就说:"要不你去找我大哥肖楚中说说去,问问玲玲本人。"

"我不去,你替我去!"

小婶叫他闹得没有办法,就回娘家找大哥肖楚中。

肖家没有多少产业,靠肖楚中在中学教英文,按月有点收入。他有胃病,有时上课胃疼,就用铅笔顶住胃部。但是亲友婚嫁,礼数不缺。

小婶跟大哥说:

"莱生要娶玲玲做小。"

肖楚中听明白了,气得浑身发抖。

"放屁!有姊妹二人嫁一个男人的吗?"

"他说有,娥皇女英就是这样。"

"放屁!娥皇女英是什么时代的事,现在是什么时代?难道能回到唐尧虞舜的时代吗?这是对玲玲的侮辱,也是对我肖家的侮辱!亏你还说得出口,替这个混蛋来做这种说客!"

"我是叫他闹得没有办法!他说他娶不到玲玲就要上吊。"

"他爱死不死!你叫他吓怕了,你太懦弱!——这事你千万别跟玲玲提起!"

"那怎么办呢?"

"不理他!——我有办法,他再闹,我告到二太爷那里去(二太爷是我的祖父,算是族长),把他捆起来送到祠堂里打一顿,他就老实了!这是废物一个,好吃懒做的寄生虫,真是异想天开,莫名其妙!"

小婶把大哥的话一五一十传给了汪莱生。真要是送到祠堂里打一顿,他也有点害怕。这以后他就不再胡搅蛮缠了,但有时还会小声嘟囔:"我要玲玲,我要娶玲玲……"

他吃得还是那么多,还是爱吃肥腻。

有一天,吃完饭,莱生回他的书房,走在石头台阶上,一脚踩空,摔了一跤。小婶听见咕咚一声,赶过来一看,他起不来了。小婶自己,两个孩子,还叫了挑水的老王,一起把他搭到床上去。他块头很大,真重!在床上躺下后,已经中风失语。

小婶请来刘老先生(这是有名的中医)。刘先生看看莱生的舌苔、眼睛,号了号脉,开了一个方子。前面医案上写道:

"贪安逸,食厚味,乃致病之源。拟投以重剂,活血化淤。"

小婶看看药方,有犀角、麝香,知道这都是大凉通窍的药,而且知道这付药一定很贵。

刘老先生喝着小婶给他倒的茶,说:"他的病不十分要紧,吃了这药,一个月以后可能下地。能走动了,叫他出去走走。人不能太闲,太闲了,好人也会闲出病来的。"

一个月后,莱生小爷能坐起来,能下地走走了,人瘦了一大圈。他能说话了,但是话很少。他又添了一宗毛病,成天把玻璃柜橱的门打开,又关上;打开,又关上,嘴里不停地发出拉胡琴定弦的声音:

"gà gi,gi gà,gà gi,gi gà⋯⋯"

然后把柜橱的铜环摇动得山响:

"哗啦哗啦哗啦⋯⋯"

很难说他得了神经病,但可说是成了半个傻子。

"gà gi,gi gà,gà gi gi gà⋯⋯"

"哗啦哗啦哗啦。"

我离乡日久,不知道莱生小爷后来怎么样了。按年龄推算,他大概早已故去。我有时还会想起他来,想起他的鹦鹉,他的十来盆蒲草。

注 释

① 本篇原载《山花》1996 年第一期;初收《汪曾祺全集》第二卷,北京师范大学出版社,1998 年 8 月。

名士和狐仙^①

　　杨渔隐是个怪人。怪处之一,是不爱应酬。杨家在县里是数一数二的高门望族,功名奕世,很是显赫。杨渔隐的上一代曾经是一门三进士,实属难得。杨家人口多,共八房。杨家子弟彼此住得很近,都是深宅大院。门外有石鼓,后园有紫藤、木香。他们常来常往,遇有年节寿庆,都要互相宴请。上一顿的肴核才撤去,下一顿的席面即又铺开。照例要给杨渔隐送一回"知单",请大爷过来坐坐(杨渔隐是大房),杨渔隐抓起笔来画了一个字:"谢",意思是不去。他的堂兄堂弟知道他的脾气,也不再派人催请。杨渔隐住的地方比较偏僻,地名大淖大巷。一个小小的红漆独扇板扉,不像是大户人家的住处。这是一个侧门,想必是另有一座大门的,但是大门开在什么方向,却很少人知道。便是这扇侧门也整天关着,好像里面没有住人。只有厨子老王到大淖挑水,老花匠出来挖河泥(栽花用),女用人小莲子上街买鱼虾菜蔬,才打开一会儿。据曾经向门里窥探过的人说:这座房子外面看起来很朴素,里面的结构装修却是很讲究的,而且种了很多花木。杨渔隐怎么会住到这么一个地方来? 也许这是祖上传下来的一所别业,也许是杨渔隐自己挑中的,为了清静,可以远离官衙闹市。

　　杨渔隐很少出来,有时到南纸店去买一点纸墨笔砚,顺便在街上闲走一会,街坊邻居就可以看到"大太爷"的模样。他长得微胖,稍矮,很结实,留着一把乌黑的浓髯,双目炯炯有神。

　　杨渔隐不爱理人,有时和一个邻居面对面碰见了,连招呼都不打一个。因此一街人都说杨渔隐架子大,高傲。这实在也有点冤枉了杨渔隐,他根本不认识你是谁!

　　杨渔隐交游不广,除了几个做诗的朋友,偶然应渔隐折简相邀,到他的书斋里吟哦唱和半天,是没有人敲那扇红漆板扉的。

杨渔隐所做的一件极大的怪事,是他和女用人小莲子结了婚。

这地方把年轻的女用人都叫做"小莲子"。小莲子原来是伺候杨渔隐的夫人的病的。杨渔隐的夫人很喜欢她,一见面就觉得很投缘。杨渔隐的夫人得的是肺痨,小莲子伺候她很周到,给她煎药、熬燕窝、煮粥。杨夫人没有胃口,每天只能喝一点晚米稀粥,就一碟京冬菜。她在床上躺了三年,一天不如一天。她自己知道没有多少日子了,就叫小莲子坐在床前的机凳上,跟小莲子说:"我不行了。我死后,你要好好照顾老爷。这样我就走得放心了。我在地下会感激你的。"小莲子含泪点头。

杨夫人安葬之后,小莲子果然对杨渔隐伺候得很周到。每到换季,单夹皮棉,全都准备好了。冬天床上铺了厚厚的稻草,夏天换了凉席。杨渔隐爱吃鱼,小莲子很会做鱼。鳊、白、鲑,清蒸、氽汤,不老不嫩,火候恰到好处。

日长无事,杨渔隐就教小莲子写字(她原来跟杨夫人认了不少字),小字写《洛神赋》,教她读唐诗,还教她做诗。小莲子非常聪明,一学就会。杨渔隐把小莲子的窗课拿给他的做诗的朋友看,他们都大为惊异,连说:"诗很像那么回事,小楷也很娟秀,真是有夙慧!夙慧!"

杨渔隐经过长期考虑,跟小莲子提出,要娶她。"你跟我这么久,我已经离不开你;外人也难免有些闲话。我比你大不少岁,有点委屈了你。你考虑考虑。"小莲子想起杨夫人临终的嘱咐,就低了头说:"我愿意。"

把房屋裱糊了一下,请诗友写了几首催妆诗,贴在门后,就算办了事。杨渔隐请诗友们不要把诗写得太"艳",说:"我这不是扶正,更不是纳宠,是明媒正娶地续弦,小莲子的品格很高,不可亵玩!"

杨渔隐娶了小莲子,在他们亲戚本家、街坊邻居间掀起了轩然大波。他们认为这简直是岂有此理! 这是杨渔隐个人的事,碍着别人什么了? 然而他们愤愤不平起来,好像有人踩了他的鸡眼。这无非是身份门第间的观念作怪。如果杨渔隐不是和小莲了正式结婚,而是娶小莲子为妾,他们就觉得这可以,这没有什么,这行!杨渔隐对这些议论纷纷、沸沸扬扬,全不理睬。

杨渔隐很爱小莲子,毫不避讳。他时常挽着小莲子的手,到文游台凭栏远眺。文游台是县中古迹,苏东坡、秦少游诗酒留连的地方,西望可见运河的白帆从柳树梢头缓缓移过。这地方离大淖很近,几步就到了。若遇天气晴和,就到西湖泛舟。有人说:这哪里是杨渔隐,这是《儒林外史》里的杜少卿!

杨渔隐忽然得了急病。一只筷子掉到地上,他低头去捡,一头栽下去就没有起来。

小莲子痛不欲生,但是方寸不乱,她把杨渔隐的过继侄子请来,商量了大爷的后事。根据杨渔隐生前的遗志,桐棺薄殓,送入杨氏祖茔安葬,不在家里停灵。

送走了大爷,小莲子觉得心里空得很。她整天坐在杨渔隐的书房里,整理大爷的遗物:藏书法帖、古玩字画、蕉叶白端砚、田黄鸡血图章,特别是杨渔隐的诗稿,全都装订得整整齐齐,一首不缺。

小莲子不见了!不知道她是什么时候走的。厨子老王等了她几天,也不见她回来。老花匠也不见了。老王禀告了杨渔隐的过继侄儿,杨家来人到处看了看,什么东西都井井有条,一样不缺。书桌上留下一把泥金折扇,字是小莲子手写的。"奇怪!"杨家的本家叔侄把几扇房门用封条封了,就带着满脸的狐疑各自回家。厨子老王把泥金折扇偷偷掖了起来,倒了一杯酒,反复看这把扇子,他也说:"奇怪!"

老王常在晚上到保全堂药铺找人聊天。杨家出了这样的事,他一到保全堂,大家就围上他问长问短。老王把他所知道的一五一十都说了。还把那把折扇拿出来给大家看。

座客当中有一个喜欢刮话的张汉轩,此人走南闯北,无所不知,是个万事通。他把小莲子写的泥金折扇拿在手里翻来覆去地看,一边摇头晃脑,说:"好诗!好字!"大家问他:"张老,你对杨家的事是怎么看的?"张汉轩慢条斯理地说:"他们不是人。"——"不是人?"——"小莲子不是人。小莲子学做诗,学写字,时间都不长,怎么能到得如此境界?

诗有点女郎诗的味道,她读过不少秦少游的诗,本也无足怪。字,是玉版十三行,我们县能写这种字体的小楷的,没人! 老花匠也不是人。他种的花别人种不出来。牡丹都起楼子,荷花是'大红十八瓣',还都勾金边,谁见过?"

"他们都不是人,那,是什么?"

"是狐仙。——谁也不知道他们是从哪里来的,又向何处去了。飘然而来,飘然而去,不是狐仙是什么?"

"狐仙?"大家对张汉轩的高见将信将疑。

小莲子写在扇子上的诗是这样的:

> 三十六湖蒲荇香
>
> 侬家旧住在横塘
>
> 移舟已过琵琶闸
>
> 万点明灯影乱长

这需要做一点解释:高邮西边原有三十六口小湖,后来汇在一处,遂成巨浸,是为高邮湖。琵琶闸在南门外,是一个码头。

一九九五年十一月十五日

注　释

① 本篇原载《大家》1996 年第二期;初收《汪曾祺全集》第二卷,北京师范大学出版社,1998 年 8 月。

钓 鱼 巷[①]

程进生有异相,能"纳拳于口"——把自己的拳头塞进自己的嘴里。有人说这是福相。他自己也以此为荣。他的同学可不管他福相不福相,给他起了外号:大嘴丫头。大嘴就大嘴吧,还要"丫头"！他哪点像丫头？他长得很壮实,一脸的"颗子"——青春痘。

他初中已经毕业,暑假后考高中。因为温习功课,看"升学指南",演算有名的高中历届的入学试题,要专心,要清静,他从上堂屋原来的卧房搬到花园西侧一间书房里来住。书房西边是一溜四扇玻璃窗,窗外是一个花坛,种了三棵丁香。玻璃窗总是开着,程进常由这里出入,跳进来,跳出去。书房东边的房门闩了,没有人来打搅,他就在里面头悬梁,锥刺股。

他的弟弟程伟也搬到花园里来住,在书房对面的小客厅里。

程家共有三房。大爷即程进和程伟的父亲。"废科举改学堂"之后,他读过旧制中学,现在在家享福,经营他的田产。他一心想开矿发财,他认为只有开矿才能发大财。

二爷早故。

三爷是个画家,他认为大哥的想法很可笑:你那点家产就想开矿？再说咱这里也没有什么矿！——到外地去开？开矿是那么简单的事吗？

三爷两度丧妻,现在续娶的是第三位。是邰伯埭的人,姓邰。邰家是大地主。邰氏夫人的母亲死得早,邰小姐从小娇生惯养。她嫁过来时从娘家带过两个随身的女用人。邰伯人不知道为什么把女用人都叫成姓高。这两个女用人一个被叫成小高,一个叫大高。小高贴身伺候大小姐。大高做比较粗的活:拆洗被褥幔帐,倒马桶……小高娇小玲珑,大高比较高大。小高还没有人家;大高结过婚,不到一年,去年,丈夫死了。小姐出嫁,带过一个岁数不大的寡妇,有人家是要忌讳的。这事请示过程家的大姑奶奶。大姑奶奶知道郜小姐用惯了大高,离不开她,郜小姐特别爱干净,被褥不是大高洗,她不放心,想了想,就说:"让她带过来吧!"

大高怕热,爱出汗。一天要用凉水抹几次身。晚上,要洗一次澡。在花园里,打一满澡盆水,在别人都已经睡下的时候,闩了花园到正屋的六角门,哗啦哗啦大洗一次。擦干后躺竹床上乘凉,四仰八叉,一丝不挂。用一个芭蕉扇赶蚊子,小声唱"牌经"(这地方打麻将出牌报牌兴唱"牌经"),牌经大都很"花",比如打出一张白板,就唱:

　　"白笃笃的奶子粉撮撮的腰……"

大高唱这样的"牌经",似乎是对自己的赞美。

一直到露水下来了,她全身凉透了,才开了六角门回屋睡觉。

大高乘凉时,程进透过书房的西窗偷偷地往外看她,看得目瞪口呆。

程进睡得迷迷糊糊的,感觉到旁边好像有一个光溜溜的女人身子,光滑细腻……

程伟起来小便,听到哥哥书房里有一种奇怪声音,他走近听听:两个人在喘气。他轻手轻脚,绕到丁香花下往里看。月光如水:"哈!你们!给你告妈!"

程进的妈觉得这件事不好办。大嫂子怎么和三嫂子(这地方妯娌之间彼此称呼都是"嫂子",不兴叫弟媳)去说这种事呢。想了想,还是得把大姑奶奶请回来。

姑奶在家中照例是很有权威的。程家姊弟中,她最年长,比程进的父亲还大一岁。程家的事她做得一半主。

大姑奶奶和三弟媳谈了谈,说大高不宜在这个门里呆下去了,传出去不好。

三少奶奶找小高问了问:大高每天几时进花园洗澡,什么时候回屋。三少奶奶跟三少爷商量了一下，拿二十块钱给大高，又拣了十几件八九成新的自己穿过的衣裳，打了一个包袱，叫小高送大高搭船回郃家，有什么话以后再说。大高明白事情盖不住，跟大小姐说了声："大小姐，我走了。"擦擦眼泪，走了。

程进考进了南京私立东方中学。南京私立中学不少，名声都不大好。"要偷人，进惠文；吊儿郎当进东方"。惠文是女中，个别女生生活上是不大检点，"偷人"不如流言所说的那样普遍。东方的学生大都是公子哥儿，纨绔子弟。他们很少正经读书，整天在外面吃喝玩乐，到玄武湖划船，打弹子，跳舞——南京中学生很多人会跳踢踏舞，吃女招待。"女招待，真不赖，吃三毛，给一块。"有人甚至荒唐到把妓女弄到宿舍里过夜。

南京妓女很多。他们一眼就看得出来，都在旗袍上襟别一个粉红色的赛璐珞小桃花徽章。有的女学生不知就里，觉得这很好看，也到百货公司买一个来戴，后来才知道这是妓女的标志！

堂堂国府所在，为什么要容纳这样多妓女，而且都让她们戴上小徽章，答曰：有此必要，这对维持社会秩序稳定大有好处；让她戴上"桃花章"，可以区别良莠，且表示该妓女最近经过检查，干净卫生，并无毛病，只管放心嫖宿；她们要缴纳"花捐"，才能领取徽章，公开从业。每月政府所收"花捐"是一笔不小的数目。

南京妓院大都集中在几条巷子里，钓鱼巷是最有名的。钓鱼巷即在东方中学学生宿舍的后面。这些姑娘们时常在巷子里进进出出，走来走去，打扮得花枝招展，走起来袅袅婷婷。住在宿舍里的学生对她们已经看得很熟，分得清谁是谁。姑娘们走过学生宿舍的后窗户，大都向上看看，和一些熟识的学生抬手点头，眉来眼去（南京人叫做"吊膀子"）。妓女都有个香艳的名字，很多是从《红楼梦》上取来的：林黛玉、史湘云（林黛玉、史湘云被妓女当了芳名，可算是倒了霉了！）……有一个最红的，为学生最喜欢的姑娘叫"沙利文"。南京有个专卖面包、西点的面包房叫"沙利文"，出的面包也就叫"沙利文面包"。为什么给妓女起这样一个名字呢？因为她的两个奶奶鼓鼓的，宣腾腾的很有弹性，恰像是沙利文刚烤出来的奶油面包。"沙利文"有点天真,很喜欢和学生来往,一起去看一场电影啦,到明孝陵、鸡鸣寺去逛逛啦。这些公子哥儿都长得很帅,留了菲律宾式的长发(背发上涂了很多油)。学生总比较文雅,不像当官、做买卖的那样俗气,一点不懂怜香惜玉,如狼似虎,穷凶极恶。虽然当了妓女,总还希望能得到一点感情,被人看成是一个女学生,不是"婊子"。学生能给她们一小点感情,像《茶花女》里那样的感情。明知道这小点感情是假的,但是姑娘也就满足了。学生从后窗户把她们弄到宿舍里去睡觉,她们大都很愿意,她们觉得不只是让人玩,自己也玩了。

程进不止一次把妓女从后窗户弄进宿舍里来过夜。这种事他父亲在读旧制中学时就干过,可以说是传代。只是方式有些不同。程进的父亲用的是腰带。那时兴系腰带,几乎每人都有一条,湖蓝色,绸制的。把两根腰带结起来,就可以把一个妓女拉上来。到程进时就改用了梯子。钓鱼巷凡有学生是熟客的,妓院都准备了一架小梯子,几步就上来了。

程进在和妓女做事时,有时会想起大高。他的性生活是大高开的蒙,而且大高全身柔软细腻,有一种说不出的美。

为了实现父亲的愿望,程进高中毕业,报考的大学是广西大学矿冶系,考上了。

矿冶系毕业后在东北一个矿上工作——他当然不可能独资开一个矿。解放后作为工程技术人员留用。工作很好,屡受表扬,升为工程师。他在东北结了婚,生了一个男孩子。

反右运动中,追查他的历史。因为他曾在孙立人的远征军中当过翻译,在印度干了一年。本来问题不大,甚至不是问题,但是斗起来没完。七来八来,他受不了冤屈,自杀了。

程进的爱人还年轻,改嫁了。遗孤送回老家,由祖母抚养。这孩子不爱说话。他不懂父亲为什么要死,母亲为什么要嫁人。

大高回邰家后嫁了一次人,生病死了。

"沙利文"不知下落,听说也死了。

很多人都死了。

人活一世,草活一秋。

一九九五年岁暮

注　释

① 　本篇原载《大家》1996 年第二期;初收《汪曾祺全集》第二卷,北京师范大学出版社,1998 年 8 月。

关　老　爷①

老关老爷——关老爷的父亲作过两任两淮盐务道,搂了不少银子,他喜欢这小城土地肥美,人情淳厚,就在这里落户安家,起房屋,置田地,优哉游哉当了几年快活神仙老太爷。老关老爷的丧事办得极其体面。老关老爷死后,关老爷承其父业,房屋盖得更大,田地置得更多。一沟、二沟、三垛、钱家伙都有他的庄子。他是旗人。旗人有族无姓,关老爷却沿其父训,姓了关。关老爷的二儿子是个少年名士,还刻了一块图章:汉寿亭侯之后。其实关家和关云长是没有关系的。关老爷有两个特点。一是说了一嘴地道京腔,比如,他见小孩子吸烟,就劝道"小孩不抽烟!"本地都说"吃烟",他却说"抽烟",本地人觉得这很奇怪。一是他走起路来是方步,有点像戏台上的台步,特别像方巾丑。这城里有几家旗人,他们见面时都还行旗礼——打千儿,本地人觉得他们好像在演戏,很滑稽,很可笑。关老爷个子不高,矮墩墩的。方脸。"高帝子孙多隆准",高鼻梁。留两撇八字胡。立如松,坐如钟,他的行动都是很端正的。他的为人也很正派。他不抽大烟,不嫖,不赌。只是每年要下乡看一次青。

"看青"即估产。田主和佃户一同看看今年的庄稼长势,估计会有多少收成,能交多少租。一到稻子开花,关老爷就带了"田禾先生"下乡。关老爷骑一匹大青走骡,田禾先生骑一匹粉嘴踢雪黑叫驴,一路分花度柳,款款而行。庄稼碧绿,油菜金黄,一阵一阵野蔷薇的香味扑鼻而来,关老爷东张张西望望,心情十分舒畅。他下乡看青,其实是出来玩玩,看看野景,尝尝野味,改变一下他在深宅大院里的生活。估产定租这些事自有田禾先生和庄头商量,他最多只是点点头,摇摇头。他看的什么青！这些事他也不懂。他还带着一个厨子。厨子头一天已经带了伏酱秋油，五香八角，一应作料，乘船到了一沟。

在路上吃过一碗虾仁鳝丝面，中午饭就不吃了，关老爷要眯一小觉。起来，由庄头领着，田禾先生随着，绕村各处看了看。田禾先生和庄头估计今年收成，商谈得很细，各处田土高低，水流洪窄，哪一个八亩能打多少，哪一堤桵柳能卖多少钱……意见一致，就粗粗落了纸笔，有时意见相左，争持不下，甚至会吵了起来。到了太阳偏西，还没有一个通盘结果。关老爷只在喝茶抽烟，听他们争吵，不置一词。厨子来问："开不开饭？"关老爷肚子有点饿了，就说："开饭开饭！先吃饭，剩下的尾数也不值仨瓜俩枣，明天再议。"

关老爷在一沟的食单如下：

凉碟——醉虾，炸禾花雀，还有乡下人不吃的火焙蚂蚱，油汆蚕茧；

热菜——叉烧野兔，黄焖小公狗肉，干炸活鳑花鱼；

汤——清炖野鸡。

他不想吃饭，要了两个乡下面点：榆钱蒸糕，面拖灰藋菜加蒜泥。关老爷喝酒上脸，三杯下肚就真成了关公了。喝了两杯普洱茶，就有点吃饱了食困，睁不开眼了。

他还要念一会经。他是修密宗的，念的是喇嘛经。

他要睡了。庄头已经安排了一个大姑娘或小媳妇，给他铺好被窝，陪他睡下了。

第二天起来，就什么都好说了，一切都按庄头的话定规。

他给陪他睡的大姑娘、小媳妇一个金戒指。他每次都要带十多二十个戒指，田禾先生知道，关老爷下乡看青，只是要把一口袋戒指给出去，他和庄头磨牙费嘴都只是过场而已。

一沟、二沟、三垛转了一圈，关老爷累了，回到钱家伙喝了人参汤，大睡了两天，回家，完成了他的看青壮举，得胜还朝。

关老爷是旗人，又是从外地迁来的，本地亲戚很少，只有一个老姑奶奶嫁给阚家；一个老姨嫁给简家，算是至亲。有熟读《三国演义》的人说：你们一家是阚泽的后人，一个是简雍的后人，这样的姓很少，难得！关老爷和岑直斋小时候是同学，跟杨又渔学过做古文、制艺、试帖诗，以后常在一起作文酒之游。关老爷的二儿子关汇和岑直斋的大儿子岑瑜从小学到中学都是同班同学。这几家是通家之好，婚丧嫁娶，办生做寿，走动得很勤。

岑直斋的女儿岑瑾是个美人（她母亲是姨太太，本是南堂子里的名妓）。她眼睛弯弯的，常若含笑，皮肤非常白嫩，真是"吹弹得破"——因此每年都生冻疮。关汇很爱看岑瑾的一举一动，他央求老姨奶奶到岑家说媒。岑瑾的妈说这得问问她本人。岑瑾本不愿意，理由是：一、她比关汇还大两岁；二、关汇身体不好，有点驼背；三、他在学校里功课不好，尤其是数、理、化。她妈说：大两岁没有关系，大媳妇知道疼女婿；身体不好，可以吃药调理；功课——关家这样的人家不指着儿子做事挣钱，一个庄子就够吃一辈子。经过妈下了水磨功夫掰开揉碎反复开导，岑瑾想：富贵人家的子弟差不多也就是这样，就说："妈，您作主！"这样关汇和岑瑾就定了婚，他们那年才读初三。关汇几乎每天都到岑家去，暑假就住在岑家，和岑瑜一起玩：用汽枪打鸟、钓鱼。关汇每天给岑瑾写情书，虽然天天见面。情书大都是把旧诗词改头换面，如"身无彩凤双飞翼，心有灵犀一点通"之类。他送岑瑾一张放大十二寸的相片，岑瑾把相片配了框子挂在墙上。岑瑾觉得她迟早是关家的人了，也不再有别的想法。

初中毕业，关汇到上海去读高中，岑瑾到苏州读了女子师范，暂时"劳燕分飞"了。关汇还是每天写信，热情洋溢；岑瑾也回信，但是关汇觉得她的信感情有点冷淡。

关家老太太急于想早一点抱孙子，姑奶奶、姨奶奶也觉得关汇的婚事不能再拖，就不断催关汇把事情办了。于是在关汇和岑瑾高三寒假就举行了婚礼。两家亲友都不甚多，但是吹吹打打，也很热闹。婚礼半新不旧。关汇坚持穿燕尾服，不穿袍子马褂，岑瑾披婚纱，但是拜堂行礼却是旧式的。燕尾服，婚纱，磕头，有点滑稽。

热闹了一天，客人散尽，关汇、岑瑾入洞房。

三天无大小，有些姑娘小子把耳朵贴在房门上"听房"。什么也没有听见。

半夜里，听到劈劈啪啪的声音，打人？关老爷一听，不对！把关老太太叫起来，叫她带了大儿媳妇赶紧去看看。撞开了房门，只见岑瑾在床前跪着，关汇拿了一根马鞭没头没脸地打她。打一鞭，骂一句："你欺骗了我！你欺骗了我！"大嫂把岑瑾拉起来，给她盖了被窝；老太太把关汇拉到关老爷的书房里，问："为什么打她？"关汇气得浑身发抖，说："她欺骗了我！她欺骗了我！"——"怎么回事？"——"她不是处女！不是处女啊！"

这里的风俗，三天回门，要把那点女儿红包在一方白绫子里，亲手交给妈妈。妈妈接过白绫子，又是哭，又是笑："闺女！好闺女！"

岑瑾三天回门，这门怎么回呢？关汇不去。老太太再三给他央求，说"关、岑两家，不能让人议论"。好说歹说"你就给妈这点面子，我求你了！"老太太差点跪下。关汇只能铁青着脸进了岑家的门，连饭都没有吃，推说头疼，就先回去了。

关汇不进岑瑾的门，自在书房里睡。

关岑两家是不能离婚的。一离婚，就会引起一县人的揣测刺探。只好就这样拖下去。拖到什么时候呢？

这事总得有个了局。

会是怎样的了局呢？

关老爷还是每年下乡看青。他把他的看青的"章程"略微作了一点修改：凡是陪他睡觉的，倘是处女——真正的黄花闺女，加倍有赏——给两个金戒指。

一九九六年一月二十二日

注　释

①　本篇原载《小说界》1996 年第三期；初收《汪曾祺全集》第二卷，北京师范大学出版社，1998 年 8 月。

唐 门 三 杰[①]

《淮南子·泰族训》:"故智过万人者谓之英,千人者谓之俊,百人者谓之豪,十人者谓之杰。"《诗·周颂·载芟》:"有厌其杰。"孔颖达疏:"厌者苗茂盛之貌。杰,谓其中特美者。"

唐老大、唐老二、唐老三。唐杰秀、唐杰芬、唐杰球。他们是"门里出身",坐科时学的就是场面。他们的老爷子就是场面。他们学艺的时候,老爷子认为他们还是吃场面饭。要嗓子没嗓子,要扮相没扮相,想将来台上唱一出,当角儿,没门!还是傍角儿,干场面。来钱少,稳当!有他在,同行有个照应,不会给他们使绊子,给小鞋穿。出了科,哥仨在一个剧团做活。老大打鼓,老二打大锣,老三打小锣。

我认识唐老大时他还在天坛拔草。是怎么回事呢?同性恋。他去女的。他是个高个子,块头不小,却愿意让人弄其后庭,有这口累。有人向人事科反映了他的问题。怎么处理呢?没什么文件可以参考。人事科开了个小会,决定给予行政处分,让他去拔草,这也算是在劳动中改造。拔了半个月草,又把他调回来了,因为剧团需要他打鼓。他打鼓当然比不了杭子和、白登云,但也打得四平八稳,不大出错。他在剧团算是一号司鼓。这几年剧团的职务名称雅化了。拉胡琴的原来就叫"拉胡琴的",或者简称"胡琴",现在改成了"操琴"。打鼓的原来叫做"打鼓佬",现在叫"司鼓"。有些角儿愿意叫他司鼓,有几出名角合作的大戏更得找他,这样角儿唱起来心里才踏实。唐老大在梨园行"有那么一号"。

他回剧团跟大家招呼招呼,就到练功厅排戏,抽出鼓箭子,聚精会神,若无其事。这种"男男关系"在梨园行不算什么大不了的事。只有在和谁意见不和,吵起来了(这种时候很少),对方才揭他的短:"到你的天坛,拔你的草去吧!"唐杰秀"不以为然"(剧团的话很多不通,"不以为然"的意思不是说对事物持不同看法,而是不当一回事;这种不通的话在京剧界全国通行),只是说:"你管得着吗!"

唐杰秀是剧团第一批发展的党员,是个老党员了。怎么会把他发展成党员?他并不关心群众。群众(几个党员都爱称未入党的人为"群众",这意味着他们在政治上比群众要高一头)有病,他不去看看。群众生活上有困难,他"管不着"。他开会积极,但只是不停地在一个笔记本上记录领导讲话。他到底记了些什么?不知道。他真只是听会。极少发言。偶尔重复领导意见,但说不出一句整话。他有点齄鼻儿,说起话来呜噜呜噜的,简直不知道说什么。为什么发展他,找不到原因。也许因为他不停地记笔记?也许因为他说不出一句整话?

他很注意穿着。内联陞礼服呢圆口便鞋,白单丝袜。到剧团、回家,进门就抄起布掸子,浑身上下抽一通,擦干掸净。夏天,穿了直罗长裤。直罗做外裤,只有梨园界时兴这种穿法。

他自奉不薄,吃喝上比较讲究,左不过也只是芝麻酱拌面、炸酱面。但是芝麻酱面得炸一点花椒油,顶花带刺的黄瓜。炸酱面要菜码齐全:青蒜、萝卜缨、苣萝菜、青豆嘴、白菜心、掐菜……他爱吃天福的酱肘子。下班回家,常带一包酱肘子,挂在无名指上,回去烙两张荷叶饼一卷,来一碗棒糁粥,没治!酱肘子只他一个人吃,孩子们,干瞧着。他觉得心安理得,一家子就指着他一个挣钱!

说话,文化大革命。文化大革命是大倒退、大破坏、大自私。最大自私是当革命派,最大的怯懦是怕当当权派,当反动派。简单地说,为了利己大家狠毒地损人。

唐杰芬外号"二喷子",是说他满口乱喷,胡说八道。他曾随剧团到香港演出,看到过夏梦,说:"这他妈的小妞儿!让她跟我睡一夜,油炸了我都干!""油炸"、"干煸",这在后来没有什么,在二喷子说这样话的当时却颇为悲壮。

唐杰秀也"革命",他参加了一个战斗组,也跟着喊"万岁",喊"打倒"，"大辩论"也说话，还是呜哩呜噜，不知道说了些什么。他还是记笔记，现在又加了一项，抄大字报。不知道抄些什么。大家都知道，他的字写得很慢，只有"最新指示"下来时，他可以出一回风头。每次有"最新指示"都要上街游行。乐队前导，敲锣打鼓。剧团乐队的锣鼓比起副食店、百货店的自然要像样得多。唐杰秀把大堂鼓搬出来，两个武行小伙子背着，他擂动鼓槌，迟疾顿挫，打出许多花点子，神采飞扬，路人驻足，都说："还是剧团的锣鼓！"唐杰秀犹如吃了半斤天福酱肘子，——文革期间，天福酱肘子已经停产，因为这是"资产阶级生活方式"。

唐杰球，剧团都叫他"唐混球"。这家伙是个"闹儿"，最爱起哄架秧子，一点点小事，就："噢哦！噢哦！给他一大哄噢！"他文化程度不高，比不了几个"刀笔"，可以连篇累牍地写大字报，他是"浆子手"（戏台上有"刽子手"）。专门给人刷浆子，贴大字报。"刀笔"写好了大字报，一声令下："得，浆子手！"他答应一声："在！——噫！"就挟了一卷大字报，一桶浆糊，找地方实贴起来。他爱给走资派推阴阳头，勾上花脸，扎了靠，戴上一只翎子的"反王盔"，让他们在院子里游行。不游行，不贴大字报的时候，就在"战斗组"用一卷旧报纸练字。他生活得很快活，希望永远这么热热闹闹下去。

赶上唐山地震，好几天余震未停。一有震感，在二楼三楼的就蜂拥下楼，在一楼大食堂或当街站着。唐杰芬也混在人群里跟着下楼。忽然有个洋乐队吹小号的一回头："咳！你怎么这样就下来了！"二喷子没有穿衣服，光着身子，那东西当郎着。他这才醒悟过来，两手捂着往回走。也奇怪，从此他不"喷"了，变得老实了。

谁都可以"揪"人，也随时有可能被"揪"。"×××，出来！"这个人就被揪出组——离开战斗组。谁都可以审查人，命令该人交待问题，这叫"群众专政"。揪过来，审过去，完全乱了套，"杀乱了"。唐杰球对揪人最热心，没有想到他也被揪出来了。

前已说过，在没有什么热闹时，唐混球就用一沓旧报纸在战斗组练字。他练的字总是那几个："毛主席万岁"。练完了，还要反复看看，自然欣赏一番。有一天写了一条"毛主席万岁"标语,自己很不满意:"毛主席"的"席"字写得太长,而且写歪了。他拿起笔来用私塾"判仿"的办法在"席"字的"巾"字下面打了一个叉。打完叉就随手丢在一边,没当回事。不想和唐杰球同一战斗组的一个人叫大俞潮,趁唐杰球不注意时把这张标语叠起来藏在自己的箱底。事情早过去了,在清队(清理阶级队伍)时大俞潮把唐杰球写的标语找出来交给了军代表。全团大哗,揪出了一桩特大反革命案件!"清队"本来有点沉闷,这一下可好了,大家全都动员起来,忙忙碌碌,异常兴奋。

首先让他"出组",参加被清查对象的大组学习,交待问题。

让他交待什么呢?他是唐混球。

好不容易写了一篇交待,他请大组的同志给他看看,这样行不行,倒是都看了一遍,都没有说什么。只有一个女演员说:"你这样准通不过!你得上纲,你得说说你为什么对毛主席有仇恨,为什么要在'席'字的最后一笔打了叉。要写得沉痛,你要深挖,总可以挖出一些别人不知道的思想,要不怕疼,要刺刀见红!"于是,他就挖起来。他说:"我本来想打锣。毛主席搞革命现代戏,我打不成锣了,所以我恨他。"我看过他的交待,在楼梯拐角处小声对唐老大说:"叫你们老三交待要实事求是,不要瞎说。"唐老大含含糊糊。我跟唐老二也说过同样的话,老二说:"管不着!"过了几天,公安局来了人,把他铐走了。

大俞潮这样做真可谓处心积虑,存心害人。为什么呢?他和唐杰球往日无冤,近日无仇。他是洋乐队拉大提琴的,唐混球是打小锣的,业务上井水不犯河水,他干嘛给他来这么一手?他自己也没有得什么好处,军代表并没有表扬他。他落得一个结果:谁也不敢理他。见面也点点头,但是"卖羊头肉的回家,不过细盐(言)",因为捉摸不透这人心里想什么,他为什么把唐老三的标语藏了那么多日子,又为什么选择一个节骨眼交出来。大俞潮弄得自己非常孤立。不多日子,他就请调到别的单位去了,很少看到他。

唐杰球到公安局,先是被臭揍了一顿,然后过了几次堂,叫他交待问题。他实在交待不出什么问题。他本来没有什么问题,屎盆子是他自己扣在头上的。在公安局拘留审查了一阵,发到团河劳改农场劳动。一去几年,没有人再过问他的事。他先是度日如年,猫爪抓心,不知道他的问题是个什么结果。到后来"过一天算一日",一早干活,傍晚吃饭,什么也不想了。

唐杰球关在团河农场劳动的漫长岁月,他的两个哥哥,唐老大、唐老二没有去探视过一次。

他们还算是弟兄吗?

一直到"文化大革命"结束,唐杰球放回来了。他还是打小锣,人变傻了。见人龇牙笑一笑,连话都不说。有人问他前前后后是怎么回事,他不回答,只是一龇牙。

唐老大添了一宗毛病:他把头发染黑了,而且烫了。有人问他:"你染了发?烫了?"他瓮声瓮气地说:"谁教咱们有那个条件呢!"条件,是头发好,不秃。他皮色好,白里透红,——只是细看就看出脸上有密密的细皱纹。他五十几了,挺高的个儿。一头烫得蓬蓬松松的黑头发。看了他的黑发、白脸,叫人感到恶心。

然而,"你管得着吗?"

注　释

① 本篇原载《天涯》1996 年第四期;初收《汪曾祺全集》第二卷,北京师范大学出版社,1998 年 8 月。

死　　了^①

我死了，真逗。

我这人。不赖。挺好。歪的，斜的，没有。实在。答应过的事一定做到。

身体挺好。从来不生病。有一点不大舒服，抄起铁锹噌噌干一阵活，出一身黏汗，就好了。我不上医院。除非等我死了，把尸体捐给县医院，让他们解剖，让他们看清楚我的头蹄下水，弄清楚我得的是什么病，弄清楚我怎么死的。说话算话。头蹄下水分了家，弄得四分五裂，乱七八糟，自然不大好看。不过我自己看不见，也不疼。说话算话。

我不赌钱。赌，会是会的，不好。酒会喝，也不多喝。没有娶过女人，一直打光棍。不瞒你，到现在还是童男子。

我去跟小田借了五百块钱。

小田是日本人，做生意的，住在堡里。他收购三棱子荞麦，收购蕨菜。日本人爱吃荞面，压饸饹，专门要这地方出的三棱子荞麦。日本人爱吃蕨菜，庄户人到山里采了蕨菜，当时用一点盐揉一下，新鲜。收到荞麦、蕨菜，用飞机运到日本。这家伙，有钱。

我答应堡里希望工程捐五百块钱，到了交款的时候了，我的钱不够。咋办？堡里有个地下赌场，招人推牌九，一翻两瞪眼。我想赢几把，凑足五百块钱。手气不好。几把下来，就输光了。

咋办？

我去找小田借。

小田跟我不错，不知道啥原因。

小田借给我五百，他一定要留我陪他吃饭。

这家伙很能吃。一顿饭要吃五个棒子面贴饼子,喝一斤白酒。他爱吃臭豆腐。爱吃烤雏鸡、鸽子。日本人吃雏鸡鸽子不褪毛,三把两把把鸽子皮、鸡头,撕掉,只留两个脯子,两条大腿,洒一点盐花、辣椒面,在炭火上烤烤,带着血就大口大口嚼起来。

他让我也照他这样吃。吃就吃,怕啥!

吃了一只鸡、两只鸽子、五个贴饼子,这家伙来了劲,说:

"你的,还是童男子? 没有跟女人……嗯?"

他用手比划着:"没有?"

我说我明白了。日本鬼子占了这个堡,老百姓编了几句日本话,顺口溜,我告诉他:

"咪西咪西是吃饭,

八嘎呀鲁是混蛋,

塞古塞古不好看!"

我问他,是不是问我"塞古"过没有?

他哈哈大笑。"塞古塞古不好看! 哈哈哈哈……好看的! 怎么不好看! 哈哈哈哈……"

我得走了。我得把捐给希望工程的钱给人家送去,一会办事处该下班了。

我忽然难受起来,心口痛。痛得我受不了,浑身冒汗。

咋了?

我倒在路口,被人发现了。

县医院派急救车来,把我放上担架。

我迷糊了。迷迷糊糊的,我还说了两个字:真逗。

堡里人把我的遗物装在一个坛子里,埋了。没有多少遗物,几件旧衣服。还有一个万花筒,我小时候玩过的。这么大的人了,有时还要拿出来,转来转去地看看。

日本人小出参加了我的葬礼。小出说:

"他,好。中国人。"

一九九六年四月二十一日

注　释

① 　本篇原载《天涯》1996 年第四期;初收《汪曾祺全集》第二卷,北京师范大
　　学出版社,1998 年 8 月。

小　孃　孃^①

　　来蟭园谢家是邑中书香门第,诗礼名家,几代都中过进士。谢家好治园林。乾嘉之世,是谢家鼎盛时期,盖了一座很大的园子。流觞曲水,太湖石假山,冰花小径两边的书带草,至今犹在。当花园落成时正值百花盛开,飞来很多蝴蝶,成群成阵,蔚为奇观,即名之为来蟭园。一时题咏甚多,大都离不开庄周,这也是很自然的。园中花木,后来海棠丁香,都已枯死,只有几棵很大的桂花,还很健壮,每到八月,香闻园外。原来有几个花匠,都已相继离散,只有一个老花匠一直还留了下来。他是个聋子,姓陈,大家都叫他陈聋子。他白天睡觉,夜晚守更。每天日落,他各处巡视一回(来蟭园任人游览,但除非与主人商量,不能留宿夜饮),把园门锁上,偌大一个园子便都交给清风明月,听不到一点声音。

　　谢家人丁不旺,几代单传,又都短寿。谢普天是唯一可以继承香火的胤孙。他还有个姑妈谢淑媛,是嫡亲的,比谢普天小三岁。这地方叫姑妈为"孃孃",谢普天叫谢淑媛为"孃孃"或"小孃"。小孃长得很漂亮。

　　谢普天相貌英俊,也很聪明。他热爱艺术,曾在上海美专学过画——国画和油画,素描功底扎实,也学过雕塑。不到毕业,就停学回乡,在中学教美术课。因为谢家接连办了好几次丧事,内囊已空,只剩下一个空大架子,他得维持这个空有流觞曲沼、湖石假山的有名的"谢家花园"(本地人只称"来蟭园"为"谢家花园",很多人也不认识"蟭"字),供应三个人吃饭,包括陈聋子。陈聋子恋旧,不计较工钱,但饭总得让人家吃饱。停学回乡,这在谢普天是一种牺牲。

　　谢普天和谢淑媛都住在"祖堂屋"。"祖堂屋"是一座很大的五间大厅,正面大案上列供谢家祖先的牌位,别无陈设,显得空荡荡的。谢普天、谢淑媛各住一间卧室,房门对房门。谢普天对小孃照顾得很体贴细致。谢家生计,虽然拮据,但谢普天不让小孃受委屈,在衣着穿戴上不使小孃在同学面前显得寒碜。夏天,香云纱旗袍;冬天,软缎面丝绵袄、西装呢裤、白羊绒围巾。那几年兴一种叫做"童花头"的发式(前面留出长刘海,两边遮住耳朵,后面削薄修平,因为样子像儿童,故名"童花头"),都是谢普天给她修剪,比理发店修剪得还要"登样"。谢普天是学美术的,手很巧,剪个"童花头"还在话下吗?谢淑媛皮肤细嫩,每年都要长冻疮。谢普天给小孃用双氧水轻轻地浸润了冻疮痂巴,轻轻地脱下袜子,轻轻地用双氧水给她擦洗,拭净。"疼吗?"——"不疼。你的手真轻!"

单靠中学的薪水不够用,谢普天想出另一种生财之道——画炭精粉肖像。一个铜制高脚放大镜,镜面有经纬刻度,放在照片上;一张整张的重磅画纸上也用长米达尺绘出经纬度,用铅笔描出轮廓,然后用剪齐胶固的羊毫笔蘸了炭精粉,对照原照,反复擦蹭。谢普天解嘲自笑:"这是艺术么?"但是有的人家喜欢这样的炭精粉画的肖像,因为:"很像"!本地有几个画这样肖像的"画家",而以谢普天生意最好,因为同是炭精像,谢普天能画出眼神、脸上的肌肉和衣服的质感,那年头时兴银灰色的"宁缎",叫做"慕本缎"。

为了赶期交"货",谢普天每天工作到很晚,在煤油灯下聚精会神地一笔一笔擦蹭。小孃坐在旁边做针线,或看小说——无非是《红楼梦》、《花月痕》、苏曼殊的《断鸿零雁记》之类的言情小说。到十二点,小孃才回房睡觉,临走说一声:"别太晚了!"

一天夜里大雷雨,疾风暴雨,声震屋瓦。小孃神色慌张,推开普天的房门:

"我怕!"

"怕?——那你在我这儿呆会。"

"我不回去。"

"……"

“你跟我睡！”

“那使不得！”

“使得！使得！”

谢淑媛已经脱了衣裳，噗的一声把灯吹熄了。

雨还在下。一个一个蓝色的闪把屋里照亮，一切都照得很清楚。炸雷不断，好像要把天和地劈碎。

他们陷入无法解决的矛盾之中。他们在做爱时觉得很快乐，但是忽然又觉得很痛苦。他们很轻松，又很沉重。他们无法摆脱犯罪感。谢淑媛从小娇惯，做什么都很任性，她不像谢普天整天心烦意乱。她在无法排解时就说："活该！"但有时又想：死了算了！

每年清明节谢家要上坟。谢家的祖茔在东乡，来螃园在城西，从谢家花园到祖坟，要经过一条东大街。谢淑媛是很喜欢上坟的。街上店铺很多，可以东张西望。小风吹着，全身舒服。从去年起，她不愿走东大街了。她叫陈聋子挑了放祭品的圆笼自己从东大街先走，她和普天从来螃园后门出来，绕过大淖、泰山庙，再走河岸上向东。她不愿走东大街，因为走东大街要经过居家灯笼店。

居家姊妹三个，都是疯子。大姐好一点，有点像个正常人，她照料灯笼店，照料一家人吃饭——一日三餐，两粥一饭。糙米饭、青菜汤。疯得最厉害的是兄弟。他什么也不做，一早起来就唱，坐在柜台里，穿了靛蓝染的大襟短褂。不知道他唱的是什么，只听到沙哑沉闷的声音（本地叫这种很不悦耳的声音为"呆声绕气"）。他哪有这么多唱的，一天唱到晚！妹妹总坐在柜台的一头糊灯笼，脸上带着一种奇怪的微笑。姐妹二人都和兄弟通奸。疯兄弟每天轮流和她们睡，不跟他睡他就闹。居家灯笼店的事情街上人都知道，谢淑媛也知道。她觉得"硌应"。

隔墙有耳，谢家的事外间渐有传闻。街谈巷议，觉得岂有此理。有一天大早，谢普天在来螃园后门不显眼处发现一张没头帖子：

> 管什么大姑妈小姑妈，
>
> 你只管花恋蝶蝶恋花，
>
> 满城风雨人闲话，

谁怕！

倒不如海走天涯，

赤条条来去无牵挂，

倒大来潇洒。

谢普天估计得出，这是谁写的，——本县会写散曲的再没有别人，最后两句是一种善意的规劝。

他和小孃孃商量了一下：走！离开这座县城，走得远远的！他的一个上海美专的同学顾山是云南人，他写信去说，想到云南来。顾山回信说欢迎他来，昆明气候好，物价也便宜，他会给他帮助。把一块祖传的大蕉叶白端砚，一箱字画卖给了季匋民，攒了路费，他们就上路了。计划经上海、香港，从海防坐滇越铁路火车到昆明。

谢淑媛没有见过海，没有坐过海船，她很兴奋，很活泼，走上甲板，靠着船舷，说说笑笑，指指点点，显得没有一点心事，说："我这辈子值得了！"

谢普天经顾山介绍，在武成路租了一间画室。他画了不少工笔重彩的山水、人物、花卉，有人欣赏，卖出了一些，但是最受欢迎的还是炭精肖像，供不应求。昆明果然是四季如春，鸡枞、干巴菌、牛肝菌、青头菌都非常好吃，谢淑媛高兴极了。他们游览了很多地方：石林、阳宗海、西山、金殿、黑龙潭、大理，一直到玉龙雪山。读万卷书，行万里路，谢普天的画大有进步。他画了一些裸体人像，谢淑媛给他当模特。画完了，谢淑媛仔仔细细看了，说："这是我吗？我这么好看？"谢普天抱着小孃周身吻了个遍，"不要让别人看！"——"当然！"

谢淑媛变得沉默起来，一天说不了几句话。谢普天问："你怎么啦？"——"我有啦！"谢普天先是一愣，接着说："也好嘛。"——"还好哩！"

谢淑媛老是做噩梦。梦见母亲打她，打她的全身，打她的脸；梦见她生了一个怪胎，样子很可怕；梦见她从玉龙雪山失足掉了下来，一直掉，半天也不到地……每次都是大叫醒来。

谢淑媛的肚子一天比一天大，已经显形了。她抚摸着膨大的小腹，说:"我作的孽! 我作的孽! 报应! 报应!"

谢淑媛死了。死于难产血崩。

谢普天把给小孃画的裸体肖像交给顾山保存,拜托他十年后找个出版社出版。顾山看了,说:"真美!"

谢普天把小孃的骨灰装在手制的瓷瓶里带回家乡,在来蜨园选一棵桂花,把骨灰埋在桂花下面的土里,埋得很深,很深。

谢普天和陈聋子(他还活着)告别,飘然而去,不知所终。

注 释

① 本篇原载《收获》1996 年第四期;初收《汪曾祺全集》第二卷,北京师范大学出版社,1998 年 8 月。

合　锦①

　　魏小坡原是一个钱谷师爷。"师爷"是衙门里对幕友的尊称,分为两类。一类是参谋司法行政的,称为"刑名师爷";一类是主办钱粮、税收、会计的,称为"钱谷师爷"。"刑名师爷"亦称"黑笔师爷";"钱谷师爷"亦称"红笔师爷"。他们有点近乎后来的参谋、秘书班子。虽无官职,但出谋划策,能左右主管官长的思路举措。师爷是读书人考取功名以外的另一条生活途径,有他们自己一套价值观念。求财取利的法门,也是要从师学习的。师爷自成网络,互通声气,翻云覆雨,是中国的吏治史上的一种特殊人物。师爷大都是绍兴人,鲁迅文章中曾经提到过。京剧《四进士》中道台顾读的师爷曾经挟带赃款,不辞而别,把顾读害得不浅。清室既亡,这种人没有了,代之而起的是秘书、干事。但是地方官有些事,如何逢迎辖治、推诿延宕……还得把老师爷请去,在"等因奉此"的公文稿上斟酌一番,趋避得体,动一两句话,甚至改一两个字,果然是"一鞭一条痕,一掴一掌血",老辣之至。事前事后,当官的自然不会叫他们白干,总得有一点"意思"。

　　魏小坡已经三代在这个县城当师爷。"民国"以后就洗手不干了,在这里落户定居。除了说话中还有一两句绍兴字眼,如"娘东戳杀",吃菜口重,爱吃咸鱼和霉干菜,此外已经和本地人没有什么两样。他在钱家伙买了四十亩好田(他是钱谷师爷,对田地的高低四至、水源渠堰自然非常熟悉),靠收租过日子。虽不算缙绅之家,比起"挑箩把担"的,在生活上却优裕得多。

　　他的这座房屋的格局却有些特别,或者也可以说是不成格局。大门朝西,进门就是一台锅灶。有锅三口:头锅、二锅、三锅。正当中是一个矮饭桌,是一家人吃饭的桌子。魏小坡家人口不多,只有四口人。不知道为什么在这样的矮桌上吃饭。南边是两间卧室,住着魏小坡的两个老婆,大奶奶和二奶奶。两个老婆是亲姊妹。姊妹二人同嫁一个丈夫,在这县城里并非绝无仅有。大奶奶进门三年,没有生养,于是和双亲二老和妹妹本人商量,把妹妹也嫁过来。这样不但妹妹可望生下一男半女,同时姊妹也好相处,不会像娶个小搅得家宅不安。不想妹妹进门三年仍是空怀,姐姐却怀上了,生了一个儿子!

大奶奶为人宽厚。佃户送租子来,总要留饭,大海碗盛得很满,压得很实。没有什么好菜,白菜萝卜烧豆腐总是有的。

锅灶间养着一只狮子玳瑁猫,一只黄狗。大奶奶每天都要给猫用小鱼拌饭,让黄狗嚼得到骨头。

出锅灶间,往后,是一个不大的花园。魏小坡爱花。连翘、紫荆、碧桃、紫白丁香……都开得很热闹。魏小坡一早临写一遍《九成宫醴泉铭》,就趿着鞋侍弄他的那些花。八月,他用莲子(不是用藕)种了一缸小荷花,从越塘捞了二三十尾小鱼秧养在荷花缸里,看看它们悠然来去,真是万虑俱消,如同置身濠濮之间。冬天,腊梅怒放,天竺透红。

说魏家房屋格局特别是小花园南边有一小侧门,出侧门,地势忽然高起,高地上有几间房,须走上五六级"坡台子"(台阶)才到。好像这是另外一家似的。这是为了儿子结婚用的。

魏小坡的儿子名叫魏潮珠(这县西边有一口大湖,叫甓射湖,据说湖中有神珠,珠出时极明亮,岸上树木皆有影,故湖亦名珠湖)。魏大奶奶盼着早一点抱孙子,魏潮珠早就订了亲,就要办喜事。儿媳妇名卜小玲,是乾隆和糕饼店的女儿,两家相距只二三十步路。

我陪我的祖母到魏家去(我们两家是斜对门)。魏家的人听说汪家老太太要来,全都起身恭候。祖母进门道了喜,要去看看魏小坡种的花。"唔,花种得好! 花好月圆,兴旺发达!"她还要到后面看看。后面的房屋正中是客厅,东边是新房,西边一间是魏潮珠的书房,全都裱糊得四白落地,簇崭新。我对新房里的陈设,书房里的古玩全都不感兴趣,只有客厅正面的画却觉得很新鲜。画的是很苍劲的梅花。特别处是分开来挂,是四扇屏;相挨着并挂,却是一个大横幅。这样的画我没有见过。回去问父亲,父亲说:"这叫'合锦',这样的画品格低俗,和一个钱谷师爷倒也相配。他这堂画用的是真西洋红,所以很鲜艳。"

卜小玲嫁过来,很快就怀了孕。

魏大奶奶却病了,吃不下东西,只能进水,不能进食,这是"噎膈"。"疯痨气臌噎,阎王请的客",这是不治之症,请医服药,只能拖一天算一天。

一天,大奶奶把二奶奶请过来,交出一串钥匙,对妹妹说:"妹妹,我不行了,这个家你就管起吧。"二奶奶说:"姐姐,你放心养病。你这病能好!"可是一转眼,在姐姐不留神的时候,她就把钥匙掖了起来。

没有多少日子,魏大奶奶"驾返瑶池"了,二奶奶当了家。

二奶奶持家和大奶奶大不相同。她非常啬刻。煮饭量米,一减再减,菜总是煮小白菜、炒豆腐渣。女用人做菜,她总是嫌油下得太多。"少倒一点!少倒一点!这样下油法,万贯家财也架不住!"咸菜煮小鱼、药芹(水芹菜),这是荤菜。她的一个特点是不相信人,对人总是怀疑、嘀咕、提防,觉得有人偷了她什么。一个女用人专洗大件的被子、帐子,通阴沟、倒马桶,力气很大。"她怎么力气这样大呢?"于是断定女用人偷吃了泡锅巴。丢了一点什么不值几个钱的东西:一块布头、一团烂毛线,她断定是出了家贼,"家贼难防狗不咬!"有一次丢失了一个金戒指,这可不得了,搅得天翻地覆。从里到外搜了用人身子,翻遍了被褥,结果是她自己藏在梳头桌的小抽屉里了!卜小玲坐月子,娘家送来两只老母鸡炖汤。汤放在儿媳妇"迎桌"的沙锅里。二奶奶用小调羹舀了一勺,聚精会神地尝了尝。卜小玲看看婆婆的神态,知道她在琢磨吴妈是不是偷喝了鸡汤又往汤里对了开水。卜小玲很生气,说:"吴妈是我小时候的奶妈,我是喝了她的奶长大的,她不会偷喝我的鸡汤!婆婆你就放心吧!你连吴妈也怀疑,叫我感情上很不舒服!"——"我这是为你!知人知面不知心,难说!难说!"卜小玲气得面朝里,不理婆婆:"什么人哩!"二奶奶这样多疑,弄得所有的人都不舒服。原来有说有笑、和和气气的一家人,弄得清锅冷灶,寡淡无聊。谁都怕不定什么时候触动二奶奶的一根什么筋,二奶奶的脸上刷地一下就挂下了一层六月严霜。猫也瘦了,狗也瘦了,人也瘦了,花也瘦了。二奶奶从来不为自己的多疑觉得惭愧,觉得对不起人。她觉得理所应该。魏小坡说二奶奶不通人情,她说:"过日子必须刻薄成家!"魏小坡听见,大怒,拍桌子大骂:"下一句是什么?"[2]

魏家用过几次用人,有一回一个月里竟换了十次用人。荐头店[3]要帮人的,听说是魏家,都说:"不去!"

后客厅的梅花"合锦"第三条的绫边受潮脱落了,魏小坡几次说拿到裱画店去修补一下,二奶奶不理会。这个屏条于是老是松松地卷着,放在条几的一角。

注　释

[1]　本篇原载《收获》1996 年第四期;初收《汪曾祺全集》第二卷,北京师范大学出版社,1998 年 8 月。

[2]　这是朱柏庐《治家格言》中的话,"刻薄成家"下一句是"理无久享"。

[3]　专为介绍女佣的店铺叫"荐头店"或"荐头行"。

当代野人①(二题)

可有可无的人

谁都是可有可无的。

戏曲界多数演员学戏、唱戏,实在是一场误会,根本不够条件,要嗓子没嗓子,要扮相没扮相,要个头没个头。只是因为几代都是唱戏的,一出娘胎就注定是唱戏的命,别无选择。孩子到了岁数,托托人,就往科班里一送。科班是管吃住的。孩子坐了科,家里就少一张嘴。出了科,能来个活,开个戏份,且比拉洋车、捡破烂强。唱红,是没有指望的。庹世荣就是这样一块料。蹲了八年大狱②,只能当个底包,来个边边沿沿的角,"滴沿零碎"。后台管事在派角时,总是先考虑别人,剩下的,才在牙笏上写上他凑数。他学的是架子花,至多来个"曹八将"、"反王"。他唱"点将",有字无音,只在最后一句"要把,狼烟扫"随着别人吼一嗓子。③他的"玩艺儿"从来没有得过"好",只有一次在一个小评剧团赶了一"包",把评剧管彩匣子的"镇"了一下。评剧原来没有武打,没有勾脸的架子花,为了吸引观众,有时也穿插一两场武戏。武打演员都是从京剧班子里约的。没有"总讲",更没有"单提",演员连自己演的人物姓什么叫什么,都不知道,只要记住谁是"正的",谁是"反的",上去打一个"小五套","漫头","鼻子","正的"打"反的"一个抢背,"反的"捣耳瞪眼,作惊恐状,"四记头"亮住,"反的"拖枪急下,"正的"大笑三声:"啊哈,啊哈,啊喝哈哈……——追!""枪下场"或"刀下场",这一场就算完了。庹世荣勾了脸,管彩匣子的连声赞叹:"还是人家京剧班的,这脸勾得多干净!"这件事庹世荣屡屡提起,正如他的名字,是一世之荣。就算他的脸勾得不错,这又有什么了不起呢?

　解放后他参加了国营剧团。国营剧团定员、定工资,廉世荣有了固定收入,每月月初拿戳子到会计室领钱,再不用一晚上四处赶包,生活安定了。吃食上也好多了,除了熬白菜、炒麻豆腐,间长不短的来一顿炖肉。他爱吃猪下水、肠子、肚子、猪心、肺头,吃起来没个够。大夫跟他说:"这不是什么好东西,高胆固醇。"——"管那个呢!"照吃不误。他有时一晚上没有活,也不用说戏排戏,进门应个卯,得机会就出去满世界遛弯,买点俏货,到南横街"小肠陈"来两个卤煮火烧,垫补垫补。时不常的,也到练功厅练练功。他的开蒙老师常说:"'艺术'、'艺术',有艺还得有术。""艺术"还可以这样拆开来讲,这是京剧界的一大发明。怎么练,他的功也不会长了,但是活动活动也有好处,——吃饭香。他的练功,不过是拉个山膀,踢踢腿,耗耗腿,"大跟头"是绝对不翻了。他过得很舒坦,很满足。

　"文化大革命",他忽然出了一次大风头。他写不出大字报,也不能参加大辩论。但是他还是很积极,跑进跑出,传递消息,跟着喊"万岁",喊"打倒",满脸通红,浑身流汗。革命战士逐渐形成两大派,甲派和乙派,成天打派仗。廉世荣经过观察考虑,决定参加甲派效力,在热火朝天的漩涡中乱转。

　一辆"解放"牌疾驰而来,在剧团门口停住,从车上跳下几个乙派,还有几个着军装,扎皮带,套着大红袖箍的红卫兵,闯进牛棚,把几个走资派推推搡搡押上车。原来乙派勾结了"西纠"(红卫兵西城纠察队),要把走资派劫走。甲派战士蜂拥冲出大门,坚决不同意他们押走走资派。"西纠"所以支持乙派,押走剧团走资派,因想通过批斗剧团走资派,捯出本市乃至中央的走资派,立一大功。甲派不同意劫走走资派,是因为走资派都没有了,还叫他们批斗谁? 那甲派就完蛋了。双方展开激烈的争辩,剑拔弩张。一个"西纠"小头领对司机下了命令:"开走! 别管他们!"正在千钧一发之际,廉世荣挟了一条席子往汽车前一铺:"开走? 姥姥!"他往席子上一躺:"有种的从我身上轧过去!"司机犯不上为这么点事招惹一场人命,没有开动。甲派几个战士跳上车,把本团走资派夺下来,押回牛棚去了。司机倒车,从另一条路走了。

庹世荣这一壮举使全团为之刮目相看。不怕一万,就怕万一,万一司机是个混愣的小伙子,真把车开过来,庹世荣可是吃什么也不香了。

庹世荣的形象高大起来,他自己也觉得俨然是黄继光、董存瑞式的英雄,进进出出,趾高气扬。

但是好景不长,没有多少日子,他身上耀眼的光辉就暗淡了。他参加了革委会,无建树。后来又参加"五一六"的调查、逼供信,愣把一个三八式的干部逼得承认自己是"五一六"。但是"五一六"是"文革"中的一大糊涂公案,根本是"老虎闻鼻烟,没有那宗事"。他还回演员队演曹八将,吼半句"要把狼烟扫",谁也不承认他真的是黄继光、董存瑞。

他得了病,血压高得异乎寻常,低压一百二,高压二百三。医生告诫他不能再吃肉。有时家里吃炖肉,他媳妇给他买两根顶花带刺的嫩黄瓜。这两根黄瓜给了他很大安慰:在家里,他还算个人物。

他死了,死于多种病并发症。一个也是唱架子花脸的二路角演员说医院的护士长告诉他,说:"你们那位庹同志,给他验血,抽了一试管血,竟有半试管是油!"这似乎不大可能。

要给他开追悼会,他媳妇不同意马上开,她提出条件,要追认庹世荣为党员。她以为如果老庹被追认为党员,则在分房子、子女就业等问题上,就会得到照顾。

她的想法不是毫无道理,但是新产生的党委会没有同意,认为他不够党员条件。

遗体告别,生前友好大部分都去了,庹世荣比平常瘦小了好些,他抽抽了。

一九九六年五月二十七日

吃　　饭

关荣魁行二,他又姓关,后台演员戏称他为关二爷,或二爷。他在

300

科班学的是花脸,按说是铜锤、架子两门抱。他会的戏不少,但都不"咬人"。演员队长叶德麟派戏时,最多给他派一个"八大拿"里的大大个儿、二大个儿、何路通、金大力、关泰。他觉得这真是屈才!他自己觉得"好不了角儿",都是由于叶德麟不捧他。剧团要排"革命现代戏"《杜鹃山》,他向叶德麟请战,他要演雷刚。叶德麟白了他一眼:"你?"——"咱们有嗓子呀!"——"去去去,一边儿凉快去!"关二爷出得门来,打了一个"哇呀":"有眼不识金镶玉,错把茶壶当夜壶,哇呀……"

关二爷在外面,在剧团里虽然没多少人捧他,在家里可是绝对权威,一切由他说了算。据他说,想吃什么,上班临走给媳妇嘱咐一声:

"是米饭、炒菜,是包饺子——韭菜的还是茴香的,是煎锅贴儿、瓠塌子,——熬点小米粥或者棒楂儿粥、小酱萝卜,还是臭豆腐……"

"她要是不给做呢?"

"那就给什么吃什么呗!"

关二爷回答得很麻利。

"哦,力巴摔跤④!"

申元镇会的戏很多,文武昆乱不挡,但台上只能来一个中军、家院,他没有嗓子。他要算一个戏曲鉴赏家,甭管是老生戏、花脸戏,什么叫马派、谭派,哪叫裘派,他都能说得头头是道。小声示范,韵味十足。只是大声一唱,什么也没有!青年演员、中年演员,很爱听他谈戏。关二爷对他尤其佩服得五体投地,老是纠缠他,让他说裘派戏,整出整出地说,一说两个小时。说完了"红绣鞋"牌子,他站起要走,关二爷拽着他:"师哥,别走!师哥师哥,再给说说!师哥师哥!……"——"不行,我得回家吃饭!"别人劝关二爷,"荣魁,你别老是死乞白赖,元镇有他的难处!"大家交了交眼神,心照不宣。

申元镇回家,媳妇拉长着脸:

"饭在锅里,自己盛!"

为什么媳妇对他没好脸子?因为他阳痿。女人曾经当着人大声地喊叫:"我算倒了血霉,嫁了这么个东西,害得我守一辈子活寡!"

但是他们也一直没有离婚。

叶德麟是唱丑的,"玩艺儿"平常。嗓子不响堂,逢高不起,嘴皮子不脆,在北京他唱不了方巾丑、袍带丑,汤勤、蒋干,都轮不到他唱;贾桂读状,不能读得炒蹦豆似的;婆子戏也不见精采;来个《卖马》的王老好、《空城计》的老军还对付。老是老军、王老好,吃不了蹦虾仁。树挪死,人挪活,他和几个拜把子弟兄一合计:到南方去闯闯!就凭"京角"这块金字招牌,虽不能大红大紫,怎么着也卖不了胰子⑤。到杭嘉湖、里下河一带去转转,捎带着看看风景,尝尝南边的吃食。商定了路线,先到济南、青岛,沿运河到里下河,然后到杭嘉湖。说走就走!回家跟媳妇说一声,就到前门车站买票。

南方山明水秀,吃食各有风味。镇江的肴肉、扬州富春的三丁包子、嘉兴的肉粽、宁波的黄鱼鲞笃肉、绍兴的梅干菜肉、都蛮"崭"。使叶德麟称道不已的是在高邮吃的昂嗤鱼氽汤,味道很鲜,而价钱极其便宜。

南方饭菜好吃,戏可并不好唱。里下河的人不大懂戏,他们爱看《九更天》、《杀子报》这一类剖肚开膛剁脑袋的戏,对"京字京韵"不欣赏。杭嘉湖人看戏要火爆,真刀真枪,不管书文戏理。包公竟会从三张桌上翻"台漫"下来。观众对从北京来的角儿不满意,认为他们唱戏"弗卖力"。哥几个一商量:回去吧!买了一些土特产,苏州采芝斋的松子糖、陆稿荐的酱肘子、东台的醉泥螺、鞭尖笋、黄鱼鲞、梅干菜,大包小包,瓶瓶罐罐上了火车。刨去路费,所剩无几。

进了门,洗了一把脸,就叫媳妇拿碗出门去买芝麻酱,带两根黄瓜、一块豆腐、一瓶二锅头。嚼着黄瓜喝着酒,叶德麟喟然有感:回家了!

"要饱还是家常饭",叶德麟爱吃面,炸酱面、打卤面、芝麻酱花椒油拌面,全行。他爱吃拌豆腐,就酒。小葱拌豆腐、香椿拌豆腐,什么都没有,一块白豆腐也成,撒点盐、味精,滴几滴香油!

叶德麟这些年走的是"正字"。他参加了国营剧团。他谢绝舞台了,因为他是个汗包,动动就出汗,连来个《野猪林》的解差都是一身汗,连水衣子都湿透了。他得另外走一条路。他是党员,解放初期就入了党。台上没戏,却很有组织行政才能。几届党委都很信任他。他担任了演员队队长。演员队长,手里有权。日常排戏、派活,外出巡回演出、"跑小组",谁去,谁不去,都得由他决定。谁能到中南海演出,谁不能去,他说了算。到香港演出、到日本演出,更是演员都关心,都想争取的美事,——可以长戏份、吃海鲜、开洋荤、看外国娘们,有谁、没谁,全在队长掂量。叶队长的笔记本是演员的生死簿。演员多数想走叶德麟的门子,逢年过节,得提了一包东西登门问候,水果、月饼、酒。叶德麟一推再推,到了还是收下来了。"下不为例!"——"那是那是!这点东西没花钱,是朋友送我的。"

叶德麟一帆风顺。"文化大革命"后,原来的党委、团长都头朝下了,团里的事由"四人帮"的亲信——文化部副部长兼剧团总导演虞桧一手掌握,他带来几个"外行"⑥驻进各团监督,有问题随时向他汇报。但是他还得有个处理日常工作的班底,他不能把原来党委的老班底全部踢开,叶德麟留下来仍旧当演员队的队长。虞部长不时还会叫他去谈话,听意见,备咨询。叶德麟觉得虞部长还是很信任他,心中暗暗得意,觉得他还能顺着这根竿子往上爬几年。

叶德麟也有不顺心的事。

一是儿子老在家里跟他闹。儿子中学毕业,没考上大学,也找不到合适的工作,只能到处打游击,这儿干两天,那儿干两天。儿子认为他混成这相,全得由他老子负责。他说老子对他的事不使劲,只顾自己保官,不管儿女前途。他变得脾气暴躁,蛮不讲理,一点小事就大喊大叫,说话非常难听。动不动就摔盘子打碗。叶德麟气得浑身发抖,无可奈何。

一件是出国演出没有他。剧团要去澳大利亚演出,叶德麟忙活了好一阵,添置服装、灯光器械、定"人位",——出国名额要压缩,有些群众演员必须赶两三个角色。他向虞部长汇报了初步设想,虞部长基本同意。叶德麟满以为要派他去打前站,——过去剧团到香港、日本演出,都是他打前站,不想虞部长派他的秘书宣布去澳名单,却没有叶德麟!这对他的打击可太大了。他差一点当场晕死过去。这不是一次出国的事,他知道虞桧压根儿没把他当作自己的人,完了!他被送进了医院:血压猛增,心绞痛发作。

住了半个月院,出院了。

他有时还到团里来,到医务室量量血压、要点速效救心丸。自我解嘲:血压高了,降压灵加点剂量;心脏不大舒服,多来一瓶"速效救心"!他坐在小会议室里,翻翻报。他也希望有人陪他聊聊,路过的爷们跟他也招呼招呼,只是都是淡淡的,"卖羊头的回家——不过细盐(言)"。

快过年了。他儿子给他买了两瓶好酒,一瓶"古井贡",一瓶"五粮液",他儿子的工作问题解决了,他学会开车,在一个公司当司机,有了稳定的收入。叶德麟拿了这两瓶酒,说:"得唻!"这句话说得很凄凉。这里面有多重意义、无限感慨。一是有这两瓶酒,这个年就可以过得美美的。儿子还是儿子,还有点孝心;二是他使尽一辈子心机,到了有此结局,也就可以了。

叶德麟死了,大面积心肌梗死急性发作。

照例要开个追悼会,但是参加的人稀稀落落,叶德麟人缘不好,大家对他都没有什么感情。为什么会这样呢?

因为他对谁都也没有感情。他是一个无情的人。

靳元戎也是唱丑的,岁数和叶德麟差不多,脾气秉性可很不相同。

靳元戎凡事看得开。"四人帮"时期,他被精简了下来,下放干校劳动。他没有满腹牢骚,唉声叹气,而是活得有滋有味,自得其乐。干校地里有很多麻雀,他结了一副拦网,逮麻雀,一天可以逮百十只,撕了皮,酱油、料酒、花椒大料腌透,入油酥炸,下酒。干校有很多蚂蚱,一会儿可捉一口袋,摘去翅膀,在瓦片上焙干,卷烙饼。

他说话很"葛"。

干校来了个"领导"。他也没有什么名义,不知道为什么当了"领导"。此人姓高,在市委下面的机关转来转去,都是没有名义的"领导",搞政治工作,这位老兄专会讲"毛选",说空空洞洞的蠢话,俨然是个马列主义理论家。他是搞政治工作的,干校都称之为"高政工"。他常常出一些莫名其妙的馊点子。《地道战》里有一句词:"各村都有高招",于是大家又称之为"高招"。干校本来是让大家来锻炼的,不要求产量,高招却一再宣传增产。年初定生产计划,是他一再要求提高指标。指标一提再提,高政工总是说:"低!太低!"靳元戎提出:"我提一个增产措施:咱们把地掏空了,种两层,上面一层,下面一层。"高政工认真听取了靳元荣的建议,还很严肃地说:"这是个办法!是个办法!"

逮逮麻雀,捉蚂蚱,跟高政工逗逗,几年一晃也就过去了。

"四人帮"垮台,虞部长自杀,干校解散,各回原单位,靳元戎也回到了剧团。他接替叶德麟,当了演员队队长。

他群众关系不错。他的处世原则只有两条:一,秉公办事;二,平等待人。对谁的称呼都一样:"爷们儿"。

他好吃,也会做。有时做几个菜,约几个人上家里来一顿。他是回民,做的当然都是清真菜:炸卷果、炮糊(炮羊肉炮至微糊)、它似蜜、烧羊腿、羊尾巴油炒麻豆腐。有一次煎了几铛鸡肉馅的锅贴,是从在鸡场当场长的老朋友那儿提回来的大骟鸡,撕净筋皮,用刀背细剁成茸,加葱汁、盐、黄酒,其余什么都不搁,那叫一个绝!

他好喝,四两衡水老白干没有问题。他得过心绞痛,还是照喝不误。有人劝他少喝一点,他说:"没事,我喝足了,就心绞不疼了。"——这是一种奇怪的语法。他常用这种不通的语言讲话,有个小青年说:"'心绞不疼',这叫什么话!"他的似乎不通的语言多着呢!比如"文革"期间,有一个也是唱丑的狠斗马富禄,他认为太过火,就说:"你就是把马富禄斗死了,你也马富禄不了啊!"什么叫"马富禄不了啊"?真是欠通,欠通至极点!他喝酒有习惯,先铺好炕,喝完了,把炕桌往边上一踢,伸开腿就进被窝,随即鼾声大作。熟人知道他这个脾气,见他一钻被窝,也就放筷子走人,明儿见!

他现在还活着,但已是满头白发,老矣。

九九六年九月初

注　释

①　本篇原载《当代》1996 年第六期;初收《汪曾祺全集》第二卷,北京师范大学出版社,1998 年 8 月。

②　科班一般是八年毕业,生活很苦,规矩很严,学戏的都说这是八年大狱。

③　"点将"本是唢呐曲牌《点绛唇》,因多用于元帅升帐、豪客排山,故通称"点将"。"点将"的通用"大字"是:"将士英豪,儿郎虎豹,军威耀,地动山摇,要把狼烟扫。"但"大字"常不唱,只在最后齐唱:"——狼烟扫。"庹世荣亦依常例,不能算错。

④　北京的歇后语,"力巴摔跤,给嘛吃嘛"。

⑤　北京的军乐队混不下去,解散了,落魄奏乐手只能拿一只小号在胡同口吹奏,卖肥皂,戏班里称他们"卖了胰子"。

⑥　戏班里把不是演员出身的人都叫做"外行"。

百　蝶　图[①]

　　小陈三是个卖绒花的货郎。他父亲活着的时候就是个货郎,卖绒花。父亲死了,子承父业,他十六七岁就挑起货郎担卖绒花。城里人叫他小货郎,也叫他小陈。有些人叫他小陈三,则不知是什么道理。他是个独儿子,并无兄弟。也许因为他人缘好,长得聪明清秀,这么叫着亲切。他家住泰山庙。每天从家里出来,沿科甲巷,越塘,进东门,经王家亭子,过奎楼,奔南市口,在焦家巷、百岁巷、熙和巷等几条大巷子都停一停。把货郎担歇在巷口,举起羊皮拨浪鼓摇一气:布楞、布楞、布楞楞……宅门开了,走出一个大姑娘、小媳妇、老太太。

　　"小陈三,来了?"

　　"来了您哪!"

　　"有好花没有?"

　　"有! 昨天刚从扬州贩来的。您瞧瞧!"

　　小陈把货郎担的圆笼一个一个打开,摆在扫净的阶石上让人观赏。

　　他的担子两头各有四层。已经用了两代人,还是严丝合缝,光泽如新,毫不走形。四层圆屉,摞得高高的,但挑起来没有多大分量,因为里面都是女人戴的花:大红剪绒的红双喜、团寿字,这是老太太要的;米珠子穿成的珠花,是少奶奶订的;绢花、通草花,颜色深浅不一,都好像真花,有的通草花上还伏了一只黑凤蝶,凤蝶触须是极细的"花丝"拧成的,拿在手里不停地颤动,好像凤蝶就要起翅飞走。小陈三一枝一枝送到大姑娘、小媳妇、老太太面前,她们能不买一两枝么?

　　有的姑娘媳妇是为了看两眼小陈三,才买他的花的。

　　货郎担的一屉放的是绣花用的彩绒丝线。

　　一天,小陈挑了货郎担往南城去,到了土家亭子边上,忽然下起雨来。真是瓢泼大雨！雨暴风狂，小陈站不住脚，货郎担被风刮得拧着麻花乱转。附近没有地方可以躲避，小陈三只好敲敲王家亭子的玻璃窗，问里面的王小玉，可以不可以让他进来避避雨。

"可以可以！进来进来！"

这王家亭子紧挨东门，正字应该叫做蝶园，本是王家的花园，算得是一处可以供人游赏的名胜。当年王家常在园中宴客，赋诗饮酒。后来王家渐渐衰败，子孙迁寓苏州，蝶园花木凋残，再也听不到吟诗拍曲的声音，只有"亭子"和亭前的半亩荷塘却保留了下来。所谓"亭子"实是一座五间的大厅。大厅四面开窗，十分敞亮。王家把大厅（包括全堂红木家具）和荷塘交给原来的管家老王头看管。清明上坟，偶尔来蝶园看看，平常是不来的。

小陈的上衣都湿透了，小玉叫他脱下来，在小缸灶里抓了一把柴禾，把小陈三的湿衣服搭在烘笼上烤着，扔给他一条手巾，叫他擦擦身上的雨水，给他一件父亲老王头的旧上衣，叫他披披。缸灶火上还炖了一壶茶水——老王头是喝茶的。还好，圆笼里的花没有湿了，但是怕受了潮气，闷得退了色，小玉还是帮小陈一屉一屉揭开，平放在红木条案上。

雨还在下。

小陈说："这雨！"

小玉说："这雨！"

"你一个人，不怕？"

"不怕！怕什么？"

小玉的父亲常常出去，给王家料理一点杂事：完钱粮、收佃户送来的租稻……找护国寺的老和尚聊天、有时还找老朋友喝个小酒，回来时往往是月亮照着城墙垛子了。

小玉胆很大。王家亭子紧挨着城墙，城外荒坟累累，还是杀人的刑场，鬼故事很多，她都不相信，只有一个故事，使她觉得很凄凉：一个外地人赶夜路，到了东门外，想抽一袋烟。前面有几个人围着一盏油灯。赶路人装了一袋烟，凑过去点个火。不想叭叽了半天，烟不着，他用手摸摸火苗,火是凉的!这几个是鬼!外地人赶紧走,鬼在他身后哈哈大笑。小玉时常想起凉的火、鬼哈哈大笑。但是她并不汗毛直竖。这个鬼故事有一种很美的东西,叫她感动。

小玉的母亲死得早,她十四岁就支撑门户,打里打外,利利落落,凡事很有决断。

母亲是个绣花女工,小玉从小就学会绣花。手很巧,平针、"乱屙"、挑花、"纳锦"都会。绣帐檐、门帘、枕头顶,都成。她能出样子、配颜色,在县城里有些名气,"打子儿"、"七色晕",她为甄家即将出阁的小姐绣的一对门帘飘带赢得很多人称赞。白缎地子,平金纳锦飞龙。难的是龙的眼睛,眼珠是桂圆核壳钉上去的。桂圆核壳剪破,打了眼,头发丝缝缀。桂圆核很不好剪,一剪就破,又要一般大,一样圆,剪坏了好多桂圆,才能选出四颗眼珠。白地、金龙、乌黑闪亮的龙眼睛,神气活现。

小陈三看王小玉的绣活,王小玉看小货郎的绒花。喝着老王头的土叶茶,说着话,雨停了,小陈的上衣也干了,小陈告辞。小玉送到门口:

"常来!"

"哎,来!"

小陈果然常来歇脚。他们说了很多话,还结伴到扬州辕门桥去过几次。小陈办货,小玉买彩绒丝线。

王小玉是个美人,长得就像王家亭子前才出水的一箭荷花骨朵,细皮嫩肉,一笑俩酒窝。但是你最好不要招惹她。她双眼一瞪,够你小子哆嗦一会子,她会拿绣花针给你身上留下一点记号。

都说王小玉和小陈三是天生的一对。

小玉对小陈是喜欢的,认为他本小利薄,但是是一个有志气、有出息的后生。小玉对她自己的,也是小陈三的前途有个"远景规划"。她叫小陈在南市口租一个门面,当中是店堂,两边设两个玻璃砖面的小柜台。一边卖她的绣活,小陈帮她接活,记账;一边还可以由小陈卖绒花丝线。小陈可以不必再挑货郎担—— 愿意挑也可以,只是一天磨鞋底子,太辛苦了。兢兢业业,做上几年,小日子会红火起来的。"斗升之家"还能指望什么呢?

对小玉的"蓝图",小陈表示完全同意,只是:

"太委屈你了!"

"我愿意!"

有一个人不愿意。

谁?

小陈的妈。

小陈的父亲死得早,妈年轻守寡。她是个非常要强的女人。她眼睛有病,双眼有翳——白内障,见人只模模糊糊看见脸,眉眼分不太清,对面来人,听说话才知道是谁。就这样,她还一天不拾闲,忙忙碌碌,家里收拾得"一水也似的"。儿子爱王小玉,她知道,因为儿子早在她耳朵跟前夸小玉,怎么好看,怎么能干,什么事都拿得起,放得下。老太太只是听着,不言语,转着灰白的眼珠子,好像想什么心事。

王小玉给孙家四小姐绣了一个幔帐。这孙四小姐是个很讲究的,欣赏品味很高的才女,衣着都别出心裁,不落俗套。她曾经让小玉绣过一"套"旗袍。一套三件。她一天三换衣,但是乍看看不出来。三件都绣的是白海棠,早起,海棠是骨朵;中午,海棠盛开了;晚上,海棠开败了。她要出嫁了,要小玉绣一个幔帐。她讨厌凤穿牡丹这样大红大绿的花样,叫小玉给她绣一幅"百蝶图"。她收藏了一套《滕王蛱蝶》大册页,叫小玉照着绣。

小玉花了一个月,绣得了,张挂在王家亭,请孙四小姐来验看。孙四小姐一进门,失声说了一个字:"好!"王小玉绣的《百蝶图》轰动一城,来看的人很多。

小陈三的妈也来了。经过一个眼科名医金针拨治,她的眼睛好多了,已经能看清楚黄瓜茄子。她凑近去细看了《百蝶图》,越看越有气。

小陈跟老太太提出要把小玉娶过来,他妈瞪着浑浊的眼睛喊叫起来:

"不行!"

小玉太好看,太聪明,太能干,是个人尖子。她的家里,绝对不能有个人尖子。她不能接受,不能容忍!

她宁可要一个窝窝囊囊的平庸的儿媳。

来了一个人尖子,把她往哪儿搁?

"你要娶王小玉,除非等我死了!"

小陈三不明白母亲为什么生那么大的气。小陈是个孝子。"顺者为孝"。他只好听妈的,没有在家里吵嚷吼叫,日子过得还是平平静静的。但是小陈的妈知道,他儿子和妈之间在感情上发生了很大的变化,她知道儿子对她有一种刻骨的怨恨。他一天不说话。他们的关系已经不是母亲和儿子,而是仇敌。

小陈的妈有时也觉得做了一件错事。她也想求儿子原谅她,但是,决不! 她没有错!

她为什么有如此恶毒的感情,连她自己也莫名其妙。

一九九六年七月二十三日

注　释

① 本篇原载《中国作家》1996 年第六期;初收《汪曾祺全集》第二卷,北京师范大学出版社,1998 年 8 月。

不　朽①

　　赵福山准时去上班。他上班一向准时,每天八点半。"文革"前如此,"文革"期间也如此。他每天第一个到战斗组学习室。扫地,擦桌子,打两壶开水。这个战斗组是个大组,成员主要是三分队的:舞台工作队的、管衣箱的、检场的、梳头的、管"彩匣子"的、水锅(管烧开水),还有几个年轻演员,男女都有,有几个还是"角儿"。战斗组的成员一般都要到九点多钟才陆陆续续地走进学习室,今天怎么回事,都来了,人到得挺齐?军宣队的老庐也来了。地也扫了,桌子也抹了,水也打了,一个一个都端端正正地坐着,气氛很严肃。这是怎么回事?怎么了?

　　赵福山进门跟大家打打招呼:"来了! 对不起,我来晚了!"

　　没人答理他,好像没瞧见他。

　　组长——一个戏校毕业生,调到剧团还不到一年的唱丑的宣布:

　　"现在开会。今天的会讨论的是赵福山同志。"

　　赵福山心里咯噔一下:"我? 我犯了错误了?"

　　"讨论一下赵福山同志其人其事。他的为人,他在艺术上的造诣,他的艺术思想和美学思想。"

　　"美学思想? 艺术思想?"赵福山听着这些新名词有点耳生。

　　首先发言的是唱青衣的女演员 A,她说:

　　"赵福山同志是梳头桌师傅——"

　　军代表老庐不知道啥叫"梳头桌师傅",问:"他是管梳头的桌子?"

　　"——也称梳头师傅。赵福山同志在科班学的是'容装科',专门梳头。赵福山同志工作非常负责,每天早早到后台刮片子。"

　　军代表本想问什么是刮片子,怕显得过于外行,就没有问。

"假发、水纱、线尾子、压鬓簪、银泡子……一切都井井有条,用起来很顺手。他善于梳'大头',也能梳'宫妆'。他的片子贴得特别好。小片子玲珑俊秀,大片子弧弯合适。不论是长脸、圆脸,贴出来都是瓜子脸。大家闺秀是大家闺秀,小家碧玉是小家碧玉。唱旦角的,经赵师傅一贴片子,就能增三分光彩。现在唱革命现代戏了,不贴片子了,赵师傅梳掠,照样很是样儿。李奶奶是李奶奶,阿庆嫂是阿庆嫂。我是演阿庆嫂的,我觉得赵师傅梳的髻,妥妥贴贴,看起来非常舒服。谢谢赵师傅!"

唱武生的演员 B:

"赵师傅是梳头师傅,本来是管旦角化妆的,但是他也很善于勒头,老生、武生,都愿让他勒。他勒头舒服,而且根据戏的需要,随时调整。比如《挑滑车》'闹帐'是武戏文唱,就勒得松一些,《观阵》以后动作性强,幅度大,就在后台再紧一紧。经赵师傅勒的头演员不会头疼、头晕、想吐;也绝对不会'揿'了②。现在很少唱大武戏了,但是中央首长有时还要看,武生还得勒头。这样剧团还是少不了赵师傅。"

C——他是个管搬行头、挂吊竿的杂务,说:"因此,他没有成了'板儿刷'。家有万贯,不如一技随身哪!"

军代表老庐问:"什么叫'板儿刷'?"

唱三路老生的 D 解释:"咱们是样板团,吃的是样板团,还发样板服。有的人下放五七艺校劳动,就享受不了这种待遇了。他们是样板团用不着的人,被刷下来了,他们就自称是'板儿刷'。"

唱丑的组长说:

"赵福山同志对工作极端负责,恪尽职守的精神,值得学习。"

军代表老庐插话:

"赵福山同志所以能够极端负责,是因为突出了政治。——他在'文化大革命'中有什么突出表现、先进思想?"

"先进思想、突出表现……"搬行头挂吊竿的 C 想了想:"没有! 老赵为人,安分守己,不多说,不少道;'大胆拿钱,小心干活',不争戏份,不争牌位,——梳头桌上的,也没个牌位,他老实巴交,不突出!"

"他的群众关系如何?"

"——群众关系……人缘?"

"也可以这么说。"

"好!他从来没跟人吵架斗嘴,脸红脖子粗,和为贵!"

"他对同志有过什么帮助?"

"有!文化大革命初起,耿麻子——弹南弦子的耿同仁不来剧团,不上班,说是有病。造反派说:'不行,你在家里躲清闲儿!'造反派把他提溜到剧团,罚他站在当院大声念'语录',要把头一篇念得背下来。耿麻子念了:'领导唔们的核心力量,是中国共产党,——'"

"什么'唔们'!"一个革命造反派给他一个嘴巴。耿麻子心想:没有念错了哇!

"重念!"

耿麻子念:

"领导唔们的核心力量是中国共产党,指导唔们思想的理论基础是马克思列宁主义……"

造反派小将给了他两个嘴巴,——左右开弓。

"什么'唔们'!开搅是不是?"

耿麻子哭丧着脸,说:"我哪儿敢开搅哇!"

耿麻子念语录时,赵福山挨着他,就轻轻提醒他:"'我们'!'我们'!不是'唔们'。"

"重念!"

耿麻子被打懵了,再念,还是"领导唔们……"

造反派照他屁股上踢了一脚。"滚!"

老庐问:"耿同仁为什么总是念'唔们'?"

唱小丑的组长说:"老北京人说话都是说'唔们'。"

军代表觉得这实在说不上是突出的政治表现,就把话题引开,说:

"据我们了解,赵福山同志生活很简朴,不追求生活享受,这一方面有什么事迹?"

"有!"D迫不及待地接过话茬。"老赵一向自奉甚薄。"这位大字不识的苦哈哈忽然来了一句文词。"他日本人在的时候吃过混合面，拉不出屎来。国民政府来了，物价看涨，有时开了戏份，只够买个大海茄子。'茄子老了一嘟噜籽'，一家人只好吃这个一嘟噜籽的海茄子。好容易，盼到解放了，能吃饱了。现在是'样板团'，吃样板饭，食堂老有炸小丸子、烧带鱼，间长不短的还来半只香酥鸡，真是一步登天！不过香酥鸡、炸丸子，老赵自己都不吃，拿报纸包了，带回去给小孙子吃。样板饭只管中午一顿，晚饭还得回家吃自己的。老赵每天都是炸酱面，一年三百六十五日，天天如此。炸酱面也是肉少酱多。不过吃面一定要就蒜，'吃面不就蒜，等于瞎捣乱！'而且，要紫皮蒜。'青皮萝卜紫皮蒜，抬头的老婆低头的汉'！紫皮蒜辣。老赵爱吃紫皮蒜的精神值得我们大家学习！向赵福山同志学习！向赵福山同志致敬！"

军代表有点摸不着头脑，这开的叫什么会呢？

唱旦角的 A 拿出一个小录音机，放出哀乐。一个"跑宫女"的女演员从室外拿来一个小花圈，献给赵福山。唱丑的组长用庄严而低沉的声音，带一点朗诵的调子宣布："会议到此结束，向赵福山同志学习！向赵福山同志致敬！"

D 加了一句："赵福山同志永垂不朽。"

全体起立，向赵福山三鞠躬。军代表老庐也随着一起鞠躬。

赵福山连忙答礼。他手里拿着花圈，不知如何是好。

一九九六年八月五日

注　释

① 本篇原载 1996 年 8 月 9 日《中国城乡金融报》；初收《汪曾祺全集》第二卷，北京师范大学出版社，1998 年 8 月。

② 在台上脱落盔头、发网，叫作"揪头"。

当代野人系列三篇[①]

三　列　马

"三"是《三国演义》，"列"是《东周列国志》，"马"是马克思主义。

耿四喜是梨园世家，几代都是吃戏饭的。他父亲是在科班抄功的，他善于抄功，还善于"打通堂"。科班里的孩子嘴馋，有的很调皮，把老板放在冰箱里的烧鸡偷出来，撕巴撕巴吃了，老板知道了，"打通堂！"一个孩子在台上尿了裤子，"打通堂！"全科班的孩子都打屁股，叫做"打通堂"。耿四喜的父亲在鼻窝里用鼻烟抹了个蝴蝶，用一条大白手绢缠了手腕，叫学生挨个儿趴在板凳上，把供在祖师爷牌位前的板子"请"下来，一人五板或十板。用手绢缠腕子是防备把腕子闪了。每人每板，都一样轻重，不偏不向，打得很有节奏。打完一个，提上裤子走人，"下一个！"这些孩子挨打次数多了，有了经验，姿势都很准确利落。"打通堂"培养了他们的同学意识，觉得很甘美。日后长大了，聚在一起，还津津乐道，哪次怎么挨的打，然后举杯共进一杯二锅头："干！"

耿四喜是个"人物"。

他长得跟他父亲完全一样，四楞子脑袋，大鼻子，阔嘴，浑身肌肉都很结实，脚也像。这双脚宽、厚，筋骨突出，看起来不大像人脚，像一种什么兽物的蹄子。他走路脚步重，抓着地走。凡是"练家"都是这样走，十趾抓地。他很能吃，如《西游记》所说"食肠大"。早点四两包子，两碗炒肝；中午半斤猪头肉，一斤烙饼；晚上少一点，喝两大碗棒子粥就得。

他学的是武花脸，能唱《白水滩》这样的摔打戏，也演过几场，但是台上不是样儿，上下身不合，"山东胳臂直隶腿"，以后就一直没有演出。剧团成立了学员班，他当了学员班抄功的老师。几代家学，抄功很有经验。他说话有个特点，爱用成语，而且把成语的最后一个字甚至几个字"歇"掉。学员练功，他总要说几句话勉励动员：

"同学们，你们都是含苞待，将来都有锦绣前。练功要硬砍实，万万不可偷工减。现在要是少壮不，将来可就老大徒了！踢腿！——走！"

他爱瞧书，《三国演义》、《东周列国志》看得很熟。京剧界把《三国演义》和《东周列国志》合列为"三列国"。三国戏和列国戏很多，不少人常看这两部书，但是看得像耿四喜这样滚瓜烂熟、倒背如流的，全团无第二人。提出"三列国"上的大小问题，想考耿四喜，绝对考不倒！全团对他都很佩服，送了他一个外号："耿三列"。没事时常有人围着要他说一段，耿四喜于是绘声绘色，口若悬河，不打一个"锛"，一讲半天。于是耿四喜除了"耿三列"之外，还博得另一个外号："耿大学问"。

"文化大革命"，天下大乱，一塌糊涂。成立了很多"战斗队"。几个人一捏鼓，起一个组名："红长缨"、"东方红"、"追穷寇"……找一间屋子，门外贴出一条浓墨大字，就可以占山为王，革起命来："勒令""黑帮"交待问题，写大字报，违反宪法，闯入民宅，翻箱倒柜，搜查罪证。耿四喜也成立了一个战斗组。他的战斗组的名字随时改变，但大都有个"独"字："独立寒秋战斗组"、"风景这边独好战斗组"，因为他的战斗组只有他一个人，他既是组长，又是组员。他不需要扩大队伍，增长势力。后来"革命群众"逐渐形成两大派，天天打派仗，他哪一派也不参加，自称"不顺南不顺北战士"。北京有一句土话，叫做"骑着城墙骂鞑子——不顺南不顺北"。不过斗黑帮的会，不论是哪一派召开的，他倒都参加的。同仇敌忾，义愤填膺，口沫横飞，声色俱厉。他斗黑帮永远只是一句话，黑帮交待问题，他总是说："说那没用！说你们是怎么黑的！"

中国的事情也真是怪，先给犯错误、有问题的人定了性，确立了罪名，然后发动群众，对"分子"围攻，迫使"有"问题的人自己承认各种莫须有的问题,轮番轰炸,疲劳战术,"七斗八斗",斗得"该人"心力交瘁,只好胡说八道,把自己说成狗屎堆,才休会一两天,听候处理。这种办法叫做"搞运动"。这大概是中国的一大发明。

黑帮对耿四喜还真有点怵。不是怕他大喊大叫,而是怕他的"个别教练"。他每天晚上提出一个黑帮,给他们轮流讲马列主义。他喝了三两二锅头、一瓶啤酒,就到"牛棚"门外叫:"×××,出来!"这×××就很听话地随着他到他的战斗组,耿四喜就给他一个人讲马列主义,这叫"单个教练"。耿四喜坐着,黑帮站着。每次讲一个小时,十二点开始,一点下课。耿四喜真是个"大学问",他把十二本"干部必读"都精读了一遍,"剩余价值论"、"政治经济学"、"上层建筑与经济基础"……都能讲得下来。《矛盾论》、《实践论》更不在话下。他讲马列主义也是爱用歇后语:"剩余价"、"上层建"、"经济基"……

因为耿四喜熟读马列主义经典著作,使剧团很多人更加五体投地,他们把他的外号"耿三列"修改了一下,变成了"三列马"。

"文化大革命"结束后,耿四喜调到戏校抄功,他说话还是爱用歇后语。

耿四喜忽然死了,大面积心肌梗塞,抢救无效,呜呼哀哉了。

开追悼会时,火葬场把蒙着他的白布单盖横了,露出他的两只像某种兽物的蹄子的脚,颜色发黄。

一九九六年八月十四日

大 尾 巴 猫

"文化大革命"调动了很多人出奇的洞察力和想象力,每天都产生各色各样的反革命事件和新闻。华君武画过一张漫画,画两位爱说空话的先生没完没了地长谈,从黑胡子聊到白胡子拖地,还在聊。有人看出一老的枕头上的皱褶很像国民党的党徽——反革命!有人从小说《欧阳海之歌》的封面下面的丛草的乱绕中寻出一条反革命标语:"蒋介石万岁!"有人从塑料凉鞋的鞋底的压纹里认出一个"毛"字,越看越像。风声鹤唳,草木皆兵,神经过敏,疑神疑鬼。有人上班,不干别的事,就传播听信这种莫须有的谣言,并希望自己也能发现奇迹,好立一功。剧团的造反派的头头郝大锣(他是打大锣的)听到这些新闻,慨然叹曰:"咱们为什么就不能发现这样的问题呢!"他曾希望,"'文化大革命'胜利了,咱们还不都弄个局长、处长的当当?"他把希望寄托在挖反革命上,但是暂时还没有。

剧团有个音乐设计,姓范名宜之,他是文工团出身,没有受过正规的音乐训练。他对京剧不熟,不能创腔,只能写一点序幕和幕间曲,也没有什么特点,不好听。演员挖苦他,说他写的曲子像杂技团耍坛子的。他气得不行,说:"下回我再写个耍盘子的!"他才能平庸,但是很不服气。他郁郁不得志,很想做出一点什么事,一鸣惊人。业务上不受尊重,政治上求发展。他整天翻看报纸文件,想从字里行间揪出一个反革命。——他揪出来了!

剧团有个编剧,名齐卓人,把《聊斋志异》的《小翠》改编成为剧本,故事大体如下:御史王煦,生有一子,名唤元丰,是个傻子。一只小狐狸在王煦家后花园树杈上睡着了。王煦的紧邻太师王潜是个奸臣。王潜的儿子很调皮,他用弹弓对小狐狸打了一弹,小狐狸腿上受伤,跌在地上。王元丰虽然呆傻,却很善良,很爱小动物,就把小狐狸抱到前堂,给它裹伤敷药,他说这是一只猫。僮儿八哥说:"这不是猫,你瞧它是尖嘴。"王元丰说:"尖嘴猫!"八哥又说:"它是个大尾巴!"元丰说:"大尾巴猫!"八哥说他认死理儿,"猫定了",毫无办法。(下略)

范宜之双眼一亮:"'大尾巴猫'说的是什么? 这不是反革命是什么?"他拿了油印的剧本去找郝大锣,郝大锣听了范宜之的分析,大叫了一声:"好!"范宜之洋洋得意,郝大锣欣喜若狂。当即召集各战斗组小组长开紧急会议,布置战斗任务,连夜赶写大字报,准备战斗发言。

大字报铺天盖地,批斗会大喊大叫。一开头齐卓人真有点招架不住。这是无中生有,胡说八道! 有一个编导,是个老剧人了,齐卓人希望他出来说几句公道话,说文艺作品不能这样牵强附会地分析,不料他不但不主持公道,反而火上加油,用绍兴师爷的手法,离开事实,架空立论。他是写过杂文的,用笔极其毒辣。齐卓人叫他气得咬牙出血,要跟他赌一个手指头:只要他说一句,他说的话都不是违背良心的,齐卓人愿意当众剁下左手的小拇指,挂在门框上!造反派要审查《小翠》的原稿,原稿找不到。造反派说他把原稿藏起来了,毁了。齐卓人急得要跳楼。其实原稿早就交给资料室收进艺术档案了,可是资料员就是不说。问他为什么不说,他说他不敢!"文化大革命"大部分"战士"都是这样:气壮如牛,胆小如鼠,只求自保,不问良心。开了几次批判会,有个"牛棚"里的"难友"是个"老运动员",从延安时期就一直不断挨整,至今安然无恙,给他传授了一条经验:自我批判,可以把自个儿臭骂一通,事实寸步不让,不能瞎交待,那样会造成无穷的麻烦。齐卓人心领神会。每次开批判会,都很沉痛,但都是空话,而且是车轱辘话来回转,把一点背景、过程重新安排组织,一二三四五是一篇,五四三二一又是一篇。而且他看透郝大锣、范宜之都是在那里唱《空城计》,只是穷咋唬,手里一点真实材料没有(也不可能有),批判会实际上是空对空。批判会开的次数多了,齐卓人已经厌烦,最后一次,他带了两页横格纸,还挟了一本《辞海》,走上被告席,说:"郝大锣同志,范宜之同志,咱们把话挑明了,你们的意思无非是说'大尾巴猫'指的是毛主席,你们真是研究象形文字的专家。我希望你们把你们的意思都写下来。为了省事,我给你们写了一个初稿:

> 我们认为《小翠》一剧中写的'大尾巴猫'指的是伟大领袖毛主席!如有诬告不实,愿受'反坐'之责,恐后无凭,立此存照。郝大锣,范宜之。

> > > > 月　　　日

"你们知道什么叫'反坐'吗?请翻到《辞海》605页:

> 反坐,法律用语,指按诬告别人的罪名对诬告人施行惩罚。如诬告他人杀人者,以杀人罪反坐。

"请你们在这两页纸上签一个名。"

郝大锣、范宜之面面相觑，不知道怎么办。

齐卓人扫视在场"革命群众"，问："大家还有什么意见没有？没有，我建议散会。"

事情已经过了好几年，剧团演职员有时还会聊起旧事，范宜之看到周围的许多眼睛，讪讪地说："……那个时候嘛！"

郝大锣没有当上局长，倒得了小脑萎缩，对过去的事什么也想不起来了。

一九九六年八月十五日

去 年 属 马

造反派到我家去抄家，名义上是帮助我"破四旧"，实际上是搜查反革命罪证。夏构丕蹬了一辆平板三轮随队前往。我拿钥匙开了门，请他们随便检查。造反派到处乱翻，夏构丕拿了我的一个剧本仔仔细细地看。我有点紧张，怕他鸡蛋里挑骨头，找出什么反革命的问题。还好，他逐字逐句看过，把剧本还给了我。

第二天上班，我向牛棚里的战友说起夏构丕检查我的剧本时的紧张心情，几位"难友"齐说："嘻！你紧张什么？他不识字！"

我渐渐了解夏构丕的身世。他是山西人，不知道父亲母亲是谁，是个流浪孤儿，靠讨吃为生。后来在阎锡山队伍上当了几天兵。新兵造花名册，问他"姓什？"——"夏！""叫什么？"他说："知不道。"——"一个人连自己的名字都不知道，真是狗屁！你就叫夏狗屁吧！"他叫了几年夏狗屁。八路军打下了太原，夏狗屁被俘虏过来，成了"解放战士"。解放战士照例也要登记填表，人事干部问他叫什么，"夏狗屁。"——"夏狗屁？"人事干部觉得这名字实在不像话，就给他改成"夏构丕"——"多大岁数？"——"知不道。"——"那你属什么？"——"去年属马。"人事干部只好看看他的貌相，在"年龄"一栏里估摸着填了一个数目。

夏构丕在"三分队"干杂活,扛衣箱,挂大幕,很卖块儿。

一晃几年,有一天上班他忽然异常兴奋,大声喊叫:"同志们,同志们,以后咱们吃炸油饼可以不交油票了!"(那时买油饼需交油票)

"为什么?"

"大庆油田出油了!"

"大庆的油可不能炸油饼!"

"咋啦?"

又有一次,他又异常兴奋地走进战斗组,大声说:"刘少奇真坏!"

"他怎么又真坏了?"

"他又改了名字了!"

"改成了什么?"

"他又改名叫'刘邓陶'啦!"

夏构丕成了红人,各战斗组都想吸收他。为什么呢?因为他去年属马。

一九九六年八月十七日

〔题记〕

有一个外国的心理学家说过:所谓想象,其实是记忆的复合和延伸,我同意。作家执笔为文,总要有一点生活的依据,完全向壁虚构,是很困难的。这几篇小说是有实在的感受和材料的,但是都已经经过了"复合和延伸",不是照搬生活。有熟知我所写的生活的,可以指出这是谁的事,那是谁的事,但不能确指这是写的谁,那是写的谁。希望不要有人索隐,更不要对号入座,那样就会引出无穷的麻烦,打不清的官司。近几年自我对号的诉讼屡有所闻,希望法院不要再受理此类案件。否则就会使作家举步荆棘,临笔踟蹰,最后只好什么都不写。你们有没有考虑过,多管闲事,对文艺创作是不利的。

我最近写的小说,背景都是"文化大革命"。是不是"文化大革命"不让再提了?或者,"最好"少写或不写?不会吧。"文化大革命"怎么能从历史上,从人的记忆上抹去呢?"文化大革命"是我们这个民族的扭曲的文化心理的一次大暴露。盲从、自私、残忍、野蛮……

这一组小说所以以"当代野人"为标题,原因在此。

应该使我们这个民族文明起来。

一九九六年八月二十一日

注　释

① 本篇原载《小说》1997 年第一期;初收《去年属马》,北京燕山出版社,1997
年 8 月。

礼 俗 大 全①

　　这条河叫准提河，因为河上巷子里有一个小庵准提庵。这条巷子也就叫准提巷。出准提巷，在准提河上有一道砖桥，叫准提桥。准提桥是平桥，铺着立砖，两边白石栏干。挺好看的。下雨天，雨水从准提巷流出来，流过桥面。这时候没有多少行人来往。偶尔听到钉鞋穿过巷子的声音，由近而远，让人觉得很寂寞。

　　这是一条不宽的河，孩子打水飘，嗖嗖嗖嗖，瓦片可以横越河面，由北边到南边，到河边一直窜到岸上。

　　吕虎臣住在河南边，挨着准提庵。河南边就只有这一家，单门独院，四面不挨人家。谁都知道，这是吕家，吕虎臣家。孩子都知道。

　　吕家人口简单。吕虎臣中年丧妻，没有再娶。没有儿子，只有个女儿。女儿叫吕蓂，小时候放鞭炮，崩瞎了一只左眼，因此整天戴了深蓝色的卵形眼镜。有个女婿叫李成模，菱塘桥人。女婿不是招赘的，而是从小和吕蓂订了婚，为了考大学，复习功课住到丈人家来的。小两口很亲热。吕蓂很好看，缺了一只眼睛还是很好看。他们每天都在门前闲眺，看人打鱼，日子过得很舒心自在。有一次互相打闹，吕蓂在李成模屁股上踢了一脚。正好吕虎臣从外面回来，装得很生气："玩归玩，闹归闹，哪有这样的闹法！叫过路人看见了笑话！"吕蓂和李成模一伸舌头。

　　吕虎臣在家的时候少，在外面的时候多。

　　河北岸，正对着准提巷，是方家。方家的大人去世早，留下一儿一女，兄妹二人相依为命。哥哥方继淰在一个工厂当会计。抗战爆发后随厂到了重庆。妹妹方景心高气傲，一心想读大学，但读了初中，就没有再升学，留在家乡，在一个电话公司当接线员（由于吕虎臣的介绍），

324

她很不甘心。而且医生发现她得了肺结核：全身无力，每天下午面色潮红，有时还咯两口血。她连班都上不了了，只好在家休养。吕虎臣和方家是亲戚，又和方景的父亲的父亲同过学（都是邑中名士杨渔隐的学生），对方景很关心。方景爱靠在栏杆上看准提河的水，一看半天。吕虎臣看见，总要走过去安慰她几句，他怕方景会一时想不开。方景看看吕虎臣，说"大姨夫（她总是叫吕虎臣大姨夫），我不会跳下去的！您放心！"——"那好，那好！你不要灰心，你的日子还长着哪！等身体好了，你还可以飞得高高的！"——"谢谢你大姨夫！"吕虎臣知道方景生活艰难，只靠哥哥辗转托人带一点钱来，有时给她一点帮助。看病的诊费、买药的药钱都由吕虎臣代付了（写在吕虎臣的帐上了）。

方景长得黑黑的，眉毛、眼睫毛都很重，眼睛亮晶晶的，走路时脑袋爱往一边偏，是个很好看的黑姑娘。

吕虎臣和城里的几大户，马家、杨家、孙家都是亲戚，时常走动。尤其和孙家是至亲。孙家有什么事，婚丧嫁娶，需要吕虎臣来借箸代筹，一请就到，不请也到。吕虎臣对孙家的世谊姻亲，了如指掌。一切想得很周到，绝对落不了褒贬。他和孙家男女上下都非常熟悉。孙家的姑奶奶都跟他很亲热，爱听他说话。姑奶奶都叫他"虎臣大哥"。吕虎臣有点齄鼻子，说话瓮声瓮气，但是听起来很诚恳。

这孙家是有点特别的人家。既不像马家一样是冠盖如云的大绅士，也不像杨家功名奕世，出过几个进士，他家有些田产，并不很多，但是盖的房子却很讲究。东西两座大厅，磨砖对缝，厅前是一片很大的白矾石的天井。靠东围墙是一间大书房，平常不用；靠西一间小书房，壁隔里摆着古玩瓶盘，是四姑奶奶的绣房，这是名副其实的"绣房"，四姑奶奶不久即将出嫁，她整天在小书房里绣花。

孙老头儿名筱波，但是满城人都叫他"孙小辫"，因为他一直留着一条黄不黄白不白的小辫子，辫根还要系一截红头绳。

孙小辫不喜欢花鸟虫鱼，却喂了一对鹤——灰鹤。这对灰鹤在四姑奶奶绣房后面的假山跟前老是踱来踱去，时不时停下来剔剔翎毛，从泥里搜出一根蚯蚓，吃掉。孙家总是很安静，四姑奶奶飞针走线，绣花针插进绣绷的声音都听得很清楚。

孙筱波的另一特别处是把一位名士宣瘦梅请到家里来教女儿读书。这位宣先生能诗能画，终身不应科举。他教女学生不是读"女四书"之类，而是诗词歌赋。孙家的女儿都能通背《长恨歌》、《琵琶行》、《董西厢》：

> 碧云天，
>
> 黄花地，
>
> 秋风紧，
>
> 北雁南飞，
>
> 晓来谁染霜林醉？
>
> 都是离人泪。

孙家女儿都有点多愁善感。孙小辫为什么让宣先生教女儿这些东西，令人百思不得其解。但是男女老少又都会背一篇东西。这篇东西说古文不是古文，说诗词不是诗词，说道情不是道情，不俗不雅，不文不白，是一种奇怪的文体：

> 三子三鼎甲，
>
> 五婿五传胪。
>
> 鼎甲本不贵，
>
> 贵的是三子三鼎甲；
>
> 传胪本不难，
>
> 难的是五婿五传胪。
>
> 齐家治国平天下，
>
> 儿辈承当。
>
> 这些事，
>
> 老夫也管些儿个：
>
> 竹篱石井，
>
> 鹤食猴粮。

这算是什么东西呢？是谁的作品？不知道。有人说这是孙筱波作,经宣瘦梅润色过的。这表达了谁的思想?是孙筱波的还是宣瘦梅的?不知道。但是孙家男女老少全都会摇头晃脑地高声背诵,俨然这写的就是孙家。怎么可能呢?"三子三鼎甲"、"五婿五传胪",哪里会有这样的人家!这只能说是孙筱波的白日梦,或孙家一家的白日梦。孙家不是书香世家,却以世家自居。几个姑奶奶尤其是这样,说起话来引经据典,咬文嚼字,似乎很高雅。女人而说"雅言"叫人很反感。

孙筱波得了一种怪病,两脚不能下地,一着地就疼得不得了。找了几个医生,内科、外科切脉服药,都不见效。吕虎臣来看他,孙筱波说:"这是无名之病,势将不治矣!"吕虎臣叫他把袜子脱了,看了看,说:"嘻!"原来是他平常不洗脚,洗脚也不剪趾甲,趾甲反屈弯曲,抠进了脚心,那着地还有不疼的?吕虎臣到澡堂里请来一位修脚师傅,师傅用几把刀给他修了脚,他下地走了几步,没事了!

不久,孙筱波真的病了。没几天就呜呼哀哉,伏维尚飨了。也没有什么大病,心力衰竭,老死的。盛殓之后,因为日本人已经打到离县城不远,兵荒马乱,难以成礼,经子女亲戚计议,决定移柩三垛镇,六七开吊。当然得惊动吕虎臣。吕虎臣头两天就到了三垛,料理一切。

吕虎臣是个礼俗大全,亲戚朋友家有婚丧嫁娶,必需请他到场,擘画斟酌。

做寿倒没他什么事,他只是看看寿堂:这家有一幅吕纪的豹(报)喜图应该挂在正面、寿屏的次序有没有挂错、寿联的上下联颠倒了没有、陈曼生汪琬的对联应该分挂在不同地方;来客应于何处待茶、何处吸(鸦片)烟,都得安排妥当了。开宴时席位的尊卑长幼更得有个讲究。吕虎臣左顾右盼,添酒布菜,三杯寿酒是绝对喝不安生的。

办喜事,吕虎臣事不多。找一个胖小子押轿;花轿到门,姑爷射三箭;新娘子跨火、过马鞍……直到坐床撒帐,这都由姑奶奶、姨奶奶张罗,属于"妈妈令",吕虎臣只关心一件事,找一位"全福太太"点燃龙凤喜烛。"全福太太"即上有公婆父母,下有儿女的那么一个胖乎乎的半大老太太。这样的"全福人"不大好找。吕虎臣早就留心,道一声"请",全福太太就带点腼腆,款款起身,接过纸媒子,把喜烛点亮,于是洞房里顿时辉煌耀眼,喜气洋洋。

最麻烦复杂的是办丧事。一到三垛,进了门,吕虎臣就问:"已经请了李菜了没有?"——"请了,请了! 明天上午派船,三老爷擦黑准到!"——"那好! 要派妥当的人去!"——"没错您哪!"——"准备云土!"——"是!"

李菜抽大烟,而且必须是云土。

吕虎臣第一件事是用一张白宣纸,裁成四指宽、一尺多长,写了三个扁宋体的字:"盥洗处",贴好了,检查检查"初献、亚献、终献"的金漆小木屏,察看了由敞厅到灵堂的道路,想了想遗漏了什么事。

"开吊"有点像演戏。"初献"、"亚献"、"终献",各有其人。礼生执金漆小屏前导,司献戚友踱方步至灵前"拜"——"兴",退出。"亚献"、"终献"亦如此。这当中还要有"进曲",一名鼓手执荸荠鼓,唱曲一支,内容多是神仙道化,感叹人世无常;另二鼓手吹双笛随。以后是"读祝",即读祭文,祭文不知道为什么叫做"祝"。礼生高唱:"读祝者读祝",一个嗓音清亮,声富表情的亲戚(多半是本地才子)就抑扬顿挫,感慨唏嘘地朗读起来。有人读祝有名,读到沉痛婉转处可令女眷失声而哭。其实"祝"里说的是什么,她们根本不知道,只是各哭其所哭。"祝"里许多词句是通用的,可以用之于晴雯,也可以用之于西门庆。

"开吊"最庄严肃穆的一个节目是"点主"。"神主"枣木牌位上原来只写某某之"神王",主字上面一点空着,经过一"点",显考或先妣的灵魂就进入牌内,以后这小木牌就成了显考先妣们的代表。点主要请一位官大功高的耆宿。李菜是常被请的。他点过翰林,在本县可说是最高功名。他脸上有几颗麻子,仆人们都叫他"李三麻子",因为他架子大,很不好伺候。

礼生高唱:"凝神——想象,请加墨主!"李菜就用一枝新笔舔了墨在"神王"上点了一个瓜子点。"凝神,想象,请加硃主。"李三麻子用白芨调好的硃砂,盖在"墨主"上。于是礼成。

"凝神——想象",这是开吊所用的最叫人感动、最富人情味的、最艺术的语言,其余的都只是照章办事,行礼如仪而已。

孙筱波的丧事把吕虎臣累得够呛。没想到这是他一生中操办的最后一件丧事。

吕虎臣送客回来，摔了一跤，当时口眼歪斜，中风失语。他自己知道，这一回势将不救。——他曾经中过一次风，这回是复发了。中风最怕复发。他脑子还清楚，也还能含含糊糊，断断续续交待几句后事：

> 时值兵燹，人心惶惶，不要惊动亲友，殓以常服，薄葬，入土为安；

> 不要通知吕蓁。吕蓁已经结婚怀孕，在菱塘桥婆婆家生孩子，不能受刺激，等她生养休息后再慢慢告诉她；

> 遗著一卷，有机会刻印若干本送人。

他的遗著是：

婚丧
**　　礼俗大全**
嫁娶

吕蓁回来，看到父亲的新坟，扑上去嚎啕大哭，把坟土都湿了一圈，怎么劝也劝不住。

陪着吕蓁一起哭的，是方景。

注　释

① 本篇原载《大家》1996 年第五期；初收《汪曾祺全集》第二卷，北京师范大学出版社，1998 年 8 月。

侯　银　匠[①]

白果子树,开白花,
南面来了小亲家。
亲家亲家你请坐,
你家女儿不成个货。
叫你家女儿开开门,
指着大门骂门神。
叫你家女儿扫扫地,
拿着笤帚舞把戏。
…………

侯银匠店是个不大点的小银匠店。从上到下,老板、工匠、伙计,就他一个人。他用一把灯草浸在油盏里,用一个弯头的吹管把银子烧软,然后用一个小锤子在一个钢模子或一个小铁砧上丁丁笃笃敲打一气,就敲出各种银首饰。麻花银镯、小孩子虎头帽上钉的银罗汉、系围裙的银链子、发蓝簪子、点翠簪子……侯银匠一天就这样丁丁笃笃地敲,戴着一副老花镜。

侯银匠店特别处是附带出租花轿。有人要租,三天前订好,到时候就由轿夫抬走。等新娘拜了堂,再把空轿抬回来。这顶花轿平常就停在屏门前的廊檐上,一进侯银匠家的门槛就看得见。银匠店出租花轿,不知是一个什么道理。

侯银匠中年丧妻,身边只有一个女儿。他这个女儿很能干。在别的同年的女孩子还只知道梳妆打扮,抓子儿、踢毽子的时候,她已经把家务全撑了起来。开门扫地、掸土抹桌、烧茶煮饭、浆洗缝补,事事都做得很精到。她小名叫菊子,上学之后学名叫侯菊。街坊四邻都很羡慕侯银匠有这么个好女儿。有的女孩子躲懒贪玩,妈妈就会骂一句:"你看人家侯菊!"

一家有女百家求,头几年就不断有媒人来给侯菊提亲。侯银匠总是说:"孩子还小,孩子还小!"千挑选万挑选,侯银匠看定了一家。这家姓陆,是开粮行的。弟兄三个,老大老二都已经娶了亲,说的是老三。侯银匠问菊子的意见,菊子说:"爹作主!"侯银匠拿出一张小照片让菊子看,菊子噗嗤一声笑了。"笑什么?"——"这个人我认得! 他是我们学校的老师,教过我英文。"从菊子的神态上,银匠知道女儿对这个女婿是中意的。

侯菊十六那年下了小定。陆家不断派媒人来催侯银匠早点把事办了。三天一催,五天一催。陆家老三倒不着急,着急的是老人。陆家的大儿媳妇、二儿媳妇进门后都没有生养,陆老头子想三媳妇早进陆家门,他好早一点抱孙子。三天一催,五天一催,侯菊有点不耐烦,说:"总得给人家一点时间准备准备。"

侯银匠拿出一堆银首饰叫菊子自己挑。菊子连正眼都不看,说:"我都不要! 你那些银首饰都过了时。现在只有乡下人才戴银镯子。发蓝簪子、点翠簪子,我往哪儿戴,我又不梳鬏!你那些银五事现在人都不知道是干什么用的!"侯银匠明白了,女儿是想要金的。他搜罗了一点金子给女儿打了一对秋叶形的耳坠、一条金链子、一个五钱重的戒指。侯菊说:"不是我稀罕金东西。大嫂子、二嫂子家里都是有钱的,金首饰戴不完。我嫁过去,有个人来客往的,戴两件金的,也显得不过于寒碜。"侯银匠知道这也是给当爹做脸,于是加工细做,心里有点甜,又有点苦。

爹问菊子还要什么,菊子指指廊檐下的花轿,说:"我要这顶花轿。"

"要这顶花轿? 这是顶旧花轿,你要它干什么?"

"我看了看,骨架都还是好的。这是紫檀木的。我会把它变成一顶新的!"

侯菊动手改装花轿,头了大红缎子、各色丝绒,飞针走线,一天忙到晚。轿顶绣了丹凤朝阳,轿顶下一周圈鹅黄丝线流苏走水。"走水"这词儿想得真是美妙,轿子一抬起来,流苏随轿夫脚步轻轻地摆动起伏,真像是水在走。四边的帏子上绣的是八仙庆寿。最出色的是轿帘前的一对飘带,是"纳锦"的。"纳"的是两条金龙,金龙的眼珠是用桂圆核剪破了钉上去的(得好些桂圆才能挑得出四只眼睛),看起来乌黑闪亮。她又请爹打了两串小银铃,作为飘带的坠脚。轿子一动,银铃碎响。轿子完工,很多人都来看,连声称赞:菊子姑娘的手真巧,也想得好!

转过年来,春暖花开,侯菊就坐了这顶手制的花轿出门。临上轿时,菊子说了声:"爹!您多保重!"鞭炮一响,老银匠的眼泪就下来了。

花轿没有再抬回来,侯菊把轿子留下了。这顶簇崭新的花轿就停在陆家的廊檐下。

侯菊有侯菊的打算。

大嫂、二嫂家里都有钱。大嫂子娘家有田有地,她的嫁妆是全堂红木,压箱底一张田契,这是她的陪嫁。二嫂子娘家是开糖坊的。侯菊有什么呢?她有这顶花轿。她把花轿出租。全城还有别家出租花轿,但都不如侯菊的花轿鲜亮,接亲的人家都愿意租侯菊的花轿。这样她每月都有进项。她把钱放在迎桌抽屉里。这是她的私房钱,她想怎么花就怎么花。她对新婚的丈夫说:"以后你要买书,订杂志,要用钱,就从这抽屉里拿。"

陆家一天三顿饭都归侯菊管起来。大嫂子、二嫂子好吃懒做,饭摆上桌,拿碗盛了就吃,连洗菜剥葱、涮锅、刷碗都不管。陆家人多,众口难调。老大爱吃硬饭,老二爱吃软饭,公公婆婆爱吃烂饭。各人吃菜爱咸爱淡也都不同。侯菊竟能在一口锅里煮出三样饭,一个盘子里炒出不同味道的菜。

公公婆婆都喜欢三儿媳妇。婆婆把米柜的钥匙交给了她,公公连粮行账簿都交给了她,她实际上成了陆家的当家媳妇。她才十七岁。

侯银匠有时以为女儿还在身边。他的灯碗里油快干了,就大声喊:"菊子!给我拿点油来!"及至无人应声,才一个人笑了:"老了!糊涂了!"

女儿有时提了两瓶酒回来看看他,椅子还没有坐热就匆匆忙忙走了。侯银匠想让女儿回来住几天,他知道这办不到,陆家一天也离不开她。

侯银匠常常觉得对不起女儿,让她过早地懂事,过早地当家。她好比一树桃子,还没有开足了花,就结了果子。

女儿走了,侯银匠觉得他这个小银匠店大了许多,空了许多。他觉得有些孤独,有些凄凉。

侯银匠不会打牌,也不会下棋。他能喝一点酒,也不多。而且喝的是慢酒。两块从连万顺买来的茶干,二两酒,就够他消磨一晚上。侯银匠忽然想起两句唐诗,那是他鏨在"一封书"样式的银簪子上的(他记得的唐诗本不多)。想起这两句诗,有点文不对题:

姑苏城外寒山寺,
夜半钟声到客船。

注 释

① 本篇原载报刊未详。初收《矮纸集》,长江文艺出版社,1996年3月。

熟　人[1]

"您好哇？有日子没有见了。

"您遛弯儿？——这个'弯儿'不错。有水，有树。

"今儿天气不错。挺好。不冷不热的。有点儿小风。舒服。

"您身体好？气色不错。红扑扑儿的。

"家里都好？

"老爷子身子骨还那么硬朗？有八十了吧？

"孩子都好？上大学了吧？

"您还在那儿住吗？"

"你是谁？我不认识你！"

注　释

[1]　本篇原载《北京文学》1998年第一期。初收《汪曾祺全集》第二卷，北京师范大学出版社，1998年8月。

梦[①]

梦

给我一枝梦中的笔，

我会写出几首挺不错的诗。

可惜醒来全都忘了，

我算是白活了这一趟了。

锁　梦

呆少爷早上起来，问丫头伶俐："你昨天夜里看见我没有？"

"看见你？——昨天夜里？在哪里？"

"梦里。"

"梦里？——我没有看见你。"

呆少爷抄起鸡毛掸子要打伶俐。

"干嘛打我！"

正在洗衣裳的胡妈赶过来，也问：

"干嘛打伶俐？"

"昨天夜里她明明看见我了，她说没有！"

胡妈说：

"梦是心中想，你想她，她不想你。你做梦，她没有做梦。你看见她，她没有看见你。做梦怎么能当真呢？"

"那不行！今天夜里她一定要在梦里看见我！我在梦里等着你！"

这天夜里呆少爷睡得非常实在,什么梦也没有做。一睁眼,天已经亮了。他大声喊:"伶俐! 伶俐! 你在梦里看见我没有?"

伶俐说:"看见了!"

"你看见我在干什么?"

"看见你跟烧火的麻丫头亲嘴。"

"什么? 我和麻丫头亲嘴?"

"亲得吧唧吧唧地响!"

"还吧唧吧唧地响! ——放屁!"

"对,一边亲嘴一边放屁。"

"什么!"

"吧唧吧唧,布布布布……你的屁很特别。"

"有什么特别?"

"光响不臭。"

"你到街上喊一个铜匠来!"

"干什么?"

"我要打一把锁把你的梦锁起来,不许瞎做梦。吧唧吧唧,布布布布,不像话!"

注　释

① 本篇原载《汪曾祺全集》第二卷,北京师范大学出版社,1998 年 8 月。

抽象的杠杆定律[①]

胡少邦是西南联大一大活宝。他原是航校学生。航校教飞行，都是教官带着。教官先飞，到了一定高度，作一个手势交给学生开。教官推推他，叫他试飞。推了几下，他不动。教官一看，这位老兄睡着了！反应如此之迟钝，怎么能开飞机呢？请吧您哪！他被航校淘汰了，投考了西南联大，读哲学心理系。

虽然离开了航校，他对航空未能忘情。正在上着课，他忽然跑出教室，站在路口，高声喊叫：

"现在已经有了'预行警报'，五华山挂了两个红球！"

昆明的防空警报分四种：预行警报、空袭警报、紧急警报、解除警报。后三种都由防空监视机关拉汽笛。空袭警报一长二短，表示日本飞机已入云南境，有可能到昆明来；紧急警报一长一短，表示日本飞机已经接近昆明；到拉了长音，则表示日本飞机已经轰炸扫射完了，飞回去了。"预行警报"不拉汽笛，只在五华山顶挂出红球，——五华山是昆明的制高点，红球挂出，全城可见。胡少邦正在听课，不知道他是怎么"感觉"到五华山挂了红球的。

他还举行过几次演讲。事前贴出海报：整张的标语纸，画出几栏，左右两栏写明时间、地点，当中一栏较宽，浓墨大书："学术演讲"，题目是"防空常识"。竟然有人去听他的演讲，听完了，还报以掌声！

胡少邦每天都要"表演"。中午饭过，他就表演起来。一是唱歌。他认为唱歌要唱得高，于是拼命高唱，一直唱到声嘶力竭。二是舞单刀。他有一把生锈的单刀，舞得飕飕地，一直舞到大汗淋漓，才抱刀收势，对围观的同学鞠躬致谢。起初有些同学起哄架秧子，鼓励他耍活宝，后来见他每天就是这一套，就不再捧场，他一张嘴嘶喊，就纷纷走散。

胡少邦是个"情种"。日本飞机老是到昆明来轰炸。一有警报,联大同学就都由北面的小门走出去"跑警报"。有时忽然变了天,乌云四合,就要下雨。下了雨,日本飞机就不会来了,大家陆陆续续往回走。胡少邦一马当先,抢在最前面。他这么着急慌忙地赶回去干什么?他到新校舍各个宿舍收集雨伞,抱了两大抱,等在北门旁边,有女同学回来,就送上一把(这时雨已下下来,正好用得着)。

"情种"自然多情。胡少邦认为很多女同学都爱他。他唯恐自己爱得不周到,有疏忽,致使某个女同学伤心流泪,就买了一张重磅图画纸,画了一个很详细清楚的表格,这样可以按计划一一访问。他把这张爱情一览表压在席子下面,时常抽出来审阅。不过有时也觉得可能有点自作多情。他到南院(女生宿舍)去看望某个女同学,看传达室的张妈总是说:"小姐不在!"他碰了壁,不死心,心想这不过是女孩子故作姿态而已。也许,他尚无特殊表现,还没有显出他的天才,还没有使女孩子动心。唔,是的,不错!

显露天才的机会来了!学校有个话剧团,要演《北京人》,导演找到他,因为他身材魁伟,而且有一种原始的味道。跟他说:"你演最合适!你其实是真正的主角,剧名不是叫《北京人》么?"他同意了,跟大家一起去拍剧照。有一个有名的拍人像的摄影专家叫高岭梅,在正义路开了一家"高岭梅艺术人像",昆明多数影剧界的都跟他很熟。他设计了剧照的画面:后面是北京人的齐胸的影子,拍得虚虚的;前面叠印主要人物和戏剧场面,高岭梅不愧是高手,拍出的效果很好。剧照陈列在正义路口,每一幅都有胡少邦的形象,他很得意,上身涂了很厚的油彩、凡士林,也不觉得难受。

不想胡少邦并未因此受到女同学的青睐。有一天吃饭的时候,他又吹嘘有多少女同学爱他,有一个华侨女生叫陈逸华,人很天真,说:"胡少邦,你别胡说八道,叫人笑话!"不想胡少邦勃然大怒,说:"怎么没有!就拿你来说:你爱我,我不爱你,你就说出这样的话!"气得陈逸华大哭。

胡少邦发现了真理！真理是"抽象的杠杆定律"。其要义是:万事万物,都有一个抽象的杠杆,只要找到杠杆的支点,则万事万物的问题就可迎刃而解,大至二次大战,小至苍蝇之微,皆清澈洞明,了无粘滞。呜呼,少邦悟此秘旨,何其幸也。此上天予少邦者独厚,非人力所可诘究者也。

他著书立说,油印了好多本,遍赠教授同学。他给系主任冯友兰先生也呈献了一本。冯先生对他说:

"胡少邦! 你去年哲学概论就不及格,今年再不及格,你就会被开除。你还是好好读书吧,别搞这一套胡说八道!"

我到郊区教了两年书,没有再见到胡少邦。听说他在莲花池冬泳,得了伤寒,死了。

后来又听说,他没有死,他自费到美国留学,现在还在。

注 释

① 本篇原载《汪曾祺全集》第二卷,北京师范大学出版社,1998 年 8 月。

历 史①

　　童阿杏是苏州乡下人。她的家里贴了很多张毛主席像。堂屋、卧房、灶披间，一张挨着一张，一点空隙没有。墙上都贴满了，就用纳鞋底的麻线在空中横一根、竖一根拉成天线，把主席像用曲别针别起来，好像"万国旗"似的。"早请示，晚汇报"，从不耽误。还给毛主席洗脸，用一方干净毛巾擦拭这些像。于是童阿杏被树成典型，出了名。到童阿杏家参观的人络绎不绝。报社、电视台的记者来采访，拍照、拍新闻纪录片，画家来画速写像……

　　童阿杏忙得团团转。除了接触各色人等，她还得抽出时间准备讲用稿。

　　童阿杏是学习毛主席著作的积极分子。她很会讲，将学习毛主席著作的心得，从乡里讲到市里，又讲到省里，最后讲到北京。她的名气越来越大。她的讲稿摞在一起，大概会有半尺高。

　　但是童阿杏不识字。

　　——不识字她怎么会读毛著？

　　听的。广播里，一天到晚讲毛选。

　　——她有讲稿，她怎么能写讲稿呢？

　　别人写的。

　　——别人写的她也认不下来呀！

　　是画的。

　　——画的？

　　领导上给她配备了一个画家。她讲一个意思，画家就按照她的意思画了出来。她的讲稿上画的都是小人呀、小鸟呀、小河呀、小桥呀……

——具体的东西好画,抽象的概念怎么画呀?

我也不知道!

中国革命有中国的内容,中国的方式。"诉苦"是其一。

我在江西进贤参加土改。这个村子很穷,全村只有一户小地主,土地分散,不集中,土质不好,淤积很深,牛下了田,淤泥深及牛腹,亩产很低,是"冷水田"。因此农民对土地没有要求,对土改没有多大兴趣。他们感兴趣的只是分浮财,浮财也就是"绒线夹袄子"(毛衣)之类的不值钱的东西,还有阿斯匹灵之类的"洋药"。群众发动不起来。土改工作队很着急,把希望寄托在诉苦上。诉苦也不会诉,有的简直不知所云。有人诉得比较好,说起他们穷苦,是有内容的,语言也很生动。一个妇女诉道:她靠打柴维持生活,——打柴是打马尾松毛。一担松毛挑到集上,换不了一升米。多大的雨,也得去。雨水在竹扁担的槽里积得满满的,花花地往下流(当地扁担都是竹制,毛竹一剖为二,担起来青皮的一面朝下,槽面朝上,故能积水。)"雨水花花地流呀,也得去!"这个细节给我留下很深的印象。但是这跟阶级压迫、剥削好像没有多大关系。工作队一再启发,叫她说说她受的苦的根源,是谁造成她这样贫穷,她受的剥削压迫。

"剥削……压迫!"

"有没有谁压迫过你?"

"有!"

"什么人?"

"兔子!"

"兔子?"

"兔子!兔子好可恨呀!我在山坡上点种了豆子,兔子就把豆种翻出来吃了!种一次,吃一次!害得我颗粒无收!"

她对兔子控诉了半天,说:

"我诉完了。"

我在海拉尔听到一个区人民代表其其格的故事。她出身很苦,是个穷牧民,按成份应当说是奴隶。她非常能诉苦。她就是靠到处诉苦而当上人民代表的。她不会汉话。领导上派了一个青年作家给她当翻译。不过她的诉苦都是那一套。她诉苦有一个特点,上了讲坛,首先把靴子、袜子都脱了,露出光脚。她说,冬天,下大雪,她两只脚冷得不行,就把脚伸进牛粪里。她的十个脚趾都冻掉了……青年作家看她的脚趾,好好的!青年作家给她翻译了多次,实在忍不住了。有一次,当着很多听众,说:"你的脚趾好好的呀,一个也不缺!"人民代表说:"后来我就走呀,走呀,走呀……它就又长出来了。"

为什么要树童阿杏、其其格这样的典型?

这也是历史。

历史,有时是荒谬的。

注　释

① 本篇原载《汪曾祺全集》第二卷,北京师范大学出版社,1998 年 8 月。

焦 满 堂①

剧团造反派司令部通知我,要上我家检查"四旧",叫我回家等着。

不多会,来了。三个人。他们是蹬了平板三轮来的(好装"四旧")。蹬车的是焦满堂。另外两个造反派坐在车上。

他们各有分工。一个造反派检查我的书籍,一个造反派检查我的信件、日记。焦满堂说:"你有什么反动文章,都拿出来。"我捧出一摞文稿。他坐在藤椅里一页一页地审阅,十分认真。

焦满堂是舞台工作队的杂工,管搬运服装道具,装台、卸台。因为出身苦,又是"工人阶级",所以是响当当的造反派。

第二天,我回到"牛棚"。"棚友"问我昨天的情况。我说:"还好,挺客气。焦满堂审阅了我的文稿。我还真有点紧张,怕他断章取义,找出什么反动的话来。""棚友"说:"嘻! 你紧张什么? ——焦满堂根本不认识字!"

解放初期,剧团办了扫盲班。文化教员在黑板上写了"满"字,问焦满堂是什么字。焦满堂对"满"字相了半天面,说:"焦。"教员又写了一个"堂"字,焦满堂说:"满。"教员又写了一个"焦"字,焦满堂大声念道:"堂!"

那时扫盲,用的还是旧的识字课本:"人手足刀尺……"头天教完了,第二天复习,教员在黑板上写了一个"足"字,叫焦满堂读出来。焦满堂不会。旁边一个唱丑的演员把脚抬了抬,给他暗示。焦满堂读:"鞋。"教员摇摇头。唱丑的演员把鞋脱了,焦满堂瞄了一眼:"袜子。"教员又摇摇头。唱丑的演员干脆把袜子脱了,焦满堂又瞄了一眼,念道:"脚巴丫子!"教员说:"你真行,会把一个字念成四个字!"

焦满堂是个好人，"文革"期间，他没有打过人。只是脑子是一盆浆糊。有一天上班，他非常激动地对人说："这个刘少奇真坏，他又改了名儿了！——改名叫刘邓陶了！"

"文化大革命"已经过了近二十年了，焦满堂今亦垂垂老矣，他已经当了爷爷。

注　释

①　本篇原载港台地区某报刊"每日完短篇"栏目，未详。

八宝辣酱①

工人阶级必须领导一切。

文化大革命期间,很多工厂停产,成立了"工宣队",进驻各个机关(主要是文化机关)。红卫兵、军宣队,再加上工宣队,于是天下大乱,乱成一锅粥。

工宣队的队员当然也是鱼龙混杂,贤愚不等。

打死玉渊潭的两只白天鹅的,就是进驻某剧院的一个工宣队员。今年冬暖,湖面尚未结冰,飞来六只天鹅,好些人站在岸边看。水中的鹅,岸上的人,都很悠闲。彼此无猜,信可乐也。

傍黑的时候,有一个工宣队员,提了一支半自动步枪,摸到岸边,"砰砰"两枪,击中了两只天鹅。另外四只天鹅吓得飞走了,从此再没有回来。

老邱(这位工宣队员姓邱)把打死的两只天鹅提回家,退了毛,切成块,下了花椒大料,炖熟了,约了几个哥们,就着二锅头足开了一顿。

工宣队开了生活会,对老邱开枪打死天鹅一事进行批评帮助,发言踊跃。最激动的是一位女同志。

"你为什么要开枪打死天鹅?"

"我要吃它。"

"为什么要吃天鹅?"

"天鹅好吃。我们家乡有言:'天鹅、地鵏,鸽子肉、黄鼠。''地鵏'我没有吃过。天鹅,天生来是我的一口食,我得尝尝!宁吃飞禽四两,不吃走兽一斤,我不能只是吃猪头肉!——吃得我身上都带着猪拱嘴的味道!人生在世,什么都得尝尝!"

"这是什么话！——你还怪有理！"

"没理的事我不干。"

"你这样做有损工人阶级的形象！"

"'工人阶级的形象'！你得了吧！我看啥形象？无冬历夏，一件油渍麻花的破夹克！"

"干这样的事，影响多不好！群众反应很大！"

"活该！"

老邱好像满不在乎，但还是感到一点心理压力。这几天好几份报纸都连续报道了有人打死天鹅的事，发表了好几封读者来信，很气愤。

不过他还是不在乎。

这人有点心理不平衡，对这个世界很不满意。他有个特点，喜欢虐待演员。他口里含着个哨子，"嘟嘟！"让演员紧急集合。"嘟嘟！"又立刻解散。"嘟嘟！"集合，"嘟嘟！"解散。他半天半天干这种事，拿演员当猴耍。这是对"三名三高"的演员的报复。

他闹得有点不像话，原来的工厂把他调回去了。

潘师傅岁数稍大，长得血脉和匀，面有光泽。这是个脾气很好的人，见人带笑，对"黑帮"也如此，站着跟人说话，很有礼貌，并不因为是"黑帮"，就横眉立目，大声训叱，带着一脸专别人政的杀气，——或者装出来的杀气。他被分配到剧院来，颇为兴奋。他是个票友，胡琴拉得不错，一心想到剧院来给"角儿"拉两段，始终未能如愿。一则，他那胡琴在厂里给票友调调嗓子，还够格，给专业的名角拉，差点事；再说剧院的角儿都成了"黑帮"，关在牛棚里，从牛棚里拉出个"黑帮"来让他唱一段，这也不像话。因此，他很失望。调回厂里之后，他还觉得失去了大好机会，很是遗憾。他留给"黑帮"一个很好的印象，事后"黑帮"们谈起他，还常说："这人不错，很和气！"

老丁在厂里是车间主任，参加工宣队后，分工是领导剧本创作。但是他并不瞎指挥，不自以为是，不固执。

同时进行的有两个戏。一个剧院分为两个剧组。一个由工宣队——老丁领导。另一个由军宣队的王政委领导。这位王政委领导创作的方法简直有点离奇。他搞了一套大集体创作。由原来的艺术室的创作人员拟出全剧提纲,公布出来,发动全剧组(包括演员、乐队)都来写念白、唱词,一句也行,半句也行。每天下班之前由两个演员到各小组收集上来,在黑板上逐一公布。几经修改,终于敲定,剧本就完成了。原来的创作人员都靠边站了,或者做一点改白字,加标点等等边边沿沿的工作。王政委非常坚决,说是:"即使失败了,也要这样搞。"这是为什么呢?即使江青搞的"三结合"也没有这样的彻底。他这样做的用心是要树立一个大集体创作的范例,对创作方法革一次命,并且认为此方法应该推广,以后搞创作,都应该这样。他这样领导创作,结果是剧本搞得乱七八糟,不可收拾。他究竟是怎么想的,谁也不知道。有人说他大概有一种什么病。但是看起来很正常。他爱找人谈话,思路很清楚,用语很准确。只是他从不说笑话,也不谈往事,他说的全是书上的话,——农民把他的这种话叫做"字儿话"。

老丁和王政委不一样。这是一个平平常常的人,没有"工人阶级"的优越感,不以领导自居。他知道他对剧本创作实在是外行,不胡乱支招儿,瞎出馊点子。他的领导方法也只是合乎常情,不悖常理。每次讨论剧本,他都参加,但是听得多,说得少。他也参加讨论,甚至参加争论,但是平等待人,并不是一锤定音,他说了算。

他很坦率,很本色,爱聊天。从多次闲聊中,大家对他的身世历史都了解得差不多了。他现在是印刷厂的车间主任,年轻时在上海四马路一家象牙店学徒。他的主要"生活"是磨象牙牌九,用大拇指磨。这样才光滑细腻。这是费工的生活。磨了两年(象牙店学徒三年零一节才能满师),磨光了很多副牌九。牌九光了,他的拇指的皮厚了。每天得到老板家取饭。象牙店的伙计都由老板家供饭。他每天要由福煦路到四马路取两次饭。饭菜无非是糙米饭、鸡毛菜、小黄鱼。有一天,下雨,他担着饭桶在四马路口摔了一跤,"卜碌笃",饭桶打翻,饭、菜、泥、水混在一起,一塌糊涂。怎么办呢?

"一人一碗阳春面!"

"一人一碗阳春面!"他不止一次说过这件事,似乎觉得"蛮有味道"。

老丁饮食简单。每天拿一只大碗到食堂里打三两米饭,从家里带来一瓶八宝辣酱。——肉丁、豆腐干,切成骰子大小块,加辣椒酱同炒,装在一个大玻璃瓶里。有人见他每天都是八宝辣酱,有些奇怪,老丁把玻璃瓶举起来,晃了晃,说:"迪只(这件)物件(东西)勿便宜!"

"迪只物件不便宜",这句话里包含着什么样的感情呢?

有一个秦老头每天绕玉渊潭遛弯。他家就在玉渊潭边住。他每天要遛两次弯。天不亮就起来,太阳落了才回来。他走到水闸附近,腿有点累,就找了两块土墼摞在一起,坐了坐。这地方离老邱打死天鹅的草丛不远。老邱打死天鹅是他亲眼看见的。他想起了一些事,很有感慨,自言自语:

"嗑瓜子嗑出个臭虫,——什么(仁)人都有哇!"

注 释

① 本篇原载《当代》2015 年第二期。